Nicola Förg
Wütende Wölfe

AF203546

PIPER

Zu diesem Buch

»Irmis Augen mussten sich ans Halbdunkel gewöhnen. Für den Bruchteil einer Sekunde erfasste sie eine irrationale Angst. Eine Angst, die aus der Tiefe kam. Ein Wolf starrte sie an.«
Eigentlich sollte Kommissarin Irmi Mangold abgehärtet sein gegen Tod und Verdammnis, aber drei bizarre Fälle erschüttern sie tief. Ihr Sabbatical als Almhirtin hin oder her: Sie muss nun doch Tatorte erfühlen, unbequeme Fragen stellen – denn schließlich geht es hier um »ihre« Kühe und »ihre« Alm!
Geschickt verwebt Bestseller-Autorin Nicola Förg im zehnten Band ihrer erfolgreichen Alpenkrimi-Reihe atmosphärische Landschaftsbeschreibungen, eine spannende Krimihandlung, charmante und lebensechte Charaktere und die aktuelle Diskussion um die Rückkehr der Wölfe zu einer packenden Lektüre.

Nicola Förg, Bestsellerautorin und Journalistin, hat mittlerweile über zwanzig Kriminalromane verfasst, an zahlreichen Krimi-Anthologien mitgewirkt, einen Island- sowie einen Weihnachtsroman vorgelegt. »Hintertristerweiher«, ihr von der Presse vielfach gelobter Roman, ist »eine feinsinnige Familiengeschichte, die über Generationen hinweg reicht und einen spannenden Bogen schlägt von den Wirren des Zweiten Weltkriegs bis zu den Wirrungen in der Jetztzeit.« (*Münchner Merkur*). Die gebürtige Oberallgäuerin, die in München Germanistik und Geografie studiert hat, lebt heute mit Familie sowie Ponys, Katzen und anderem Getier auf einem Hof in Prem am Lech – mit Tieren, Wald und Landwirtschaft kennt sie sich aus. Sie bekam für ihre Bücher mehrere Preise für ihr Engagement rund um Tier- und Umweltschutz.

Nicola Förg

Wütende Wölfe

Ein Alpen-Krimi

PIPER

Mehr über unsere Autorinnen, Autoren und Bücher:
www.piper.de

Wenn Ihnen dieser Alpen- Krimi gefallen hat, schreiben Sie uns unter Nennung des Titels »Wütende Wölfe« an *empfehlungen@piper.de,* und wir empfehlen Ihnen gerne vergleichbare Bücher.

Von Nicola Förg liegen im Piper Verlag vor:
Alpen-Krimis

Band 1: Tod auf der Piste	Band 9: Rabenschwarze Beute
Band 2: Mord im Bergwald	Band 10: Wütende Wölfe
Band 3: Hüttengaudi	Band 11: Flüsternde Wälder
Band 4: Mordsviecher	Band 12: Böse Häuser
Band 5: Platzhirsch	Band 13: Hohe Wogen
Band 6: Scheunenfest	Band 14: Dunkle Schluchten
Band 7: Das stille Gift	Band 15: Zornige Söhne
Band 8: Scharfe Hunde	

Glück ist nichts für Feiglinge
Das Winterwunder von Dublin
Hintertristerweiher

Wir behalten uns eine Nutzung des Werks für Text und Data Mining im Sinne von § 44b UrhG vor.

Ungekürzte Taschenbuchausgabe
ISBN 978-3-492-31641-5
1. Auflage März 2020
3. Auflage August 2024
© Piper Verlag GmbH, München 2019,
erschienen im Verlagsprogramm Pendo
Redaktion: Dr. Annika Krummacher
Umschlaggestaltung: U1berlin, Patrizia Di Stefano
Umschlagabbildung: Alamy Stock Foto (Drepicter; Eugene Sergeev)
Satz: Satz für Satz, Wangen im Allgäu
Gesetzt aus der Caslon
Gedruckt von ScandBook in Litauen
Printed in the EU

Rules of the Pack

Take care of the young for they are our future
Never question your existence
Keep your wild spirit
Be sociable
Live life like play
Love your freedom
Live for the hunt, hunt to live
Move swiftly ... Leave only tracks

Dolores J. (Del) Goetz

Für Gisela, »Giisi«

PROLOG

Es regnet schon wieder. Wie kann es eigentlich so viel regnen? Und warum wird es dann immer gleich so kalt? Meine Omi sagte immer: Hier ist es sieben Monate Winter und fünf Monate schlecht. Ach, Omi, warum bist du so früh gestorben? Du hast mich alleingelassen. Mama redet mir in alles rein. Sie sagt, ich käme nach dir. Mit dir war es viel schöner. Sie reißt alles an sich. Weil ich es nicht kann. Weil ich zu jung bin. Und zu instabil, sagt sie. Omilein, du hättest verstanden, daß ich nicht hierherwollte.

Ich glaube, bei schönem Wetter wäre es erträglicher. Wir könnten Blumen pflücken, ein Picknick machen. Mit Sonne ist alles leichter. Aber es regnet die ganze Zeit. Bindfäden, junge Katzen und Hunde. Warum regnet es Katzen und Hunde? Ich gehe trotzdem immer raus, weil ich allein sein muß. Die anderen werden mir immer unangenehmer, ich halte ihr falsches Lachen nicht mehr aus.

Und er geht mir auf die Nerven. Ständig. Daß er es einfach nicht verstehen kann. Ich muß an die Luft, auch wenn ich nun keine trockenen Schuhe mehr habe. Aber das ist ja auch schon egal. Noch zwei Tage, die nicht vergehen. Draußen kleben die Wolken an den Berghängen. Zäh wie Buna, hätte Oma gesagt. Was ist eigentlich Buna? Ich habe sie nie gefragt. Ich frage eh ungern. Man macht sich so schnell lächerlich. Dann lieber raus in den Regen.

Gestern bin ich weit gegangen, zweimal gestürzt, es ist alles so glitschig hier. Oberhalb unseres Gefängnisses gibt es einen steilen Hang. Wenn man ganz oben steht, ist es wie bei Caspar David Friedrich. Der Wanderer über dem Nebelmeer. Über dem Schlund, aus dem die Kälte heraufsteigt. Eine andere Kälte. Klarer irgendwie. Und als ich gerade gehen will, steht er da. Einfach so. Und wie er mich ansieht. Diese Augen. Dieser Blick. Er ist es.

1

Als Erstes fiel Irmi die Hose auf. Es war dasselbe Modell, das sie selbst trug. Braun mit beige. Dreckig dazu.

Die Frau wischte sich den Schweiß aus der Stirn und lächelte. Es war ein offenes Lächeln, eines, das die Augen miteinbezog. Sie ließ sich neben Irmi auf die Bank plumpsen.

»So eine Affenhitze nachmittags um vier. Sogar im Wald. Ich hab so was von keine Kondition.« Es war sekundenlang still, dann lachte sie auf. »Wir sind ja schon im Partnerlook. Flexibund, der passt sich der Wampe an.«

Normalerweise hätte Irmi das als extrem übergriffig empfunden und als Entree wahrlich ungeschickt, aber sie musste unwillkürlich grinsen. »Ja, Engelbert Strauss – das Prada der Bauern.«

»Entschuldigung! Ich bin unmöglich. Trample einfach hier herein, ohne mich vorzustellen. Luise Manner. Wie die Waffeln.«

»Irmi Mangold. Wie das Gemüse.«

Sie lachten beide. Und Irmi fiel ein Granitblock vom Herzen. Sie hatte das Schlimmste befürchtet. Eine vegan bewegte Lehrerin. Eine zimperliche Jurastudentin mit unpassendem Schuhwerk. Eine Hausfrau, deren sechs Kinder schon aus dem Haus waren und die unentwegt von den Heldentaten derselben sprach. Eine Schriftstellerin auf Recherche. Es gab genug Szenarien weiblicher Befindlichkeiten, die Frauen auf eine Alm trieben. Und obwohl Irmi noch nichts über das Leben von Luise Manner wusste, hatte diese sofort ihre Sympathie geweckt, und bekanntlich gab es für den ersten Eindruck keine zweite Chance.

Das Einzige, was Irmi beunruhigte, war deren tierisches Gefolge. Zumal eines der Exemplare nun anhob, in den Bergkessel hineinzuplärren. Ein gewaltiger Sound, der an den Hängen widerhallte. Was seinerseits einen kniehohen weißen Hund auf den Plan rief, der gegen den Lärm anbellte. Es dauerte eine geraume Weile, bis Irmi den Kläffer zu sich rufen und ihm die Schnauze zuhalten konnte.

»Der Hundeprofi wäre entsetzt, aber anders kriegt man ihn nicht ruhig«, erklärte sie.

Mittlerweile war auch das laute, gießkannenartige Geplärre des anderen Tiers verstummt.

»Darf ich vorstellen? Das sind Giacomo, Pedro, Fränzi und Gritli«, präsentierte Luise ihre Tiere.

»Zwei Esel und zwei Maultiere?«

»Ja, zwei Eselherren der Rasse Martina Franca und zwei Schweizer Damen, bei denen die Mama jeweils eine Freibergerin war und der Vater ein Esel. Wie im richtigen Leben. Die heißen Fränzi und Gritli.« Sie lachte.

»Und der da?« Luise wies auf den weißen Hund, dem eine rosa Waschlappenzunge aus dem Hals hing.

»Raffaelo. Man kann auch Raffi zu ihm sagen. Ist gar nicht meiner, er war plötzlich auf der Alm. Wahrscheinlich ist er über den Sattel gekommen, aber keiner weiß, wo er ursprünglich herstammt. Kein Chip, keine Marke, kein Nix.«

»Enchantée, Raffi«, sagte Luise. Augenblicklich warf sich

der Hund auf den Rücken und ließ sich den lockenpelzigen Bauch kraulen.

»Ich hab schon gehört, dass du Tiere mitbringst. Wenn's passt, sag ich einfach du?«, meinte Irmi, woraufhin Luise lächelnd nickte. »Dass es allerdings Esel und Mulis sind, hätte ich nicht gedacht«, fuhr Irmi fort. »Ich hätte eher Hühner oder so vermutet.«

»Mensch, die Kaninchen!« Luise eilte zu einer der Maultierdamen und hob die seitlich befestigten Körbe ab. »Nicht, dass die einen Hitzschlag bekommen.« Sie sah sich um, entdeckte den eingezäunten Bereich für die Hühner und kippte vier Zwergkaninchen mit Hängeohren hinein. »Gehören eigentlich meiner Enkelin. Kein Interesse mehr.«

»Seid ihr dann vollzählig?«, fragte Irmi belustigt.

»Momentan schon, aber man kann ja nie wissen, was so kommt.« Sie ließ sich wieder auf die Bank plumpsen. Anmut war nicht gerade ihr zweiter Vorname. »Hast du ein Bier?« Noch ein Felsbrocken, der Irmi vom Herzen fiel: Luise war keine Antialkoholikerin.

Irmi ging einige Stufen in einen Keller hinunter, der direkt neben der Eingangstür lag. Dort standen Bierkisten, genug für den Moment. Mit zwei Flaschen kam sie zurück.

»Glas?«, erkundigte sie sich vorsichtshalber.

»Madl! Natürlich nicht!«

Die beiden ließen die Flaschen zusammenklingen und tranken auf einen erfolgreichen Almsommer.

Irmi war am Samstag mit einer großen Erleichterung aufgestiegen. Ihr Herz hatte sich gehoben mit jedem Höhenmeter, der hinter ihr lag. Und es flog, als sie die Hütte zum ersten Mal betrat. Knapp sechzig Jahre hatte die Bäckenalm brachgelegen. Sie war verfallen, überwuchert, verkrautet gewesen – und nun im Rahmen eines Forschungsprojekts auferstanden wie Phönix aus der Asche. Den Neubau hatte man aus schweren Rundhölzern wie ein kanadisches Blockhaus errichtet, allerdings ohne ein hundert Meter entferntes Plumpsklo und einen kalten Brunnen vor dem Hüttentor. Stattdessen gab es hier Hüttenmoderne mit Solar- und Biokläranlage.

Irmi und ihre Mitstreiter sollten das tun, was man jahrhundertelang getan hatte: Sie sollten fünfundzwanzig Milchkühe hüten und Käse herstellen – alles im Dienst der Forschung. Der Almsommer hatte früher den Rhythmus der Bauernfamilien geprägt. Es war eine harte Arbeit gewesen, bei der man stark von den Naturgewalten abhängig war. Daher hatte man sich mit inständigen Bitten an den Herrgott gewandt, vor allem aber an Petrus, den Wetterköchler. Über Jahrhunderte war die Alm von Juni bis Ende September mit Leben erfüllt gewesen. Von den Bergweiden kehrte man am Ende des Sommers zurück ins Tal – beim Almabtrieb, der in der Schweiz Alpabfahrt oder Alpabzug und im Allgäu Viehscheid heißt. Voller Demut und Dankbarkeit darüber, gesund geblieben zu sein. Die Kühe wurden mit Kränzen geschmückt, in die man oft einen Spiegel gab, um die bösen Geister zu erschrecken und in die Flucht zu schlagen. Die aus Latschen, Vogelbeerzweigen, Silberdisteln, Enzian, Erika und Bärlapp gewundenen Kronen waren für die Touristinnen ein Grund, ihre Oktoberfestdirndl anzulegen und »Süß!« zu quieken. Für einen Hirten bedeutete der aufwendige Schmuck der Tiere jedoch viel mehr. Damit präsentierte er die Arbeit des Sommers auf der Alm, an deren Ende er den Besitzern im Tal saubere, gut genährte, gesunde Kühe übergeben wollte.

Als das Rumoren in Irmis Innerem begonnen hatte, war es Januar gewesen. Sie hatte vor dem düstersten Abgrund ihres bisherigen Berufslebens gestanden. Bodenloses Schwarz, ein Kriminalfall, der sie mehr gepackt und ihre Emotionen stärker durcheinandergewirbelt hatte als jeder andere zuvor. Ein totes Kind, ein zerbrechliches kleines Mädchen – dieses Bild stieg immer wieder in ihr auf. Was mit kurzen Nadelstichen begonnen hatte, mit einem Schmerz, der auch wieder nachließ, war schließlich zu einem ständigen Bohren geworden, als ihr Bruder verkündet hatte, er werde heiraten. Und das mit fünfzig Jahren! Ausgerechnet ihr kleiner, meist unbeweibter eigenbrötlerischer Bruder, Bernhard, der überzeugte Junggeselle! Sie gönnte ihm seine Zsofia von Herzen, wünschte den beiden alles Glück der Erde, Liebe, Lust, Vertrauen, Stille und Gespräche, von ihr aus sogar noch ein Kind. Aber was sollte mit ihr geschehen? Konnte und wollte sie unter diesen Umständen auf ihrem gemeinsamen Hof wohnen bleiben? Was würde ihre Rolle sein? Auf einmal hatte sie sich überflüssig gefühlt, überflüssig wie ein Kropf.

Also hatte sie angefangen, nach einer Lösung zu suchen oder wenigstens nach einem Ort, wo sie in Ruhe darüber nachdenken konnte, wie es weitergehen sollte. Sie brauchte Abstand, zumindest für eine gewisse Zeit. Irmi war keine Frau für einen Rucksacktrip um die Welt. Und erst recht nicht für eine Kreuzfahrt. Sie war ein Madl aus den Bergen und für die Berge. Schon bald stand fest: Ein Almsommer war für sie der einzig vorstellbare Fluchtweg.

Als sie begann, sich zu informieren, wurde ihr schnell klar, dass viele auf die Alm wollten, die meisten beseelt von Aussteigerromantik. Und es war gar nicht so einfach gewesen, eine passende Alm zu finden. Umso reizvoller, ja aufregender war die Offerte erschienen, an einer Projektalm mitzuwirken. Zusammen mit einer zweiten Sennerin und begleitet von einem Doktoranden der ANL, der Bayerischen Akademie für Naturschutz und Landschaftspflege. Der junge Wissenschaftler würde auf der Alm insbesondere zwei Fragestellungen untersuchen. Zum einen interessierte ihn, wie Kühe aus einem Laufstall im Unterallgäu zurechtkommen würden, die quasi als Gastgraserinnen angeheuert wurden. Würden sie sich im wahrsten Sinne des Wortes durchbeißen? Die zweite Fragestellung sollte lauten: Was für einen Einfluss hatte das Gras der Almwiesen auf die Milchqualität? Und gab es bei der Milch Unterschiede zwischen den Hornträgerinnen und den Kühen ohne Horn? Ein weiterer junger Forscher wollte untersuchen, ob die Almmilch von horntragenden Kühen für Allergiker besser verträglich war. Dazu würde er öfter hier oben vorbeikommen, um sich Milchproben abzuholen. Es würde spannend werden, und schon jetzt war Irmi klar, dass man sich mit solchen Fragen auf einen verminten Boden der Ideologien begab. Doch das schreckte sie nicht.

»Sag mal, wann wollte eigentlich unser junger Wissenschaftler dazustoßen?«, fragte Luise, nachdem sie eine Weile faul in der Sonne gesessen hatten. »Schließlich sind wir ja so was wie Laborratten. Ich hoffe nur, wir müssen am Ende des Versuchs nicht im Dienst der Forschung sterben.«

»Das hoffe ich allerdings auch«, meinte Irmi lächelnd. »Heute oder morgen wollte der junge Forscher kommen. Aber um ehrlich zu sein, mache ich mir weniger Sorgen um uns als um die Kühe, die morgen hier eintreffen sollen.«

»Du glaubst, die schwäbischen Holsteinerinnen brechen sich die Haxn?«

»Das auch, aber mehr noch fürchte ich, dass wir alle Viecher mit schwersten Leberschäden verlieren.«

»Wie das?«

»In den letzten Jahrzehnten sind hier auf dem Almboden vor allem Sauerampfer und Huflattich gewachsen, aber auch Eisenhut und Jakobskreuzkraut. Kreuzkraut ist ein virulentes Zeug, das kommt immer wieder. Wir werden unter anderem die Weiden abgehen und Kreuzkraut rupfen müssen, wo wir es sehen. Aber nur mit Handschuhen. Die Pflanze ist auch für Menschen giftig. Und für Equiden erst recht.« Irmi warf einen Blick auf die Mulis.

»Aber fressen die das denn?«

»Ohne Blütenstand schon, insbesondere die jungen und unerfahrenen Tiere.«

»Mir war ja klar, dass das kein Spaziergang wird«, meinte Luise. »Aber in der Nachbarschaft, in der Nähe der Brunnenkopfhäuser, gibt es doch noch eine Art Projektalm, oder? Wie machen die das denn?«

»Anderer Bewuchs. Weniger Giftpflanzen, hat man mir gesagt. Da wurden auch nur fünf Murnau-Werdenfelser aufgetrieben. Die Fragestellungen der Wissenschaftler drüben richten sich mehr auf Bodenqualität, Wasserhaltevermögen und Biodiversität.«

»Die Biodiversität schwindet vermutlich, wenn eine Alm

brachliegt und nicht beweidet wird«, sagte Luise. »Dabei hat es diese Alm schon ewig gegeben, oder?«

»Fast«, entgegnete Irmi. »Ich hab ein bisschen nachgelesen. Die Alm wurde 1405 erstmals erwähnt, und 1480 gab es schon den ersten Zoff oben am Sattel. Die Ettaler und die Schwangauer hatten regelrechte Weidekriege.«

»Ich hab auch ein bisschen gestrebert«, sagte Luise mit einem Lächeln. »Die Bäckenalm galt lange als perfekte Alm, mit gutem Wasser und einer geschützten Lage in einem nach Osten geöffneten Kessel.«

Irmi nickte. »Und stell dir vor, es gab mal eine Idee, die Queralpenstraße von Ettal nach Füssen durchs Sägertal über den Bäckensattel zu bauen.«

»Komm! Das ist ja komplett irre!«

»Das war die Mentalität damals. 1927 gab es doch schon Pläne für eine Straße vom Bodensee bis zum Königsee.«

»Gottlob wurde ja nur ein Bruchteil davon realisiert. Wann wurde die Bäckenalm überhaupt endgültig aufgelassen?«

»Ich glaube, um 1960 herum war hier Schluss mit der Almwirtschaft. Wie auf vielen anderen Almen auch. Der Ruf von Fendt, Schlüter und Kramer wurde lauter, und es gab allmählich keine Mägde und Knechte mehr. Die Landwirtschaft begann sich zu ändern. Damals glaubte man, zum Guten. Was uns an den Ausgangspunkt zurückbringt. Die vielen verschiedenen Kleesorten und Rispengräser haben wenig Chancen gegen den Sauerampfer hier bei uns.«

Im Nachhinein fiel ihr auf, dass sie »bei uns« gesagt hatte. Erstaunlich schnell hatte sie sich mit der Alm identifiziert und Luise in ein gemeinsames Wir integriert.

»Aber noch mal zu dieser anderen Alm. Wer steht denn hinter der ganzen Sache?«, wollte Luise wissen.

»Das läuft über das SUSALPS-Projekt. Ein Landwirt aus der Schöffau hat seine Tiere zur Verfügung gestellt. Ein cooler Typ ist das, der auch bei anderen Beweidungsprojekten mitmacht. Und das Ganze wird meines Wissens begleitet vom Campus Alpin, der Uni Bayreuth, der TU München und noch ein paar Behörden. Die Situation drüben ist auch insofern anders, als die Alm sozusagen im Schlund des Wandertourismus liegt. Unsere Alm ist etwas ab vom Schuss, und wir haben die kompliziertere Aufgabe, zwei Herden zu betreuen. Eine mit Holsteinerinnen aus dem Unterland und eine Herde mit behornten Kühen aus dem Oberland. Die gehört einem Heumilch-Landwirt, der zwar konventionell wirtschaftet, aber eben nur Heumilch erzeugt. In jedem Fall wird alles dokumentiert werden.«

»Na, da werden die Hänge ja nur so widerhallen von universitärem Gequatsche«, bemerkte Luise grinsend.

»Kein Faible für Akademiker?«

»Och, das würd ich so nicht sagen. Es gibt saudumme Professoren und clevere Maurer und das Ganze vice versa. Kommt auf den Menschen an. Sag, was hast du eigentlich vorher gemacht?«

»Kripo Garmisch, Hauptkommissarin.«

Luise pfiff durch die Zähne. »Na, dann bin ich ja in besten Händen.«

»Und du?«, fragte Irmi.

»Dies und das. Kein stringenter Lebenslauf – muss ich zugeben. Zwischendurch bloß mal Hausfrau. Zuletzt war ich Landrätin.«

»Was?«

»He! Du schaust mich an, als hätte ich Cholera. Oder BSE. Oder Schweinepest. Landrätin ist ein ehrbarer Beruf! Ich war eine von nur fünf Frauen in Bayern. It's a man's world, das weißt du ja sicher auch.«

»Echt nur fünf?«

»Ja, von einundsiebzig Landräten insgesamt in Bayern.«

Eine Landrätin auf der Alm, das war ja großartig!

»Hast du selber, also bist du freiwillig ... oder abgewählt oder ...«

»Mensch, Frau Hauptkommissarin, bring ich dich so aus dem Konzept? Ich habe nach zwei Legislaturperioden eine weitere abgelehnt. Zehn Jahre reichen. Mir sind dann auch die Dirndl ausgegangen!« Sie lachte hell.

»Wie viele hast du?«

»Acht oder so. Aber viele Schürzen. Du kannst ja nicht an zwei Tagen hintereinander dasselbe anhaben. Andererseits darfst du auch nicht zu prunkvoll rüberkommen, das wäre dann Putzsucht. Zu wenige Dirndl aber wirken ärmlich. Ein rechter Affentanz. Ein Mann hat dauernd denselben Trachtenanzug an, das stört keinen.«

»Und die Männer? Wie war die Akzeptanz?«

»Weißt du, ich bin ja kein Häschen. Wenn du eins sechzig groß bist und eine Zuckerpuppe, wird es schwerer. Ich hab gewichtige achtzig Kilo. Vielleicht auch mehr. Bestimmt sogar. Ich wiege mich schon seit vielen Jahren nicht mehr. Und ich hatte den großen Vorteil, dass ich bei Frauen beliebt war, weil die in mir keine Konkurrenz gesehen haben.«

Irmi lachte. Das passte zu ihren eigenen Erfahrungen. Es kränkte sie immer ein wenig, bohrte in der Seele. Geliebt von den Frauen, weil sie keine Gefahr für deren Männer darstellte?

»Und dann weiht man Straßen ein und schneidet Bänder durch? Geht zu jedem Leonhardiritt? Zu jedem Trachtenumzug und Schützenfest?«

»Es kommt auf die richtige Dosierung an. Mein Vorgänger war nie irgendwo zu sehen, das wurde ihm negativ ausgelegt. Wofür zahlen wir den eigentlich?, hieß es dann. Ich war schon sehr präsent, aber zu viel ist auch schlecht. Ich hab immer genau hingesehen: Ah, diese Woche war ich schon dreimal in der Zeitung, das ist zu viel. Und im Festzelt, ich sag es dir! Du wirst das kennen, das Antikorruptionsgesetz. Du darfst dich nicht einladen lassen. Am liebsten waren mir Veranstaltungen, wo ich erst am Nachmittag kommen musste. Da hab ich mir einen Kaffee geholt und einen Kuchen – und den selber bezahlt.«

»Ja, Bestechung steht schnell im Raum«, stimmte Irmi zu. »Aber nervt das nicht, wenn man dauernd in der Öffentlichkeit steht?«

»Na ja, ich bin ja kein Popstar oder Fußballer.« Sie gluckste. »Wusstest du eigentlich, dass die meisten nur wegen des BayWa-Balls Landrat werden?«

»Wegen was?«

»Der BayWa-Ball auf der Grünen Woche! Wenn man zu den erwählten dreitausend gehört, die eingeladen werden, dann ist man stolz. Der Landrat eures Landkreises jedenfalls ist ein Grüne-Woche-Junkie. Der findet immer ein Zelt, wo man bis viere in der Frühe sitzen kann. Und ich glaub, der fiebert jedes Jahr dem nächsten BayWa-Ball entgegen!«

Irmi grinste. BayWa-Ball! Allein der Klang. Der aufdringliche Geruch der Bayern-Bourgeoisie.

»Und du nicht, Luise? Kein Junkie?«

»Nö.«

»Das glaub ich dir. Und deine Partei? Nachtschwarz wie Bayern, kackbraun wie Trachtenhüte?«

»Nein, frei wie Freie Wähler. Frau Sheriff, Sie sind bayerische Staatsbeamtin, was für schwarzmalerische Reden. Sie sind ein Glied in der Kette der …«

»Ja, verschon mich mit Gliedern. Mein Chef ist ein spaßfreier, arroganter Altmacho. Den einige Monate los zu sein ist das große Los.« Irmi prostete Luise zu. »Hoffen wir, der junge Wissenschaftler ist kein eingebildeter Egomane.«

»Och, der ist jung. Den erziehen wir uns schon.«

Luise hatte in den Packtaschen der Mulis allerlei Gewürze und Zutaten transportiert. Jetzt kochte sie Spaghetti Aglio e Olio mit einem Salat, der bei jedem Gourmetitaliener hätte serviert werden können.

»Meine Tochter ist mit zwölf Vegetarierin geworden und mit achtzehn Veganerin«, bemerkte sie. »Da hast du genau zwei Möglichkeiten. Entweder leidest du an dem ewig öden Tofu, oder aber du lernst, wie man Geschmack an Seitan und Co. bekommt. Ich bin ganz schlecht im Leiden, also hab ich eben gelernt. Nur eins darfst du hier nicht erwarten: Hendl. Als Landrätin hab ich in meinen politischen Festzeltjahren definitiv den Hendlbedarf eines ganzen Lebens abgedeckt!«

Irmi lehnte sich zurück. Die Frau war ein Segen. Konnte sogar kochen. Raffi hatte sich mittlerweile eine fette Maus besorgt, die er zu ihren Füßen verzehrte. Nicht lange allerdings, denn von irgendwoher flogen Irmis Kater heran. Ihr Fauchen war das zweier feuerspuckender Drachen, gewaltige Zähne wurden gefletscht. Der Hund floh mit eingeklemmtem Schwanz, was bei seinem Ringelbüschel besonders kläglich aussah.

»Hoppala«, sagte Luise, »die zwei kenn ich noch gar nicht.«

»Kater und der Kleine heißen sie. Zu gscheiten Namen hat es nie gereicht«, meinte Irmi, und noch ein Felsbrocken von der Größe des Geiselsteins fiel ihr vom Herzen.

Sie hatte ihre Kater mitgebracht und versucht, sie am ersten Tag in der Hütte einzusperren. Was völlig misslungen war. In martialischem Chorgesang hatten sie die Wände angeschrien und an den neuen Holzbohlen gekratzt. Schließlich hatte Irmi aufgegeben und sich gesagt, die beiden könnten ja eigentlich nirgends hin, und sie wüssten ja, wo ihre Futternäpfe stünden. Sie wagte nicht zu glauben, sie würden ihretwegen zurückkommen. Die Kater erkundeten ihre Umgebung und kamen natürlich wieder, lagen auf der Bank vor dem Haus, träumten in die Sonne hinein. Ein Idyll. Dann war Raffi aufgetaucht, und Irmis Magen hatte Feuer gespien. Was, wenn der Hund …? Doch auch in dieser Hinsicht war schnell Entwarnung. Der Kleine hatte dem Hund kurz eine Scharte über die Nase gezogen – und der Kas war gebissen gewesen. Das würde sich alles einspielen hier oben.

Luise lachte hell. »Kein kluger Hund legt sich mit einer Katze an, und der Raffi ist doch ganz klug, gell, Raffi?«

Der Hund kam langsam und in weitem Bogen wieder,

vorbei an den Feuerspeiern, und ließ sich den Wanst kraulen.

»Was bist du eigentlich für einer?«, fragte Luise.

»Spitz«, erklärte Irmi. »Deutscher Mittelspitz. Witwe Bolte und Kneipp hatten ihn. Die Queen auch. Auf den Bauernhöfen stirbt er aus, diese Rasse will keiner mehr. Dabei sind die wirklich spitze. Man hat jetzt lieber irgendwelche Modehunde. Labradoodle und so.« Dass ihr Bruder nicht nur eine brandneu geehelichte Frau, sondern auch eine kleine Chihuahuadame hatte, war allerdings einem von Irmis Kriminalfällen zu verdanken und nicht Bernhards Vorliebe für Schoßhündchen.

»Na, dann haben die doch alle dasselbe Hobby«, meinte Luise. »Spitze sind Ratten- und Mäusefänger, das ist ihr Job. Wir hatten mal einen Mittelschnauzer. Das sind auch gute Mäusejäger.« Sie lachte. »Unserer mochte nur leider keine Türken. Jedes Mal, wenn er dunkelhaarige, leicht exotisch aussehende Männer mit dickem Schnauzbart erblickte, ist der völlig durchgedreht. Geht natürlich gar nicht in der Politik. Politisch ziemlich inkorrekt.«

»Und deshalb hast du ihn weggegeben?«

»Nein, er starb friedlich im Garten, nachdem die Familie fast an Atemnot verendet wäre. Seine Altersflatulenz hat uns beinahe umgebracht!«

Sie lachten beide schallend, und Luise zauberte noch einen Willi hervor. Das Almleben versprach gut zu werden. Schließlich stand Luise auf und brachte ihren Langohren je einen Gutenachtapfel. Die Hütte umgab ein Holzzaun, der etwa fünftausend Quadratmeter umschloss. Auf der Ostseite befand sich der Melkstall, auf der Westseite gab es einen Paddock mit einem Unterstand, wo man notfalls kranke Tiere separieren konnte. Irmi und Luise waren sich einig, dass man die vier Langohren am besten im Hofbereich belassen sollte, zum Eingewöhnen, bis die Kühe da waren.

Es war zehn, als sie zu Bett gingen. Irmi schaute hinaus in die Berge, wo der Tag wegdunkelte und die Sterne herauffunkelten. Ihr Herz war leicht, und doch war da Unbehagen. Morgen sollten die Kühe aufgetrieben werden. Hoffentlich ging das alles gut. Außerdem würde Irmi fürs Käsen verantwortlich sein. Sie hatte einen Kurs in Kempten besucht und festgestellt, dass die Kunst des Käsens viel mit Gespür und mehr noch mit Erfahrung zu tun hatte. Und mit dem richtigen Timing. Man musste die Festigkeit der Dickete abschätzen und entscheiden, wann der Käsebruch die richtige Konsistenz zum Abfüllen in die sortentypischen Formen hatte. Viele Probestücke waren verunglückt.

Es war vier, als Geräusche sie weckten. Man hörte Rumpeln und Raffis Bellen, das sich überschlug. Irmi griff sich ihre Stirnlampe, stürmte die Treppe hinunter und hinaus, wo Luise schon versuchte, ihre galoppierenden Mulis zu beruhigen. Die beiden Esel hingegen standen wie Statuen da, jede Körperfaser gespannt. Irmi hatte einen langen Moment Angst, das eine Muli würde den Zaun überspringen, aber dann stand es endlich still mit bebenden Flanken.

»Scheiße!«, sagte Luise leise.

Irmi lief in den Unterstand, der eine Futterkammer besaß. Sie packte einen Eimer mit Karotten voll und brachte ihn zu Luise. Allmählich scharten sich die Tiere um die beiden Frauen und kauten Karotten, einzig das völlig aufgelöste Muli riss immer wieder den Kopf hoch. Irmi sah in seine Augen. Das war ein Tier, das weit mehr als ein Gespenst gesehen hatte. Irmi war nie ein Fan von Pferden gewesen, sie hatte keine mädchentypische Reitkarriere durchlaufen. Pferde ließen sie kalt, aber in diesem Moment schob das Muli seine Samtschnauze ganz vorsichtig an ihrem Ohr entlang, und der schwere Kopf ruhte auf Irmis Schulter. Das Tier bebte noch immer und schien um Hilfe zu bitten. Irmi bekam feuchte Augen und begann, irgendwas Beruhigendes zu murmeln. Als sie zu Luise hinübersah, stellte sie fest, dass auch in deren Augen die Tränen standen. Auf einmal nahm das Maultier die erste Karotte und sabberte über Irmis Oberweite. Die beiden Frauen mussten lachen. Es hatte etwas Befreiendes. Tränen, die sich mit Lachen mischen, sind etwas ganz Besonderes, denn aus ihnen kann etwas Heiteres und Großes erwachsen.

Schließlich warfen sie Heu in den Unterstand. Irmi brachte Raffi Wasser, denn auch der Hund war völlig von der Rolle. Der Tag blaute schon herauf, als sie sich auf die Bank vor der Hütte sinken ließen. Luise hatte Kaffee gemacht. Sie schwiegen lange.

»Was war das?«, fragte Irmi irgendwann.

»Die Midgardschlange, der Tatzelwurm, ich weiß es nicht.« Luise suchte Irmis Blick. »Fränzi stand schon im Schlachthof, als Tierschützer sie im letzten Moment herausholten. Sie hätte Bündner Fleisch werden sollen. Maultiere gelten eigentlich als ganz cool. Fränzi ist da anders. Sie hat viel mehr vom Pferd als vom Esel. Ich glaube, sie hat

dich ausgesucht. Du hast nun eine Freundin fürs Leben.«
Da war kein Pathos in Luises Stimme, und Irmi verstand
sie. Da war etwas Göttliches zwischen ihr und dem Tier
gewesen.

»Hoffentlich erweis ich mich als würdig«, sagte Irmi leise.
»Ich habe keine Ahnung von Pferden oder gar Mulis. Bisher haben die mir gar nichts gesagt.«

»Das macht nichts, Fränzi hat Ahnung von Menschen«,
sagte Luise. Sie hatte Raffi auf dem Schoß, der inzwischen
wieder ruhiger geworden war.

Der Morgen wurde immer heller. Das war gut. Licht
vertrieb Gespenster und Vampire.

»Was war das nur heute Nacht?«, murmelte Irmi vor sich
hin. Dann stand sie auf, ging am Zaun entlang und stutzte.
Da waren Pfotenabdrücke, die zu groß waren für Raffi. Sie
machte ein paar Fotos.

Luise war hinterhergekommen. »Spurensicherung, Frau
Kommissarin?«

Irmi verzog das Gesicht.

»Der Hund der Baskerville? Dartmoor im Ammergebirge?«

»Ich bin keine Fachfrau für Spuren. Ein großer Hund,
das könnte sein.«

»Bruno is back?«

»Ich glaube, Bären haben andere Tatzen, und es dürfte
sich in Bärenkreisen herumgesprochen haben, dass Bayern
kein gutes Pflaster für Raubtiere ist.«

Die beiden Frauen standen noch da und starrten die
Spuren an, als Raffi plötzlich wieder anschlug und bergwärts rannte. Wenig später tauchte eine Silhouette auf, von

Raffi umtanzt. Die Silhouette materialisierte sich. Ein junger Mann kam näher, der einen gewaltigen Rucksack trug.

»Der frühe Vogel?«, bemerkte Luise lächelnd.

»Stimmt schon, ich bin ein Morgenmensch. Aber ein Nachtmensch eigentlich auch. Ich brauch nicht viel Schlaf«, erklärte der junge Mann, der sich als Tobias Altendorf vorstellte, Doktorand von der ANL.

Er war groß, sicher eins neunzig, und sehr schlank. Seine braunen Augen blickten wach in die Welt, auch wenn ein Großteil seines Gesichts mit einem dunklen Bart zugewuchert war. Schon seit zwei, drei Jahren hoffte Irmi, dass sich die Bartmode wieder ändern würde. Aber sie musste den jungen Mann, der wohl Ende zwanzig oder höchstens Anfang dreißig war, ja nicht mehr gut finden. Ins Beuteschema seiner Generation passte er sicher. Er wirkte in jedem Fall sympathisch.

»Und Sie beide? Auch schon wach?«

»Ihr beide«, korrigierte Luise. »Sonst fühl ich mich ja noch älter. Ich bin Luise …«

»Und ich bin Irmi.«

»Alles klar«, sagte Tobi und sah aus, als wäre er erleichtert, dass sich die beiden Frauen als nicht allzu kompliziert herausgestellt hatten. »Und ihr, was macht ihr gerade?« Sein Blick fiel auf den Boden.

»Wir hatten Besuch. Eines meiner Maultiere ist komplett durchgedreht. Der Hund auch«, sagte Luise.

Tobi ließ den Monsterrucksack zu Boden gleiten und kniete nieder.

»Hmm, könnte ein großer Hund gewesen sein. Diese Abdrücke sind sehr regelmäßig geformt und länglich, die dicken Krallen deutlich zu erkennen. Vorderpfoten etwas länger und breiter, Hinterpfoten etwas kürzer und schmaler. Und dann der geschnürte Trab. Füchse laufen so.« Er verzog das Gesicht. »Wölfe auch.«

»Ein Wolf? Du glaubst, das war ein Wolf?« Luise starrte ihn an.

»Die Wissenschaft glaubt nicht. Sie setzt auf Empirik. Für mich sieht es aus wie eine Wolfsspur, aber ich bin kein Experte. Ich würde das nachher mal ausmessen, für den Moment wäre ein Kaffee großartig. Ginge das?«

Er nahm den Rucksack auf, und sie gingen gemeinsam zur Hütte. Irmi zeigte Tobi sein Zimmer, Luise machte mehr Kaffee.

2

Schließlich saßen sie alle in der weichen Morgensonne vor der Hütte. Der Kaffee tat gut, denn es war noch kühl. Irmi trug einen dicken Fleecepulli zu ihrer Schlafanzughose. Nicht gerade sexy, aber schließlich war sie aus Tobis Beutejahrgang eindeutig herausgewachsen, und außerdem schien er nicht gerade der Typ zu sein, der sich viel aus Optik machte.

»Wann habt ihr den Wolf denn gehört?«, fragte Tobi.

»Wenn es einer war. Das wissen wir ja noch nicht«, betonte Irmi.

Luise lächelte. »Das ist eine Kriminalkommissarin, die bezweifelt erst mal alles.«

»Echt?«, fragte Tobi beeindruckt.

»Ganz echt. Und die da«, Irmi wies auf Luise, »war mal Landrätin. Die können ewig reden, nichts sagen und dabei empathisches Interesse heucheln. Dabei denkt sie längst darüber nach, dass sie vergessen hat, zu Hause die Waschmaschine auszuräumen, dass ihre Strumpfhose zwickt und dass sie ekliges Sodbrennen hat.«

»Warst du auch mal Landrätin?«, konterte Luise grinsend.

Sie lachten alle drei.

»Also gut, wann habt ihr den unbekannten Besucher gehört?«, fragte Tobi.

»Gegen vier.«

»Das ist die Stunde der Wölfe, die Zeit der meisten

Selbstmorde, die Zeit, in der die meisten Anrufe bei der Telefonseelsorge eingehen und in der Nachtarbeiter die meisten Unfälle bauen. Biologisch gesehen, ist das die Geisterstunde, in der das Lichtwesen Mensch das meiste Melatonin produziert. Es ist sein Tiefpunkt, seine Angstzeit«, sagte Tobias ernst. »Gab es nicht doch Wolfssichtungen im Ammergebirge?«

»Ja, aber soweit ich weiß, untersuchen die gerade den Urin, machen DNA-Proben. Da ist nichts erwiesen. Angeblich gibt es Bilder von ein paar Wildkameras. Und angeblich sind es zwei männliche Jungwölfe. Aber ich glaube, das ist alles Panikmache«, sagte Irmi, ohne selbst ganz überzeugt zu sein.

»Na ja«, sagte Tobi. »Wir sind ja in Bayern groß darin, Dinge zu leugnen, die offensichtlich sind. Die drei Affen wurden wahrscheinlich in Bayern erfunden. Aber der Wolf ist längst da.« Er zog sein Smartphone aus der Hosentasche und tippte rasch darauf herum. »Ich habe hier nur die Zahlen des Monitoringjahrs 2016/2017. Da gab es in Deutschland insgesamt sechsundsiebzig Wolfsterritorien. Nachgewiesen waren sechzig Rudel, dreizehn Paare und drei Einzeltiere. Mit zweiundzwanzig Rudeln und drei Paaren lebten die meisten davon in Brandenburg. Die Zahlen werden seitdem eher gestiegen sein.«

»Das ist ja ganz schön viel.« Irmi sah ihn überrascht an. »Für die meisten ist der böse Wolf doch ein Begriff aus dem Märchen: der Wolf, der die sieben Geißlein fressen will und Rotkäppchens arme Omi. Auch die Gebrüder Grimm haben dem Wolf meines Erachtens keinen Gefallen getan.«

»Richtig«, stimmte Tobi ihr zu. »In Geschichten ist es

immer der böse, grimmige, reißende, wütende Wolf. Es gibt keine lieben Wölfe. Allerdings sollten wir uns auch bewusst machen, dass Wölfe früher eine reale Gefahr darstellten, wenn man durch wilde Wälder streifte.«

»Da hätte ich eher vor dem Räuber Hotzenplotz Angst gehabt«, behauptete Luise. »Ihr glaubt also wirklich, ein Wolf hat uns besucht?«

»Deine Mulis waren schon sehr echauffiert, oder?«, meinte Irmi. »Wenn Tiere so panisch reagieren, müssen sie doch einen Grund haben.«

»Die Viecher sind allerdings zu groß, als dass sie ins Beuteschema eines Wolfs passen würden«, bemerkte Tobi. »Der Hund hat gebellt, was aber auch kein Wunder ist, denn der Wolf mag keine Hunde. Ebenso wenig wie Menschen übrigens. Seit im Jahr 2000 ein Wolfspaar in Sachsen das erste Wolfsrudel in Deutschlands freier Wildbahn seit der Ausrottung begründet hat, gab es noch keine einzige Situation, in der sich ein Wolf aggressiv gegenüber einem Menschen verhalten hätte. Der Mensch steht beim Wolf nicht auf der Speisekarte!« Tobi dachte kurz nach. »Zumindest nicht der erwachsene Mensch.«

»Schön. Ich bin eh zu fett und zu zäh«, erwiderte Luise und wechselte recht abrupt das Thema. »Wann kommen denn nun die Kühe?«

»Im Lauf des Vormittags. Sie werden, soweit es geht, mit Transportern am Sägertalbach entlangfahren. Wahrscheinlich bis unter die Diensthütte. Ab da werden sie gehen müssen«, berichtete Tobi.

»Und wo bist du eigentlich hergekommen, Tobi?«, wollte Irmi wissen.

»Ich bin gestern mit dem Radl auf die Kenzenhütte, hab da übernachtet und bin gelaufen, schnell über den Sattel.«

»Eine schöne Morgentour«, bemerkte Irmi.

»Ja, es war sehr schön. Wenn es morgens allmählich dämmert, wenn die Berge aus dem Schwarz auferstehen, das liebe ich. Aber der Weg war viel zu kurz.« Er lächelte.

Tobi richtete sich in seinem Zimmer ein. Er hatte sogar ein Satellitentelefon dabei, wobei das Handynetz recht passabel war, besser als bei Irmi am Hof. Der junge Mann hatte mehrere Laptops dabei und jede Menge Karten.

Irmi ging los, um die Tränken zu kontrollieren. Sie hatte in den ersten beiden Tagen hier oben Hilfe beim Setzen der Zäune gehabt. Die Alm war früher ohne Zäune ausgekommen, eben weil sie diese Lage im Kessel hatte, umstanden von hohen Wänden. Aber für das Projekt sollten die Kühe in jedem Fall kanalisiert und die Weideflächen bewusst gesteuert werden. Auch sollten die Steillagen nicht gleich zugänglich gemacht werden, denn die Unterlandkühe waren sicher nicht gut zu Fuß.

Es war halb elf, als sie Pfiffe hörten. Raffi preschte los, auf einen dürren hohen Mischling zu, der zwei Männer und ein kleines Mädchen begleitete sowie die Herde der behornten Kühe. Sie bestand aus fünf Murnau-Werdenfelsern, fünf Exemplaren Original Braunvieh, zwei Pinzgauern und drei Hinterwälder-Rindern, einer Rasse, die Irmi besonders interessierte. Aus dem Schwarzwald stammend, sehr robust und selten dazu. Die ganze Truppe, die hier soeben aufgetrieben wurde, bestand aus alten Landrassen, angepasst ans Leben in bergigen Gegenden. Mit harten Klauen, starken Gelenken, trittsicher, langlebig und bis ins hohe Kuhalter fruchtbar. Die Murnau-Werdenfelser mit Mehlmaul und Brille galten vielen als schönste aller Rassen, mit einem Herdbuch, das heute lächerlich klein war.

»Griaß eich, alles gut gegangen?«, fragte Irmi.

»Bestens«, meinte einer der Männer, der sich als Fritz Resle vorstellte. Er war Landwirt auf einem Hof im Graswangtal und mit Mitte dreißig noch relativ jung. Auf seinen Schultern saß sein etwa dreijähriger Sohn. Außerdem hatte er seine achtjährige Tochter dabei, ein Mädchen mit Affenschaukeln. Sie hatte herrliche Sommersprossen und rote Haare, eine kleine Pippi Langstrumpf war das.

»Ob's die Holsteiner gut raufschaffen?«, gab Fritz Resle zu bedenken.

»Sind die denn schon da?«, entgegnete Tobi.

»Die Kühe sind schon ausgeladen worden. Sie sind momentan noch völlig verwirrt.« Der zweite Mann zuckte mit den Schultern.

»Ich geh denen mal entgegen«, sagte Tobi und stob davon.

Sie sahen ihm nach. Er rannte im Stil sehniger Bergläufer zu Tal. Fast schwebend.

»Gut zu Fuß, der Bursch«, bemerkte Fritz Resle. »Anders als die Kühe.«

»Ja, ich hab da auch meine Bedenken«, gab Irmi zu. »Wollt ihr erst mal tränken?«

Fritz Resle nickte, und sie ließen die Kühe auf die obere Weide, wo es eine neue Tränke gab. Nur einige Tiere tranken, zwei buckelten aus purer Lebensfreude gleich den Hang hinunter, und schon bald begannen alle zu grasen.

»Die Laurina, des is die gelbe Murnauerin, die kann sich eventuell etwas anstellen beim Melken«, erklärte Fritz. »Das gilt auch für die Grandezza, des is die braune mit der Blässe und dem krummen Horn. Auf die Elektra, die Hinterwäldlerin, die aa so hinterwäldlerisch schaugt, müsst ihr achten. Die ist etwas langsam, sehr rangniedrig, und ich glaub, auch etwas doof.« Er lachte.

»Na, die haben ja Namen!«

»Elegante Namen für echte Damen«, sagte Fritz. »Die Hanni hat euch eine Liste gemacht. Wo hast du die?«

Die kleine Pippi, die offenbar eine Johanna war, zog mit heiligem Ernst ein Blatt aus dem Kinderrucksack und entfaltete es zu einem Poster. Sie hatte jede Kuh gezeichnet, dabei ganz genau auf die Färbung geachtet und die Tiere mit dem Namen und mit allen Abzeichen versehen. Außerdem stand jeweils die primäre Charaktereigenschaft darunter: schnell, frech, ungeduldig …

»Und wer ist deine Lieblingskuh?«, fragte Luise.

»Die Elektra. Weil sie so doof ist. Auf die muss man schauen«, erklärte die erstaunliche kleine Hanni.

»Na, dann schau ich auf die auch ganz besonders«, meinte Luise. »Was hältst du von Schokokuchen?«

»Gut.«

»Und dein Bruder?«

»Der mag ihn auch. Der ist ein Vielfraß.«

»Kommt, dann holen wir welchen.«

Hanni und der kleine Fridolin folgten ihr in die Hütte. Luise war ein Füllhorn der Genüsse. Wo hatte sie denn nun wieder Schokokuchen her?

Die anderen nahmen auf der Terrasse Platz, es gab Käse und Speck, sie plauderten, und es verging sicher eine Stunde, bis die ersten Schwarzbunten in Sicht kamen. Langsam schoben sie ihre schweren Körper bergwärts, tastend waren ihre Schritte.

»Puh!«, sagte Luise. »Arme Mädels, ich kann euch das nachfühlen, wenn man zu fett ist und in die Berge gehen muss.«

Fritz grinste.

Sie waren übereingekommen, dass die zehn Unterlandkühe erst einmal einen Tag im Paddock verbringen sollten, um sich zu akklimatisieren. Irmi hatte dort Heu ausgelegt und hoffte, dass die Damen es annehmen würden. Sie hatten zur Vorbereitung bereits die letzten sechs Wochen mehr Heu bekommen und weniger Silage. Denn eigentlich waren das Hochleistungskühe, die von Silage und Kraftfutter lebten und deren Befindlichkeiten in Parametern auf dem Laptop des Bauern gespeichert waren.

Schließlich standen sie einfach nur da. Erschöpft, eine mit bebenden Flanken. Es wäre besser, wir hätten einen Tierarzt hier, dachte Irmi. Was nutzten eine Kriminalerin und eine Landrätin a. D. denn schon im Notfall?

»Haben die Namen?«, fragte Hanni.

»Nein, nur Nummern«, antwortete Tobi.

»Das ist aber arm«, sagte die Kleine.

»Gib ihnen doch Namen«, meinte Luise. »Und mal sie wie die anderen auch. Ich kann die ohne deine Hilfe eh nicht auseinanderhalten. Die sind für mich alle schwarzweiß. Und gleich. Eher gleicher.«

Hanni lachte ein sonniges Lachen, und es wunderte Irmi

schon nicht mehr, dass Luise auch Buntstifte vorrätig hatte. Die Namensgebung begann. Und es war Fritz, der einwarf, man müsse ihnen norddeutsche Namen geben. Am Ende gab es Svantje, Sveja, Svenja, Jule, Jette, Rieke, Frauke, Freia, Wiebke und Maike. Nicht nur die Namen Sveja und Svenja waren fast identisch, nein, die beiden Kühe sahen auch beinahe aus wie Zwillinge mit fast gleicher Zeichnung, wobei das kluge Kind sofort feststellte, dass Sveja einen längeren Schwanz habe und zudem eine breitere Blesse.

Hanni zog mit Luise, Fridolin und ihrem Onkel Lois – dem zweiten Mann – los, um die Bilder im Melkstall aufzuhängen. Tobi und seine zwei Kollegen von der Akademie, die mit den Kühen gekommen waren, saßen in der Stube und arbeiteten am Computer. Die beiden Hunde spielten. Irmi fühlte sich auf einmal leicht und schwer zugleich. Mit Kindern wie Hanni stand die Sonne im Zenit, der Mond lachte, und die Sterne applaudierten funkelnd. Mit der Aufgabe, die ihr in diesem Sommer bevorstand, hatte sie sich vielleicht aber doch überhoben. Hatte sie das Gewicht als zu leicht eingeschätzt?

»Sie ist reizend, deine Tochter«, sagte sie zu Fritz. »Und sie hat so viel Gespür.«

»Das hat sie von der Mama«, sagte er, und da lag eine tiefe Liebe in seiner Stimme.

Es gab sie noch, diese Familien, die auf dem festen Boden der Zuneigung Gerüste bauen konnten, die spielend in den Himmel reichten.

»Sie will Tierärztin werden, aber eine, die wenig operiert und viel mit Kräutern macht, hat sie gesagt«, fuhr er fort.

»Das schafft sie bestimmt«, meinte Irmi. »Sie wird alles schaffen.«

»Das glaube ich auch. Jetzt schon.« Fritz atmete tief durch. »Sie hatte einen ganz schweren Herzfehler. Wir waren zwei Jahre fast nur in der Klinik. Mit vier hatte sie noch eine OP.«

»Und jetzt ist alles gut?«

»Ja, Gott sei Dank. Und sie hat uns geholfen. Ohne diese Krankheit hätte ich vielleicht weitergemacht wie vorher. Also mit Vaters Landwirtschaft. Aber wir waren am Scheideweg. Die Frage stand im Raum, wie man mit dreißig Kühen im Vollerwerb leben kann. Wir waren uns auch sicher, dass wir der nächsten Generation nicht einen Berg von Schulden hinterlassen möchten durch dieses Höher-schneller-größer-Hamsterrad. Ich hatte noch einen Brotjob im Lagerhaus. Melanie, das ist meine Frau, arbeitet Teilzeit als Tierarzthelferin. Die Tage werden endlos lang: Stallzeit, acht Stunden Arbeit, Fahrzeit, wieder Stallzeit, schnelles, spätes Essen, wenig Schlaf. Das macht dich auf die Dauer krank. Ich wollte auch mal die Familie sehen. Die Kinder sollten mehr von ihrem Vater haben. Es kann alles so schnell vorbei sein.«

»Und deshalb habt ihr auf Heumilch umgestellt?«

»Ja, und erst mal Lehrgeld bezahlt. Heumachen ist, wie du sicher weißt, ein nervenaufreibendes Geschäft. Es braucht mindestens drei trockene, sonnige Tage, im Idealfall noch ein Lüftchen dazu.«

»Ja, die singenden Mägde hoch auf dem sonnenbeschienenen Heuwagen – das ist Romantik aus alten Schwarz-Weiß-Filmen. Diese Welt gibt es nicht mehr, und in Bayern ist es nicht umsonst so grün, es regnet halt viel. Meine Nerven liegen immer brach, wenn sich am Tag des Einführens ein Gewitter drohend heranschiebt. Mein Bruder und ich machen noch einen kleinen Teil Heu. Ich hasse es manchmal, so vom Wetter abhängig zu sein.«

»Ohne eine Heutrockenanlage geht es nicht«, meinte Fritz. »Aber du musst erst mal raushaben, mit wie viel Restfeuchte du das Grüngut in die Anlage gibst. Wir hatten eine steile Lernkurve, es gab genug Fehlschläge und sogar einmal die Verzweiflungstat, das Heu wieder auf die Wiesen zu verteilen. Die Nachbarn haben sich scheckig gelacht. Anfangs waren wir wie auf glühenden Kohlen, alle haben gemäht, bloß wir nicht.«

»Ich habe meinem Bruder auch schon öfter eine Umstellung angetragen. Mit Bio brauchst du ihm eh nicht zu kommen, aber Heumilch wäre für mich ein Kompromiss. Er meint freilich, die Milchleistung würde sinken.«

»Nein, das stimmt nicht. Außerdem ist Heu luftig und locker und dadurch in der Handhabung viel einfacher. Da kann meine Frau, und die hat eben auch bloß fünfundfünfzig Kilo, ohne Probleme Heu aufgabeln und hinwerfen. Silo hingegen ist Schwerstarbeit. Und gefährlich, wenn du im Winter bei scharfen Minusgraden und Schneesturm Futter holen musst. Nein, wir bereuen das nicht – aber ohne Hannis Krankheit? Wer weiß.«

Inzwischen waren die anderen zurückgekommen. Die Zeichen standen auf Aufbruch.

»Wir kommen in jedem Fall ab und zu rauf, wenn's euch nicht stört«, sagte Fritz. »Ich bin gespannt, was ihr für Ergebnisse für die Wertigkeit der Milch herausbekommt.«

»Ich auch«, sagte Tobi.

Die beiden Kollegen von Tobi wollten weiter zur Kenzenhütte, wo es demnächst ein Almsymposium mit dem Schwerpunktthema Wolf geben sollte. Denn der Wolf war ein viel diskutierter Faktor bei der Frage, ob man Almen weiter beschicken wollte. Der Abschied war herzlich, dann zogen alle davon. Zurück blieb das ungleiche Trio.

»Guter Typ, der Fritz«, sagte Irmi.

»Ja, bei so einem möchte man grad ans Gute im Manne glauben«, stimmte Luise zu.

Tobi grinste und trollte sich.

Es war der erste Abend, an dem gemolken wurde. Irmi war beeindruckt von den gewaltigen Eutern der Holsteinerinnen. Sie hatten am Mangoldhof auch Kühe mit guter Milchleistung, aber diese Damen? Eine der Kühe, nach Hannis Liste war das Jette, wirkte immer noch völlig erschöpft. Luise gab der Kuh Rescue-Tropfen, und schon nach einer Stunde wirkte Jette deutlich entspannter.

In dieser Nacht schlief Irmi schnell ein. Einer der beiden Kater lag auf ihren Füßen.

Mitten in der Nacht erwachte Irmi davon, dass Raffi anschlug. Sie sah aufs Handy. Es war kurz vor vier. Sie packte ihre Jacke und eilte nach unten. Wenig später kamen auch Luise und Tobi. Es war eine helle Sternennacht. Einer der Esel trötete, die Mulis wirkten aufmerksam, aber nicht so panisch wie in der vergangenen Nacht. Die Kühe waren unruhig, aber auch nicht so, dass sie um ihre Zäune fürchten mussten.

Auf einmal schallte ein Geräusch durch die Nacht, das

sie alle nicht mehr kannten und dennoch erkannten. Weil es Filme gab, die mit diesem Heulen Angst schürten. Es war eindeutig das Geheul eines Wolfs. Sie alle starrten in Richtung des Lauts, der in ihnen widerhallte und vibrierte. Und dann fiel eine zweite Stimme ein, etwas höher und dramatischer. Raffi winselte in einer Tonlage, die Irmi noch nie gehört hatte. Am Hang unter den Wänden des Kessels bewegte sich etwas. Im Augenwinkel sah Irmi, dass sich Luise auf den Mund schlug. Ihrer aller Blicke waren festgezurrt an einem Waldstück. Irmi kniff die Augen zusammen, um scharf zu sehen. Ein Tier bewegte sich langsam am Waldrand entlang und verharrte kurz, als wollte es sagen: Ich bin da! Und schon war der Wolf wieder verschwunden.

Es dauerte eine geraume Weile, bis sie sich alle drei gefasst hatten und zu reden trauten.

»Da war ein Wolf«, flüsterte Luise. »Das war doch einer?«

»Oder ein großer Hund. Ein Schäferhund oder so«, sagte Tobi.

»Welcher Schäferhund hört sich so an? Und warum sollte der hier oben in der Nacht herumgeistern?«, fragte Luise mit bebender Stimme.

»Abgehauen? Hunde hauen oft ab.«

Irmi ließ die beiden sprechen. Horchte in sich hinein. Spürte ihrem ersten Impuls nach. Es war ein Wolf gewesen.

Die drei gingen mit eingeschalteten Stirnlampen über ihre Alm. Wieder entdeckten sie Spuren, die denen vom ersten Mal glichen. Sie führten zum Kaninchenstall, wo das Gitter zerstört war. Ein Kaninchen fehlte. Es gab Blutflecken. Die anderen drei hockten verängstigt in der Ecke.

»Scheiße! Der arme Bommel. Das gibt's doch nicht.« Luise hatte Tränen in den Augen.

»Ich reparier das«, sagte Tobi düster.

Keiner von ihnen hatte Redebedarf. Sie verschwanden noch kurz in ihren Zimmern. Schlaflos. Alarmiert. Irmis Herz pochte.

Es war gut, dass Arbeit wartete. Sie waren übereingekommen, erst mal nicht mehr über den nächtlichen Vorfall zu sprechen und keine voreiligen Schlüsse zu ziehen. Iltisse oder Füchse holten sich ebenfalls Kaninchen. Auch die These vom streunenden Hund war nicht von der Hand zu weisen. Sie alle fürchteten um das Projekt, das ja noch gar nicht richtig begonnen hatte. Alle drei hielten ihre bangen Emotionen unter Verschluss.

Sie waren wieder beim Melken, Laurina war wirklich etwas zickig, und Elektra wäre wohl gerne Schoßhund geworden. Sie wanzte sich an Luise ran und wollte verwöhnt werden.

»So schöne Kühe, und keiner will sie mehr. Nur noch die Leistung zählt«, sagte Luise und kraulte Elektra intensiv zwischen den Hörnern.

»Nun ja«, sagte Tobi, »es wäre schon einseitig, nur die Leistungsoptimierung verantwortlich zu machen. Man darf nicht vergessen, dass diese alten Rassen oft Dreinutzungsrinder waren. Milchkuh, Fleischrind und Arbeitstier. Sehr viele Stierkälber wurden zu Ochsen und als Zugtiere eingesetzt. Damit entzog man eine wertvolle Genreserve. Es waren einfach keine guten Zuchttiere mehr da.«

»Ja gut, das ist ein Aspekt, aber letztlich ging es doch um die Verbesserung der Milchleistung!«

»Ja, unter dem enormen wirtschaftlichen Druck muss ein Landwirt heute sehr genau rechnen. Nur eine gesunde Kuh hat eine längere Lebensdauer und damit eine längere Nutzung. Wenn man weiß, dass der Landwirt erst nach dem dritten Kalb an der Kuh verdient, leuchtet das ein.«

»Es ist ja schön und recht, dass du die Landwirte verteidigst, Tobi, aber müssten die nicht reagieren? Die hätten es doch in der Hand!«, rief Luise.

»Nur sehr bedingt. Nehmt zum Beispiel China. Bis 2019 prognostizieren Fachleute im asiatischen Raum einen Mehrbedarf von hundert Millionen Tonnen Milch. Natürlich klingt in unseren Ohren ein Betrieb mit dreißigtausend Kühen seltsam, ja unglaublich. Aber so etwas ist längst Realität. Und das Rad wird sich weiterdrehen.«

»Aber dann haben die Bauern im alten Europa doch eh keine Chance«, erwiderte Luise. »Außer wenn sie sich auf Bio und Regio einrichten, oder?«

»Ja, im Prinzip könnte das ein Weg sein. Aber ohne Überzeugung kannst du nichts werden. In keinem Job! Es nutzt nichts, Landwirten eine Umstellung auf Bio, Regiovermarktung oder Heumilch vorzuschlagen, wenn das komplett außerhalb ihres Weltbilds liegt«, meinte Tobi.

Ja, von der Sorte gab es viele, dachte Irmi. Ihr Bruder Bernhard war auch so einer. Man durfte gespannt sein, welchen Einfluss Zsofia auf ihn nehmen würde.

Luise blickte hinüber zu den Holsteinerinnen, die sie nach dem Melken erstmals auf die hüttennahe Wiese gelassen hatten.

»Warum fressen die nicht? Schau mal, Irmi. Die stehen da und schauen blöd.«

»Weil sie es nicht können«, antwortete Irmi.

»Jede Kuh kann doch fressen!«

»Fressen ja, Silage und Kraftfutter, das in der Futterrinne liegt. Aber Gras abzupfen, das haben die nie gelernt.«

Irmi schlenderte über die Wiese, bückte sich, zupfte ein paar Gräser aus und hielt sie einer der Holsteinerinnen vor die Nase.

»Wiebke, das alles mag dich verwirren, du bist aber hier hochgekommen, du hast das geschafft! Also iss jetzt was. Schau dir die Kolleginnen mit den Hörnern da drüben an, die machen es dir vor. Und pass beim Gehen auf. Löcher hat's auch.«

Wiebkes Zunge kam aus dem Maul und umschloss das Gras. Dann kaute die Kuh nachdenklich vor sich hin. Nachdem ihr Irmi noch mehrfach Gras angereicht hatte, schien sie das Prinzip verstanden zu haben.

»Du willst das aber nicht bei allen machen? Das sind zehn Stück!«, rief Luise lachend.

»Nein, sie wird es den anderen weitererzählen.«

Auch Tobi hatte gelacht, doch jetzt schaute er wieder ernst. »Ja, sie werden es lernen. Es gab schon öfter Versuche, bei denen man Fremdvieh auf Almen und Alpen aufgetrieben hat, weil die almberechtigten Talbauern oft schlichtweg zu wenig Vieh haben, um die Weideflächen abzugrasen.«

»Ich habe immer gehört, dass die Zahl der Rinder in den vergangenen zehn Jahren im Allgäu und Oberbayern nur minimal gesunken ist«, sagte Luise. »Das kommunizieren zumindest die alm- und alpwirtschaftlichen Vereine. Wo liegt denn dann das Problem?«

Tobi lächelte wieder. »Ja, das Argument kenn ich. Das sind Zahlen, aber die dokumentieren nicht den Zustand der Almen! Es sind zu wenig Tiere, überall wachsen Almen zu, auch die, die noch bestoßen werden.«

»Zu wenig Tiere?«, wiederholte Luise ungläubig. »Die Bauern haben doch immer mehr Kühe?«

»Das schon, aber das Hauptproblem ist doch die Tallandwirtschaft. Almwirtschaft ist immer ein Teil von einem Gesamtbetrieb, von einem Gesamtkonzept, und wenn im Tal nur noch mit Laufställen gewirtschaftet wird und die Almen unnötig werden, dann sterben allmählich die Almen und Alpen. Noch mag alles ganz gut aussehen. Die jetzigen Hofbetreiber wurschteln sich noch irgendwie durch, aber wir haben in Oberbayern ein gravierendes Höfesterben, das in Zukunft noch schlimmer werden wird. Das ist natürlich auch ein Nachfolgerproblem.«

»Stimmt«, sagte Irmi. »Mein Bruder wird auch der Letzte sein, der unseren Hof betreibt.« Außer, wenn es doch noch Nachwuchs geben würde … Dann war aber noch längst nicht gesagt, dass dieses Kind den Hof übernehmen wollte.

»Die ganze aufwendige Almbeschickung passt nicht mehr in moderne Betriebskonzepte, und die Almflächen geraten schleichend in einen immer schlechteren Zustand, die Artenvielfalt geht zurück, und auch der Futterwert sinkt. Die Flächen verbrachen und verbuschen. War hier ja auch so. Im Jahr 1960 wurden die letzten Kühe aufgetrieben, das Drama begann. Zwanzig Jahre später wollte man Pferde einsetzen, um die Grasflächen freizuhalten, doch schon damals gab es viel zu viel Sauerampfer und damit zu wenig Futter für die Pferde. Beinahe hätte man den Sauerampfer mit Chemie beseitigt, was gottlob am Naturschutz gescheitert ist, aber die Alm ist immer weiter zugewachsen. Wartet mal …«

Tobi verschwand und kam wenig später mit einem Laptop wieder. Er zeigte ihnen Fotos vom Almboden an der Stelle, wo nun die neue Hütte stand. Nichts als Ampfer, Huflattich und Farne. Rechts von ihnen ein gewaltiger Wald aus Ahorn.

»Wahnsinn!«, rief Luise. »So sah es hier aus?«

»Ja, wir haben vor drei Jahren begonnen, erst mal manuell einzugreifen. Haben die Sense geschwungen und Bäume gerodet. Ahorn ist sehr raschwüchsig, der wuchert geradezu. Und das Problem war ja, dass die Fläche inzwischen zu Wald geworden war. Der Forst sagt, Wald ist Wald, und der fällt nun mal in seinen Zuständigkeitsbereich. Obwohl das vorher eine Freifläche war. Die Rodung musste also genehmigt werden. Das war alles sehr zäh. Dem Forst geht es nur um gnadenlose Gewinnmaximierung. Die verwerten inzwischen lächerliche Prügel, geht ja alles in die Hackschnitzel!«

»Aber ihr hattet offenbar Erfolg?«, fragte Luise.

»Viel Geschreibe und Argumentieren, und noch schlimmer wurde es, als wir im ersten Jahr Schafe und Ziegen aufgetrieben haben. Da kriegen Förster einen Herzinfarkt. Sie schreien: Verbiss, Verbiss, zu Hilfe! Die haben im Studium schon gelernt: Nur ein totes Reh ist ein gutes Reh. Komm denen mal mit Ziegen! Aber die Ziege als Luftweider hält eben die Büsche klein. Schafe hingegen sind außerordentlich anpassungsfähig und hochmobil mit guter Geländegängigkeit in Hanglagen, lärmfrei und ganz ohne Spritverbrauch.« Tobi lachte. »In ihrem dichten Fell transportieren sie die Samen gefährdeter Pflanzen von einem Biotop zum nächsten. Im Boden sind die Samen der Gräser nämlich noch drin, der Boden ist eine echte Samenbank!« Tobi hatte sich in Rage geredet, das war seine Welt.

Irmi lächelte ihm zu. Es war schön zu sehen, mit welcher Passion so ein junger Mensch seine Arbeit tat. Und zwar eine, die Zukunft schuf.

»Waren nicht auch Pferde da?«, fragte Irmi.

»Ja, im zweiten Jahr. Ein paar Haflinger. Das Pferd ist für die ganz kurzrasige Struktur verantwortlich. Wir hatten auch wieder Alpine Steinschafe dabei, und in diesem Jahr kommen nun Kühe. Aber ich sag euch eins: Wir werden hier unentwegt weiter der Verkrautung zu Leibe rücken müssen. Rupfen, zupfen!«

»Drum sind wir ja hier«, meinte Irmi. »Die Kripo und die Lokalpolitik. Und die Wissenschaft.«

Tobi lächelte. »Ja, wir werden die Tiere gezielt auf die Fläche führen müssen. Es muss ein Teil wirklich abgeweidet sein, bevor die Herde weiterzieht. Ein richtiger Hirte ist im Grunde eine Art Manager.«

»Ich mach mir Sorgen, ob wir das hinkriegen«, sagte Luise. »Heute Morgen kommt mir die Aufgabe komplizierter vor, als ich gedacht hatte.«

»Klar kriegen wir das hin!«, rief Irmi und versuchte, Überzeugungskraft in ihre Stimme zu legen, obgleich auch sie permanent das Gefühl beschlich, hier womöglich zu versagen.

»Wir müssen das sogar hinkriegen. Es geht um Wissen für die Zukunft. Und manches liegt gar nicht in unserer Hand. Der Klimawandel zum Beispiel. Es ist dokumentiert, dass die Vegetationszeiten sich früher ins Jahr verschieben, wir brauchen viel flexiblere Auf- und Abtriebzeiten«, sagte Tobi. »Und dann ist da natürlich noch der Faktor Geld. Ein guter Hirte ist teuer, genau wie gute Zäune, die ja auch regulierend wirken. Da sind die Interessen des Schutzwaldes, mit den Forstleuten ist niemals gut Kirschen essen. Auch gegen den Schutzwald muss abgezäunt werden, und auch das kostet Geld.«

Ein weites Feld, dachte Irmi. Und sie dachte wieder an den nächtlichen Besucher.

»Wir sind aber günstig«, versicherte Luise. »Und dein Doktorandengehalt zahlt dein Arbeitgeber, oder?«

Tobi nickte. »Aber darum geht es mir ja nicht. Ich halte das Projekt wirklich für richtungsweisend.«

»Es wundert mich wirklich, dass man diesen Kühen das Grasen beibringen muss. Auch in einer Kuh wie Wiebke muss doch ein bisschen Restinstinkt stecken, oder?«, meinte Luise.

»Die Kuh stammt vom Auerochsen ab. Früher war eine Kuh viele Stunden des Tages mit Grasen und Wiederkäuen beschäftigt. Ein ganz normaler Vorgang. Ich bin mir sicher, dass die das wieder lernen werden«, beruhigte Tobi sie.

»Ich hoffe jedenfalls, unser Projekt hier liefert Argumente für eine althergebrachte Tierhaltung«, sagte Luise. »Für eine Fütterung mit Gras und Bergkräutern.«

Tobi nickte. In seinem Blick lag eine gewisse Verwunderung, dass seine beiden Almkolleginnen gar nicht so unbeschlagen waren. Irmi lächelte in sich hinein. Vielleicht würden sie es doch ganz gut wuppen. Sie waren ein gutes Team, so unterschiedlich sie auch waren. Oder gerade deshalb. In jedem Fall würde es ein spannender Sommer werden.

»Ich bin gespannt, was uns Wiebke und die anderen am Ende des Almsommers erzählen werden«, sagte sie. »Eins ist klar: Wenn wir weiter Gäste mit dieser ganz speziellen Almenkulturlandschaft anziehen wollen, dann brauchen wir ganz dringend ein Bündnis aus Landwirtschaft, Naturschutz und Tourismus. Es muss auch an den Stellschrauben in der Politik gedreht werden.«

»Gut gebrüllt, Löwe«, entgegnete Luise. »Ich bin da eher pessimistisch. Der Mensch bewegt sich ungern.« Mit einem Seitenblick auf Tobi meinte sie: »Der Löwe kommt aus der Augsburger Puppenkiste, nicht ganz deine Generation.«

»Ist das nicht eigentlich Shakespeare, aus dem ›Sommernachtstraum‹?«, meinte Tobi. »Well roared, lion?«

»Klugscheißer!«, rief Luise lachend.

Tobi grinste.

3

Es ging aufs Wochenende zu. Irmi war auf der Alm unterwegs, weil sie sich Sorgen wegen des Jakobskreuzkrauts machte. In einem Randbereich entdeckte sie tatsächlich einen Buschen jenes Krauts, über dessen Gefährlichkeit viele lange nicht Bescheid gewusst hatten. Das hatte sich nach Warnhinweisen aus der Reiterszene verändert. Inzwischen waren sogar harte Brocken wie Bernhard auf der Hut. Teilweise riss er nun auch den harmlosen Wiesenpippau aus, um ja kein Kreuzkraut zu übersehen.

Svenja und Sveja grasten Bauch an Bauch. Es war ihnen anzumerken, dass sie das alles noch sehr verwirrte, aber Irmi betete inständig, dass sie vor größeren Katastrophen verschont bleiben würden. Nach den wenigen Tagen bildeten die Holsteinerinnen eine eigene Gruppe, bei der Wiebke in die Rolle der Leitkuh hineinzuwachsen schien. Die zickige Laurina hatte ein paar Scheinangriffe gegen die Unterländerinnen gefahren, aber nichts Ernstzunehmendes. Nun grasten beide Herden mit deutlichem Abstand zueinander und hatten wohl beschlossen, die jeweils anderen blöd zu finden.

Irmi lief der Schweiß unter der Hutkrempe zusammen, es war wirklich affenheiß. In der Ferne sah sie Tobi, der die gute Idee gehabt hatte, Infotafeln zu gestalten. Auf der anderen Alm standen solche Tafeln schon länger. Tobis Schilder waren etwas bescheidener, aber er erklärte darauf das

Projekt, erläuterte Fakten zum Einfluss des Horns auf die Milch und hatte eine Tafel mit Rassebeschreibungen der Kühe gemacht. Er war gerade mit dem Aufstellen beschäftigt, als ein Mann auf ihn zukam. Schon aus der Ferne war nicht zu übersehen, dass der Mann übel gelaunt war. Irmi stopfte das abgezupfte Kraut in einen Sack, um es später abzufackeln, und kam näher. Satzfetzen hallten herüber. »A Schmarrn is des!« Und: »Akademikerdeppen in Minga drunten!«

Bald hatte Irmi die beiden erreicht. Der Mann war eher ein Männlein, das allerdings nicht still und stumm im Walde stand, sondern rumzeterte und krakeelte.

Tobi wirkte ruhig wie immer. »Der Herr Mittermaier aus dem schönen Altenau hat mir soeben erklärt, dass Kühe keine Hörner brauchen.«

»Es gibt sogar genetisch Hornlose, des is die Wahrheit, du Ochs, du!«, rief der Mann.

»Sie sind also der Herr Mittermaier?«, fragte Irmi bemüht freundlich.

»Ja, Egon Mittermaier, und Sie san die Mangold, des woaß i scho.«

»Ach was?«

»Ja, Hobbyhirten seid's alle! Umschauen werd's eich mit eirem Projekt. Es wui koaner mehr Hörner, is aa vui zu g'fahrlich.«

»Nun ja, Herr Mittermaier, Kühe kommunizieren nun mal mit Horn. Jede Stellung der Hörner gegenüber den Artgenossen ist eine Botschaft. Oft reicht die Demonstration auf Distanz, und die Rangordnung lässt sich ohne Kampf klären«, versuchte es Irmi.

»Ja, du siebengescheits Weib, host du scho mal Rinder mit Löchern im Euter oder mit einem Loch in der Stirnplatte g'sehn?«

»Herr Mittermaier, das liegt doch nur daran, dass Sie und Ihresgleichen Kühe in den Laufstall pferchen! Der Platz ist im Laufstall nun mal so bemessen, dass ein rangniederes Tier wenige Ausweichmöglichkeiten hat. Das Enthornen ist angeblich wegen der Haltungsform notwendig. Aber selbst im Laufstall könnte man mit weniger Kühen arbeiten, die sich dann auch nicht verletzen würden«, hielt Irmi dagegen.

»Des geht aber ned! Mir brauchen mehr Viech!« Er durchbohrte Irmi mit seinem Blick. Dann Tobi. »Da könnt's aa blede Taferl aufstellen, a paar blede Stadtleit interessiert des vielleicht. Aber an der Basis ziagt koaner mit.«

An der Basis? Ein beachtlicher Redner, der Herr Mittermaier.

»Was verschafft uns eigentlich die Ehre Ihres Besuchs?«, fragte Irmi.

»I woit amoi schaun. I hob eich im Auge. I und mehrere andere aa. Auf eirer Witzalm.«

Ohne eine Verabschiedung stob er davon. Talwärts. Hinein in den Wald.

Tobi und Irmi sahen ihm nach.

»Rumpelstilzchens legitimer Erbe«, bemerkte Irmi.

»Die Meinung des Landvolks. Wir werden viel Gegenwind bekommen über den Sommer. Solche gibt es zuhauf.« Tobi wischte sich Schweiß von der Stirn. »Nun denn, ich mach mal weiter mit meine bleden Taferl.«

Ja, das kleine Stilzchen hatte sie im Auge. Irmi war klar, dass viele andere auch nichts von der Wiederbelebung einer Alm hielten. Sie atmete tief durch. Es war eine sehr instabile Waage, die ständig zwischen »wir werden versagen« und »wir schaffen das« hin- und herschwankte.

Wie Tobi prognostiziert hatte, kamen am Samstag einige Leute vorbei. Wanderer, deren Weg hier entlangführte. Neugierige, die irgendwas aufgeschnappt hatten von dem Projekt. Drei Studenten und zwei Studentinnen von der Uni Weihenstephan waren darunter und ein Landwirt von Mittermaiers Couleur. Und alle hatten sie etwas zu sagen. Irmi, Luise und Tobi gaben geduldig Auskunft. Argumentierten und brillierten mit Wissen. Raffi freute sich über jeden Besucher. Der weiße Wirbelwind war unglaublich begeisterungsfähig.

Es hätte ein stiller Almsommer werden sollen, doch wenn das so weiterging, hätte sie auch in einer samstäglichen Fußgängerzone campen können, dachte Irmi. In Schwaigen sah sie deutlich weniger Menschen. Es war allerdings auch das erste Wochenende mit großartigem Wetter. Da waren die Berge voll von Wanderern und Mountainbikern. Die bayerischen Alpen waren Vorgärten für München und Augsburg. Der Stadtmensch, der unter der Woche hart arbeitete, hatte sich seinen Alpentrip ja auch verdient.

Es war Sonntagmittag um zwei. Das ungleiche Trio saß vor einer Brotzeit. Würde das so weitergehen mit den Mahlzeiten, die auch mal ausfielen, würde Irmi sehr erschlankt im

Herbst zu Tale schweben. Schon nach einer Woche hatte sie das Gefühl, fitter zu sein als je zuvor. Sie wollte die Höhenmeter, die sie zurücklegte, gar nicht wissen. Für die Zeit hier oben hatten sie einiges an Lebensmitteln im Vorratskeller eingelagert, und sie würden ab und zu im Tal einkaufen – der Vorteil einer Alm, die am Ende eines Karrenwegs lag und nicht im Hochgebirge. Gerade aßen sie Käse, Speck und Bauernbrot – Luise konnte sogar Brot backen –, als ein Mann, gefolgt von Frau und zwei Kindern, über die Wiese gerannt kam. Er schrie und fuchtelte mit den Händen. Atemlos kam er bei den dreien an.

»Weiter oben, ein Unfall, die Kühe, die Frau …!«

»Ganz langsam. Beruhigen Sie sich.« Luise reichte ihm ein Glas Wasser.

Er kam langsam zu Atem. »Weiter oben haben die Kühe eine Frau … sie haben sie niedergetrampelt. Ich hab kein Handy dabei. Einen Arzt, schnell …«

Tobi war schon drinnen am Satellitentelefon und orderte Hilfe. Wenig später kam er mit dem Sanitätsrucksack auf dem Rücken wieder heraus. Irmi und Luise waren aufgesprungen und liefen bergwärts. Die Holsteiner Kühe blickten sie triefig an. Sie standen in einem lockeren Verbund, die meisten lagen und käuten wieder. Ein, zwei hievten ihre schweren Körper hoch, verwirrt angesichts der rennenden Menschen. So, als trampelten sie Menschen nieder, wirkten sie wahrlich nicht.

Auf dem halben Weg zum Sattel hinauf war die andere Herde außer Rand und Band. Die Kühe galoppierten ihnen entgegen, vor sich her trieben sie einen Hund, irgendeinen Terrier, mutmaßte Irmi. Sie wusste, dass es lebensmüde wäre, sich ihnen entgegenzustellen. Der Hund würde sehen müssen, wie er entkam. Wer Kühe für dicke, träge Tiere hielt, wurde hier eines Besseren belehrt. Diese hier waren extrem trittsicher, wendig und schnell.

Tobi hielt einen seiner Wanderstöcke wie eine Waffe vor sich und brüllte ein kerniges: »Haut ab, ihr Mistviecher!« Die Leitkuh, es war die Murnauerin Laurina, drehte ab, die Kühe verlangsamten ihre wilde Hatz und liefen ein Stück den Hang unterm Feigenkopf hinauf. Da wurden sie langsamer und begannen zu grasen.

Die Menschen eilten weiter auf einen roten Punkt zu, in einer Kuhle neben einem großen Bergahorn. Der Punkt entpuppte sich als eine Frau, die bewusstlos dalag und am Kopf blutete. Ihre rote Jacke und ihre beige Trekkinghose waren voller Flecken. An der Wade war die Hose zerrissen, dort klaffte eine gewaltige Wunde. Das Blut schoss heraus wie bei einem isländischen Geysir. Irmi war klar, dass Hufe über die Frau hinweggezogen waren. So ein Rind wog sechshundert bis achthundert Kilo, sie musste in jedem Fall innere Verletzungen davongetragen haben. Irmi hatte eine Sanitätsausbildung, Tobi auch, sie beide wussten, dass es kurz vor zwölf war. Tobi versuchte, das Bein abzubinden, er hantierte schnell und professionell. Es sah nicht gut aus, gar nicht gut.

Vom Sattel her tauchten die Bergwachtler auf, die ihre Hütte unterhalb der Kenzen hatten. Ein Sanitäter war dabei. Der Hubschrauber war alarmiert. Irmi machte ihnen Platz und betrachtete das düstere Bild von ferne. Eine Frau, die an der Schwelle zum Tod stand, und nur Gott wusste, wann sich diese Tür öffnete. Neben der Frau lag ein Rucksack, der ebenfalls zertreten aussah. Eine Hundeleine ringelte sich am Boden, und was das Ganze bizarr und unwirklich machte: Da lag ein Geigenkasten, den Irmi verdutzt öffnete. Die Geige darin schien heil geblieben zu sein, zumindest sah man keine offensichtlichen Schäden.

Schon bald schwebte der gelbe Retter ein. Während der Notarzt die Frau reisefertig machte, fiel sein Blick auf Irmi.

»Ist die Kripo schon da, Frau Mangold?«, fragte er überrascht.

»Nein, ich bin … äh … privat hier. Oder besser gesagt: Ich hab eine Art Sabbatical genommen, das ich hier auf der Alm mit meinen Kollegen verbringe.«

»Ach was! Na, dann wappnen Sie sich, meine Liebe. Es wird ein Sturm über Sie hereinbrechen, gegen den der Hubschrauber leise ist. Ich höre die Schlagzeilen schon: Erneuter Mörderkuhangriff. Kühe außer Rand und Band. Mörderalm. Na, viel Spaß! Wir haben solche Fälle jeden Sommer mehrmals, Frau Mangold. Nicht jeder endet so tragisch, aber die Menschen sind ja völlig bekloppt. Weidegatter und Zäune werden nicht mehr geschlossen. Anstatt die Tiere zu ignorieren und weitläufig zu umgehen, muss man sie streicheln oder gar füttern. Am schlimmsten ist das Selfie mit Kuh. Zum Glück haben wir beide den Zenit unseres Schaffens inzwischen überschritten. Ich bin heilfroh, dass ich die voranschreitende Deppenwerdung der Menschheit zumindest beruflich nicht mehr lange miterleben muss.« Der ältere Mann atmete tief durch und warf dann einen Blick in die Runde. »Jetzt empfehle ich mich. Ich befürchte, der Berg wird heute noch weitere Opfer fordern.« In dem Moment meldete sich sein Piepser. »Sehen Sie, ich bin ein Hellseher.« Er hob die Hand zum Gruß, eilte zum Heli, in den die Sanitäter inzwischen die Frau eingeladen hatten. Mit Lärm und Sturm der Rotoren zog der Hubschrauber eine Bahn ins Himmelblau.

Sie alle sahen ihm hinterher, bis einer der Bergwachtler ausstieß: »Recht hat er. Und ihr sagt, dass ein Hund im Spiel war?«

Irmi nickte.

»Die Leute kapieren es einfach nicht, dass ein Hund für Kühe zur Bedrohung wird. Vor allem bei Mutterkühen, die Kälber führen. Wir leiern das wie aus dem Gebetbuch runter, wir haben Infobroschüren, an vielen Weiden stehen inzwischen Schilder. Wer mit Hund unterwegs ist, sollte den Hund in jedem Fall anleinen und die Tiere in gebührendem Abstand umwandern. Wenn der Hund auf Kühe durch Bellen reagiert, sollte man erst recht einen großräumigen Bogen schlagen. Und wenn die gute Zenzi dann doch loslegt, dann darf der Fiffi von der Leine. Der ist wendiger als Herrchen und Frauchen und lenkt die Kuh eventuell ab. Aber die Leute kapieren das nicht!«

»Wir müssen den Hund einfangen«, sagte Tobi düster, »der geistert ja hier noch rum und kann noch mehr Schaden anrichten.«

Luise hatte die ganze Zeit geschwiegen. Sie sah schlecht aus und plötzlich älter, als sie war. Irmi war in einer gewissen Weise abgehärtet, was Blut, Tod und Verdammnis betraf. Tobi war anscheinend auch hartgesotten. Luise aber litt. Sie war sicher eine gute Landrätin gewesen. Eine, die empathisch zugehört hatte in ihren Bürgersprechstunden.

Die vielleicht gar nicht hatte helfen können, aber wenigstens da gewesen war, wenn die Herzen sich vor ihr auskippten.

»Die Frau, wird sie …?« Luise sah die Bergwachtler an.

»Das wird von der Schwere der inneren Verletzungen abhängen«, sagte der eine.

Die Männer verabschiedeten sich und versprachen, nach dem Hund Ausschau zu halten.

Tobi stieß ein »Scheiße!« aus, das Irmis Kollegin Kathi nicht besser hinbekommen hätte und das so gar nicht zu seiner beherrschten Art passte. »Dieser Vorfall wird denen in die Hände spielen, die Kühe mit Hörnern ablehnen.«

»Aber die Kühe haben doch niemanden aufgespießt!«, rief Luise. »Das waren Fußtritte.«

»Das erklär mal den Kritikern!«

Sie stiegen langsam Richtung Hütte ab. Die Kühe hatten sich augenscheinlich wieder beruhigt. Gottlob war von den Unterländerinnen keine zu Schaden gekommen. Denn wäre die wilde Jagd in die Schwarzbunten hineingerast, hätten sie verletzt werden können. Aber Laurina hatte ihre Gruppe wohl rechtzeitig an den Holsteinerinnen vorbeidirigiert.

In Irmi stiegen unheimliche Bilder auf. Sie erinnerte sich an das Motiv der Wilden Jagd, das im Volksglauben früherer Zeiten als Vorbote für Katastrophen wie Kriege, Dürren oder Krankheiten galt. Insbesondere durch die dunklen winterlichen Raunächte brauste der Zug aus den Seelen der Menschen, die eines unnatürlichen Todes gestorben waren. Wer seinen Blick auf die Wilde Jagd gerichtet hielt, wurde einfach mitgezogen. So hatte das ihre Oma erzählt, und die kleine Irmi hatte nicht mehr schlafen können. Obwohl jetzt Hochsommer war und die Sonne alles gab, fröstelte Irmi. Ob auch die Frau mit der Geige die Wilde Jagd gesehen hatte und mitgerissen worden war?

Oben auf der Hütte bot sich ihnen ein verblüffendes Bild. Der kleine, schneeweiße Raffi hatte sich zu einem wahren Zerberus mit gebleckten Zähnen aufgeplustert. Ihm gegenüber standen die beiden Kater, die zu doppelter Größe angewachsen waren, und spien Feuer. Dazwischen hockte ein zutiefst erschütterter Terrier. Er versuchte schon alle Unterwerfungsgesten, die er im Repertoire hatte, aber die Wächter der Alm kannten keine Gnade. Irmi schritt mutig ins Kampffeld, scheuchte die Kater weg und zog den fremden Hund am Halsband aus der Knurrlinie. Raffi nahm augenblicklich wieder seine normale Gestalt an und wedelte in Luises Richtung. Job gemacht, alles klar. Seine Knopfaugen strahlten, und Irmi hätte schwören können, dass er grinste.

Sie verfrachtete den anderen Hund ins Hütteninnere. Er war jung, vielleicht ein Jahr alt, ein Mix, wahrscheinlich aus Jagdterrier und Fox. Nicht gerade geeignet, um ihn frei herumlaufen zu lassen. Womöglich ließ eine Geigerin bei der Hundeerziehung einiges schleifen. So ein Terrier hatte nun mal jede Menge Jagdtrieb. Der Hund zitterte noch immer und war heilfroh, dass Irmi ihm Wasser hinstellte und etwas von Raffis Trockenfutter.

»Du bleibst jetzt mal hier«, sagte sie und schloss schnell die Tür. Draußen saßen die beiden Kater und Raffi und blickten triumphierend. »Ihr seid Helden«, sagte Irmi. »Ein Trio infernale.«

Tobis Gesicht war umwölkt. »Was machen wir jetzt mit dem Köter? Den muss wer abholen.«

»Sicher, aber wir brauchen erst mal die Identität der Frau. Angehörige, irgendwas. Notfalls muss er in Garmisch ins Tierheim. Hier oben können wir ihn ja nicht ewig einsperren.«

Luise hatte den Zauberwilli geholt. »Sorry, aber ich brauch jetzt einen.« Auch die anderen ließen sich ein Stamperl einschenken.

»Ich werde mich noch mal umsehen wegen der Spuren«, sagte Tobi.

»Du glaubst aber nicht, dass ein Wolf den Hund aufgesprengt hat, oder?«, meinte Luise.

»Kann man das sicher wissen? Darum suche ich ja nach Spuren.«

»Es ist ziemlich trocken«, stellte Irmi fest.

»Ja, aber an den Tränken ist es matschig, und kein Wolf der Welt kann schweben, man muss seine Anwesenheit irgendwie beweisen können.«

»Vertu dich da nicht«, warf Luise ein. »Ich meinem Landkreis im Bayerwald hatten wir dieses ganze Wolfsgedöns auch schon. Überkochende Töpfe bei den Jägern, überemotionale Kampagnen bei den Naturschützern. De facto gab es zwei Menschen, die bei schlechtem Licht in zweihundertfünfzig Metern Entfernung für ein paar Sekunden einen Wolf über den Weg hatten rennen sehen. Einer davon war mein Schwager, ein Jäger, den ich für sehr besonnen halte. Er meinte, Wölfe seien extrem scheu und vorsichtig. Glaubst du wirklich, dass ein Wolf hier oben so wagemutig ist?«

»Ein Problemwolf vielleicht?«, schlug Irmi vor.

»Muss nicht sein«, meinte Tobi. »Ich tippe eher auf einen Jungwolf. Männlich. Neugierig. Aber da müsst ihr echte Fachleute fragen. Der Wolf ist in jedem Fall weder eine reißende Bestie noch ein Kuscheltier, sondern ein völlig normales Wildtier, das früher zu unserer Fauna gehört hat und nun zurück ist. Ich geh mal.«

Luise und Irmi sahen ihm nach.

»Lass uns melken«, meinte Irmi.

Arbeit half immer. Mit der ersten Milch hatten sie nun auch angefangen zu käsen. Milch abgeseiht, das Milchgemisch mithilfe von Milchsäurebakterien vorgereift und anschließend mit Lab zum Gerinnen gebracht. Sie hatten gezittert, ob das Dicklegen gelingen würde. Während Irmi mit der Käseharfe die Dickete in Stücke zerteilte, hatte ihr Herz bis zum Hals geklopft. Als ihr der Käsebruch klein genug erschien, hatte sie ihn gepresst und gewendet und allmählich an Sicherheit gewonnen. Dann ein Bad in der Salzlake, bis sich der Käse zur Ruhe begeben durfte. Wo er alle zwei Tage gewendet und gebürstet werden musste.

Warum Käse so wertvoll war, wurde Irmi mit jedem Tag klarer. Es war nämlich jede Menge Arbeit damit verbunden.

Der kleine Terrier lag noch immer ganz brav in der Stube, als sie vom Käsen kamen, und freute sich augenscheinlich. Er bekam etwas zu essen, während sich Raffi bitter beschwerte, dass er wegen dieses Terrorterriers draußen bleiben musste.

»Morgen muss der weg, das kriegen wir hier sonst logistisch nicht hin«, meinte Luise.

»Ja, morgen ist Montag, ein ganz normaler Arbeitstag. Ich denke, er wird ins Tierheim müssen.« Irmi holte Luft. »Ich ruf jetzt doch mal den Fritz an, damit er informiert ist.«

Luise nickte. Irmi stellte den Lautsprecher ihres Handys an, bevor sie vom Unfall berichtete.

»Wie geht es der Frau?«, fragte Fritz besorgt.

»Das wissen wir noch nicht, aber es sah schon schlimm aus.«

»Soll ich kommen?«

»Fritz, das bringt ja momentan nichts. Außerdem haben wir hier auf der Alm die Verantwortung, und keiner kann sagen, welche Kuh es war.«

»Und der Hund?«

»Den haben wir hier.«

»Die Leute in den Bergen werden immer unvernünftiger«, meinte Fritz. »Die glauben, das ist ihr Spielplatz. Und die Hunde werden auch immer depperter. Sind keine Hunde mehr, sondern Kinder oder Partner oder was weiß ich.«

»Da sagst du was, Fritz! Wir halten dich auf dem Laufenden, ja?«

»Ich bin allerdings für einige Tage mit ein paar Heumilchbauern in Österreich unterwegs.«

»Das passt schon. Im Notfall hab ich deine Mobilnummer. Gute Nacht, und grüß mir deine Familie.«

Fritz verabschiedete sich, und Irmi steckte ihr Handy wieder ein.

Luise lächelte ein wenig melancholisch. »Das haben wir uns anders vorgestellt, oder?«

»Zumindest nicht gleich so dramatisch. Ich hatte viel mehr Bedenken wegen der Unterlandkühe, aber das läuft doch vergleichsweise gut. An dieser Front ist nicht viel passiert, mal davon abgesehen, dass sich die Rieke das Bein vertreten hat. Das wird aber schon wieder besser, dank deiner Beinwell-Umschläge.«

»Und der Arnika-Globuli«, ergänzte Luise.

»Und der Arnika-Globuli. Du hast ja so einige Talente.«

»Ach was. Als Alleinerziehende kannst du arbeiten, kochen und Kinder kurieren. Du brauchst keinen Schlaf, hast nie Geld, und immer wenn du die Kinder zur Adoption freigeben oder selber von der Brücke springen willst, tust du es nicht, weil du nun mal eine Frau bist. Zuverlässig bis zum Tod.«

»So schlimm?«

»Ach was. Die Zwillinge sind jetzt neunundzwanzig und leben beide in Kanada. Tina führt mit ihrem Mann ein kleines Hotel in Kelowna. Und Tom ist in Winnipeg. Ein echter Computerfreak. Als Schulkind gab es ein paar Probleme, weil er andere Kinder gemobbt hat. Er musste zur Psychologin, und danach wurde es schnell besser mit seiner Aggressivität. Dann hat er nicht mehr fette Sau zum Mitschüler gesagt, sondern nur noch dickes Schwein. Als Student hat er ein Leben geführt wie ein Liegewagen im Bummelzug. Jetzt macht er enorm viel Kohle.«

Irmi lachte schallend. »Und dein Mann? Du hast vorhin einen Schwager erwähnt?«

»Mein Exmann! Der ist abgehauen, als die Zwillinge vier waren. Mit einer Tschechin. Bietet sich ja an, so direkt an der Grenze. Der Schwager wäre auf längere Sicht der bessere der beiden Brüder gewesen. Der war mir damals aber zu langweilig. Dafür ist er der beste Schwager der Welt. Er hat mir viel geholfen.«

»Und der Ex?«

»Na, die Tschechin hat ihn nach vier Jahren wegen eines Polen verlassen. Eine gewisse Ostverlagerung«, bemerkte Luise lachend.

»Und der Pole hat sie dann wegen einer Ukrainerin sitzen lassen?«, fuhr Irmi fort.

»Du wirst lachen, wegen einer Weißrussin.«

»Komm! Das glaub ich nicht!«

»Doch, ehrlich! Ich weiß das alles. Aber nur, weil Georg, also mein Schwager, mich auf dem Laufenden gehalten hat. Und was ist mit dir?«

»Ich hab auch einen Ex, der inzwischen allerdings tot ist.« Irmi ließ lieber unerwähnt, dass ausgerechnet sie ihn bei einer Schrothkur tot aus dem Wickel gezogen hatte. »Und ich hab einen Freund, den Jens. Verheiratet, beruflich viel unterwegs. Wir sehen uns ein paarmal im Jahr.«

»Keine Ambitionen für mehr?«

»Ach, Luise, wenn du mich das vor einem Jahr gefragt hättest, dann hätte ich aus tiefster Überzeugung ›Nein!‹ gerufen. Weil es immer gut war, ihn dazuhaben, und auch gut, wenn er wieder wegfuhr.«

»Ha! Du scheust Verantwortung und bist beziehungsunfähig!«, rief Luise lachend.

»Verantwortung scheue ich nicht. Im Gegenteil. Ich

habe mich lang genug für alles und jeden zuständig gefühlt. Das Delegieren hab ich erst mühsam erlernt, gerade bei meinen Leuten im Job. Die können alle was – auch ohne mich. Aber wahrscheinlich bin ich beziehungsunfähig.« Irmi zuckte mit den Schultern.

»Na ja, wenn du damit gut leben kannst, ist das doch der ideale Mann: Du hast emotionalen Rückhalt. Du hast jemanden, den du anrufen kannst. Jemanden zum Lieben. Du hast ab und zu Sex … Du hast doch Sex?«

Irmi grinste. »Ja, auch das.«

»Siehst du mal. In unserem Alter muss man sich auch nicht mehr täglich paaren. Ich unterhalte eine lockere Beziehung zu einem alten Schulfreund, der seit vier Jahren Witwer ist. Beim Sex hab ich jedenfalls keine Heulkrämpfe mehr vor Glück, es singen keine Chöre, und die Welt bleibt nicht mehr stehen. Meist fällt mir dabei ein, dass ich noch Blumen gießen muss, dass ich vergessen hab, einen Termin zu bestätigen, dass die Karnickel noch draußen sind und der Fuchs sie vielleicht bald holt.«

»Findest du nicht auch, dass man anhänglich wird, wenn man oft mit ein und demselben Mann Sex hat? Verletzlicher?«

»Ja, auch deshalb ist die Askese dazwischen gut. Ich will nicht anhänglich werden. Nie mehr«, versicherte Luise.

Irmi fand es erstaunlich, welche Wendung das Gespräch nahm. Sie hatte nie eine beste Freundin gehabt und war immer sehr zurückhaltend gewesen mit Geschichten über ihre sexuellen Erlebnisse. Schon in der Schule hatte sie ein gewisses Unbehagen verspürt, wenn die Klassenkameradinnen Testreihen veranstalteten, um die durchschnittliche

Penislänge der deutschen Männer herauszufinden. Sie war versucht gewesen, ihnen zuzurufen, dass fünf kesse Werdenfelserinnen wohl schwerlich einen repräsentativen Bundesdurchschnitt errechnen würden. Aber darum war es ja nicht gegangen. Es galt einfach nur, wild zu sein und unkonventionell. Die Mädels damals waren auf vierzehn Zentimeter gekommen, weil wohl einer mit Minimalausstattung den Schnitt gedrückt hatte. Nein, Irmi hatte die intimen und wichtigen Dinge bisher immer in sich verschlossen. Und nun war da Luise, die sie nahe an sich heranließ, ohne es seltsam zu finden. Luise war als Landrätin sicher großartig gewesen, weil sie aufgrund ihrer eigenen Imperfektion den Mitmenschen die Angst nahm, sich zu öffnen.

Da Irmi nichts sagte, meinte Luise: »Aber dann ist das Konstrukt doch eigentlich gut, oder?«

»Ja, weil ich mein Zuhause hatte und meinen Beruf.«

»Warum hatte?«

»Ich hab all die Jahre mit meinem ledigen Bruder auf dem Hof meiner Eltern gelebt. Und dann hat er jetzt im Frühling mit fünfzig allen Ernstes noch geheiratet.«

»Deshalb bist du also auf die Alm!«

»Ich weiß nicht. Erst hab ich gedacht, ich brauche eine Auszeit, weil mein Job die letzten Jahre sehr viel Dreck über meine Seele gekippt hat. Aber ich glaube, das ist nicht der wahre Grund. Eigentlich bin ich geflohen. Weggerollt ist das fünfte Rad am Wagen. Über einen holprigen Weg gesprungen, der Lack ist ab …«

»Ist sie so z'wider, deine neue Schwägerin?«

»Nein, gar nicht! Sie ist angenehm. Hat Humor. Ist patent. Und gar nicht dumm.«

»Wenn sie eine dumme Tussi wäre, könnte es einfacher sein«, bemerkte Luise.

»Klare Feindbilder erleichtern das Leben. Es ist auch nicht so, dass die mich rausschmeißen oder rausekeln wollen. Aber ich fühle mich so überflüssig …!«

»Inwiefern denn?«

»All jene, die vorher Bedenken hatten, weil mein Bruder so spät im Leben noch eine so weitreichende Entscheidung trifft, waren auf einmal total begeistert. Ach, ich weiß nicht, wie ich das beschreiben soll.«

»Eifersucht?«

»Nein, das würde ich zugeben. Ich freu mich wirklich für ihn! Wirklich!«

»Aber dein Zuhause ist doch noch da, oder?«

»Ich kann es selber nicht fassen. Rational sage ich auch: Ich habe weiter mein Zimmer und ein eigenes Bad. Ich bin viel unterwegs. Und Zsofia will mir nichts Böses. Emotional aber ist da … Ach, Luise, ich weiß es einfach nicht.«

»Lass den Sommer vergehen. Er wird dir eine Richtung vorgeben. Egal welche.«

Das hoffte Irmi auch, und sie war berührt davon, wie sehr sie Luise jetzt schon ins Herz geschlossen hatte. Deren Pragmatik. Ihren Mut.

»War denn die Feier wenigstens ein Heidenspaß?«, fragte Luise nach einer Weile. »Eine ungarische Hochzeit stell ich mir ziemlich barock vor.«

Irmi war vorher nur einmal auf einer ungarischen Hochzeit gewesen. In Ágasegyháza in der Puszta im Umfeld ihrer alten Freundin Eszter. Irmi hatte noch nie zuvor in ihrem

Leben so viel gefressen. Und gesoffen. Drei Tage hatte das bedauernswerte Brautpaar durchhalten müssen. Es durfte nicht heimfahren, bevor der letzte Gast gegangen, im Delirium oder blind vom Selbstgebrannten war.

Da Bernhard wegen der Tiere ja nicht lange und opulent in Ungarn feiern konnte, hatte Zsofia ihre gesamte Verwandtschaft nach Bayern beordert – und die war umfangreich. Die Leute waren in Eschenlohe im Gasthof zur Brücke und in einigen umliegenden Ferienwohnungen untergekommen. Auch ihre Nachbarin Lissi hatte in ihren zwei Ferienwohnungen eine ungarische Delegation beherbergt.

Der Tag der kirchlichen Trauung hatte mit einem Sekt- oder besser Schnapsempfang begonnen, um elf Uhr war die Zeremonie in St. Clemens gewesen. Vier kleine Nichten streuten Blumen, und eine fünfte schritt mit Kicsi an der Leine nach vorn zum Altar. Eine winzige, mit einem Blumenkranz geschmückte Chihuahuadame, die sich ihres Auftritts durchaus bewusst war. Immerhin heiratete ihr Herrchen. Beim *Ave Maria* des Chors hatte sogar Bernhard ein paar Tränchen verdrückt.

Ab zwölf dann tummelte sich das Hochzeitsvolk in der Brücke. Die Loisachterrasse war übergequollen vor Gästen, und Irmi war heilfroh gewesen, dass sie um vier in den Stall flüchten konnte. Jemand musste ja melken. Es war, als hätte jemand schlagartig das überlaute Radio ausgedreht, vom Lärm der Ungarn in die Stille von Schwaigen. Irmi zögerte ihre Abwesenheit so lange wie möglich hinaus, aber zum Abendessen um halb sieben musste sie wieder da sein. Gottlob hatte sie die Brautentführung verpasst, aber anders als auf den meisten bayerischen Bauernhochzeiten hatte diese Einlage der Stimmung offenbar keinen Abbruch getan. Dankenswerterweise gab es wenige Darbietungen, und die kurze, mit Handgefuchtel und Glutaugen untermalte Rede des Brautvaters verstanden nur die Ungarn, die reihenweise schluchzend zusammengebrochen waren. Papa Laszlo schien ein sehr guter Redner zu sein.

Um acht war plötzlich Jens aufgetaucht. Natürlich war er mit eingeladen und wurde von Bernhard und Zsofia freudig begrüßt. Dass Jens schon um zwölf abdankte, war sicher seinem Jetlag und dem Magenbitter namens Unicum geschuldet, der endlos und ölig in die Gläser lief. Irmi brachte ihn nach Hause und verfrachtete ihn ins Bett, wo er schauerlich zu sägen begann. Dann saß sie eine Weile mit den Katern in der Küche. Es war verdammt still gewesen. Keine gute Stille. Schließlich legte sie sich im Gästezimmer zum Schlafen. Als sie um halb sechs erwachte, war sie bass erstaunt, dass Bernhard sich zum Stall aufmachte.

»Ich hätte doch gemolken. Hast du überhaupt geschlafen?«

»Naa.«

»Keine Hochzeitsnacht?«

»Naa. Die Ungarn schloffn wohl nie.«

»Und Zsofia?«

»Die trinkt mit ihren Schwestern. Es is unglaublich, was die vertrogn.«

Irmi lächelte. Als Bernhard schon halb in der Tür war, drehte er sich um. »Und gratulieren wollt i dir no, Schwester.« Er kam zurück, es gab eine linkische Umarmung.

»Danke«, sagte Irmi und sah ihm hinterher.

Es hatte sich so ergeben, dass die Hochzeit einen Tag vor

ihrem Geburtstag terminiert worden war. Bernhard hatte sie vorher gefragt, ob das stören würde. Das Gespräch Ende Januar war ungefähr so abgelaufen:

»Die Zsofia und i täten heiraten.«

»Was?«

»Ja, scho bald. Ende April.«

»Ich ... ich ... entschuldige, das kommt jetzt etwas überraschend. Ich ... ich gratuliere dir.«

»Es is, weil der Zsofia ihre Oma bald stirbt. Und sie des no erlebn soll.«

Es war beachtlich, wie Bernhard die Dinge auf den Punkt brachte.

»Ich gratuliere, ja ...« Irmi war definitiv sprachlos.

»Es is nur ...«

»Ja?«

»Weil du doch Geburtstag hast. Die Hochzeit wär am Tag zuvor.«

»Ach so, nein, das macht nichts. Ich will das eh nicht groß feiern.«

»Ja dann. Mehr Details hob ich spader. Servus.«

So war das gelaufen.

Irmi hatte sich zu ihrem Sechzigsten wahrlich keine rasante Fete gewünscht. Aber etwas in ihr schmerzte doch.

Und nun war es also so weit. Sie saß frühmorgens in der Küche, und alles war wie immer. Keine Blumen, keine Torte, kein Happy-Birthday-Chor. Auch wenn die Sechzig nur eine Zahl war, so klang sie doch bedrohlich. Sechzig Jahre waren vergangen. Definitiv mehr als die Mitte des Lebens. Das Fazit war durchwachsen: tiefe Seelengräben, aber auch jubelnde Momente. Ein Blick in den Spiegel zeigte, dass sie keineswegs über Nacht gealtert war, sondern aussah wie immer, mit alterstypischen Abnutzungserscheinungen. Es war nur eben diese monströse Zahl, die sie so erschreckte. Irmi machte sich erst mal einen Kaffee.

Es war sieben, als Lissi hereinkam, einen gewaltigen Blumenstrauß abstellte, Irmi schier hochriss und umarmte und den mitgebrachten Prosecco öffnete. Der gab kein festliches Knallen von sich, sondern nur ein schwaches Pffft.

»Lissi, es ist sieben!«

»Egal, ich hab so viel Pálinka und Unicum im Blut, da ist der Prosergio auch schon egal.« Sie lachte schelmisch.

Sie stießen an. »Alles, alles Gute, meine Allerbeste!«, sagte Lissi. »Wo steckt eigentlich Jens?«

»Schläft noch«, erklärte Irmi.

»Egal. Ich bin ja da.«

Das stimmte. Lissi war da. Sie war die immer treue Seele in Irmis Leben. Das Handy quiekte mehrfach, es kamen SMS von Kathi, Andrea, Sailer und dem Hasen. Irmi war seit Anfang April außer Dienst. Sie hatte das mit dem Sabbatical wahr gemacht. Zum Zeitpunkt der Hochzeit war ihre Almfahrt bereits eingetütet gewesen.

Es war neun, und Lissi war schon gegangen, als Jens auftauchte. Er sah völlig fertig aus. Sein Kuss roch nach Alkohol und altem Mann. Nachdem er Irmi ein Päckchen überreicht hatte, verschwand er mit den Worten: »Wir machen dann was Schönes.« Anschließend ging er duschen.

Er musste nicht mehr spezifizieren, was es wohl Schönes sein könnte, denn wenig später brachen über die Küche Zsofia, ihre zwei Schwestern, die Schwager und noch zwei Männer herein, über deren Bekanntschafts- und Verwandt-

schaftsgrad Irmi nichts wusste. Es waren ihr so viele Ist-
vans, Laszlos, Tibors und Györgys vorgestellt worden, dass
Irmi irgendwann den Überblick verloren hatte. Diese fröh-
liche Gruppe wusste, dass Irmi Geburtstag feierte, und
hatte noch mehr Unicum dabei – und letztlich war es ja
auch schon egal.

Bis Jens zurückkam, hatte Irmi das Packerl noch nicht
aufmachen können. Sie sah in seinen Augen, dass er ent-
täuscht war. Er kippte drei weitere Unicum, und als der
wilde Spuk wieder abzog, fiel Jens auf der Küchenbank in
einen erneuten Tiefschlaf. Irmi fühlte sich allein wie selten
zuvor. Als sie das Päckchen öffnete, stiegen ihr die Tränen
hoch. Es war eine ganz spezielle Uhr, die Irmi im norwe-
gischen Alta gesehen hatte. Damals hatte sie gewitzelt, dass
sie eh keine Uhren trüge, nicht so der Schmucktyp sei, diese
aber ungewöhnlich wäre in ihrer skandinavischen Schlicht-
heit. Und nun, Jahre später, lag sie vor ihr auf dem Küchentisch.

Irmi legte sie vorsichtig an und fühlte sich schlecht. Weil
sie zu lange mit dem Auspacken gewartet hatte und weil
Jens einfach nur schlief. Er erwachte erst wieder um halb
zwei, was ihm extrem peinlich zu sein schien.

»Warum hast du mich nicht geweckt?«

»Wozu?« Das kam rotzig rüber.

»Ich dachte, wir feiern zusammen.«

»Du hast geschlafen. Jetzt ist es eh zu spät.«

»Wir könnten nach Reutte in die Therme fahren«, schlug
Jens vor.

»Ich bin zu fett. Ich muss meine Cellulite nicht mehr
zeigen.«

Jens sagte nichts. Sonst hatte er immer die richtigen Worte gefunden, aber heute schwieg er.

Es endete damit, dass sie in den Gasthof zur Brücke fuhren, wo es schon wieder Kuchen gab, viele Irmi gratulierten und zum Trinken nötigten. Es war nicht schlimm, es war bunt und laut, aber eben nicht Irmis Tag.

Jens musste am nächsten Morgen früh abreisen, sein nächster Trip führte ihn nach Australien. Irmi kochte Kaffee, es war fader Alltag. Die Verabschiedung zwischen ihnen war kühl und distanziert. Jens versprach, sich von Down Under zu melden. Was er tatsächlich mehrfach getan hatte. Irmi hatte auch zurückgesimst. An der Oberfläche gab es unverbindliche Sätze, auch heiteres Geplänkel, eine Schicht darunter war schweres Grau. Seither hatten sie sich nicht mehr gesehen.

Irmi verbannte die Erinnerungen und lächelte Luise an. »Ja, die Hochzeit war barock, laut und likörselig«, erklärte sie und verschwieg ihren missglückten Geburtstag. Sie hatte schon genug erzählt. »Ich glaub, ich muss ins Bett. Wo ist eigentlich Tobi?«

»Der ist ja erwachsen«, meinte Luise.

»Ob er immer noch auf Spurensuche ist? Er ist so fokussiert, so ernst, dieser Tobi.«

»Ach, der kommt schon noch aus sich raus. Und vögeln muss so einer auch. Lass da mal ein schickes Madl auftauchen, dann ist er wie alle Männer. Wird zum Gockel, und der Fokus ändert sich«, behauptete Luise grinsend.

»Du Philosophin!« Irmi wünschte ihr eine gute Nacht und verabschiedete sich. An diesem Abend schlief sie schnell ein. Sie träumte von einem Wolf, der sie verfolgte. Sie lief und lief, sie lief über eine Leere aus weißem Schnee und blauem Eis. Ganz am Ende war ein Berg zu sehen, der in lilablauem Licht dalag und sich wie ein Dinosaurierrücken wölbte. Sie lief, doch der Berg kam nie näher.

4

Irmi erwachte um halb sechs, Tobi war bereits aufgestanden, Luise war schon bei den Mulis. Eigentlich war Irmi schon eine Frühaufsteherin, aber die anderen beiden ließen sie wie eine Schlafmütze aussehen.

Tobi sah beunruhigt aus. »Ich habe Spuren gefunden, wo die Frau niedergetrampelt wurde. Sie verlaufen merkwürdig, brechen auch mal ab. Sie sind aber identisch mit denen, die wir am Haus entdeckt haben. Trotzdem ... ich weiß nicht so recht.«

»Weil du das, was ist, nicht haben willst«, sagte Luise, die ums Eck gekommen war. »Ich denke, wir sehen der Realität besser ins Auge. Wir müssen die Tiere schützen.«

»Eine ausgewachsene Kuh ist kaum im Beuteschema eines Wolfs. Esel schon gar nicht, im Gegenteil. In manchen Regionen Deutschlands hält man sogar Herdenschutzesel. Du weißt das, Luise, Esel sind keine Fluchttiere und stellen sich jeder Gefahr. Selbst Raubtieren! Sie haben ein ausgezeichnetes Gehör und einen ausgeprägten Geruchssinn. Esel rennen auch mal schreiend und zähnefletschend auf den Eindringling zu und beißen und treten.«

»Na, dann sind wir ja auf der sicheren Seite«, kommentierte Luise sarkastisch. »Aber da war doch das Massaker an den Schafen im Schwarzwald. Da gab es ein Massaker an Pferden in Celle. Ich bin nicht überzeugt, dass unsere Tiere sicher sind. Und stellt euch nur vor, was los sein wird, wenn hier wirklich verbürgt ein Wolf herumstreift.«

Wie richtig sie mit ihrer Einschätzung lag, stellte sich schneller heraus, als ihnen lieb war.

Nach dem Melken saßen sie beim Frühstück, als ein rostiger Suzuki Jimny in Jägergrün wie ein besoffenes Kamel heranschwankte. Wie er es überhaupt über den Karrenweg geschafft hatte, war ein Rätsel. Das Auto stoppte jenseits des Bachs, die Tür flog auf, und ein Mann stieg aus.

»Der Kotz schon wieder«, bemerkte Irmi. »Der war schon am ersten Tag meines Aufenthalts hier und hat mir seine Ansichten zum Leben mitgeteilt. Die knappe Zusammenfassung lautet: Neue Almen sind Scheißdreck. Und Hirten, die eh nichts verstehen, ebenfalls. Ein Typ wie Mittermaier, den wir kürzlich kennenlernen durften. Nur schlimmer!«

Tobi steckte sich den Finger in den Hals und machte eine eindeutige Geste. »Der Name ist Programm. Ich kenn den auch.«

»Klärt ihr mich bitte auf?«, fragte Luise.

»Oskar Kotz hat einen neuen Laufstall mit hundertfünfzig Kühen. Außerdem gehören ihm rund hundert Hektar Bergwald. Er hat noch was dazugepachtet, und er ist der Jäger hier. Mit noch so ein paar Vollpfosten«, sagte Irmi.

»Ja«, fiel Tobi ein, »und er hat bei allen Genehmigungsverfahren quergeschossen. Absoluter Wildtierhasser.«

Der Mann, der jetzt auf sie zukam, hatte einen Bauch wie eine Schwangere mit Zwillingen im achten Monat, dazu Lederhose, Karohemd und einen Speckhut.

»So, jetzt ham eire Dreckshornviecher scho oane zerlegt, hä!«

»Grüß Gott, Herr Kotz«, sagte Luise.

»Kenn ma uns?«

»Luise Manner, Gott zum Gruße.«

Kotz war kurzzeitig irritiert. »Oiso, eire Killerviecher ham a Weib attackiert. Fast hin is die!«

»Dann wissen Sie mehr als wir. Wir stehen nicht mit der Unfallklinik in Murnau in Kontakt«, sagte Irmi kühl.

»Saug'fährlich san die Hornviecher!«

»Wer hat denn seit Jahrtausenden Hörner oder Geweihe? Immer nur die Wiederkäuer, Herr Kotz«, erklärte Tobi. »Rinder sind, was ihre Verdauung betrifft, die reinsten Kraftwerke! Und je schwerer verdaulich das Futter ist, desto mächtiger sind die Hörner oder das Geweih. Extrembeispiele sind das Zebu-Rind, das sich in der kargen afrikanischen Steppe ernährt, oder der nordische Elch mit seinen gigantischen Geweihschaufeln, der täglich bis zu zwei Zentner schwer verdauliche Blätter, Moose und Gräser aufnimmt. Auch beim Rind finden sich diese Unterschiede: Rassen an der Nordsee, wo fast das ganze Jahr viel leicht verdauliches Grünfutter zur Verfügung steht, haben nur kleine Hörner, während das schottische Hochlandrind, das schwer verdauliches, karges Futter frisst, sehr ausladende Hörner trägt. Wollen Sie da einen Zusammenhang leugnen?«

»Gequirlte Kacke is des!«

»Von wegen! Das Horn ist kein lebloses Anhängsel, sondern durchblutet und von Nerven durchzogen. Es ist komplett mit dem Schädel verwachsen und über Hohlräume mit den Stirn- und Nasennebenhöhlen verbunden. Meinen Sie nicht, dass sich die Schöpfung etwas dabei gedacht hat, Herr Kotz?«, erwiderte Tobi ohne jede emotionale Regung.

»Jo, do schaugst her. Habt's euch schlaug'macht bei die Tierschützer und die Biodeppen? Die behaupten, Hörner nutzen der Verdauung. Des is ja a Witz. Wenn a Kuh wiederkäut, dringen Gase über die Stirnhöhlen bis in die Hornzapfen hinein. Dass i ned lach.«

»Dazu gibt es Studien«, entgegnete Tobi. »Auch solche, die zeigen, dass die Hörner den Kühen in tropischen Klimazonen zur Regulierung der Körpertemperatur dienen. Auch bei Fieber wirkt das sonst körperwarme Horn abkühlend.«

»Ja, ja – und morgen fallen Ostern und Weihnachten zamm. Du bist mir a Märchenplauderer! Und für so an Dreck zahlt di die Uni?«

»Unter anderem. Kollegen von mir wollen auch wissen, ob wir behornte Kühe im Laufstall halten können. Mit mehr Platz.«

»Dene Viecher geht's jetzt scho gut. Besser als je zuvor, Tierwohl is des. Und die Hörner müssen weg. Zweitausend Verletzungen durch Hornstiche ham mir alljährlich am Menschen alloa in Bayern. Und die Verletzungen erst an der Kuh. Des ganze Fleisch is hi. Des san die relevanten Zahlen!«

»Herr Kotz, das stimmt nicht! Kühe ohne Hörner leben auch ihre Rangordnung aus. Sie gehen mit den Köpfen trotzdem aufeinander los. Unter Fell und Haut gibt es gewaltige Blutergüsse. Das ist dann Fleisch, das kein Schlachter verwenden kann! Das sind Partien, die er rausschneiden muss. Da ist mir ein kleiner Ritzer mit Horn doch lieber.

Souveräne ranghohe Tiere müssen nur den Kopf senken, das genügt schon. Sie hingegen nehmen den Tieren ihre Möglichkeit zur Kommunikation«, sagte Irmi und wunderte sich selber, woher sie dieses Argument gezaubert hatte, das sie im Brustton der Überzeugung vorgetragen hatte. Ihr Bruder hatte auch nur enthornte Kühe in seinem Laufstall, dem brauchte sie mit solchen Argumenten gar nicht zu kommen.

Kotz starrte Irmi an. In anderem Kontext wäre das ein Moment gewesen, in dem Irmi ihre Polizeimarke gezückt hätte. Doch nun überfiel sie ein jähes Unbehagen gegenüber dem bulligen Mann. Sie war nur noch Zivilperson, nur noch eine Magd auf der Alm. Einen Titel zu nennen, Staatsmacht zu sein machte stärker. Das war ihr nach all den Jahren im Job gar nicht mehr bewusst gewesen.

»So ist es«, stimmte Luise ihr zu. »Hörner sind naturgegeben, und sie verleihen der Kuh ihre Würde.«

»Würde, ja kimm, do lach i doch, du fette Zupfgeign …«

»Schauen Sie, Herr Kotz. Ob ich fett bin, liegt im Auge des Betrachters. Ihre Gestalt ist ja auch nicht gerade die eines Elfs. Aber ich könnte, wenn ich wollte, abnehmen. Sie hingegen bleiben dumm wie Brot, und da möchte ich das Brot jetzt nicht beleidigen.«

Kotz starrte sie an, schnappte nach Luft. »Wisst's wos, eich werd eier Projekt bald vergehen, dafür sorg i! Und i sag eich no was. Der Hund von dera Frau wär nie nicht so durchdraht, wenn er ned den Wolf gewittert hätt.«

»Bitte?«

»Ja, was glaubt's ihr? Do san Wölf am Weg. Mindestens zwoa, und die wui hier koaner. Ihr solltet scho amoi Zäune ziagn, weil a Herdenschutzhund is der Spitz do ja grad ned!« Er lachte polternd. »A Wolf is a Bestie. Der g'hert ned hierher. Wenn die Itaker des meng, dann soll der im Apennin Schof reißen. Aber hier, bei uns, da g'hert der weg!«

»Haben Sie denn einen Wolf gesehen?«, fragte Luise.

»Des kannst singen!« Er fummelte mit seinen Wurstfingern an seinem verblüffend modernen Handy herum. »Do schaugt's her, ihr Schlaumeier!«

Auf dem Handy waren ein paar verwackelte Fotos zu sehen. Vielleicht von einem Wolf, aber ganz genau ließ sich das nicht sagen.

»Des oane war unter die Hundsfällköpf. Und oans im Scheinberggrabn. Des san mindestens zwoa so Drecksviecher. Ihr werd's eich no umschaun!«, rief er triumphierend und stampfte auf seinen Jimny zu. »I dat amoi nach Spuren suachn, ihr Hobbyhirten.« Lachend stieg er ein und ratterte von dannen.

Sie sahen ihm hinterher, und Raffi gab ein merkwürdiges Jaulen von sich.

»Ja, Raffi, das ist ein Volldepp«, sagte Luise.

»Leider aber einer mit großer Anhängerschar. Solche wie ihn gibt es hier zuhauf!«, meinte Tobi.

»Und leider hat er irgendwie recht. Wir haben einen Wolf gesehen und gehört. Die Tiere haben ihn gespürt. Es gibt Spuren.« Irmi sah in die Runde. »Wir sind alle drei keine Hysteriker. Da war ein Wolf. Und wenn wir das an die große Glocke hängen, dann werden Typen wie Kotz und Mittermaier hier Wallung machen.«

»Ich werde noch mal in weiterem Umkreis nach Spuren

suchen«, erklärte Tobi. »Vielleicht ist es ja doch ein großer Hund gewesen.«

»Apropos Hund, ich nehme mal Kontakt mit meinen Kollegen auf. Es kann gut sein, dass die Staatsanwaltschaft gegen uns ermittelt«, sagte Irmi.

»Wieso denn das?«, fragte Luise entsetzt.

»Wegen Fahrlässigkeit und Verletzung der Aufsichtspflicht. Je nachdem, was die Angehörigen der Frau unternehmen, kann eine Klage kommen.«

Tobi nickte. »Gegen die Kühe kann man nicht ermitteln, wohl aber gegen die Halter. Das sind in dem Fall wir. Verdammt! Das kommt wirklich zu einem denkbar schlechten Zeitpunkt. Kaum sind wir hier, spielt das denen in die Hände, die gegen das Projekt sind.« Er sah Irmi an. »Ja, ruf bitte an, vielleicht haben deine Kollegen auch schon die Identität der Frau.«

Irmi zog sich in die Hütte zurück. Das Leben war so wankelmütig. Lange noch hatte ihr sonniges Gefühl nach dem Besuch von Fritz und Hanni überwogen, doch nun dräuten schwere Wolken am Himmel. Ein Sturm würde kommen, der Bäume abknickte wie Streichhölzer und Dächer hob. Sicherheit war so trügerisch, und Irmi hatte bis heute nicht ganz gelernt, die guten Zeiten zu genießen. Dabei war das so wichtig, denn das Böse, Traurige und Verstörende kam mit Sicherheit hinterher.

Wenig später hatte sie ihre Kollegin Kathi am Apparat.

»Ja, Irmi, die Sennerin! Fadisierst du dich schon da oben?«

Kathis Rede war anzumerken, dass sie gerade eine Tiroler Phase hatte. Immer wenn der heimische Dialekt durchbrach, war davon auszugehen, dass sie in ihrer merkwürdigen On-off-Beziehung mit einem wirklich reizenden Innsbrucker Kollegen in der On-Phase war. Angeblich war das etwas rein Sexuelles, was Irmi jedoch bezweifelte. Der Tiroler vergötterte Kathi, und sie mochte ihn sicher weit über seine Fähigkeiten im Bett hinaus. Aber das zuzugeben hätte womöglich bedeutet, sich auf echte Gefühle einzulassen, und das versagte sich Kathi noch immer. Zu tief saß der Verlust ihrer ersten und wohl einzigen Liebe zu dem Mann, der sie vor vielen Jahren mit dem Baby hatte sitzen lassen. Inzwischen war aus dem Baby längst das Soferl geworden, ein sportliches, bildhübsches Mädchen, das das Herz am rechten Fleck hatte.

»Langeweile ist grad weniger mein Problem«, antwortete Irmi. »Habt ihr Kenntnis von dem Unfall im Ammergebirge, bei dem eine Frau massiv von Kühen verletzt wurde?«

»Das war bei dir? Ach du fette Scheiße!«

Irmi musste unweigerlich grinsen. Kathis manchmal etwas drastische Unmittelbarkeit hatte ihr wirklich gefehlt.

»Ja, leider. Die Frau hatte zudem einen Hund dabei, der jetzt hier auf der Alm ist. Der müsste in jedem Fall abgeholt werden. Hast du was über die Angehörigen?«

»Warte, ich geb dir mal Andrea. Die kann dir mehr dazu sagen. Grad ist Madame wieder im Dienst, sie war eine Woche in NRW bei ihrem Larsiboy. Wenn du mich fragst, dann heiraten die bald. Andrea lässt keine Zeit verstreichen.«

Alle schienen im Hochzeitsfieber zu sein. Was Andrea betraf, empfand Irmi für sie fast so etwas wie Zärtlichkeit. Wie für eine erwachsene Tochter, die sie nie gehabt hatte.

In ihrem letzten Fall hatte Andrea einen Kollegen aus Velbert kennengelernt, einen wirklich guten Typen. Lars Michalski war klar, unaufgeregt, uneitel und empathisch. Und im Gegensatz zu Kathi war Andrea all die Jahre zuvor nicht gerade mit Männern gesegnet gewesen, die sie am langen Arm hätte verhungern lassen können. Die etwas schwerblütige und oft unsichere Andrea vom Werdenfelser Bauernhof, die mit einem wachen Geist und viel Bodenhaftung durchs Leben ging, hatte kaum Beziehungen gehabt, aber nun zugegriffen.

»Irmi, wie schön!«, sagte Andrea nun am Telefon. »Du fehlst hier, echt. Also der Almunfall, Mensch, so was aber auch! Gleich so schwer verletzt. Die Frau heißt Johanna Holzer. Sie ist sechsundfünfzig Jahre alt … ähm … und lebt in München. Sie ist Berufsmusikerin bei den Münchner Philharmonikern, na ja …«

»Ach, deshalb hatte sie eine Geige dabei!«, rief Irmi.

»Ach was? Vielleicht ist es was Besonderes, in den Bergen zu üben. Na ja, Künstler sind ja immer etwas … ähm … wunderlich.«

Irmi lächelte in sich hinein. Für Leute wie sie oder Andrea waren Künstler so weit entfernt wie der Mars. Irmi war einmal mit Jens in der Oper gewesen, in Immling in der Reithalle. Da hatte sie Kultur als erdverbunden und spielerisch empfunden, vom elitären Mief des Kulturbetriebs befreit. Sie waren am Nachmittag spazieren gegangen, und eine Musikerin hatte im Wald gesessen und Klarinette geübt. Wenig später war ihnen einer der fünfzig Georgier begegnet, die den Immlinger Chor unterstützt hatten. Er hatte in der freien Natur seine Chorpartien geschmettert.

Bestimmt hatte Geigeüben im Gebirge einen ganz eigenen Zauber.

»Ähm, ja«, fuhr Andrea fort, »also, in jedem Fall hat man sie im UKM ins künstliche Koma versetzt. Schwere innere Verletzungen. Sieht wohl übel aus. Sie lebt allein, ich hatte aber Kontakt mit einem Bruder, der auch in München wohnt und bei der Stadtverwaltung arbeitet. Ich könnte den kontaktieren … ähm … wegen dem Hund. Soll ich wen schicken, der ihn abholt und so lange ins … ähm … Tierheim verfrachtet?«

»Andrea, das wäre großartig. Einer von uns bringt ihn zum Parkplatz, zum Sägertalparkplatz. Da müssen wir uns zeitlich noch abstimmen. Du, und sag, ist die Staatsanwaltschaft schon involviert?«

»Ähm, der Stand ist momentan, dass die Staatsanwaltschaft es in der Schwebe hält, ob sie ein Verfahren gegen unbekannt wegen des Anfangsverdachts der fahrlässigen Tötung einleitet. Aber die Frau … ähm … lebt noch. Wäre dann ja schwere Körperverletzung. Wir haben auch noch keinen Ermittlungsauftrag bekommen. Der Chef ist in Weilheim, die werden schon … ähm … was auskaspern.«

»Okay, danke, Andrea. Wir bleiben in Kontakt. Gib durch, wann der Hund unten an der Straße sein soll.«

»Ja, klar. Und Irmi, also …«

»Ja?«

»Ja … ähm … dann mach mer das so.«

»Und wie geht's dem Lars?«

»Gut.« Irmi sah Andrea vor ihrem inneren Auge auch ohne Bildtelefon erröten.

»Super. Ihr passt auch prima zusammen.«

Andrea schluckte. »Ja, danke, das … ähm … bedeutet mir viel.«

Es war dann Tobi, der mit dem Terrier ins Tal ging. Eine Gönnerin des Tierheims, die in Ettal wohnte, hatte sich erboten, den Hund abzuholen.

Sie molken, kästen, alles ganz normal, wenn nicht überall Bilder von Wölfen auftauchen würden. Gelbe Augen, die in die Dunkelheit starrten.

Es war später Dienstagvormittag, als vom Sattel her eine Frau gelaufen kam. Irmi hätte sie auf Mitte oder Ende dreißig geschätzt, doch sie merkte oft, dass sie sich schwertat, das Alter von Frauen zwischen fünfundzwanzig und vierzig zu schätzen. Wahrscheinlich war sie selbst in ihrem goldenen Alter schon zu weit weg.

»Hallo, ich suche den Tobias«, sagte die Frau. Irmi meinte, einen leisen Schweizer Akzent herauszuhören. Die junge Frau war schmal. Sie trug eine kurze Karobluse, und am Arm zeichneten sich Muskeln und Sehnen ab. Ihre dunkelblonden Haare trug sie in einem nachlässigen Pferdeschwanz, ihre Beine in den Shorts waren braun gebrannt. Die Bergschuhe und ihr Rucksack sahen aus, als würde sie sie häufig benutzen.

»Ich bin Annika. Annika Wildhaber aus Chur. Ich bin grad auf der Kenzen. Tobi hat mich angerufen, er …«

In dem Moment tauchte Tobi an der Hausecke auf und eilte auf Annika zu. Die beiden umarmten sich, Küsschen rechts, links, rechts. Tobi wandte sich an Irmi und Luise.

»Ihr habt euch schon vorgestellt? Annika ist Biologin

und als Wolfsexpertin bei diesem Almsymposium auf der Kenzenhütte eingeladen. Sie hat lange in der Gegend der Calanda-Wölfe in Graubünden gearbeitet und wird nach dem Symposium noch einige Leute treffen.« Er sah sie an. »Wie lange wirst du bleiben?«

»Das ist noch nicht ganz klar, zwei, drei Wochen. Ich hab ein paar Termine, auch mit Journalisten. Die muss ich zum Teil noch festklopfen. Ich hab mir auf der Kenzenhütte eine Art Basislager eingerichtet. Ich bin lieber am Berg als im Tal.«

»Schön«, sagte Tobi.

Annika lächelte. »Tipptopp. Und danke für die Etikettierung, das tönt mir aber zu ehrenhaft. Es gibt sicher größere Experten als mich. Ich bin eher die, die Gemüter beruhigen soll. Hier in den bayerischen Alpen kocht das Thema ja immer mal wieder hoch, und leider wird hier erst dann reagiert, wenn das Kind im Brunnen liegt. Wenig Vorinformation, wenig Transparenz. Viel zu viele Gruppen mit ganz spezifischen Interessen. Jäger, Forstleute, Landwirte, Freizeitindustrie, Tierschützer – es ist ein huara Puff, würde der Schweizer sagen.«

Sie hatte den Mund verzogen, was irgendwie niedlich aussah, obwohl sie eher ein herber Typ war mit einer ganz eigenen Schönheit. Und sehr blauen Augen.

»Ich hab Annika gebeten, sich die Spuren anzusehen«, erklärte Tobi.

»Ja, das machen wir am besten gleich, ich muss später wieder rüber zur Kenzenhütte«, sagte Annika.

»Aber vorher isst und trinkst du was«, meinte Luise. »Ihr jungen Leute kennt alle Janosch nicht mehr. Der hat mal gesagt: ›Und iss was. Das Leben ist nur so lang wie dieser Löffel.‹«

»Tipptopp«, sagte Annika.

Dem war nichts entgegenzusetzen, und es gab eine ordentliche Brotzeit, bevor die beiden aufbrachen. Er lang und dünn, sie klein und zierlich.

»Die passen gut zusammen«, meinte Luise, als die beiden außer Sichtweite waren.

»Willst du etwa kuppeln?«, fragte Irmi lachend.

»Muss ich nicht, da läuft was.«

»Und das siehst du in der Kürze der Zeit?«

»Madl, ich war Landrätin. Ich habe ein Gespür entwickelt für Schwingungen.«

»Madl, ich bin Kommissarin, ich muss auch genau hinsehen.«

»Ja, bei Mord und Totschlag, aber in Liebesdingen zählen andere Sensoren«, warf Luise leichthin ein.

Irmi versetzte das einen Stich, denn momentan schien ihr in Liebesdingen jedes Einfühlungsvermögen zu fehlen. Das Bild von Jens huschte vorbei, von seinem Lächeln. Sie hatten sich wirklich sehr diffus getrennt, und Irmi kam der Weg zurück gerade heute unbegehbar vor.

Nach eineinhalb Stunden waren die beiden zurück. Sie sahen ernst aus. Annika wiegte den Kopf hin und her. »Ich verstehe Tobis Bedenken. Die Trittsiegel sind merkwürdig, die Spannweite ein wenig zu groß. Müsste ein Riesenwolf sein, ein adultes Männchen in jedem Fall. Ich würde hier, wenn überhaupt, aber doch eher mit Jungtieren rechnen.«

»Bei unserem Glück ist das wirklich ein Problemwolf, wie damals der Problembär Bruno«, sagte Luise düster.

»Sag das nicht zu laut«, meinte Tobi. »Die Leute glauben das am Ende noch.«

Annika nickte. »Wildtiere sind schnell Problemtiere. Weil die Menschen immer weiter weg sind von der Natur, treibt die Gegenbewegung ziemliche Blüten. Man geht schon zum Waldbaden oder zum Atmen in den Wald. Wer weiß, ob nicht schon irgendwelche esoterischen Zirkel Wolfstouren machen? Die Angst vor dem Wolf ist uralt.«

Irmi schüttelte den Kopf. »Aber wir leben im Jahr 2018! Das kannst du doch heute nicht mehr heranziehen!«

»Doch, es gibt immer noch kollektive irrationale Ängste, vor Spinnen zum Beispiel«, erwiderte Tobi. »Und der Wolf steht ganz oben auf der Liste. Los, Annika, wir gehen jetzt. Und ihr passt auf, dass der Wolf euch nicht holt.« Tobi versuchte sich an einem Lächeln, das aber gehörig misslang.

Irmi und Luise sahen den beiden erneut nach. In Irmis Hirn formierten sich Worte wie Wolfsöd, Wolfsrain, Wolfshagen, Wolfslake, Wolfsbruch, Wolfsruh, Wolfsschlucht, Wolfsgrub oder Wolfsgraben. Es gab jede Menge Flurbezeichnungen mit dem Namensbestandteil »Wolf«. Aber kaum war so ein Tier mal hundertfünfzig Jahre abwesend, brach die Panik aus.

Irmi verzog sich in den Käsekeller, Luise hatte in der Hütte zu tun. Die Tage hatten ihren klaren Rhythmus, und das war auch gut so. Tobi kam erst spätabends zurück. Bei ihm brannte noch lange Licht, er schien noch zu arbeiten. Schlaf brauchte er wohl wirklich keinen.

Irmi war mit Tobi übereingekommen, dass sie am Mittwoch nach dem Melken und Milchverarbeiten das tun würden, was Irmi am wenigsten lag: Putzen, in diesem Fall Almputzen. Ihr rann der Schweiß in Strömen den Rücken hinunter, ihre Haare klebten unter dem Strohhut. Hier oben bekam man eine ganz eigene Einstellung zum Schwitzen. Irgendwann trocknete das Ganze eben wieder, mehrmals am Tag duschen war nicht drin.

Früher hatte es sogar den Beruf des Almputzers gegeben, der von Alm zu Alm zog und aufkeimende Büsche und Bäume auf der Weidefläche entfernte. So einen hätte sich Irmi herbeigewünscht. Aber in der heutigen Zeit gab es keine Knechte mehr auf den Höfen, die sich um die Weidepflege kümmern konnten. Irmis Opa hatte ihr einmal alte Bilder gezeigt, die selbst sie in ihrer Generation überrascht hatten. Früher hatten die Bauern ihre Rinder nämlich sehr früh im Jahr in die Flussauen getrieben und erst ab Anfang Juni auf die Alm. Die Orchideen hatten in Abwesenheit der Rinder Zeit für den Aufwuchs, fürs Blühen und Aussamen, und erst als ihr Lebenszyklus vorbei war, kamen die Kühe im September zurück in die Auen. Sie hielten das Gras auf den Flussweiden klein, bevor die winterliche Aufstallungsperiode kam. Ein ewiger Kreislauf. Heute kamen kaum noch Bauern auf die Idee, Vieh auf die scheinbar minderwertigen Böden zu treiben.

Als sie Tobi davon erzählte, sagte er: »Schade eigentlich. Da ist so viel tradiertes Wissen unter die Räder der Traktoren und der Moderne gekommen. Dabei haben die Kühe ursprünglich an die hundert verschiedene Pflanzenarten vor die Nase bekommen und häufig instinktiv das Richtige gefressen, was ihnen guttat. Mittlerweile versuchen wir, Tierhalter für aufwendige Beweidungsprojekte zu gewinnen.

In manchen bayerischen Flussauen grasen jetzt Tiere im Dienste der Natur. Früher war das selbstverständlich.«

»Das klingt nach: Früher war alles besser. Dazu bist du zu jung, Tobi.«

»Industrialisierung hat durchaus Segen gebracht, genau wie die moderne Medizin. Aber der Mensch hat ein paar Schritte zu viel gemacht. Neue Plastikbesen heißt doch längst nicht, dass der alte Reisigbesen nicht an der einen oder anderen Stelle weit besser wäre.«

Irmi lachte. »So komm ich mir manchmal vor. Wie ein alter Reisigbesen! Schon ziemlich gebraucht und gekrümmt, aber der Stiel noch recht gut in Schuss, weil aus hartem Holz.«

»Mach dich nicht runter«, sagte Tobi wieder ganz ernst.

Was sollte sie darauf antworten? Es war auch eine Art Flucht, sich selbst ins Lächerliche zu ziehen. Und Tobi spürte das.

»Du hast sicher recht. Aber manche Prozesse wird man schwer rückgängig machen können.«

Im Prinzip war es aber genau das, was sie hier versuchten.

»Und wenn ich an den Wolf denke, dann glaube ich, dass neue Formen genossenschaftlichen Zusammenwirkens Modelle für die Zukunft sein können. Gerade im Wolfsmanagement müssten vielleicht hie und da die Menschen wieder mehr zusammenarbeiten«, fuhr Tobi fort.

»Bauern, die kooperieren? Ohne Brotneid? Ohne scheelen Blick auf den Nachbarn, der den größeren und neueren Fendt hat? Ich fürchte, das ist ziemlich weit weg von der Realität«, entgegnete Irmi.

Im nächsten Moment verzog sie das Gesicht, weil sie

eine falsche Bewegung gemacht hatte, doch sie nahm sich vor, den zunehmenden Rückenschmerz zu ignorieren. Dann wandte sie sich wieder ihrer derzeitigen Aufgabe zu, die darin bestand, Bergahorn auszureißen. Es ging um einen ganzen Bereich, der entbuscht werden sollte. Das Weidegebiet der Alm war noch lange nicht im gewünschten Zustand.

Als Irmi ein zutiefst menschliches Bedürfnis überkam, sah sie sich nach einem passenden Ort um. Sie zog sich an die Stelle zurück, wo ein großer Felsen vor Urzeiten aus den Wänden gestürzt war. Auf einmal entdeckte sie im Augenwinkel etwas Farbiges. Schnell richtete sie sich auf und ging darauf zu.

Es war Jahrzehnte ihr Job gewesen, einen Tatort zu erfassen. Den ersten Blick nie mehr zu vergessen, sich Details einzuprägen und das Gefühl dazu. Jene erste Emotion, die einschoss wie ein Pfeil und nur wenige Sekunden überlebte, denn dann übernahm das Gehirn das Regiment. Ein Gehirn, das dachte, verglich und analysierte. Irmi fröstelte.

In einer Kuhle, gar nicht so unähnlich der, in der die Frau gelegen hatte, lag jetzt ein Mann. An seinem Bein hing ein Schlageisen. Fleisch, Blut, der bleiche Knochen waren zu sehen. Irmi registrierte, dass in einem Kreis sechs weitere solcher Eisen angeordnet waren. Hoch konzentriert trat sie näher und blickte in die Augen des Mannes, der den Teufel gesehen haben musste. Sie fühlte seine Halsschlagader, der Mann war tot. Fliegen umtanzten das Bein in sirrenden Veitstänzen.

»Tobi!«, schrie Irmi. »Tobi!«

Von irgendwoher kam Antwort, man hörte Zweige knacken, und dann stand Tobi vor ihr.

»Irmi, was …?« Seine Stimme erstarb.

»Tobi, ruf an! Schnell!«

»Ist er, ist er …«

»Tot. Ja.« Das ging ihr leicht von den Lippen. »Am besten gehen wir nicht näher ran. Wir brauchen hier Kripo und Spurensicherung. Gib mir bitte das Telefon.«

Irmi hatte angenommen, dass ihr Almsommer kein Zuckerschlecken werden, dafür aber durch die harte körperliche Arbeit das Gehirn entlasten würde. Nun aber stolperte sie schon über das zweite tragische Unfallopfer. Sie rief Kathi an.

»Irmi, du schon wieder! Wir wissen noch nichts wegen der Frau. Und die Staatsanwaltschaft hat noch nichts rausgelassen.«

»Das ist momentan zweitrangig«, unterbrach Irmi sie. »Hier liegt ein toter Mann, Mitte, Ende siebzig, schätze ich. Am Fuß ein Schlageisen, sonst keine sichtbaren Verletzungen. Ich brauche dich, den Hasen, alle.«

Kathi lachte.

»Kathi! So witzig ist das nicht.«

»Tut mir leid. Aber du kannst es nicht lassen, oder? Wie lang bist du da oben?«

»Kommt mir länger vor, als es in Wirklichkeit ist.«

»Auch wenn du mal eine Auszeit gebraucht hast, Irmi, bist und bleibst du eine Spürnase. Das ist in dir drin, das fällt dich an. Du kannst dich gar nicht dagegen wehren.«

»Könnt man fast meinen«, sagte Irmi gedehnt. »Machst du dann mal voran?«

»Wie kommen wir dahin?«

»Ins Graswangtal. An Linderhof vorbei. Nach knapp

zwei Kilometern kommt rechts der Sägertalparkplatz. Ihr könnt bis zur Sägertaldiensthütte reinfahren, eventuell noch weiter. Ganz hoch werdet ihr nicht kommen.«

»Ich soll laufen?«

»Das wird sich nicht vermeiden lassen.« Irmi beendete das Gespräch und wandte sich an Tobi. »Sagst du Luise Bescheid? Sie müsste melken. Ich bleib hier.«

Tobi, der sichtlich aus der Bahn geworfen war, ging davon.

Irmi betrachtete den Toten. Ein unwirkliches Bild, gemalt in dunklen Ölfarben. Trotz der roten Jacke des Mannes.

Es vergingen eineinhalb Stunden, bis Kathi und Co. auftauchten. Kathi keuchte wie ein altes Ofenrohr. Sailer wirkte frisch, und der Hase, der ja so ein sehniges hohes Bergmanderl war, sowieso.

»Greislich!«, sagte Kathi, nachdem sie sich einen ersten Überblick verschafft hatte. »Echt greislich. Hat da ein Jäger Overkill gespielt? Sieben Fallen, natürlich illegal. Vor einigen Jahren hat's mal die Katze der Nachbarin erwischt. Sie hat das Bein irgendwie aus der Falle herausgerissen, wurde amputiert und hupft jetzt ganz munter auf drei Beinen herum.«

Ja, das war Kathi. Und ihre ganz eigene Vorstellung von Pietät.

»Oder war das ein Wilderer? Hatten wir ja auch schon, das Thema«, meinte Irmi.

Inzwischen waren die Bergwachtler wieder eingetroffen. Schließlich musste irgendjemand den Mann später abtransportieren und ins Tal schaffen. Der Hase und seine beiden Teamkollegen Hansi und Margit wirkten merkwürdig in ihren weißen Anzügen gegen den grünen Tann.

»Frau Mangold, Sie können es nicht lassen«, bemerkte der Hase.

»Das hat die Kathi auch gesagt.«

Der Hase hatte sich verändert. Aus dem säuerlichen Menschen, der nur selten gelacht hatte, kam nun öfter ein verschmitztes Lächeln. Diese Wandlung war Irmi aufgefallen, als sie im Hochwinter vom Chef zu einer teambildenden Hüttenpartie verdonnert worden waren. Damals hatte sich der Hase nicht nur als Scrabblekönig, sondern auch als Meister feinsinnigen Humors hervorgetan.

Die Fachleute werkelten, dann wurde der Mann hochgehoben. Sie alle starrten die Stelle an, wo er gelegen hatte. Ein kleines totes Lämmchen kam zum Vorschein, das der Mann wohl mit seinem Körper überdeckt hatte.

»Was ist das? Ein Fetisch? Was für ein Irrsinn!«, kam es von Kathi.

»Des is a Lockvogel«, erklärte Sailer. »Oder besser a Locklamperl.«

»Wie?«

»Na, in der Falle. Damit ma was anlockt, das wo man fangen kann«, sagte Sailer ungerührt.

»Und der Mann hat versucht, es zu befreien? Hat es noch gelebt? Und der Mann ist dann selbst zum Opfer geworden?«, fragte Irmi.

Es war für eine Weile still, sie alle starrten das tote Tier an. Tobi, der zurückgekommen war und bisher wie paralysiert zugesehen hatte, sagte sehr leise: »Das ist ein Wolfsgarten. Man hat Schlageisen ausgelegt und in der Mitte ein Beutetier befestigt. So hat man früher Wölfe gefangen.«

Von irgendwoher war auch Annika gekommen, ihr Blick war steinern. »Das stimmt. In früheren Jahrhunderten muss es regelrechte Wolfsplagen gegeben haben. Ich habe mal etwas über die Rominter Heide im früheren Ostpreußen gelesen, das ist ein Waldgebiet an der heutigen Grenze zwischen Russland und Polen. Die Rominter Heide war extrem wildreich mit unglaublichen Stückzahlen an Rotwild, mit Elchen, Wisenten, Bären und eben auch Wölfen. Für die Wölfe waren früher die sogenannten Wulfsfenger zuständig, das waren Männer, die von der Wolfsjagd lebten. Im Winter 1727/1728 wurden in ganz Ostpreußen zweihundertachtundachtzig Wölfe erlegt, sechsundfünfzig davon in Wolfsgärten. Wenn man überlegt, wie aufwendig die Jagd war, wie hart die Winter, wie schwer die Treiber im tiefen Schnee vorankamen, dann lässt das Rückschlüsse auf den Bestand zu: Es müssen Tausende gewesen sein. Und die mussten ausgemerzt werden. Oft wurden invalide Pferde mit Schrot getötet und als Luder ausgelegt. Der Schütze ritt zum Hochstand, stieg vom Pferd direkt auf den Ansitz, ein zweiter Reiter führte das Pferd dann fort. Wer zu Fuß ging, rieb die Schuhe mit Kuhmist ein. Es durfte kein Menschengeruch am Boden sein. Wenn der Wolf am Luder war, dann wurde geschossen. Die Wolfsjagd war ganz besonders ausgeklügelt.«

»Das ist … das ist …« Auch bei Irmi neigten die Worte manchmal dazu, in Tiefschlaf zu verfallen.

»Das ist historische Realität, Irmi«, fuhr Annika fort. »Der Wolf soll im 17. Jahrhundert bis München vorgedrungen sein und ein Kind am Schwabinger Tor getötet haben. Im 18. Jahrhundert werden die Wolfsberichte der bayerischen Chronisten weniger. Im 19. Jahrhundert gab es ein Schussgeld pro Wolf. Ich hab irgendwo gelesen, dass das fünfundsiebzig Gulden waren. Ein Schullehrer bekam grad mal zweihundert Gulden im Jahr.«

»Drei Wölfe waren ein Jahressalär«, überlegte Kathi. »Da hätt ich auch lieber Wölfe erlegt.«

»Du wärst verhungert, so schlecht, wie du schießt«, erwiderte Irmi lachend.

Dann sah sie in die Gesichter von Annika und Tobi und spürte, dass die beiden angesichts ihres Herumwitzelns irritiert waren. Aber das war nun mal ihrer beider Art, mit dem alltäglichen Grauen umzugehen.

»Wenn der Wolf wirklich so viel Schaden angerichtet hat und so verhasst war, dann ist es doch heute umso schwerer, eine Lanze für ihn zu brechen, oder?«, fragte Irmi. Da hatte sich Annika ja eine fast unlösbare Aufgabe aufgebürdet.

»Umso wichtiger ist es, dass ich die Argumente der Gegner kenne und viel darüber lese«, fuhr Annika fort. »*Rominten* gilt bis heute unter Jägern als Standardwerk, dabei war der Autor Walter Frevert von 1936 bis 1945 Oberforstmeister in Görings Jagdrevier Rominter Heide im heutigen Grenzgebiet von Polen und Weißrussland. Ihm schwebte eine Art germanische Urwildnisutopie vor. Es steht außer Frage, dass Frevert faschistisch und rassistisch war und für schlimme NS-Verbrechen verantwortlich. Dennoch ist sein Buch eine unschätzbar wertvolle Quelle, nicht zuletzt, was die historische Jagd auf Wölfe betrifft.«

Sie schwiegen eine Weile. Vor Irmis Innerem zogen Bilder vorbei von ostpreußischen Wintern, Trakehnern und gebleckten Wolfsgebissen – bis der Hase schließlich fragte: »Was machen wir mit dem Lamm?« Er sah Irmi an.

»Feststellen, ob es lebend in die Falle verbracht wurde.«

Vor einigen Jahren hätte der Hase ihr nun seine zynischen Bemerkungen zum Thema Obduktion von Tieren um die Ohren gehauen, heute nickte er nur.

»Wer macht denn so was?«, fragte Sailer. »Moant ihr echt, des war a Wuiderer? Oder a ostpreußischer Wolfsfänger?«

Luise, die mittlerweile ebenfalls gekommen war, sagte mit fester Stimme: »Es gibt hier einen Herrn Kotz, der sich sicher ist, dass ein Wolf umgeht. Und dem traue ich zu, dass er eine Wolfsfalle aufstellt. Um den Wolf zu erlegen, vor allem aber um zu beweisen, dass er recht hat. So einer kennt sicher alle Jagdbücher gegen den Wolf. So einer opfert auch ein Lamm.«

Kathi hatte den Kopf auf ihre typische Art ganz leicht zur Seite geneigt. Das war immer eine Geste gewesen, die Männer um den Verstand brachte. Kathi war eine aparte Schönheit und sah heute mit über dreißig besser aus denn je.

»Irmi? Wer ist dieser Kotz?«

»Ja, nun«, sagte Irmi und berichtete von ihren bisherigen Begegnungen mit dem Mann.

»Ois dann«, meinte Kathi und sah in die Runde. »Wir alle wissen, dass das eine ganz heikle Sache ist. Bitte haltet alle eure Klappe.« Sie sah die Bergwachtler scharf an. »Der offizielle Wortlaut ist: Wir haben einen älteren Mann tot aufgefunden, Todesursache wahrscheinlich ein Herzinfarkt. Mehr geben wir nicht raus. Ist das klar?«

Vereinzeltes Nicken.

»Gut, dann danke an die Herren von der Bergwacht«, sagte Kathi. Sie sahen der Trage hinterher, die schwankend von dannen zog. Kathi war gut, befand Irmi, Kathi konnte das alles wunderbar. Ganz ohne sie.

Kathi lächelte Irmi an. »Dann werden wir morgen den Herrn Kotz mal unter die Lupe nehmen. Und hoffentlich bald wissen, wer der Tote ist. Du willst aber weiterhin lieber Sennerin spielen, Irmi, oder?«

»Das schaffst du auch allein«, erwiderte Irmi.

»Wir bleiben aber trotzdem weiter in engem Kontakt, oder?«, vergewisserte sich Kathi.

»Sicher.«

»Und gibt's jetzt do herobn an Wolf?«, fragte Sailer nach.

»Es gibt Anzeichen«, meinte Irmi. »Und ihr alle solltet, wie Kathi sagte, den Ball flach halten. Bitte! Das ist hochsensibel. Wir haben Spuren gefunden. Trittsiegel, die aber auch von einem großen Hund stammen könnten.«

»Könnt a Wolf hier sein?«, insistierte Sailer und sah Annika an.

»Theoretisch schon. Ein durchziehender Jungwolf legt bis zu siebzig Kilometer am Tag zurück. Es gab einen aus Sachsen, der sich schon mit zwölf Monaten von seinem Rudel entfernte und in zwei Monaten tausendfünfhundert Kilometer bis nach Weißrussland lief. Er musste Autobahnen überqueren, durch Weichsel und Oder schwimmen und die gesicherte Grenze zwischen Polen und Weißrussland überwinden.«

»Der is aber nach Osten. Was wahrscheinlich schlauer war«, meinte Sailer.

»Im Prinzip ja. Der stark genutzte Alpenraum, gerade in Bayern, ist kein gutes Pflaster für Wölfe. Seit 2000 gab es in Deutschland zweihundertzweiundzwanzig tot aufgefundene Wölfe. Davon starben einhundertfünfundfünfzig im Straßenverkehr, achtundzwanzig wurden illegal getötet, dreiundzwanzig waren eines natürlichen Todes gestorben, zwei wurden im Rahmen des Wolfsmanagements legal getötet.«

»Echt? Achtundzwanzig Abschüsse?«, fragte Irmi.

»Kennt ihr die vier S?«, hielt Tobi dagegen.

»Wen bitte?«

»Schauen, schießen, schaufeln, schweigen! Ein ganz beliebtes Credo, gerade in den Alpen. Da verschwinden Wölfe einfach mal so. Versteht ihr?«

Die anderen nickten.

»Das stimmt leider«, fiel Annika ein. »Die Akzeptanz für den Wolf ist gering. Die Menschen fühlen sich von den Behörden alleingelassen. Also weg mit dem Viech. Ein bisschen skurril tönt es für mich, dass die Landwirte behaupten, der Wolf würde die Arbeit der Kleinbauern zerstören, die Bergschafe halten. Wer aber am lautesten schreit, das sind die Milchbauern im Tal, die ihre Rinder längst nicht mehr austreiben.« Sie blickte düster vor sich hin.

»Und wo kimmt so oaner her?«, fragte Sailer nach geraumer Zeit.

»Tschechien. Oder Calanda«, vermutete Annika. »Im Rheintal wurden bei Zizers ja die weit auseinanderliegenden Spuren der Autobahn zusammengelegt und im Zuge dessen eine neue, breite Wildbrücke angelegt. Im Prinzip eine Einladung, mal ins Montafon vorzudringen. Jetzt muss ich aber zurück zur Kenzen. Kommt ihr morgen zum Symposium? Da wird es hoch hergehen!«

»Klar«, antwortete Tobi. »Ich komme in jedem Fall. Zwei meiner Kollegen sind auch schon drüben.«

»Tipptopp«, sagte Annika.

Kathi blickte in die Runde. »Dann machen wir uns auch mal vom Berg. Irmi, ich halt dich auf dem Laufenden und hoffe, schnell etwas über die Identität des Toten rauszufinden. Servus, Almerin!«

Irmi glaubte, etwas wie Wehmut in Kathis Augen zu entdecken.

5

Das Melken war ihnen schon zur Routine geworden, momentan klappte alles reibungslos, wären da nicht die verstörenden Bilder eines Mannes in einem Wolfsgarten gewesen. Der Wolf ließ sie nicht los, aber nichtsdestotrotz oder gerade deshalb wollte Irmi zum Symposium, auf dem Annika einen Vortrag halten würde. Luise gab an, lieber die Stellung auf der Alm zu halten.

Die Veranstaltung auf der Kenzen war auf elf Uhr terminiert, Irmi und Tobi brachen um zehn auf. Sie gingen stetig, und als sie von oben die Hütte sahen, war da schon einiges los. Einige Autos parkten unterhalb. Die Teilnehmer schienen nichts vom Wandern zu halten. Auch der Kenzenbus spuckte Leute aus, einige Mountainbiker waren bereits da, darunter auch welche mit E-Bikes, woraufhin Tobi stänkerte: »Das ist doch kein Sport. Können die ja gleich mit dem Bus fahren.«

»Na ja, treten musst du schon. Und im Steilen nicht grad wenig. Über fünfundzwanzig Stundenkilometer hast du eh keine Unterstützung mehr. So unsportlich ist das auch wieder nicht.«

Irmi hätte noch ein paar Argumente im Köcher gehabt, aber Tobi schwieg, und sie schlenderten die letzten Meter hinunter auf die Terrasse. Wann immer Irmi das Terrain der Kenzen betrat, war sie merkwürdig beschwingt, ja, geradezu glücklich. Es war ein Glück, das nicht aufwühlte, sondern sie zum Lächeln brachte. Die Hütte lag etwas oberhalb des Lobentals, und kein Geringerer als König Ludwig II. war hier immer mal wieder »untergetaucht«. Er hatte auf der Kenzenhütte sogar gearbeitet. Aufzeichnungen der Bayerischen Landesbibliothek war zu entnehmen, dass er dort oben Verordnungen geschrieben hatte, beispielsweise die »Königliche Allerhöchste Verordnung vom 16. September 1865, die Zuständigkeit zur Bestimmung der Kaminkehrertermine und Kaminkehrerlöhne betreffend«.

So betrachtet, hatte sich Annika einen guten Platz zum Arbeiten ausgesucht. Lächelnd kam sie auf Irmi und Tobi zu. »Schön, dass ihr kommt. Tipptopp.«

Tobi gab ihr die obligatorischen drei Küsschen, wirkte aber sehr verhalten.

An der Terrasse lehnte ein Schild. *Geschlossene Gesellschaft.*

»Was ist das denn nun hier?«, fragte Irmi.

»Wir nennen es Symposium. Wir wollen aufklären und mehr Akzeptanz für große Beutegreifer erreichen. Es gibt eine bayerische Arbeitsgruppe Große Beutegreifer, und ich bin eingeladen worden, die Wege der Schweiz darzustellen und von meinen Erfahrungen zu berichten.«

»Und wen willst du überzeugen?«

»Wir haben hier einige Berufsjäger, private Waldbesitzer, Repräsentanten des Tierschutzes, NABU-Wolfsbotschafter, Almleute, Talbauern, Vertreter der Staatsforsten, Jagdpächter und so weiter. Leute vom Almwirtschaftlichen Verein.« Annika nickte mehr zu sich selbst. »Dann mal auf in die Schlacht.«

Die Terrasse füllte sich. Irmi war überrascht, die Chefin des Garmischer Tierheims zu treffen.

»Ich bin Mitglied der Arbeitsgruppe und sehr froh, mit Annika Wildhaber so eine kompetente Frau dabeizuhaben«, sagte sie lächelnd. »Erwarten Sie Ausschreitungen, Frau Mangold? Oder gar Mord? Ich hoffe, so heiß wird es nicht hergehen.«

»Nein, ich bin nur als Hirtin hier. Ich verbringe einen Sommer auf der Bäckenalm und hüte Kühe.«

»Sie? Großartig. Ein tolles Projekt. Richtungsweisend. Man erzählt sich, eine niederbayerische Landrätin wäre dort.«

»Die auch.«

Die Chefin des Tierheims grinste. »Respekt.«

Annika hatte eine Leinwand an der Hüttenwand befestigt. Der Beamer mit Laptop nahm sich etwas merkwürdig aus auf dem Biertisch. Tobi schlug mit einer Gabel gegen ein Bierglas, und die Gespräche verstummten allmählich. Irmi sah sich um: viel Jägergrün, viel Khaki und Beige. Viele speckige Hüte. Einige Jagdhunde lagen unter den Tischen. Gut, dass sie Raffi davon hatten überzeugen können, umzukehren und Luise Gesellschaft zu leisten. Der hätte hier seinen Spaß gehabt. Unerzogener Spitz trifft auf devote Jagdhunde, die dienen müssen. Irmi lächelte in sich hinein.

Auf der Leinwand erschien eine Zahl. Riesig geschrieben und blutrot. *Dreihundertsiebenundzwanzig Millionen Euro.*

Annika wartete, ziemlich lange sogar. »Dreihundertsiebenundzwanzig Millionen Euro, das ist die von der Bayerischen Landesanstalt für Landwirtschaft veröffentlichte

Kostenabschätzung für Weidezäune zur Wolfsabwehr in Bayern«, sagte sie schließlich.

»Da siehst es!«, rief einer.

»Was ich sehe, ist eine maßlos überzogene Zahl. Sie würde voraussetzen, dass aktuell keine einzige Weidefläche in Bayern über einen funktionierenden Zaun verfügt und bayernweit Rudel von Wölfen leben. Tun sie aber nicht. Aktuell hält sich das einzige Rudel aus dem Bayerischen Wald bereits seit längerer Zeit nachweislich in Tschechien auf, es lebt lediglich ein Wolfspaar in Grafenwöhr.«

»Ha!«, warf ein Mann ein, der eine markante Narbe im Gesicht trug. »In einem Jahr oder schon früher werden das schon drei- bis viermal so viele sein!«

Annika sah in die Runde. »Bleiben wir mal beim Status quo. Die Schätzung ist maßlos übertrieben. In Brandenburg, wo zweiundzwanzig Rudel leben, beliefen sich die Kosten für die Herdenschutzmaßnahmen 2016 auf gut zweihunderttausend Euro. In Niedersachsen, wo man vierzehn Rudel und zwei Paare zählt, waren es im gleichen Jahr zwei Komma zwei Millionen Euro.«

»Aber ma sieht die Viecher. Es gibt sie auf der Wuidkamera, und im Ammergebirge geht a Wolf um. Oder zwoa!« Das kam von Egon Mittermaier, mit dem sie ja bereits das Vergnügen gehabt hatten. Er trug dieselbe Cordhose wie kürzlich, eine, die sicher zwischen den Kriegen angeschafft worden war. Sein forstgrüner Janker hatte auch schon bessere Zeiten gesehen.

Irmi hielt die Luft an. Hoffentlich war bisher noch nichts vom Wolf auf ihrer Alm durchgesickert. Anscheinend nicht, denn es gab nur ein paar zustimmende Rufe.

»Der Wahrheitsgehalt vereinzelter Sichtungen von Einzeltieren ist umstritten«, sagte Annika. »Und selbst im Calanda-Gebiet sah für mich die Wolfsbegegnung so aus, dass ich oft Tage ansitzen musste, um dann in gut vierhundert Metern Entfernung für ein paar Sekunden einen Wolf über einen Pfad laufen zu sehen. Sie waren immer extrem scheu und vorsichtig. Sobald sie mitbekommen haben, dass ich da war, waren sie weg. Ich wundere mich immer, wo die Leute angeblich Wölfe sehen. Ich leugne ihre Existenz doch nicht, ich bitte nur darum, die Kirche im Dorf zu lassen.«

»Junge Frau!«, rief der Mann mit der Narbe. »Das ist wirklich falsch: Wo Wölfe vorkommen, werden sie häufig gesehen. Manchmal gehen sie sogar regelmäßig in die Nähe von Siedlungen, weil es da immer auch etwas zu fressen gibt. Das mit der Scheu stimmt nur in den Gebieten, wo sie sehr stark verfolgt werden – oder wo es halt nur einen einzelnen Wolf gibt. Wir reden von unterschiedlichen Kirchen und Dörfern!«

Ein paar Lacher kamen auf.

Mittermaier fiel ein. »Ja genau, im Dorf! Da ham mir die Sauviecher bald. Ihr Stadtleit habt's a verklärtes Bild vom Wolf. Wenn der Wolf kimmt, is a Stück Wildnis zurück. Des is Romantisiererei und g'fährlich!«

»Ich stimme Ihnen zu«, meinte eine der Frauen vom NABU. »Der Wolf braucht keine Wildnis. Er lebt heute in Kiesgruben und militärischen Sperrgebieten, wo sogar auch mal geschossen wird. Aber er ist bei uns geschützt. Wenn wir von Indien verlangen, dass es Tiger schützt, wenn wir von Tansania verlangen, dass es Löwen schützt, dann müssen wir mit gutem Beispiel vorangehen. Und Wölfe sind deutlich weniger konfliktträchtig als Tiger und Löwen. Der Wolf passt sich an, solange er genug Beutetiere hat.«

»Ja, die Schafe von de letzten Wanderschäfer werden sei Beute! Der Wolf muass weg! So schaugt's aus!«, rief Mittermaier.

»Das Leben der Schäfer in Wolfsgebieten ändert sich, keine Frage. Jene Schäfer, die die ersten Wolfsangriffe im Osten Deutschlands miterleben mussten, haben erst mal höhere Elektrozäune errichtet, das half aber nur eine Weile. Der Schäfer hat sich einen Herdenschutzhund angeschafft und verlor weitere Schafe. Erst mit einem zweiten Herdenschutzhund war Ruhe. Die Wölfe haben gemerkt, dass es hier viel zu aufwendig und gefährlich ist zu jagen, und haben sich wieder Rehen und Frischlingen zugewandt«, berichtete Annika.

»Ja genau, reden wir von Wettrüsten. Nach dem zweiten Herdenschutzhund muss dann der dritte her und dann der vierte! Herdenschutzmaßnahmen müssen laufend angepasst werden. Es gibt keinen Zustand, bei dem dann Ruhe ist«, gab der Narbenmann zu bedenken und nickte Mittermaier zu. »Da sind wir und Leute wie Egon Mittermaier einer Meinung.«

Er wirkte sehr beherrscht, schien sich extrem gut auszukennen und war vermutlich der, an dem sich Annika die Zähne ausbeißen würde. Jetzt wandte er sich mit einer ausladenden Handbewegung ans Plenum:

»Wir reden immer von Herdenschutzhunden. Die muss aber erst mal jemand züchten. Ein Bekannter von mir tut das und hat jetzt Probleme, weil die Tiere im Winter bei jedem, der an seinem Hof am Ortsrand vorbeiläuft, laut anschlagen. Nicht alle dieser Hunde sind unproblematisch, wenn Wanderer mit Hund vorbeikommen. Nervenstarke Hunde zu züchten und zu halten, die auch in Tourismusgebieten unproblematisch sind, kostet Zeit und Erfahrung.«

»Ja, du bist mir echt a Märchentante, Madl!«, kam es von Mittermaier.

Wie so oft brachten sich nur wenige in die Diskussion ein. Die schweigende Mehrheit ließ lieber nicht raus, wo sie stand. Besser andere machen lassen.

»Nein, bin ich nicht«, widersprach Annika. »Viele Schäfer wissen, dass es gut ist, erfahrene, territoriale Wölfe in der Umgebung zu haben, die halten nämlich weitere fremde Wölfe fern. Die Schäden sind minimiert.«

»Auch das ist nicht ganz korrekt. Es gibt Wölfe, die weniger problematisch sind, und andere nicht. Es treten sogenannte Nahrungsspezialisten auf, das heißt, einige mögen lieber Schafe, und andere halten sich grundsätzlich mehr an Wildtiere. Das kann man nicht vorhersagen. Deshalb kann es manchmal ganz still und wenig problematisch zugehen, und ein andermal hast du ständig Angriffe!«, sagte der Narbenmann. »Hund hin oder her!«

»Und du musst aufpassen, dass dei geile Hündin sich ned mit am Wolf paart!«, polterte nun doch einer, der bisher geschwiegen hatte.

Lacher und Klatschen.

»Das kann durchaus passieren. Gibt es in Weißrussland. Gerade wenn noch wenige Wölfe in einem Gebiet leben, kann es zu Paarungen kommen«, erwiderte Annika. »Es ist aber eher so, dass sich weibliche Wölfe häufiger mit männlichen Hunden einlassen als männliche Wölfe mit weiblichen Hunden. Wir haben also Hybriden, die scheu sind wie Wölfe. Dass ihre Bracke Wolfsbastarde heimbringt, ist unwahrscheinlich.«

»Das kann in beide Richtungen passieren: Wölfin mit Hybriden in Sachsen – Wolf mit Hundepartnerin in Weißrussland.« Der Narbenmann hatte immer ein Argument parat.

»Und a Wolf reißt aa amoi an Jagdhund!«, rief Mittermaier triumphierend. »Mei Kumpel war zum Jagern in Schweden, und do san drei Hund vom Wolf zerrissn worden.«

Fußgetrampel setzte ein.

»Nun ja, bei den extrem großräumigen Bewegungsjagden in Skandinavien sind die Schützen derart weit verteilt, dass Wölfe das Jagdgebiet nicht frühzeitig verlassen können. Kleinräumige Bewegungsjagden mit einem dichten Netz an Schützen und Treibern, wie sie hier üblich sind, bergen für Jagdhunde kaum Risiken«, argumentierte Annika.

»Das stimmt zwar, junge Frau. Die Nachsuche aber, bei der du einen Schweißhund dann von der Leine lassen musst, das ist der klassische Konfliktfall. Wenn die Wölfe inzwischen auch dem verletzen Tier folgen, hat der Schweißhund schlechte Karten.«

Klatschen.

»So einen Lärm, wie ihr macht, da geht auch der letzte schwerhörige Wolf rechtzeitig«, sagte die Frau vom NABU. »Und wenn ihre euren Hunden Raubwildschärfe anerzieht, dann wundert euch nicht!«

»San mer jetzt wieder so weit! Hack mer auf die Jager ein?«, rief Mittermaier, der immer lauter wurde und schon einen roten Schädel hatte. Die nassen Flecken unter seiner Achsel wurden ebenfalls größer. Irmi musste nachher mal nachfragen, wer genau dieser Egon Mittermaier war. Sie kannte ihn nur als Stänkerer, aber es hätte sie interessiert, was sein beruflicher und politischer Hintergrund war.

»Seht ihr im Wolf nicht auch einen Konkurrenten?«, fragte die Frau. »Reh, Gams, Rothirsch und Sauen werden nun von Wölfen gefressen und nicht von halb blinden Jagdpächtern erschossen.«

»Die meisten sehen ganz gut. Wohl aber leiden Jäger und Berufsjäger unter irrwitzig hohen Abschussvorgaben«, erklärte der Narbenmann mit einem süffisanten Lächeln.

»Dann hilft euch der Wolf doch wirklich!«, konterte die Frau.

Erneute Lacher.

»Der Wolf als Prädator wird eher alte und kranke Tiere erbeuten. Das hält die Wildpopulationen gesund«, erklärte Annika, die stets die Fassade wahrte. Irmi bewunderte ihr Auftreten. Es war nicht einfach, als Frau gegen eine Wand aus Machos und Ewiggestrigen zu argumentieren.

»Schmarrn! Der Wolf nimmt aa g'sundes Wild, was er halt derwischen tut«, sagte Mittermaier und hieb sein Bierglas auf den Tisch.

»Ökosysteme mit intakten Räuber-Beute-Beständen sind deutlich stabiler und weniger anfällig für Veränderungen. Der Wolf verhindert unnatürlich hohe Wilddichten, und das Wild verteilt sich gleichmäßiger im Lebensraum. Das war in der Schweiz zu beobachten«, entgegnete Annika.

»Das ist doch Unsinn. Die Wildschutzgebiete werden für das Wild unsicherer, wenn dort Wölfe jagen«, kam vom Narbenmann.

»Und des Wild werd heimlicher!«, sekundierte Mittermaier, dessen Gesicht immer röter wurde.

»Eigentlich wird die Jagd doch dadurch nur ereignisreicher und anspruchsvoller«, sagte die NABU-Frau. »Gut, manch einer von euch schießt ja aus dem Auto raus. Das geht dann mit Wolf natürlich nicht mehr. Und seid mal ehrlich: Die Jagd als solche hat das Wild bisher sehr scheu gemacht – und jetzt schreit ihr alle nach Nachtabschussgenehmigungen, Nachtsichtgeräten und dem Abbau von Schutzbestimmungen. Das hat mit dem Wolf rein gar nichts zu tun!«

Ein paar unwirsche Rufe. Annika warf Tobi einen Hilfe suchenden Blick zu.

»Moment mal, die Herrschaften!«, rief er. »Der Wolf stört euch, ihr ihn aber auch. Das Problem ist doch ein ganz anderes: Unsere Jagdplanung schert sich ja nicht um die tatsächlich lebenden Tiere. Wäre das so, ginge es dem Wild besser, und die Jagd wäre natürlicher«, sagte Tobi.

»Vergesst's amoi die Jagd. Ihr vergleicht's doch Äpfel mit Cranberrys, oder was moderne Leit so fressn. Mir san ned im Flachland. Mir redn von Almen, und da gibt's bald koa Arbeiten mehr. Is es ned so, dass in der Schweiz die meisten Viecher auf der Alm im Sommer g'rissn worden san?«

Applaus brandete auf.

»Ganz richtig«, entgegnete Annika. »Der Schutz von Weidetieren in der Berglandwirtschaft ist ein Sonderfall. In der Schweiz wurden in den letzten fünf Jahren jährlich zwischen neunzig und dreihundertsechzig Nutztiere gerissen, in der Tat die meisten bei der Sömmerung. Aber trotz des steigenden Wolfsbestands ist bei der Zahl der gerissenen Nutztiere keine zunehmende Tendenz erkennbar, der Wolf reguliert sich selber mit Vergrößerung des Reviers, bei Beuteknappheit steigt die Sterblichkeit der Jungtiere.«

Da keiner etwas sagte, fuhr Annika fort: »Erfahrungen aus der Schweiz zeigen, dass dort die jährliche Fördersumme von fünfundachtzigtausend Euro für Zaunverstärkungen nur selten ausgeschöpft wird. Es werden meist bestehende Zaunsysteme geringfügig erhöht und elektrisch verstärkt.«

»Reden wir jetzt wieder über Zäune?«, reagierte der Mann mit der auffälligen Narbe. »Zäune im Alpenraum sind auch naturschutzfachlich ein Unding. Und nicht zu vergessen: Es geht eben nicht nur um die Zahl der gerissenen Tiere, sondern darum, ob die Herden beieinanderbleiben. Die bestehenden Zaunsysteme sind ja nur im seltensten Falle fix. Die meisten müssen immer wieder versetzt werden, und je höher die Zäune und je felsiger der Boden, umso schwieriger. In der Schweiz hat sich, soweit ich weiß, in Gegenden mit etabliertem Wolfsbesatz die Weidehaltung in den Tallagen intensiviert, während die extensiv bewirtschafteten Grenzflächen im Berggebiet aufgegeben wurden.«

Wieder Klatschen.

»Die meisten Risse von Nutztieren gab es, weil die Zäune unzureichend waren«, warf Annika ein. »Zu wenig Litzen, zu große Lücken, kein Strom.«

»Dünnes Eis, sehr dünnes Eis! Du musst den Zaunverlauf gut abmähen, damit du keine Stromableitung durch Grasbüschel hast. Und in manchen Gebieten müssen die Zäune einen Meter vierzig bis einen Meter sechzig hoch sein. Ein Wolf ist auch schon durch ein Fenster in den Stall gesprungen«, kam es vom Narbenmann, der anscheinend immer irgendwelche Argumente hatte.

»Do werst a Alcatraz bauen müssn, junge Frau!«, rief Mittermaier.

Wieder Lacher und Fußgetrampel.

»Der Wolf is a Bestie«, fuhr er fort. »Der reißt aa, wenn er schon satt ist. Killer san des, im Blutrausch. Denkt's an den Vorfall im Schwarzwald. A Gemetzl war des!«

Zustimmendes Gemurmel.

»Auch das ist so nicht wahr. Wir nennen das in der Biologie ›surplus killing‹, also Mehrfachtötung«, erklärte Annika. »Das gibt es beispielsweise auch bei Wieseln, Mardern, Füchsen, Luchsen und Braunbären, bei Löwen, Leoparden, Tigern, aber auch bei Hunden und sogar bei Hauskatzen. Der Prozess des Jagens, Tötens und Fressens läuft in verschiedenen Schritten ab, und erst wenn ein Schritt beendet ist, kann der nächste beginnen. Das heißt, wenn ein Wolf eine Herde angreift und ein Schaf erwischt hat, tötet er es. Aber wenn weitere Tiere flüchten, bleibt der Reiz bestehen, und er reißt weiter, was für den Wolf durchaus sinnvoll ist. Er kann Kadaver auch noch Wochen später verwerten, und die Kadaver haben darüber hinaus einen großen ökologischen Nutzen für Greif- und Krähenvögel. Und nicht zuletzt dienen Tierkadaver als Eiablageplätze für Insekten, was wiederum den Vögeln hilft, die sich von Larven ernähren.«

»Na ja, die Schafe werden ja aufgesammelt. Das mit der Folgenutzung von Kadavern trifft nur für gerissene Wildtiere zu!«, rief der Narbenmann ins Plenum.

»Des is doch a Witz! Füttern mir jetzt den Lämmergeier aktiv mit Aas?«, rief ein Mann mit einem Münsterländer, der unter dem Tisch ein paar heruntergefallene Pommes frites kaute. »Und die Scheißraben? Raubzeug is des! Soll i dem Wolf jetzt aa no dankbar sein?«

»Nein, aber Sie sollten lernen, mit ihm zu leben, und seine wichtige Rolle begreifen«, erwiderte Annika.

»Welche Rolle? Wissen Sie, junge Frau, wir müssen das Jagdgesetz ändern, wir brauchen eine ganzjährige Jagdbarkeit der Großraubtiere und den Austritt aus den Berner Konventionen«, behauptete der Mann mit der Narbe. »Ein Zusammenleben von Zivilisation und Großraubtieren ist nicht möglich. Eirik Granqvist, Professor für vergleichende Morphologie, sagt auch, dass Wölfe eine Gefahr für Kinder sind.«

Jetzt mischte sich Tobi ein: »Gut, dass Sie Herrn Granqvist anführen. Er ist gelernter Tierpräparator, hat aber kein wissenschaftliches Studium absolviert, und Professor ist er schon gar nicht. Vor gut zehn Jahren bekam er den Titel eines Honorarprofessors verliehen, und zwar durch das – bitte genau hinhören – Museum für Wissenschaft und Technologie in Schanghai, nachdem er sich tibetkritisch und promaoistisch geäußert hatte. Das sind ja Experten, die Sie da zitieren!«

Annika schenkte Tobi ein Lächeln.

»Dann ist Ihnen Valerius Geist als Experte auch nicht gut genug?«, konterte der Mann mit der Narbe. »Er hat bei

Konrad Lorenz studiert, bevor er nach Kanada ging, und wurde zu einer Autorität in der Verhaltensökologie von Huftieren, insbesondere von Bergschafen. Diese wiederum wurden von Wölfen gerissen. Er hat zwanzig Jahre auf Vancouver Island gelebt und mit Angriffen von Wölfen, Schwarzbären und Pumas zu tun gehabt.«

»Ja, das stimmt«, erwiderte Annika. »Allerdings argumentiert Valerius Geist völlig distanzlos. Wölfe haben seinerzeit ein Forschungsprojekt von ihm gestört, deshalb fühlt er sich von ihnen persönlich angegriffen. Aber persönliche Betroffenheit ist kaum Wissenschaft!«

»Kennen Sie Valerius Geist? Ich wäre vorsichtig, jemandem mangelnde Seriosität zu unterstellen, nur weil er andere Meinungen vertritt«, sagte der Narbenmann leise und bestimmt.

»Im April 2013 – anlässlich des ersten Wolfsnachweises in Dänemark – hat Geist im dänischen Fernsehen ein Interview gegeben«, entgegnete Tobi. »Er behauptete, Wölfe würden erst das Rehwild jagen und sich dann bei Mangel an Beutetieren an Kindern und Gehbehinderten vergreifen. Deshalb sollten sich solche Personen nicht in Wäldern aufhalten. Meiner Meinung nach ist Valerius Geist eher ein Fall für die Psychiatrie!«

Es gab vereinzelte Lacher.

»Genau das sagen aber auch andere Wolfsforscher!«, warf der Mann mit der Narbe ein.

»Mit dieser Art der Polemik kommen wir aber nicht weiter«, sagte Annika. »In der Schweiz verzeichnen wir keine aktive Annäherung des Wolfs an Menschen. Nur umgekehrt, weil man ein Foto schießen will. Selbst beim Braunbären gelten Begegnungen erst ab einer Distanz von weniger als dreißig Metern als potenziell problematisch.«

»Es gibt in Niedersachsen und Sachsen dauernd interessierte Annäherungen von Jungwölfen an Menschen. Für Erwachsene besteht wirklich kein großes Risiko, aber für Kinder? Wollen Sie da Garantien abgeben, liebe Frau Wildhaber?« Der Narbenmann durchbohrte Annika mit Blicken.

Wieder viel Zustimmung. Rufe. Klatschen.

Annika sah nun doch angestrengt aus. Tobi sprang erneut ein.

»Sie alle sehen, wie weit die Positionen auseinanderliegen. Auch ich weiß nicht, wie es mit dem Wolf in der Almwirtschaft geht. Aber es gibt Strukturen, da kann es funktionieren. Fest steht, dass wir diese Strukturen derzeit nicht haben und nicht einmal darüber nachdenken, wie sie aussehen müssten. Hier vorne am Tisch liegen Infomaterialien aus. Ich kann uns allen nur raten, klug zu handeln.«

Es gab Klopfer am Tisch, und die netten Mädels, die auf der Kenzenhütte servierten, nahmen Bestellungen auf.

Ratlos sah Irmi sich um. Nach diesen Gewehrsalven an Argumenten war sie beunruhigter als je zuvor. Wie sollte es gelingen, einen guten Weg für den Umgang mit der Wolfsthematik zu finden? Sie schlenderte über die Terrasse, hörte mit halbem Ohr den beiden Frauen vom NABU zu – Wolfsbotschafterinnen, die aufklären und zu einer friedlichen Koexistenz von Mensch und Wolf beitragen wollten. Gerade hier und heute erschien das Irmi als absolute Sisyphusarbeit.

Der Mann mit der auffälligen Narbe stellte sich neben sie.

»Die Kripo ist also auch hier?«, bemerkte er.

»Kennen wir uns?«

»Dr. Ulf Promberger von den Bayerischen Staatsforsten. Ich bin in der Tat im Vorteil. Ich weiß nämlich, wer Sie sind, aus der Zeitung unter anderem. Sie kennen mich nicht.«

Irmi registrierte, dass er seinen Doktortitel mitnannte.

»Irmgard Mangold«, stellte sie sich mit ihrem vollen Namen vor. »Aber das wissen Sie ja.« Seine Frage war damit allerdings noch nicht beantwortet. »Und Sie arbeiten am Forstbetrieb in Oberammergau?«

»Nein, in der Zentrale in Regensburg«, sagte er. »Sie interessieren sich für den Wolf, Frau Mangold?«

»Ich bin momentan Hirtin auf einer Nachbaralm. Da ist die Fragestellung Almwirtschaft versus Wolf natürlich interessant.«

»Ach was! Eine Frau mit vielen Talenten.« Er lächelte und gab ihr seine Karte. Dann wandte er sich ab und begann ein Gespräch mit einem hochgewachsenen Mann im Karohemd.

Was war das nun gewesen? Irmi beschlich das Gefühl, dass sie bei diesem Mann besser auf der Hut war. Sie sah sich um, Tobi war in ein Gespräch mit einem der ANL-Leute vertieft. Annika unterhielt sich mit der Leiterin des Tierheims. Der jungen Schweizerin war anzusehen, dass die Veranstaltung sie angestrengt hatte.

Irmi entschied aufzubrechen. Auch Tobi schloss sich ihr an. Wenige Minuten später stiegen sie gemeinsam Richtung Sattel auf. Als sie den Wald hinter sich gelassen hatten, drehte Irmi sich um und betrachtete den Geiselstein, der sie stets berührte. Was für ein beeindruckender Berg!

»Du siehst das Problem«, sagte Tobi. »Jede Interessengruppe hat Argumente. Der Wolf ist längst da, und wir haben es verschlafen. Wir sind viel zu spät dran damit, die nötigen Strukturen zu schaffen.«

»Ich bin heilfroh, dass die Vorkommnisse auf unserer Alm noch nicht durchgesickert sind.«

»Ja, gottlob. Aber das wird nicht mehr lange dauern. Wo war denn eigentlich Kotz? Der hätte doch sicher sofort von seinen angeblichen Wolfsbildern gesprochen.«

Um zwei Uhr waren sie zurück auf der Alm. Irmi gab Luise einen kurzen Abriss der Geschehnisse.

»Da waren ein etwas undurchsichtiger Mann von den Staatsforsten und Egon Mittermaier.«

»Zwei Fragen«, entgegnete Luise. »Warum war Kotz nicht da? Und was heißt undurchsichtig?«

»Du kluge Frau. Das haben wir uns auch gefragt. Ich habe mir überlegt, ob womöglich meine Kollegin Kathi den guten Herrn Kotz aufgehalten hat. Und zu deiner zweiten Frage: Undurchsichtig? Irgendwas gefällt mir an dem Mann nicht.«

Luise warf Tobi einen vielsagenden Blick zu. »Die Frau Hauptkommissar wittert immer und überall das Böse.«

Bevor Irmi noch etwas erwidern konnte, kam von irgendwoher ein Geräusch. Tobi ging in die Hütte, kam zurück und reichte Irmi das Satellitentelefon. »Deine Kollegin ist dran.«

»Hallo, Kathi, du hast Neuigkeiten?«

Kathi sprach schnell und laut wie immer: »Jawohl, Irmengard, du Zierde der Alm. Jetzt pass mal auf: Der Mann in den Schlagfallen heißt Udo Wolf, sechsundsiebzig Jahre alt, wohnhaft in Grainau. Kunsterzieher am Werdenfels-Gymnasium, aber natürlich längst pensioniert. Alleinstehend, war zweimal verheiratet, hat beide Frauen überlebt. Keine Kinder. Seine Nachbarin beschreibt ihn als recht fitten Senior, der auch immer gerne draußen war. Wir haben uns mal sein Haus angesehen. Jede Menge Bilder darin, die er wohl gemalt hat. Scheußliches Zeug, wenn du mich fragst.«

»Ob dein Kunstverstand da ausreicht?«

»Egal! Willst du nicht wissen, woran er gestorben ist?«

»Natürlich.«

»Also, der Rechtsmediziner meint, an einem Herzinfarkt. Wie ich gestern ja schon vermutet hab.«

Das klang irgendwie banal, fand Irmi. »Er ist in diese Falle getreten, hat versucht, sich zu befreien, und ist letztlich am Herzinfarkt gestorben?«

»Ja, in etwa, aber nicht ganz.«

»Kathi!«

»Der Mann hat sicher versucht, sich zu befreien. Der Arzt meinte, deshalb habe das Bein so übel ausgesehen. Er hat versucht … na ja, halt wie bei der Katz der Nachbarin.«

»Kathi, bitte! Hat der Mann nicht geschrien? Um Hilfe gerufen?« Der Fundort war gar nicht so weit weg von der Bäckenalm gewesen. Vielleicht hätten sie etwas hören und dem Mann sogar noch helfen können. Irmi schluckte.

»Der hat bestimmt geschrien. Bis er nicht mehr konnte.«

»Wegen des Herzinfarkts?«

»Ja, wahrscheinlich. Aber jemand hat ihm das Maul gestopft. Mit Schafwolle.«

Irmi kniff die Augen zusammen. Das klang doch wie aus einem üblen Thriller.

»Das würde bedeuten, jemand hat ihm beim Todeskampf zugesehen, oder?«

»Die Reihenfolge ist etwas unklar«, meinte Kathi. »Es wird grad noch untersucht, ob zuerst der Herzinfarkt war und jemand ihm dann post mortem die Schafwolle verpasst hat. Fest steht, dass dem Mann, der mit einem Bein in einer Schlagfalle gefangen war, noch zusätzlich Schafwolle in den Mund gestopft wurde. Selber wird er sie sich kaum reingeschoben haben. Ich gehe davon aus, dass da noch jemand war.«

Irmi hätte sich gewünscht, das Kopfkino ausschalten zu können.

»Zwei Täter? Der eine installiert die Falle, der andere hat die Schafwolle dabei und nutzt die prekäre Lage des Mannes?«

»Ach, Irmi, es gibt doch nix, was es nicht gibt.«

»Kathi, du klingst so, als wäre das noch nicht alles gewesen?«

»Im Prinzip war's das schon. Dem Hasen ist noch ein kleiner Beutel aus einer merkwürdigen Haut aufgefallen, den der Mann bei sich trug. Was das genau ist, versucht er grad noch rauszufinden. Außerdem hatte er ein Lederbanderl um den Hals, mit sieben Zähnen.«

Irmi stutzte. Die magische Zahl sieben – sieben Zwerge

hinter sieben Bergen, sieben Weltwunder, die Erschaffung der Welt in sieben Tagen, sieben Plagen, ein siebenköpfiges Monster –, und Irmi hatte gerade das Gefühl, ihre sieben Sinne nicht beisammenzuhaben.

»Was denn für Zähne?«, hakte Irmi nach.

»Vermutlich von einem Tier.« Kathi lachte. »Wolfszähne vielleicht? Na ja, wenn man Wolf heißt. Diese Künstler haben ja oft einen merkwürdigen Geschmack.«

»Kathi, du bist voreingenommen!«

»Ja, ist doch so, oder? Und die Frage bleibt: Wer macht so etwas? Wer bereitet so eine Falle vor?«

»Dieser Kotz vielleicht? Er will unbedingt die Anwesenheit des Wolfs beweisen und Angst schüren! Hast du denn mit ihm geredet?«

»Reden tut der nicht. Der brüllt. Wir haben ihn heute Morgen im letzten Moment erwischt. Er hat sich grad in seine Rostkiste gewälzt, als ich mit Sailer ankam.«

»Ich denke, der wollte zur Kenzenhütte, zum Almsymposium. Da waren einige von seinem Schlag. Da hat der Kotz eigentlich noch gefehlt.«

»Das kann sein. Er war ziemlich ungehalten, der Kotz, dieser Klotz. Wohnt übrigens auf einem Mordshof.« Kathi stutzte kurz. »Ein Riesending, neue Maschinen, gewaltiger Laufstall.«

»Hast du ihm von dem toten Mann erzählt?«

»Natürlich nicht! Nur von den Fallen. Weißt du, was der gesagt hat? ›So a jungs Weibets wui mi verhaften, oder wos? I soll Fallen aufg'stellt ham? Dass i ned lach. Der Wolf reißt bald amoi a Schaf oder Goaß, dann werdet's aufwachen, ihr Naturromantikerdeppen. I muass den ned fanga, der entlarvt sich selber.‹ Irr gelacht hat er, und elend aus dem Hals stinken tut er auch.«

Irmi grinste. »Ja, das durften wir schon feststellen. Aber ich glaub ihm nicht. Alibi?«

»Na ja, wann die Fallen ausgelegt worden sind, ist schwer zu sagen. Aber Udo Wolf starb Dienstagnacht. Zwischen drei und fünf. Da war Herr Kotz im Bett. Seine Frau auch. Welche ein böser Besen ist mit einem schwarzen Damenbart! Passen gut zamm, die zwei.«

Zwischen drei und fünf? Schon wieder die Stunde der Wölfe?

»Was hast du jetzt vor?«, fragte Irmi.

»Na ja, wir bleiben an Kotz dran. Aber wahrscheinlich gibt es ja noch mehr mit seiner Gesinnung.«

»Checkt doch mal Egon Mittermaier, der war beim Symposium und hat sich ziemlich laut zu Wort gemeldet. Und mich würde ein gewisser Dr. Ulf Promberger interessieren.«

»Sexuell?«

»Nein, eher kriminell. Ist irgendwas bei den Staatsforsten.«

»Alles klar.«

»Habt ihr eigentlich etwas rausgegeben an die Presse oder so, Kathi?«

»Nein, natürlich nicht! Dass eine Frau lebensgefährlich verletzt wurde, das ist durchgesickert, da gab es auch einen Artikel im Tagblatt. Ein Tierarzt wurde befragt, der sich ganz seriös geäußert hat, eher sogar pro Kuh.«

»Und der Fall Udo Wolf?«

»Da halten wir uns weiter bedeckt. Aber du weißt, wie es ist. Kotz ist misstrauisch, die Bergwachtler waren dabei.

Und allzu lange werden die nicht dichthalten. Du kennst das ja, da wird Presse kommen.«

Irmi schwieg. Da hatte ihre Kollegin leider recht.

»Also bis bald«, sagte Kathi. »Willst du nicht doch lieber runterkommen von der Alm, ich meine …?«

»Kathi, ich muss jetzt melken. Und den Käse pflegen. Und dann die Weiden von ungutem Bewuchs befreien. Du hast doch das alles super im Griff!«

»Ja, passt schon. Ich glaube dir deinen alpinen Vierundzwanzigstundentag. Aber …«

»Aber was?«

»Ach, nix!«

Irmi musste lächeln. Kathi vermisste sie, doch das würde sie nie zugeben.

Einen Vorteil hatte die viele Bewegung ja. Irmi schlief besser als zu Hause, wo auf lange Bürotage oft ein ungesundes Abendessen folgte. Körperliche Betätigung machte rechtschaffen müde.

6

Am Freitagmorgen kam Fritz Resle auf Überraschungsbesuch.

»Der Unfall hat mich jetzt doch nicht losgelassen. Wisst ihr was von der Frau?«

»Sie liegt noch immer im Koma«, berichtete Irmi.

»Was für eine böse Sache.« Fritz schien wirklich betroffen. »Ich meine, wegen der Haftung, also …«

»Wir haben von der Staatsanwaltschaft noch nichts gehört.«

Er nickte ernst und sah eine Weile schweigend vor sich hin. Dann stand er auf und drehte eine Runde, um sich einen Überblick über seine Kühe zu verschaffen. Als er zurückkehrte, war er ausgesprochen zufrieden mit dem Aussehen seiner Kühe und überrascht, wie wacker sich die Unterländerinnen schlugen.

»Und euer Forscher?«, fragte er. »Kommt der voran?«

»Ja, ich glaube schon. Er arbeitet jedenfalls wie besessen an seinen Reihenuntersuchungen zur Milchqualität«, erzählte Irmi. »Ich bin schon gespannt, was dabei herauskommt. Wobei es ja eigentlich logisch ist, dass ein großer Wiederkäuer wie die Kuh das fressen sollte, wofür sie nun mal geboren wurde: Gras und Heu.«

»Nun, eine Kuh gibt heute mit durchschnittlich siebentausend Litern im Jahr doppelt so viel Milch wie noch vor fünfzig Jahren. Das war nur durch Zucht und veränderte

Fütterung möglich. Die hohe Milchleistung kommt nicht vom Grasfressen, sondern von Silage, Kraftfutter und genetisch veränderten Pflanzen.«

»Aber so was füttern wir! Und diese Milch macht unseren Joghurt. Im Grunde ist das doch pervers!«, rief Irmi.

»Ich war doch grad in Österreich. Weißt du, was ich da erfahren habe? Anstatt den Einsatz von Kraftfutter kritisch zu überdenken, wurde eine Sonde entwickelt, die von der Kuh geschluckt wird«, berichtete Fritz. »Sie liegt im Netzmagen und sendet über digitalen Funk Daten an einen Rechner. Der Bauer ist stets über den pH-Wert im Pansen seiner Kühe informiert. So weit sind wir schon. Schöne neue Welt! Das ist doch pervers!«

»Stimmt, aber leider Realität«, erwiderte Irmi. »Allerdings kann man die falsche Richtung nicht den Bauern ankreiden. Der Milchpreis ist beschämend, und es ist schlichtweg eine Sauerei, wie hierzulande mit den Erzeugern umgesprungen wird. Nur wer wächst, überlebt – diese Devise wurde ausgegeben. Müsste es nicht viel eher so sein, dass derjenige belohnt wird, der Tiere artgerecht hält und füttert?«

»Das stimmt«, meinte Fritz. »Die Agrarsubventionen sollten Landwirte dafür bekommen, dass sie Artenvielfalt produzieren. Bauern sollten bessergestellt werden, wenn sie beispielsweise eine Blühfläche anstatt Mais anlegen. Man müsste sie ökonomisch dazu in die Lage versetzen, die europäischen Ziele zum Erhalt der Biodiversität umzusetzen und Tiere würdig zu halten. Tiere wieder auf Almen zu schicken ist auch ein Baustein. Doch bis es solche Subventionen gibt, können wir einzelnen Bauern trotzdem etwas bewegen. Wir leben doch ganz ordentlich in unserer Nische. Wir werden nie reich, müssen wir auch nicht, aber wir können unsere Würde bewahren. Und die Kühe fressen nicht jeden Tag das Silo-Sauerkraut.« Er lachte. »Ich muss los. Das nächste Mal bring ich Hanni wieder mit.«

»Unbedingt.«

Er war kaum weg, als Annika und Tobi vor Irmi standen.

»Irmi, du solltest kommen.«

»Wohin?«

»Wir haben da was entdeckt, und ich dachte, wir lassen es vor Ort. Wegen der Spuren«, sagte Tobi.

»Müsst ihr es so spannend machen?«

Tobi stapfte davon, ohne eine Antwort zu geben, Annika folgte ihm leichtfüßig. Irmi schnaufte weniger leichtfüßig hinterher. Als sie oben am Sattel waren, hielten sie sich nach rechts und gingen auf den Waldrand zu. Tobi bog ein paar Äste zur Seite.

Irmis Augen mussten sich ans Halbdunkel gewöhnen. Für den Bruchteil einer Sekunde erfasste sie eine irrationale Angst. Eine Angst, die aus der Tiefe kam. Ein Wolf starrte sie an. Ein böser Wolf. Irmi blinzelte. Vor ihr stand ein ausgestopfter Wolf auf Rollen.

»Das ist, das ist ja …«

»Das Werk eines Verrückten«, sagte Annika leise.

Irmi schaute sich um. Sie standen unter einem Tarnnetz, über das eine Militärplane gespannt war. Alles verschwamm, alles waberte farblich ineinander. Das perfekte Versteck. Auf der einen Seite stand ein Regal mit einem uralten Kassettenrekorder. Irmi fühlte sich zurückkatapultiert in die Zeit, in der sie mit dem Mikro vor dem Radio gelegen hatte, um den aktuellen Lieblingssong aufzunehmen. Und garantiert hatte der Moderator dazwischengeredet, oder ihre Mutter hatte zum Essen gerufen. Neben dem Rekorder lagen ein paar Knochen unterschiedlicher Größe und einige Zähne. An Schnüren baumelten Schlagfallen, daneben abgezogene Felle von Schaf und Kaninchen, eines schien von einer Katze zu stammen. Darunter standen auf einem Schemel zwei abgetrennte Wolfsbeine.

»Das ist doch …« Irmi brachte immer noch nichts Sinnvolles hervor.

»Wir nehmen an, dass jemand mit den Beinen die Trittsiegel gefakt hat. Was wir neulich Nacht gesehen haben, war wahrscheinlich der Wolf auf Rollen. Das Geheul kam vom Band. Eine perfide Inszenierung. Bestimmt das Werk von Kotz!«

»Das wird man beweisen müssen. So einfach ist das nicht. Die Polizei braucht Fingerabdrücke oder gleich ein Geständnis. Ich fass es nicht!« Irmi starrte den grimmigen ausgestopften Wolf an. Der starrte zurück.

»Merde!«, brüllte Tobi plötzlich und rannte hinaus.

Irmi suchte Annikas Blick. Ihre Augen waren immer kalt, aber jetzt waren sie die einer Eisprinzessin.

»Es ist schwer, den Stein immer weiter den Berg hinaufzurollen, wenn kurz vor dem Gipfel ein Monster steht, das ohne Weiteres den Zentnerbrocken zu Tal schubsen kann. Aber Naturschutz ist so. Von hundert Versuchen kommst du nur einmal oben an. Das ist schwer auszuhalten.«

»Aber du kannst das, Annika?«

»Ja, weil es sich für das eine Mal lohnt«, sagte Annika kühl und ging hinaus.

Irgendetwas in Irmi bohrte und wühlte. Tobi war sonst die Beherrschung pur. Irgendetwas anderes musste ihn zum Straucheln gebracht haben, und sie nahm fast an, dass es mit dieser kühlen Elfe zu tun hatte. Da lief etwas zwischen den beiden, da hatte Luise wohl recht gehabt, doch es schien zumindest Tobi nicht gutzutun.

Irmi stand inmitten dieser Requisitenkammer des Grauens. Wer war hier als Kulissenschieber tätig? War es etwa Klotz, der hier seinen persönlichen Horrorfilm insze-nierte?

Sie rief ihre Kollegin an und beschrieb Kathi und dem Hasenteam den Weg. Dann saßen sie zu dritt im Schatten und warteten schweigend. Tobi hockte auf einem Felsen, Annika neben ihm. Nah beieinander und doch ohne eine Berührung. Plötzlich sprang Tobi auf und ging grußlos davon. Annika sah ihm hinterher.

»Wäre gut, wenn einer von euch hierbliebe, falls meine Kollegin noch Fragen hat«, meinte Irmi.

»Ich bleibe«, versicherte Annika.

Als Kathi, Sailer und das Hasenteam eintrafen, war es drei Uhr. Die Sonne brannte vom Himmel. Sie befanden sich auf fünfzehnhundert Metern, und es hatte sicher drei-ßig Grad.

Kathi blies sich eine Haarsträhne aus dem Gesicht. »Puh, dieses Scheißgebirge. Ich schütt beim Laufen definitiv keine Glückshormone aus! Ich glaub, ich nehm mir ein Zimmer auf eurer Alm, denn kaum sind wir im Tal, rufst du doch garantiert wieder an.«

»Des is die Sehnsucht nach uns«, fiel Sailer ein.

»Das ist nur, weil ich euch eine Show nach der anderen

bieten will«, erklärte Irmi und deutete eine leichte Verneigung an.

Die Show war zweifellos gut, auch Kathi und die anderen staunten nicht schlecht.

»Und du hast also dieses Kabinett hier gefunden?«, wandte sich Kathi an Annika.

»Ja, genau, der Tobi und ich. Wir wollten die Beobachtungen von diesem Herrn Kotz mal verifizieren, der ja angeblich an den Hundsfällköpfen Wölfe gesehen hat. Wir waren auf der Suche nach Spuren, nach irgendwelchen Resten von Wolfsrissen. Erst waren wir weiter talauswärts, wir sind durchs Lösertal, waren im Kessel und sind dann auf den Sattel zurückgekommen. Wir haben noch überlegt, ob wir mal Richtung Hirschwang gehen sollten. Dabei haben wir etwas rumgealbert, ich hab eine Wasserflasche nach Tobi geworfen. Sie hat ihn verfehlt und ist zum Waldrand geflogen. Tobi wollte sie holen – na ja, und da war dann dieses Depot.«

»Habt ihr was verändert?«, fragte Kathi.

»Nein. Wir haben nichts verändert. Wir waren völlig platt und haben dann Irmi geholt.«

»Die Pfoten der bizarren Wolfsbeine haben mit allergrößter Wahrscheinlichkeit die Spuren am Haus und am Almboden verursacht«, vermutete Irmi. »Ich habe auch Fußspuren entdeckt. Leider laufen hier viele Leute herum. Der Herr Hase wird sie wohl alle abgleichen müssen.«

Wären die Spuren identisch mit denen an der Hütte, und wären sie eindeutig den Tretern von Kotz zuzuordnen, dann würde der Mann große Mühe haben, aus der Nummer rauszukommen. Aber es war fast unmöglich, vor der

Hütte Fußabdrücke von Kotz zu sichern, denn dort war es zugegangen wie im Taubenschlag. Eventuell würde man Abdrücke an der Stelle finden, wo er seinen Jimny geparkt hatte.

Der Hase vermaß und fotografierte, und sie alle begaben sich schließlich zur Hütte zurück.

Luise kam gerade aus dem Melkstall und wartete gespannt auf die Neuigkeiten.

»Tobi ist vorhin hier vorbeigerannt, ohne ein Wort«, sagte sie. »Und warum ist die Polizei schon wieder hier?«

»Wir haben ein Asservatenlager des Grauens gefunden.« Irmi berichtete von dem bizarren Fund.

»Das war doch sicher dieser Kotz!«, rief Luise.

»Das vermuten wir auch«, sagte Kathi.

Der Hase untersuchte derweil den Boden rund um die Alm und jenseits des Bachs. An einer feuchten Stelle waren die Reifenspuren des Jimny zu sehen, den Kotz dort abgestellt hatte. Die Schuhabdrücke daneben waren leider verwischt.

»Man könnte meinen, die Sohlen hätten dasselbe Profil wie bei einem Schuhabdruck, den ich oben gesichert habe«, sagte der Hase. »Aber mit Sicherheit kann ich das natürlich nicht sagen.«

»Ach, da bluffen mer einfach!«, meinte Kathi. »Ich find schon einen Grund, den Kotz erkennungsdienstlich zu erfassen.«

Kathi lieh sich das Satellitentelefon und telefonierte erst mit der Staatsanwaltschaft und dann mit Andrea. Die konnte Kathi einen Arbeitsschritt abnehmen, denn von Kotz gab es bereits eine Akte mit DNA-Analyse und Fingerabdrücken. Kathi kehrte kopfschüttelnd zu den anderen zurück.

»Den guten Kotz haben wir schon im System. Der ist nämlich vor einigen Jahren in einen Nachbarschaftsstreit geraten – er natürlich völlig schuldlos –, bei dem es mehrfach zu Beleidigungen und Handgreiflichkeiten gekommen war. Im furiosen Finale ist Kotz eines Nachts in den Hof des Nachbarn eingedrungen und hat dem ein Gewehr an den süß vor sich hin schnarchenden Kopf gehalten. While you were sleeping, gewissermaßen. Der Sohn des gestörten Schläfers hat die Polizei angerufen, und am Ende ist Kotz mit Bewährung und einer Geldstrafe davongekommen. Den Schießprügel will er nämlich nur so zufällig dabeigehabt haben. Quasi wie einen Gehstock. Solche Typen wie Kotz hab ich gefressen!«

»Ja, echt herzig!«, meinte Luise. »Diese Wolfsrequisiten hat er wahrscheinlich nur spazieren getragen, dass sie mal auslüften.«

Kathi grinste. »Leute, ich muss los. Ich halt dich auf dem Laufenden, Irmi, wie angenehm unser nächstes Gespräch mit dem Kotzbrocken läuft.« Sie sah den Hasen an. »Ihr Bericht kommt?«

Der nickte und wandte sich an Irmi. »Wenn es Ihnen konvenierte, Frau Mangold, würde ich bei Ihnen gerne hier heroben noch etwas essen und trinken. Das ist mir heute bisher völlig entgangen.«

Der Hase suchte freiwillig Kontakt zu Menschen? Erstaunlich!

»Der Kollege Hase hätte Hunger. Und ich auch«, sagte Irmi zu Luise. »Ich helf dir.« Und während die beiden Sennerinnen Teller, Gläser und Besteck aufdeckten und Kartoffelsalat mit kalten Ripperln aus dem Keller holten, beschrieb Irmi den seltsamen Fund detaillierter. Je mehr sie darüber sprach, desto bizarrer kam ihr das alles vor.

»Dann hat der Kotzbrocken die Frau auf dem Gewissen und den Mann im Wolfsgarten auch, oder?«, vermutete Luise.

»Dazu wird er sich auf jeden Fall äußern müssen.«

Luise schüttelte den Kopf. »Dein Job ist auch kein Zuckerschlecken. Immer auf Beweise warten.« Sie überlegte kurz, ging hinaus und strahlte den Hasen an. »Sagen Sie, Herr Hase, haben Sie eigentlich einen Vornamen?«

Irmi war ihr gefolgt und sah überrascht auf. Sie arbeitete seit Ewigkeiten mit dem Hasen zusammen und hatte nie darüber nachgedacht, warum sie ihn immer nur als den Hasen titulierten und nie beim Vornamen nannten.

»Fridtjof«, sagte er, und ein leises Lächeln umspielte seine Lippen. »Weswegen Hase vielleicht ganz praktisch ist.«

Da die beiden Damen schwiegen, fuhr er fort: »Sie ahnen es, mein Vater war ein glühender Verehrer von Nansen.«

»Kein schlechter Namensgeber, wie ich finde«, entgegnete Luise lächelnd. »Ein Friedensnobelpreisträger ist doch besser als der tausendste Sepp oder Hans.«

»In einer bayerischen Grundschule, wo es gehörig ganghofert, ist man als Fridtjof Hase das Opfer von Spott und Hohn. An der Universität wurde es besser, und um meinem Namensgeber Referenz zu erweisen, hab ich sogar zwei Semester in Oslo studiert.«

»Was hat der Fridtjof denn studiert?«, erkundigte sich Luise.

»Biochemie und Physik.«

»Und dann zur Polizei?«

»Das Leben nimmt halt seine Wendungen.« Er zwinkerte Luise zu. »Köstlich, die Ripperl!«

»Auf denen du ja rein gar nichts hast«, gab Luise lachend zurück.

»Ich verstoffwechsle gut«, erklärte der Hase lächelnd.

Irmi staunte. Luise fiel es leicht, den Hasen zu duzen. Der in der Tat dünn, langhaxig und sehnig war wie ein Gamsbock im Sprung. Auf ihrer Hüttentour beim letzten Fall hatte er sich als hochsportlicher Skitourenfex hervorgetan. War Nansen nicht auch so ein Freak gewesen? Anders hätte er kaum Grönland durchqueren können.

»Wie sagt man denn zu dir? Fridtjof oder Fridl?«, fragte Luise weiter.

»Meist Hase. Meine Mutter sagte Joffe. Meine Frau Joffi.«

Auch die Existenz von Hases Frau war nie Thema gewesen. Er und Luise plauderten dahin, Irmi lauschte und war wieder einmal fasziniert von der Wortwahl des Hasen. Da saß jedes Wort an der richtigen Stelle. Gerade berichtete er vom Hüttenwochenende im Dienste des Teamgeists und zeichnete Luise ein Bild ihres gemeinsamen Chefs.

»Dieser Mann zieht einem Buchstaben aus rostigem Stacheldraht in Zeitlupe durchs Hirn und pointiert den Schmerz mit ätzenden Kommata.«

Luise lachte herzlich. Der Hase gab an, austreten zu müssen, und verschwand um die Ecke. Luise rückte nah an Irmi heran. »Der Mann ist der Hammer! So was versteckt ihr bei der Polizei?«

»Ja, ähm, sonst geht er nicht so aus sich raus. Bis heute hat er nie seine Frau erwähnt.«

»Wenn ich jünger wäre und schöner und noch irgendein Interesse an Männern hätte, dann würde ich den Mann verführen.«

»Falls du damit andeuten willst, ich soll ihn verführen: Ich bin weder jünger noch schöner – und der Hase ist schließlich ein Kollege!«

»Du kannst den Schild der abgebrühten, desillusionierten Polizistin ruhig mal senken«, meinte Luise.

»Brillierst du jetzt auch mit schönen Worten?«

»Der Fridtjof beflügelt mich. Gute Nacht, Irmi.« Sie war schon auf der Treppe. »Nur noch eins, Irmi: Natürlich bist du schöner als ich.«

Irmi sah ihr kopfschüttelnd nach.

Im nächsten Moment war der Hase zurück und schenkte sich noch ein Glas Wein ein.

»Sie haben sich hier gut eingerichtet, Frau Mangold. Es ist von Zeit zu Zeit vonnöten, dem Leben eine Zäsur zu geben.«

»Ja, ich muss wissen, wo es hingehen soll. Ich war ein bisschen melancholisch, auch demütig. Vieles versaut und doch manches geschafft. Glück gehabt, ein bisschen Mut, ein wenig Eigensinn.«

»Ihr Fazit könnte auch meines sein, wobei Ihre Traute, Frau Mangold, wohl größer ist als meine. Und in Ihrem Fall ist Eigensinn doch wohl eine unzulängliche Umschreibung für Persönlichkeit.«

»Das ist ein Kompliment?«

»Eine Tatsachenbeschreibung. Analytisch.« Er lächelte

wieder sehr nett, und Irmi fiel zum ersten Mal auf, dass er gut aussah. Zu dünn für ihren Geschmack, aber doch attraktiv.

»Trotzdem danke. Sie waren bisher immer so …«

»Manchmal vielleicht ein wenig einsilbig. Ich wollte nicht zu viel Privates nach außen tragen. Hiermit sei es nachgeholt: Fridtjof Hase, geboren in Bad Tölz, Vater Ingenieur und viel geschäftsgereist, Mutter strenge Lehrerin. Weswegen der Joffe auch mal rebellierte. Kiffte, trank und provozierte. Welche Musik haben Sie damals gehört, Frau Mangold? Mochten Sie The Cure? Oder The Smiths?«

»Na ja, ein bisschen schräg …«

»Whenever I'm alone with you, You make me feel like I am home again. Whenever I'm alone with you, You make me feel like I am whole again. Whenever I'm alone with you, You make me feel like I am young again«, zitierte der Hase.

Flirtete er etwa mit ihr? Und anders gefragt: Flirtete sie mit ihm? Mit dem Hasen, dessen Sex-Appeal eindeutig in seiner Klugheit begründet lag?

»Ich kann da höchstens mit Tears for Fears kontern«, erklärte sie. »Da war ich Fan.«

»Aber das ist sehr düster! And I find it kind of funny, I find it kind of sad. The dreams in which I'm dying are the best I've ever had … Das ist doch nicht Ihr Style, Frau Mangold.«

»Ein bisschen deprimiert gehörte doch zu den Achtzigern, und Liebeskummerlieder hatten Hochkonjunktur.«

»Gut, dass uns nun die Weisheit der Reife küsst. Frau Mangold, fassen wir Mut, schöpfen wir Zuversicht und ergreifen im Wissen um die Unbill des Alltäglichen die zukünftigen Gelegenheiten. Ich bedanke mich für den reizenden Abend und käme gern ein weiteres Mal auf Ihre Alm. Rein privat.«

»Auf deine Alm«, sagte Irmi.

»Auf deine Alm, Irmi.«

»Du bist jederzeit willkommen, Fridtjof«, sagte Irmi sehr leise.

Sie waren beide aufgestanden, Irmi gab ihm einen Kuss auf die Wange. Er streifte mit seinem fliegend leichten Kuss ihr Ohr.

»Gute Nacht. Ich freu mich.«

Irmi sah ihm nach, wie er in ungeheurer Leichtfüßigkeit davonschwebte. Ihr Herz schlug Alarm. Sie war komplett verrückt geworden. Dabei hatte sie nur den Blickwinkel um einen Meter verrückt. Oder zwei.

Am Samstagmorgen waren sie alle drei gleichzeitig wach. Tobi war wieder da, und sie thematisierten seinen Abgang gestern nicht weiter. Irmi molk, Tobi entnahm Milchproben. Er wirkte konzentriert, und schon wieder blaute ein perfekter Tag herauf. Eigentlich gab es solch stabile Hochdrucklagen kaum noch, es grenzte an ein Wunder, vielleicht war Petrus dement und hatte vergessen, am Wetterrad zu drehen. Irmi dankte ihm inständig, denn die Unterlandkühe konnten die Schonzeit brauchen. Auf den trockenen Böden kamen sie einigermaßen zurecht. Bei schlüpfrigem Boden wollte sich Irmi gar nicht vorstellen, wie diese Tiere da laufen wollten.

Es war Mittag, als Kathi anrief.

»Hallo, Almerin! Ich hab den Kotz mal verhaften lassen und hatte auch schon das Vergnügen, mit ihm zu plauschen.«

»Was sagt er?«

»Er hat am Ende zugegeben, dass das Lager seins ist.«

»Na also. Das ist doch perfekt!«

»Ja, das schon. Er gibt auch zu, dass er auf der Alm bei euch ein wenig rumgespukt hat. Um euch aufzurütteln, hat er das getan. Damit ihr die Wolfsgefahr seht. Er tut nur Gutes, der Herr Kotz.«

»Ich kotz gleich! Er hat also die Mulis in der einen Nacht so erschreckt? Und den Kaninchenkäfig manipuliert?«

»Ja, das gibt er zu.«

»Und das fehlende Kaninchen?«

»›Ein Bauernopfer‹, hat er gemeint.«

Irmi war einen Moment sprachlos.

»Auch seinen Einsatz am Waldrand, wo er seinen Rollwolf entlanggezogen und den Sound des Grauens abgespielt hat, gibt er zu. Er beharrt darauf, dass er das tun musste angesichts der apokalyptischen Wolfsgefahr, die auf uns alle zukommt.«

Irmi stieß Luft aus.

»Ich versteh nicht so ganz, warum die Tiere beim ersten Mal so extrem reagiert haben, beim zweiten Mal aber nicht mehr? Die merken doch eher als wir verblendeten Menschen, dass da nur ein Fakewolf umgeht!«

»Die Idee war mir auch schon gekommen. Er hat mir erzählt, dass er einem der Mulis mit einer Nadel einen Stich versetzt hat, drum ist es so ausgerastet. Originalton: ›Dass des so abgeht, des blede Viech, des ahnt ja koaner.‹«

Fränzi! Dieses arme Wesen! In ihrem Leben war sie von

Menschen schon so oft gequält worden und hatte trotzdem immer wieder mühsam Vertrauen gefasst. Allein dafür hätte Irmi diesen Kotzbrocken am liebsten an den Eiern aufgehängt.

»Was das Karnickel und das Muli angeht, erfüllt das maximal den Tatbestand der Tierquälerei. Sein Spuk ist vielleicht Hausfriedensbruch. Aber was ist mit der Frau? Er hat doch deren Hund kirre gemacht, oder?«

»Das leugnet er!«

»Wie bitte?«

»Er hat euch erschreckt, aber er hat mit dem Unfall der Frau nichts zu tun!«

»Kathi! Er lügt! Die Spuren von den Stempelfüßen haben wir doch auch an der Stelle gefunden, wo die Frau niedergetrampelt wurde!«

»Ja, ich weiß. Ich klopf den schon noch mürbe. Aber bis der fette Brocken ein zartes Schnitzerl wird, werd ich etwas brauchen.« Kathi lachte.

»Und dieser Wolfsgarten?«

»Irmi, du ahnst es: Das war er auch nicht!«

»Ich fass es nicht! Genau solche Fallen waren in seinem seltsamen Unterschlupf. Es gab dort Schafwolle und Zähne.«

»Irmi, es spricht alles gegen ihn. Den kriegen wir schon noch weich! Du kennst doch solche Typen: unverwundbar, immer im Recht. Die glauben doch, der Rest der Welt kann ihnen nix. Üben Selbstjustiz. Wenn ich ihm beweise, dass diese Zähne am Hals von Udo Wolf aus dem Depot von Oskar Kotz stammen und zu der Serie in seinem Unterschlupf gehören, dann ist er dran. Andrea versucht gerade, mehr über diesen Udo Wolf in Erfahrung zu bringen. Irmi, das läuft schon. Melk du weiter deine Kühe!«

»Es gibt ja noch mehr Verbohrte. Was, wenn ein anderer Wolfshasser sich ganz perfide an Kotz' kleinem Horrorladen bedient hat? Dieser Mittermaier zum Beispiel? Habt ihr mehr über den gefunden?«

»Moment, hier hab ich es. Egon Mittermaier stammt ursprünglich aus dem Chiemgau. Seine Familie besitzt eine Privatalm. Er ist siebzig, hat seinen Hof übergeben, ist aber noch ziemlich aktiv. Und gar nicht so blöd. Andrea hat in der Zeitschrift *Der Almbauer* einen Artikel von ihm gefunden, in dem er umreißt, warum im touristischen Oberbayern keine Wölfe tolerabel sind. Klingt für mich nicht unlogisch.«

»Ja, das war auch Thema auf dem Symposium. Er hat seine Position gut verargumentiert. Kennt er Kotz?«

»Das werden wir herausfinden, oder?«

»Und dieser Dr. Promberger von den Staatsforsten?«

»Etwas undurchsichtig. Er macht Öffentlichkeitsarbeit, hatte vorher aber wohl andere Posten. War länger nicht im Amt, sagt Andrea.«

»Er hat eine große Narbe im Gesicht. Eventuell ein Unfall?«

»Wir behalten natürlich alle im Auge, aber am Ende wird der Kotz gestehen. Und hoffentlich begreifen, dass sein drastischer Anschauungsunterricht ein Menschenleben gefordert hat und dass eine Frau noch immer im Koma liegt. Und er wird dafür bezahlen, das glaub mir. Irmi, ich muss weiter. Viel Spaß beim Käsen.«

7

Ja, der Käse musste gewendet und geschmiert werden. Eine beruhigende Tätigkeit, und doch wollten die bösen Gedanken nicht zur Ruhe kommen. Eine Schwerverletzte und ein Toter – genau dem hatte Irmi eigentlich entfliehen wollen.

Es war wieder Wochenende, ein paar Wanderer hatten sich eingestellt, Luise servierte Käse, Bier und Wasser. Gerade verabschiedeten sich zwei mittelalte Paare aus Trauchgau, als sich wieder ein Tross auf die Hütte zubewegte. Einer der Männer hatte eine Kamera auf der Schulter.

Tobi reagierte am schnellsten und eilte auf die Gruppe zu. Fetzen eines heftigen Wortwechsels waren zu hören. Schließlich hob der Mann die Kamera auf die Hüfte. Zu dritt kamen sie näher. Kamera und Mikro, das eine junge Frau trug, waren mit dem Schriftzug von SAT.1 versehen.

Tobi war geladen wie selten. »Die Herrschaften wollen hier auf der Alm drehen. Einen Beitrag fürs ›Bayernfenster‹, wie ich gehört habe.«

»Es ist unsere journalistische Pflicht aufzuklären. Sie hatten hier einen Unfall mit gefährlichen Kühen«, sagte die junge, dünne, blasse Frau, deren silberne Sneakers nur bedingt bergtauglich waren.

»Hier gab es einen Unfall, weil eine Frau mit ihrem Hund mitten durch eine Kuhherde gegangen ist, der die Kühe beunruhigt hat. Kühe im Herdenverband auf der Alm reagieren anders als im heimischen Stall«, sagte Irmi kühl.

»Können Sie das bitte noch mal für die Kamera sagen?«, fragte die junge Frau, die so aussah, als hätte sie gerade ihr Abitur gemacht.

Irmi wog ab. Aber über die Jahre hatte sie gelernt, dass Schweigen gern hinterher mit dem Kommentar bedacht wurde: »Sie war nicht bereit, vor der Kamera etwas auszusagen.«

Also nickte sie und überlegte einen Sekundenbruchteil, wie sie wohl gerade aussah. Vor der Kamera sah man ja immer zwei Kleidergrößen fetter aus. Sei es drum, das war Authentizität.

»Kühe sind klassische Fluchttiere, keine Angriffstiere. Nur wenn sie sich extrem in die Enge getrieben fühlen, greifen sie an. Auf der Alm sind sie natürlich eher Wildtiere, sie haben kaum mehr Kontakt zu Menschen, haben ihren Herdenverband und ihre eigenen Rangordnungen. Wanderer kennen sie, und solange die in gehörigem Abstand die Rinder ignorieren, passiert nichts. Aber wie oft wird da aus nächster Nähe fotografiert, man versucht, Nasen zu streicheln – und wenn ein Hund im Spiel ist, fühlen sich die Kühe vom vermeintlichen Raubtier bedroht«, erklärte Irmi vor der Kamera.

»Und was mache ich, wenn ich in Bedrängnis gerate?«, fragte das Mädchen.

»Es wird manchmal empfohlen, den Hund besser von der Leine zu lassen, um vom Menschen abzulenken. Das ist aber der letzte Notfallplan, wenn wirklich ein Angriff erfolgt. Vorher ist es umsichtiger, den Hund kurz anzuleinen, an der den Tieren abgewandten Seite zu führen und die Rinder zügig, weitläufig und ohne Kontaktaufnahme zu umgehen. Die Berge sind kein grenzenloser Freizeitraum, sie sind Lebensraum, der Rücksicht erfordert.«

»Nice!«, quiekte die Moderatorin. »Nice! Wir wollen auch noch einen Bergführer fragen, wie man sich richtig verhält.«

»Das ist gut«, sagte Irmi. »Wollen Sie was zu trinken?«

Dieses Angebot wurde gerne angenommen. Die drei stellten sich als ganz nett heraus. Sie waren neu im Job und sicher froh, einen Auftrag bekommen zu haben.

»Wie kommt es denn, dass Sie etwas über diesen Unfall bringen?«, fragte Irmi.

»Wir haben was dazu im Internet gelesen. Vorgestern gab es außerdem einen Unfall im Salzburger Land, bei dem ein Mann verletzt wurde. Auch mit Hund übrigens.«

»Sehen Sie!«, sagte Irmi.

Die drei zogen schließlich ab.

»Nice!« Luise grinste übers ganze Gesicht. »So nice, Irmi! Du bist ja ein telegener Star.«

»Verschon mich mit deinem Spott.«

»Nein, wirklich gut gemacht«, sagte Tobi. »Du hast befürchtet, dass sie schon von dem Toten mit dem Wolfsgarten wussten, oder?«

»Ja, aber da hatten wir wohl Glück.« Irmi stand auf. »So, und jetzt werde ich mal nach den Kühen sehen. Ich vermute, dass ein paar schon wieder weit Richtung Steilhänge unterer Feigenkopf gegangen sind.«

Irmi hatte sich eine Weile gewehrt, aber Luise hatte sie letztlich überzeugt und gab Irmi ein paar Reitstunden. Auch Irmi hatte irgendwann das Gefühl, als würde Fränzi speziell auf sie aufpassen. Und ein Vorteil war nicht von der Hand zu weisen: Mit Fränzi konnte Irmi größere Strecken auf der weitläufigen Alm zurücklegen. Fränzi war extrem trittsicher, sie schien Saugnäpfe an den Hufen zu haben, und sie wurde nie schnell oder unkontrolliert. Wenn sie sich wirklich weigerte, einen Weg zu gehen, dann konnte man sicher sein, dass es einen Grund gab.

Auf einer der ersten Touren, bei denen Luise nebenherlief, waren sie an eine kleine Brücke gelangt. Auf einmal hatte sich Fränzi geweigert, auch nur einen Schritt weiterzugehen. Luise war leicht unwirsch geworden.

»Jetzt mach schon, Fränzi, du sture Nuss!«

Luise macht einen Schritt auf die Brücke zu und konnte gerade noch zurückweichen, bevor das Ganze krachend einbrach und ins Wasser sank.

Fränzi hatte die Ohren zur Seite geklappt und die Nüstern leicht hochgezogen. Habt ihr's auch begriffen?, schien sie zu sagen.

Ja, Fränzi war ein Zauberwesen, und Irmi entwickelte für das Muli ein tiefes Gefühl, wie sie es bisher nur für ihre Hündin Wally empfunden hatte. Allmählich wurde sie mutiger und hatte an diesem Tag Fränzi gesattelt, um drei Kühe aus der Hornträgerinnengruppe zu suchen. Ein Dreigestirn, das sich schon öfter weit absentiert hatte. Es kam dazu, dass Fränzi ein gutes Gespür für Rinder hatte und die Kühe mit ihrem *Cow Sense* wie ein American Quarter Horse vor sich hertrieb. Schließlich hatten Irmi und Fränzi die drei entdeckt und dirigierten sie langsam talwärts.

Sie kamen unweit des Wolfgartens vorbei, und in Irmis Innerem blitzte die Erinnerung an den alten Mann auf. Da brach in einem winzigen Moment der Unkonzentriertheit eine der drei Kühe aus und galoppierte in Richtung ebendieser Wolfskuhle. Fränzi ging gelassenen Schritts hinterher. Die Kuh hatte abrupt angehalten und starrte auf eine Frau, die reglos dastand. Unweit der Stelle, wo Udo Wolf gelegen hatte.

Irmi stieg ab und hängte die Zügel am Horn ihres Sattels ein. Sie wusste, dass Fränzi niemals abhauen würde. Langsam ging Irmi auf die Frau zu. Es dauerte lange, bis diese aufsah. Die Frau war etwa Mitte fünfzig, groß und dünn. Sie sah nicht sonderlich gesund aus. Ihre Gesichtsfarbe war gelblich fahl, die Augen lagen in schwarzen Höhlen. War das womöglich die Tochter von Udo Wolf? Oder eine andere Verwandte?

»Hallo«, sagte Irmi.

»Hallo«, kam zurück. Sonst nichts.

»Haben Sie sich verlaufen? Der Wanderweg ist weiter drüben.« Irmi machte eine Handbewegung in die entsprechende Richtung.

»Nein, im Gegenteil. Ich suche etwas«, erklärte die Frau.

»Sie suchen was?«

»Ja, deshalb bin ich hier.« Sie gab ein Husten von sich, das gar nicht gut klang.

»Haben Sie Wasser dabei?«, erkundigte sich Irmi.

Die Frau schüttelte den Kopf.

Das war ja wieder typisch, dachte Irmi. Diese Touristen turnten im Gebirge herum, ganz ohne Wasser – und das im Sommer, wenn man doch besonders viel trinken musste. Irmi reichte ihr ihre eigene Wasserflasche und beschloss, diese anschließend nicht mehr zu benutzen. Man wusste ja nicht, was sich die Frau da für einen seltsamen Husten eingefangen hatte.

»Danke.«

Es war eine Weile still, sie starrten beide auf den Waldboden.

»Ich hatte zu wenig Wasser dabei. Dummer Fehler, dabei sage ich den Leuten immer, wie wichtig Wasser ist«, meinte die Frau schließlich. »Bei mir zu Hause«, fuhr sie fort.

Irmi wartete.

»In Emerald.«

Das sagte Irmi gar nichts.

»In Australien«, schickte die Frau hinterher.

»Verzeihen Sie meine Neugier, aber was suchen Sie denn?«

»Ich bin hier früher schon mal gewesen«, sagte die Frau.

Irmis innere Alarmglocken erschallten.

»Früher?«

»Ja, zur Schulzeit. Ich habe hier mal ein Bild gemalt. Aber damals sah es noch anders aus, glaube ich.«

»Es war hier lange stark verkrautet, weit mehr zugewachsen«, erzählte Irmi.

»Ja, stimmt. Jetzt, wo Sie es sagen.«

Irmi zögerte. »Ich weiß nicht, ob Sie schon davon gehört haben: An genau dieser Stelle hier ist kürzlich ein Mann gestorben.«

»Ein Mann?«

Irmi versuchte, sich ihre Unruhe nicht anmerken zu lassen. Sie beschloss, einen Versuchsballon steigen zu lassen. »Ich hüte hier die Kühe. Ich weiß, dass ein Mann namens Udo Wolf gestorben ist.«

Die Frau zuckte zusammen. »Wolf ist tot?«

»Ja.«

»Wirklich tot?«

»Ja. Sind Sie mit ihm verwandt?«

»Nein.«

Irmi kam nicht weiter. Sie wollte aber unbedingt mehr über die Frau erfahren.

»Weiter unten ist die Alm«, meinte sie. »Möchten Sie einen Tee? Eine Kleinigkeit essen?«

»Ja, danke.« Die Frau sah sich um. »Ich würde gern die Stelle sehen. Wissen Sie, wo das war?«

»Unweit von hier. Kommen Sie.«

Sie stiegen wenige Meter hinab, gingen hinter den Felsen. Irmi zeigte auf den Boden. »Dort.«

Die Frau stand eine Weile schweigend da. Dann sagte sie: »Alles endet irgendwann.« Sie drehte sich zu Irmi um. »Ein Maultier. Sehr schöne und kluge Tiere.«

»Fränzi und ich müssen eigentlich ein paar Kühe zurücktreiben.«

»Machen Sie nur. Ich komme zur Alm. Ich muss meine Wasserflasche auffüllen.« Wieder wurde sie von Husten geschüttelt.

In Irmis Kopf huschte ein Gedanke vorbei. Was, wenn die Frau nur darauf wartete, dass Irmi verschwand? Vielleicht hatte diese Frau gar nicht vor, auf die Alm zu kommen. Weil sie nämlich die Mörderin war. Eine, die an den Tatort zurückgekommen war. Sie kam Irmi mehr als bizarr vor.

Doch die Kühe warteten. Irmi war im Zwiespalt, aber sie konnte die Frau ja schwerlich festhalten oder fesseln oder was auch immer.

»Bis gleich«, sagte sie deshalb, und die Frau nickte.

Die drei Kühe ließen sich bereitwillig hinuntertreiben. Fränzi setzte die schmalen Hufe präzise auf und trudelte nie, wie es Menschen manchmal taten.

Vor der Hütte angekommen, nahm Irmi den Sattel ab. Fränzi wälzte sich augenblicklich und gab ein wohliges Grunzen von sich.

»Hast du das arme Tier so strapaziert?«, fragte Luise lachend.

»Ich glaube nicht. Wir hatten nur …«

»Was hattet ihr?«

»Eine merkwürdige Begegnung.« Irmi berichtete von der Frau.

Luise runzelte die Stirn und blickte bergwärts.

»Da kommt wer«, sagte sie.

Es war die seltsame Fremde. Sie lud ihren Rucksack ab und setzte sich. Wieder eine Hustenattacke.

»Sie hören sich gar nicht gut an«, sagte Luise. »Ich hol mal was.«

Wenig später war sie mit einem Kräutertee und Globuli zurück.

»Danke. Ich erkälte mich immer auf den Langstreckenflügen.«

»Sie kommen also aus Australien?«, fragte Irmi.

»Ja.«

»Und Emerald liegt wo?«

»Queensland, fast tausend Kilometer nordwestlich der Hauptstadt Brisbane.«

»Die Welt ist klein«, entgegnete Luise lachend. »Ich bin da vor vielen Jahren mal durchgefahren. Wir waren in Sapphire. Ich erinnere mich an einen Mann namens Wally, einen Digger, der vor vielen Jahren aus Hamburg emigriert ist. Er hat uns herumgeführt, erst zur Stelle, wo Thai-Syndikate großindustriell Saphire abgebaut haben, und dann zu einigen glücklosen Glücksrittern. Wally hatte seine Schäfchen oder besser Steinchen im Trocken. Selbst beim Ausheben der Toilettengrube ist er auf Saphire gestoßen. Wir haben Rohsteine gekauft und später in Idar-Oberstein schleifen lassen.« Luise hielt ihre Hand hoch, an dem ein Goldring mit einem blauen Stein saß. Er war schlicht und hatte Irmi immer schon sehr gut gefallen.

Die ernste, blasse Frau lächelte zum ersten Mal. »Wir haben westlich der Stadt die Gemfields mit riesigen Saphirlagerstätten. Die Stadt wächst immer mehr. Ich habe auch ein paar Steine auf der Bank liegen.«

Luise war großartig darin, mit Menschen so in Kontakt zu treten, dass sie sich ihr bereitwillig öffneten. So gut wie Luise gelang es Irmi meist nicht. Vielleicht wäre Luise ja eine gute Polizistin geworden, überlegte Irmi.

»Ich habe immer begeistert den Queenslandern zugehört, wie sie die Sprache der vornehm näselnden Mutternation verstümmeln«, erzählte Luise lachend.

»Dass wir die Silben verschlucken, liegt an den vielen Fliegen und dem Staub. Do you want some vegetables? klingt dann wie: Jerwannsmveggie?«

»Aber Sie sind bestimmt nicht wegen des Gemüses zu uns gekommen, sondern weil wir so guten Käse machen?«, bemerkte Luise.

»Nein.«

»Liebe Frau …« Irmi bemühte sich, nicht ungeduldig zu werden.

»Hedwig Biersack. Hedi.«

»Wissen Sie, Frau Biersack, es kommt uns nur etwas seltsam vor, dass Sie den kürzlich verstorbenen Udo Wolf gekannt haben und ausgerechnet jetzt hier auftauchen.« Irmi sah die Frau an.

»Ich wollte unbedingt diesen Berghang besuchen. Ich habe eine Weile gebraucht, um die Stelle in etwa einzugrenzen. Wie Sie gesagt haben: Es war viel zugewachsener hier. Ich war damals in einer Hütte, etwas weiter unten, dann rechts, wenn ich mich korrekt erinnere.«

Es hatte bis 1988 tatsächlich eine Hütte gegeben, etwa dort, wo der Weg zum Lösertaljoch abzweigte. Es war eine Unterkunft für Hüttenfreizeiten gewesen, die eine Lawine dann weggerissen hatte. Irmi hatte die Hütte auf einer alten Karte entdeckt.

»Und Sie haben Udo Wolf also gekannt?«

»Ja.«

Eine leise Aggression stieg in Irmi auf. Man musste der Frau wirklich alles aus der Nase ziehen. Sie wirkte seltsam abwesend. Und es schien ihr selber gar nicht aufzufallen, wie kryptisch ihr Verhalten war.

»Und sind nicht mit ihm verwandt?«

»Nein, er war mein Kunstlehrer.« Frau Biersack hustete. »Ich bin jedes Jahr im Sommer vier bis sechs Wochen in meiner alten Heimat, um Verwandte zu besuchen.«

»Und warum sind Sie dann ausgerechnet hier herumgestreift?«

»Ich bin Mitglied einer Facebook-Gruppe, von Schülern aus meinem ehemaligen Kunstleistungskurs. So kann man locker miteinander Kontakt halten. Die anderen wollten sich demnächst mit Udo Wolf hier oben treffen. Zum Wandern.«

Ob in der Facebook-Gruppe womöglich schon die Nachricht vom Tod des Herrn Wolf kursierte?

»Das tut mir natürlich leid, dass Sie Ihren Lehrer quasi verpasst haben. Sie wollten also hier wandern?« Irmi bemühte sich um einen neutralen Tonfall.

»Ja, ich wollte hierher zurückkommen. Wir haben hier damals gemalt. Ich wollte in mich hineinfühlen, wie die Landschaft auf mich wirkt.« Sie hustete. »Ich komme Ihnen komisch vor, oder?«

»Ein wenig schon.«

»Sehen Sie, nach dem Abitur, das war 1982, bin ich als Au-pair-Mädchen nach Australien gegangen. Ich hätte eigentlich an die Kunstakademie gewollt.«

»Und dann haben Sie so lange in Australien auf einen Studienplatz gewartet? Die Zeit überbrückt?«, fragte Luise.

»Nein. Das weniger. Ich war auf der Flucht.«

»Auf der Flucht? Wovor?«

»Vor mir selber. Vor den großen Hoffnungen. Vor der Kindheit.«

Irmi hatte stets Probleme mit solchen Sätzen und mit Menschen wie dieser Hedi Biersack. Luise sprang ein.

»Das klingt in meinen Ohren nach tiefem Kummer. Die Eltern? Der erste Freund? Was hat dich so verstört?«

Luise war einfach zum Du gewechselt.

»Der Wolf«, erklärte Hedi.

Irmi schaltete schneller als Luise. »Udo Wolf?«

»Ja.«

»Weil er … weil du …?« Luise schien nun auch etwas überfordert zu sein.

»Wir waren alle im selben Kunstleistungskurs. Sieben wirre Mädchen, zwei klarere Buben. Wir hatten den Kurs bewusst gewählt, weil wir etwas schaffen wollten, Emotionen kanalisieren. Ebbe und Flut im Herzen und in der Seele. Ein ewiges Auf und Ab.«

»Also eigentlich ganz normale junge Menschen«, bemerkte Luise zögernd.

»Aber junge Menschen, die in die Hände eines Untiers geraten waren.«

»Der Lehrer?«

»Der Lehrer. Er hat alle Glut zertreten und stattdessen unsere Angst geschürt. Er hat aus großen Hoffnungen winzige Kreaturen geschaffen, die vergessen hatten, dass das Gras so verlockend grün gewesen war.«

Luise schwieg, schien nicht weiterzuwissen.

Hedwig Biersack lächelte. »Es klingt merkwürdig, ich weiß. Jetzt. Hier. Heute. Ich war erschöpft. Hundemüde. Lebensmüde. Es verging keine Schulstunde, in der nicht jemand von uns weinte, zusammenbrach, aus dem Zimmer rannte.«

»Ehrlich gesagt, das fällt mir schwer nachzuvollziehen«, sagte Luise nach einer Weile.

»Mir heute auch. Aber ich habe erst vor drei Jahren wieder angefangen zu malen. Bis dahin haben Pinsel die Haut in meinen Händen verbrannt. Jeder Strich hat mein Sehen verdunkelt. Nachtschwarz wurde es.«

Wieder blieb es eine Weile still.

»Ihr hattet also einen Lehrer namens Udo Wolf, der euch

gequält hat?«, fragte Irmi ratlos. Sie war einfach keine Frau für solches Gedankengut und für Sätze, die wie düstere Liedtexte für potenzielle Selbstmörder klangen.

»Er wollte in unsere Seelen eindringen. Er hat uns entblößt und dann nackt stehen lassen. Uns verhöhnt angesichts unserer stümperhaften Versuche zu malen, zu gestalten, zu schaffen. In seinen Augen waren wir alle schlecht und für ihn manipulierbar.«

Irmi versuchte, sich an ihre eigene Schulzeit zu erinnern. Lehrer, die Kinder getriezt hatten, die hatte es in den Siebzigern doch überall gegeben. Sie war auf dem St. Irmengard gewesen, einer reinen Mädchenschule, bis 1975 noch unter Schulschwestern, die wahrlich nicht alle christlich-barmherzig gewesen waren! Aber man hatte das so hingenommen, oder zumindest hatte sie das so hingenommen. Aber wahrscheinlich waren diese Künstler leichter zu entblößen, wahrscheinlich war dieser innere Tidenhub anders als bei ihr, der langweiligen Pragmatikerin.

»Glaubst du nicht, er wollte euch mit seinem Verhalten vielleicht bewegen? Anspornen? Neue Blickwinkel forcieren?«, fragte Irmi schließlich.

»Wenn wir das im positivsten Falle annähmen, dann hat er doch die falschen Wege gewählt. Wir waren sechzehn, siebzehn Jahre alt – einige neunzehn am Ende der Schulzeit. Voller Ambitionen. Voller Sehnsucht. Und so leicht zu brechen.«

»Ging es allen so? Ihr wart doch immerhin zu neunt«, warf Luise ein.

»Die einen wehrten sich, saßen aber am kürzeren Hebel. Sie verloren Schlachten und den ganzen Krieg. Es gab unterirdische Abiturnoten. Die anderen schleimten und wurden dafür auch nicht belohnt. Die Dritten versuchten, sich wegzuducken. Ich war bei den Wegduckern. Und es gab zwei oder drei, die den Lehrer geliebt haben. Am Ende hat kaum ein Mitglied dieses Kurses irgendetwas mit Kunst gemacht. Wir alle mussten uns erst wiederfinden. Ich bin zögerliche Schritte gegangen und jede Nacht in meinen Albträumen schlafgewandelt. Und am Morgen war ich weiter zurückgeworfen als vorher. Ein Krebsgang.«

Sie schwiegen. Es war schwer, gegen solch mächtige Worte anzureden.

»Und nun ist er tot«, sagte Irmi schließlich.

»Ja, und sein Tod bringt etwas zu Ende. Wenn ich in mich hineinhöre, wie es auf mich wirkt, dann … dann spüre ich keine Genugtuung. Ich bin nicht mal überrascht. Aber es ist gut so.«

Na ja, dachte Irmi bei sich. Selbst wenn dieser Herr Wolf ein Psychopath gewesen war und seinen Schülern schwer zugesetzt hatte, wünschte man dennoch niemandem einen solchen Tod. Und das alles lag so lange zurück. Was, wenn Hedi Biersack das alles inszeniert hatte? Aber Irmi wusste, dass sie jetzt nicht die Polizistin herauskehren konnte. Die Frau musste sich sicher fühlen. Denn entweder war sie selber komplett neben der Spur, oder aber sie war eine perfekte Schauspielerin.

Hedwig Biersack sah auf die Uhr. »Ich glaube, ich muss gehen. Es wird bald dunkel.«

»Wohin denn?«, fragte Luise. »Schaffst du das? Mit dem Husten?«

»Doch, doch. Mein Bruder hat ein Haus in Oberammergau. Ich bleibe noch zwei Wochen dort. Mein Leihwagen steht in Linderhof. Ich bin eigentlich gut zu Fuß. Ich habe auch schon Trekkingtouren im Outback geleitet.« Sie suchte Irmis Blick. »Darum sollte ich wissen, wie wichtig Wasser ist. Ich war Pferdepflegerin, und auf dem Hof gab es auch drei Mulis. Ich habe Schafe geschoren, Äpfel gepflückt, Ausflugsboote am Great Barrier Reef geputzt. Jetzt führe ich ein Arts Café in Emerald.«

»Also doch Kunst?«, fragte Luise nach.

»Wir stellen Bilder von Aborigines aus, veranstalten Konzerte und Lesungen. Ich male auch wieder, vielleicht stelle ich demnächst mal aus, aber das traue ich mich noch nicht.«

»Das wird schon«, sagte Irmi und fand sich selber ziemlich unsensibel.

Hedi Biersack war aufgestanden.

»Wir wünschen dir einen guten Weg ins Tal. Du bist jederzeit hier willkommen«, sagte Luise.

»Danke für den Tee. Der Husten ist schon viel besser.«

Hedi sah wirklich besser aus als vorher. Sie verabschiedete sich und ging dann eilig davon.

Irmi und Luise sahen ihr nach.

»Du glaubst, sie hat etwas mit dem Tod von Udo Wolf zu tun? Gib es zu!«, rief Luise, als Hedi außer Sichtweite war. »Ich sehe dir das an!«

»Ist das so abwegig? Was tappt sie da oben herum? Und sagt nur kryptische Sätze?«

»Wenn diese Hedi etwas damit zu tun hätte, käme sie dann zurück?«, entgegnete Luise.

»Luise, du glaubst gar nicht, was die Synapsen in menschlichen Köpfen anrichten. Diese Hedi kann schlichtweg psychisch gestört sein, sie kann manipulieren wollen, sie kann das Risiko lieben. Sie ist ja schon etwas merkwürdig, oder?«

»Künstler eben. Vielleicht sollte sie besser Bücher schreiben. Sie formuliert so zerbrechlich. Weißt du, ihre Geschichte hat mich wirklich berührt! Es gab und gibt solche Lehrer, die Kinderseelen ruinieren. Wissentlich oder unwissentlich. Ich hab das bei meinem Sohn gesehen, und das war weit später. In den Siebzigern hatte man doch noch einen ganz anderen Blick auf den Menschen, auf den kleinen Menschen erst recht. Da waren viele unterwegs, die den Namen Pädagoge nicht verdient haben!«

»Ach, ich weiß nicht. Das war doch nicht kurz nach dem Krieg. Das war Anfang der Achtziger. Alles war möglich. Kunterbunte Zeiten. Hatte damals ein Lehrer solche Macht? Was bist du eigentlich für ein Jahrgang?«

»1958«, sagte Luise.

»Ah! Ich auch! Na gut, dann wird Hedi einige Jahre jünger sein. Gehört zur Babyboomergeneration. Die Eltern bestimmt gut situiert. Die Welt lag ihnen zu Füßen.«

»Ob das bei allen so war?«, fragte Luise.

»In meinem Jahrgang größtenteils schon. Da war ich als Bauernhofkind die absolute Exotin. Ein Bauernmadl macht Abitur, sehr ungewöhnlich. Und das hatte mein Vater am Ende nur erlaubt, weil mein Bruder die Landwirtschaft weiterführen wollte. Mich hatte er abgeschrieben. Gottlob war als zweites Kind ein Junge gekommen, nicht noch eine Bix.« Irmi lächelte wehmütig. Manche Dinge schmerzten immer noch, da konnte man sie noch so weit in hinterste Seelenkammern verschoben haben.

»Eben, siehst du? Kinder, speziell Mädchen, konnte man damals quälen. Ich glaube, diese Hedwig hat das gut beschrieben. Auflehnen, opportunistisch sein oder wegducken.«

»Du warst unter den Auflehnern?«, fragte Irmi mit einem Grinsen.

Luise lachte. »Ja, ich fürchte schon. Ich habe damals ziemlich viel gekifft.«

»Ich habe auch gekifft, aber nur ab und zu. Im Prinzip war ich ein braves Mädchen, das selten versucht hat, bei den Coolen mitzumachen. Oder den Influencern, wie man heute sagen würde. Schon verrückt, das neudeutsche Wort für Meinungsmacher klingt wie eine schwere Grippe. Eigentlich sollte uns das etwas sagen.«

Luise lachte hell. »Du warst also ein braves Mädchen?«

»Ja, das Madl vom Bauernhof. Ich musste so viel mithelfen, dass eh keine Zeit war, cool zu sein. Und Männerverschleiß war auch nicht meine Stärke. In der Schule war ich nicht schlecht und auch nicht gut. Durch und durch medioker. Aber du, liebe Luise, warst eine der Coolen?«

»Ein paar Freundinnen von mir und ich …«

Irmi unterbrach sie. »Da geht's schon los. Ich hatte kaum Freundinnen. Nur eine, genau genommen. Und die ist heute in Hamburg, und wir haben keinen Kontakt mehr. Aber red weiter.«

»Na ja, meine Freundinnen und ich waren die einzigen Schulrevoluzzerinnen inmitten der Braven und Aufrechten. Unser Kleiderstil war atemberaubend. Ich hab Omas Unterröcke als Oberbekleidung getragen. Mein Vater ist ausgeflippt. Und ich hatte Hunderte Stirnbänder – und Hüte.«

»Ich hatte nur einen Trachtenhut«, erwiderte Irmi. »Den habe ich gehasst. Und Dirndl hasse ich bis heute.«

»Einmal musste ich ins Direktorat, wo mich der Direx höchstpersönlich aufgefordert hat, meinen gelben Schlapphut im Unterricht abzusetzen. Weißt du, was ich gesagt habe? ›Das sollten Sie als Kavalier der ganz alten Schule doch am besten wissen: Eine Dame darf im Raum den Hut aufbehalten.‹ Du kannst dir vorstellen, wie er mich angestarrt hat. Er wäre beinahe in die Luft gegangen wie das HB-Männchen.«

Irmi lachte. »Mutig. Oder blöd. Oder beides. Und dann, neue Schule?«

»Nein, eine Sozialkundelehrerin hat sich für mich eingesetzt. Es gab nur einen Verweis.«

»Und du hast nichts draus gelernt?«

»Nein, die Schule war der absolute Nebenkriegsschauplatz. Es ging doch um das Leben. Ich habe am Nachmittag geschlafen, bin gegen siebzehn Uhr aufgewacht und dann zu meiner besten Freundin gefahren. Dort beratschlagten wir, was am Abend anzuziehen sei. Wir tranken erst jede Menge Kaffee und zogen dann durch diverse Cafés, um endlich in den Tanzboden zu gehen, der war damals total angesagt.«

»Ich war eine Langweilerin. Ich hatte keine Stammdiskothek. Und ich wollte nie in einer Großstadt leben. Mir war meine Heimat immer genug«, sagte Irmi. Wieder versetzte es ihr einen Stich. Genau diese Heimat, auf die sie sich immer hatte verlassen können, war nun Zsofias Refugium.

»Ach, Madl, wer weiß schon, was besser war. Ich gehörte zu einer Clique mit wechselnder Besetzung. Wir intrigierten, hassten und liebten. Unser Leben war eine beständige Achterbahnfahrt zwischen verwirrten Gefühlen. Mit nimmermüder Euphorie stürzte ich mich in Situationen, derer verletzender Ausgang klar war.«

»Ich war eine Langweilerin, eindeutig«, meinte Irmi lächelnd.

»Ich hatte ständig ein gebrochenes Herz«, fuhr Luise fort. »Das viele Vögeln tat den Jungs wahrscheinlich gut, mir kurzzeitig auch, aber am Ende litt ich. Sehr sogar. Aus Sicht der Lehrer war ich jedenfalls widerborstig und renitent. Letztlich saßen die immer am längeren Hebel. Mein Vater und meine Mutter hätten die Meinung oder das Handeln eines Lehrers übrigens nie in Zweifel gezogen. Deine?«

»Nein, natürlich nicht. Recht hatten immer die anderen. Mein Vater hat mich nie gefragt, was wirklich vorgefallen ist, er hat nie nachgeforscht, nie meinen ohnmächtigen Blick gespürt. Natürlich, es geht immer irgendwie um Machtmissbrauch«, sagte Irmi zögernd.

»Meinst du, Udo Wolf hat die Mädchen damals sexuell belästigt? Oder gar mehr? Der Gedanke ist mir vorhin durch den Kopf geschossen.«

»Sind wir bei Me too?«, fragte Irmi.

»Na ja, ich hatte damals Overalls an, die bis zum Bauch offen waren, und darunter nie einen BH. Ich habe provoziert, immer und überall. Natürlich haben die Männer da hingesehen.«

»Hingesehen oder hingefasst?«

»Beides, aber ich konnte auch Nein sagen, und wenn es sein musste, auch deutlich.«

Irmi, die im Lauf ihres Berufs mit einigen Vergewaltigungsopfern zur tun gehabt hatte, wusste, wie dünn bei diesem Thema das Eis war. Wie schmal der Grat. Luise war Luise, sie war eine starke Persönlichkeit und wusste sich zu wehren, aber es gab auch andere Mädchen. Damals und heute. Irmi wog ab, was sie sagen sollte. Und beschloss, wegzurudern von dieser Stromschnelle, die zu einem gefährlichen Strudel werden konnte.

»Ich denke, gerade bei so etwas gibt es unterschiedliche Wahrnehmungen. Hedwig Biersack hat sich vieles sicherlich mehr zu Herzen genommen oder anders bewertet.«

Luise war klug und sensibel genug, um zu begreifen, warum Irmi das Thema wechselte.

»Was machen wir jetzt?«, fragte sie.

»Ich ruf morgen Kathi an und erzähl ihr von der Frau. Sie muss nachprüfen, wo der Bruder lebt und ob er überhaupt da lebt. Ich hab ein ungutes Gefühl, ehrlich gesagt. Und ich maile Kathi ein Foto.«

»Was für ein Foto?«

»Ich hab heimlich ein Foto von Hedwig Biersack gemacht, sozusagen aus der Hüfte geschossen.« Irmi verzog das Gesicht.

»Die Frau Kriminalerin. Ich glaub dir ja nicht, dass du wirklich so ein braves Madl warst!«

»Doch, doch«, versicherte Irmi lachend.

Diese Hedwig ging Irmi auch am Sonntag nicht aus dem Kopf. Im Nachhinein kam ihr der Auftritt noch dubioser vor. Nach der morgendlichen Arbeit rief sie Kathi an, die netterweise ans Telefon ging. Es war elf Uhr, da durfte man auch an einem Sonntag durchklingeln, befand Irmi. Sie erzählte Kathi von dem merkwürdigen Zusammentreffen.

»Ich hätte sie nur zu gern aufgehalten, Kathi, aber wie? Mit welcher Begründung?«

»Klar, die find ich schon. Hedwig Biersack, Wohnort Emerald in Australien, betreibt ein Arts Café und hat einen Bruder in Oberammergau.«

»Der natürlich nicht Biersack heißen muss«, warf Irmi ein.

»Schick mir bitte das Foto. Die Welt hier ist klein. Eine australische Besucherin finden wir schon. Vor allem, wenn die wirklich so gaga ist, oder?« Kathi lachte und verabschiedete sich.

Irmi ging hinaus, wo der Wind plötzlich aufgefrischt war. Die Hüttentür flog zu, ein Plastikeimer kam vorbeigetrudelt. Irmi sah zum Himmel, der über ihr noch milchig blau war. Aber im Westen türmten sich die Wolkenberge auf, und das Wölkchenweiß war längst einem Grau gewichen, in das sich immer mehr schwarze Schlieren schoben und zu einer dunklen Armee verbündeten. Ganz vorne führte ein Drache das Heer an, er hatte das Maul geöffnet, seine Zähne waren krumm. Mit Jens hatte man wunderbar Wolkenraten spielen können, erinnerte sich Irmi, und ihr fiel ein, dass sie in den letzten Tagen kaum an ihn gedacht hatte. Der Drache spie plötzlich Feuer ins Blau.

Luise kam angelaufen, der Wind zerrte an ihren Haaren.

»Scheiße, da zieht ein Gewitter heran!«

»Wir müssen die Holsteinerinnen dichter zum Hof holen, los!«, rief Irmi.

Sie stürmte davon, Luise folgte ihr.

Über ihnen hatte sich das Blau nun gallig gelb verfärbt, im Westen grollte Donner, und die Drachenblitze malten Zackenmuster in den Himmel. Ihnen blieb nur wenig Zeit, denn im Gebirge waren Gewitter meist schneller als menschliche Bemühungen. Raffi war vorausgelaufen und umbellte nun Wiebke, die sich unwillig in Bewegung setzte. Die anderen folgten. Das Himmelsgelb sah unwirklich aus, die Bäume verformten sich zu gespannten Bogensehnen. Raffi bellte wie entfesselt, hüpfte und sprang. Die schwarzweißen Kühe bewegten sich langsam vorwärts. Plötzlich erklang ein Böllerschlag, so laut und unerwartet, dass Irmi bis ins Mark erschrak. Raffi schoss winselnd davon.

»Feigling!«, brüllte ihm Luise hinterher. »Los, ihr fetten Weiber, bewegt eure Ärsche!« Sie hieb mit einem Stecken auf Wiebkes Hinterteil ein, die nun tatsächlich etwas schneller weitertrabte. Die anderen trabten hinterher.

Der Wind spielte ein Lied, das laut war und unrhythmisch, das abflaute und anbrandete. Wieder ein Blitz, dann ein erneuter Böllerschlag. Noch lag die Front irgendwo über dem Ostallgäu, nahm Irmi an. Während sie Richtung Hütte hasteten, hörten sie, wie sich in das Getöse des Winds plötzlich das Schreien der Esel und Mulis mischte. Die Rinder wurden immer schneller. Der nächste Blitz zuckte, der Donner kam etwa fünfzehn Sekunden später – fünf Kilometer entfernt war das Gewitter, rechnete Irmi im Stillen. Ein erster fetter Wassertropfen traf sie ins Auge, ein weiterer platschte auf ihre Nase.

Sie rannten, das Tor kam in Sicht. Wieder ein Blitz, ein Knall, der in den Felswänden widerhallte. Schon hatten sie das Tor passiert, Irmi schloss es, nun pladderte der Regen herab. Die Langohren sausten in den Unterstand, Luise hinterher. Irmi warf einen bangen Blick auf die Kühe, aber sie erschienen ihr vergleichsweise ruhig, und hier im Paddock würden sie sich hoffentlich nicht die Beine brechen. Wieder ein Blitz, der gewalttätig hinter den Wolken hervorschoss. Irmi rannte in den Stall, wo eine klatschnasse Luise mit den Eseln und Mulis stand.

Wie im Finale eines fulminanten Feuerwerks blitzte ein gleißendes Licht auf, und fast gleichzeitig krachte der Donner, als wollte ein Riese die ganze Welt aus den Angeln heben.

»Scheiße, das war nah!«

In der Tat, es hatte irgendwo eingeschlagen. Irmi betete, dass die anderen Kühe an einer geeigneten Stelle Schutz gesucht hatten. Bernhard hatte im vergangenen Sommer drei Jungviecher verloren, die sich bei Gewitter unter einen Baum gestellt hatten, der von einem Blitz getroffen wurde.

Nach etwa fünf Minuten war der Spuk vorüber, die Wilde Jagd war vorbeigezogen. Der Regen fiel jetzt gleichmäßig, das himmlische Grollen der alten Holzkegelbahn war nur noch leise zu hören. Aus einer Ecke des Stalls kam Raffi mit eingeklemmter Rute hervor. Irmi fiel ein weiterer Felsbrocken vom Hals. Der Hund war zwar feig, aber immerhin so schlau, sich zurück zur Alm zu flüchten.

Plötzlich lachte Luise auf. »Na, wir zwei gewinnen jeden Wet-T-Shirt-Contest in unserer Altersklasse!«

Sie waren beide klatschnass, doch Irmi wagte zu bezweifeln, ob das tatsächlich erotisch aussah. Ihr war auf einmal eiskalt. Sie streckte den Kopf nach draußen, wo die Kühe mit gesenkten Köpfen standen.

»Sieht alles ruhig aus.«

»Was ist mit den anderen Kühen?« Luise klang besorgt.

»Das sind alpine Mädels. Die sind gewittererprobt.«

»Wie wir.«

»Wie wir«, entgegnete Irmi lächelnd.

Bis Luise und Irmi umgezogen waren, hatte der Regen aufgehört. Hie und da versuchte eine zögerliche Sonne, wieder durch die Wolken zu dringen. Diesmal führte ein Einhorn das Himmelsheer an. Doch selbst ein liebliches Fabeltier vermochte Irmi nicht zu beruhigen. Die Schonzeit war vorbei. Mit dem Gewitter würden unruhige Tage kommen.

Luise hatte die Bank vor der Hütte abgewischt und stellte zwei Bier auf den Tisch. Die Kater waren aufgetaucht, zum Glück waren alle unversehrt.

Von irgendwoher kam Tobi. »Verdammt, mich hat's am Joch erwischt. Ich musste warten. Alles klar bei euch?«

»Sicher«, sagte Luise. »Bier?«

»Ja, danke.«

Sie fragten nicht nach, wo er gewesen war. Bestimmt auf der Kenzenhütte. Wohl weniger wegen seiner Kollegen als wegen Annika.

In der Nacht zog ein weiteres Gewitter durch, doch weiter weg und weniger gewalttätig.

8

Der neue Tag präsentierte sich kühl und grau. Es würden nur wenige Wanderer unterwegs sein, was den drei auf der Hütte durchaus entgegenkam. Laurinas Herde war in der Nacht unter die Hütte gezogen, die Kühe waren alle bei bester Gesundheit. Tatsächlich hatte der Blitz ganz in der Nähe einen Baum gespalten. Irmi und Tobi rückten mit der Motorsäge aus. Der Baum hing über dem Bach, und sie mussten schräg im Hang stehen, um ihn zu fällen. Irmi entastete den Stamm. Diese Tätigkeit liebte sie. Zwar taten ihr in dieser Position die Arme schnell weh, und die Schultern schmerzten, aber das Hirn gab Ruhe. Ein Teil des Tages verging mit Holzschleppen und dem Stapeln von Scheiten. Luise briet Spiegeleier mit Speck.

Die Sonne beschloss, ab Mittag wieder Gas zu geben, aber es war nicht mehr die trockene Hitze der vergangenen Sommertage. Eine feuchte Schwüle traf sie wie ein Gummihammer, und Irmi wollte sich gar nicht ausmalen, wie schwülwarm es im Tal sein musste. Annika tauchte zusammen mit Tobis beiden Kollegen auf.

»Gibt es etwas Neues von diesem Kotz und dem seltsamen Depot?«, erkundigte sich Annika.

»Meine Kollegen sind dran.« Irmi zögerte kurz. »Und wir hatten am Samstag eine Besucherin auf der Alm, die diesen Udo Wolf gekannt hat.«

»Wie gekannt?«, fragte Tobi.

»Er war ihr Kunstlehrer.«

»Ihr Kunstlehrer?«, fragte Annika nach.

Irmi gab ihnen einen kurzen Abriss der Begegnung mit Hedi Biersack. Dann holte sie ihr Handy und zeigte ihnen das Foto.

»Habt ihr die Frau schon mal gesehen?«

Tobi und seine Kollegen verneinten, doch Annika sah genauer hin. Lange.

»Ich glaub, ich hab die Frau schon mal gesehen«, sagte sie schließlich.

»Wann?«

»Am letzten Dienstag bin ich über den Sattel hierhergekommen. Dabei bin ich dieser Frau begegnet.« Annika kroch regelrecht in das Handy. »Doch, das war sie. Sah ein bisschen angestrengt und krank aus.«

Das war einen Tag vor Udo Wolfs Tod gewesen. Angeblich hatte Hedwig Biersack nichts gewusst und ihnen diese Geschichte von der Facebook-Gruppe aufgetischt. Aber offenbar war sie schon vorher da gewesen! Verdammt! Sie hätte die Frau nicht gehen lassen dürfen. Was, wenn die längst wieder in Australien war? Was, wenn ihre ganze Vita überhaupt nicht stimmte? Womöglich hatte sie ihnen einen Bären aufgebunden. Oder einen Wolf, diese Biersack im Schafspelz …

Irmi versuchte, Kathi zu erreichen, erwischte aber nur Sailer. »Die Andrea kimmt heit Mittag wieder, die Kathi is wo aa immer, koa Ahnung ned. Der Kotz hot jetzt an Anwalt, mehr woaß i momentan ned.«

Das war Sailers Zusammenfassung. Irmi rief sich zur Räson. Sie war auf der Alm, die ganze Sache ging sie eigentlich gar nichts an. Und doch attackierten sie den ganzen Montag über Bilder vom toten Udo Wolf, von der mysteriösen Hedi Biersack und vom gewalttätigen Kotz. Es arbeitete in ihr.

Beim Abendessen verkündete Irmi: »Ich fahr morgen mal ins Tal, Besorgungen machen. Schreibt ihr mir auf, was wir brauchen?«

Die Liste wurde ziemlich lang. Luise zwinkerte Irmi zu, als sie ihr den Zettel übergab. »Nur zum Einkaufen?«

»Was sonst?«

Am nächsten Morgen brach Irmi früh auf und lief eilig den Karrenweg hinunter. Sie hatte ihr Auto unterhalb der Diensthütte stehen. Es war neun, als Irmi das Büro in Garmisch betrat.

»Irmi, du im Talgrund!«, rief Kathi. »Und so früh! Aber ihr Senner steht ja mit dem Zwitschern der Bergdohle im Frühtau auf, oder?«

Irmi verdrehte lediglich die Augen. »Guten Morgen, zusammen.«

Andrea und Sailer kamen herein. Beide waren ehrlich erfreut, Irmi zu sehen. Sailer gab Irmi einen Knuff. »Braun san S', Frau Mangold. Gesund sehen S' aus!«

»Tja, die gute Bergluft!«

»Aber Sie können's ned lassen, und des g'freit uns.«

Andrea nickte. »Sehr!«

»Danke. Hört mal zu, diese Wolfsbiologin, Annika Wildhaber, hat Hedwig Biersack schon am Dienstag oben in der Nähe der Alm gesehen.«

»Echt, oder?«

»Ja, sie ist sich ganz sicher.«

»Puh«, machte Kathi. »Und in der Nacht auf Mittwoch ist Udo Wolf gestorben. Wäre ja schon gut, wenn wir diese Dame auftreiben könnten.«

»Ihr habt also keine Biersacks in Oberammergau gefunden?«

»Nur eine Autovermietung, aber die haben nichts mit unserer Hedwig Biersack zu tun. In Oberammergau scheint es keine Verwandten zu geben. Aber das heißt ja noch nichts. Es gibt in Emerald in der Tat eine Hedwig, die auch tatsächlich ein Café führt und gerade Urlaub in Europa macht. So weit stimmt das«, meinte Kathi.

»Wenn sie es wirklich ist und nicht nur die Vita von Hedwig Biersack geklaut hat!«

»Sie ist es, das konnten wir mithilfe deines Fotos verifizieren. Und Biersack ist ihr Mädchenname, das hat Andrea bestätigt. Die hat sich nämlich den Abiturjahrgang 1982 am Werdenfels vorgenommen. Englisch und Kunst als Leistungskurs: Hedwig Biersack«, sagte Kathi.

»Dann müsste der Bruder aber auch Biersack heißen!«

»Da sind wir dran. Ich warte noch auf einen Rückruf vom Einwohnermeldeamt. Den haben wir bald.«

Irmi hatte da so ihre Zweifel. »Wenn diese Biersack nur keinen Müll erzählt hat!«

»Ja, aber wir wollen mal positiv denken, Irmi, oder?« Kathi grinste. »Andrea hat gestern noch so einiges andere entdeckt. Kaum lässt sie mal von ihrem Lover, läuft sie zu Höchstform auf«, bemerkte Kathi grinsend, und das klang vergleichsweise versöhnlich.

»Der Lover heißt Lars«, erklärte Andrea nur ganz leicht gekränkt.

»Leute!«, ging Irmi mahnend dazwischen, doch sie musste sich eingestehen, dass ihr das Geplänkel gefehlt hatte.

»Also, ich hab mal ein wenig im Leben von Udo Wolf herumgestochert. Der war noch bis Anfang der Nullerjahre Lehrer, dann im Ruhestand. Er war … ähm … zweimal verheiratet, die erste Frau kam Mitte der Achtzigerjahre ganz komisch ums Leben … ähm …«

»Wie komisch?«

»Die waren mit dem Wohnmobil in Schweden, und da war sie plötzlich tot.«

»Wie plötzlich tot?«

»Wohl ein Aneurysma.«

Irmi runzelte die Stirn. Aneurysma?

»Woher hast du diese Information?«

»Ich habe eine ehemalige Kollegin von Wolf kontaktiert. Die war damals Referendarin für Französisch und wusste noch, dass der Tod seiner Frau eine Weile Thema im Lehrerzimmer gewesen ist.«

Es würde schwierig werden, im Nachhinein Genaueres über den Vorfall in Erfahrung zu bringen. Aber sie mussten das im Hinterkopf behalten. Tote Ehefrauen kamen Irmi immer dubios vor.

»Und die zweite Frau?«

»Die hat er fünf Jahre später geheiratet. Sie starb 2009 an Krebs.«

»Entweder hatte der Wolf Pech mit seinen Frauen, oder da stimmt was nicht«, kommentierte Kathi.

»Es gibt … ähm … noch mehr seltsame Dinge«, fuhr Andrea fort. »Ich hab mich etwas schwergetan, Unterlagen über den Abiturjahrgang 1982 zu bekommen. Aber ich hab jetzt alle … ähm … Mitglieder vom Kunstleistungskurs beim Wolf. Sieben Mädchen, zwei Jungs.«

»Das deckt sich mit den Aussagen dieser Hedi. Das hat sie uns auf der Alm erzählt«, sagte Irmi.

»Ja, und?«, fragte Kathi. »Weiter, Andrea!«

»Hedwig Biersack war im Kunstleistungskurs, aber auch die Frau, die von den Kühen überrannt worden ist. Die war auch in dem Kurs.«

»Wie bitte?«, rief Irmi.

»Echt?«, schrie Kathi.

»Ja, die Johanna Holzer war auch in dem Kurs. Ich hab noch mal mit ihrem Bruder gesprochen, und was der gesagt hat … also …«

»Andrea!«, erschallte es dreistimmig.

»Sie liegt immer noch im Koma. Und er hat … ähm … gesagt, dass sie nie und nimmer eine ihrer Geigen auf den Berg mitgenommen hätte. Weil sie unendlich wertvoll sind.«

»Stradivari?«

»Nein, eine ist eine … ähm … Ruggieri. Er meinte, sie hätte insgesamt drei Geigen, alle sehr wertvoll und wirklich nicht … ähm … bergtauglich. Außer dieser Ruggieri noch eine Straub und eine Lupot. Mit Letzterer spielt sie wohl vor allem Konzerte.«

»Aber sie hatte doch eine Geige dabei!«

»Ja, die haben wir in der Asservatenkammer. Ich lass einen Experten feststellen, was das für eine ist«, meinte Kathi. »Verdammt, die sollen diese Holzer doch mal aufwecken in der Klinik! Damit die uns endlich was erzählen kann!«

»Kathi!«

»Wenn's doch wahr ist! Wenn die Frau aussagen könnte, wären wir sicher schlauer.«

»Kann sie aber nicht!«, warf Irmi ein. »Fassen wir mal zusammen. Johanna Holzer war am Sonntag vor einer Woche unterwegs. Sie wurde niedergetrampelt. Drei Tage später wird ihr ehemaliger Lehrer tot aufgefunden. Eher kein Zufall, oder?«

»Hmm! Vielleicht wollten die sich treffen? Diese Biersack hat doch auch davon gesprochen, dass sie eine Wanderung geplant hatten, oder?«, sagte Kathi.

»Ja, aber das war doch alles total vage. Und dann hätten sie sich ja um zwei, drei Tage verpasst?«

»Ähm, vielleicht war das ja wirklich eine Art Kurstreffen oder so«, sagte Andrea.

»Wir brauchen in jedem Fall andere Mitglieder des Kurses, um mehr herauszufinden!«, rief Kathi. »Ein Häuflein von neun wird man doch wohl finden können.«

»Ein Mitglied hätten wir ja schon. Hedwig Biersack«, sagte Irmi.

»Die aber verschwunden ist! So ein Scheiß, oder!«

»Andrea, bitte telefonier alle früheren Mitglieder dieses Kunstleistungskurses durch. Die haben ja laut Hedwig Biersack auch eine Facebook-Gruppe. Kommst du da rein, Andrea?«, fragte Irmi.

»Na ja, nicht sofort. Einfacher wäre es, wenn jemand, der drin ist, uns ... ähm ... Es ist in jedem Fall eine geschlossene Gruppe ...«

»Andrea, bei der allgemeinen Datensicherheit von Facebook habe ich wenig Zweifel, dass du da reinkommst«, meinte Irmi. »Und wenn das wirklich eine Art Kurstreffen werden sollte, brauchen wir Ort und Zeitpunkt.« Schlagartig fiel ihr ein, dass sie eigentlich gar keine Anordnungen treffen konnte. Sie war doch gerade in ihrem Sabbatical. Die anderen schien das aber nicht zu stören.

»Wenn die Leute … ähm … von weiter her sind, kann es sein, dass manche früher da waren und das mit Urlaub verbunden haben. So was irgendwie«, meinte Andrea.

»Also, Kathi kümmert sich um die Geige, und Andrea telefoniert die Liste durch! Ich kauf jetzt für die Alm ein und bin dann später noch mal da.«

Garmisch kam Irmi heute wie eine Großstadt vor mit den vielen Menschen und Autos. Ampeln erschienen ihr ganz besonders exotisch. Sie fuhr zum C&C-Großmarkt nach Oberau und staunte über die Fülle und die hohen Regale. War das nicht eigentlich pervers? Brauchte man wirklich achtzig Sorten Nudeln? Und musste es alles in mannigfacher Ausführung von unterschiedlichen Firmen geben? War das Marktwirtschaft?

Schon nach der kurzen Almzeit kam sich Irmi wie ein Alien vor, der in einer Welt des Überflusses gelandet war. Auf dem Rückweg gönnte sie sich einen Cappuccino in der Kaffeebar Centro, der göttlich schmeckte. Sie betrachtete die Menschen, die fast alle ein Smartphone vor der Nase oder zumindest vor sich auf dem Tisch liegen hatten. Längst waren die Zeiten passé, als man noch zur Telefonzelle laufen musste, wenn man unbeobachtet von den Eltern telefonieren wollte, weil das Telefon daheim mitten im Flur gestanden hatte und das Kabel zu kurz gewesen war, um es ins Kinderzimmer zu ziehen.

Nach zwei Stunden Abwesenheit war Irmi zurück im Büro.

»Und?«

»Ich war beim Markus Grill in der Bahnhofstraße, dem Geigenspezialisten«, berichtete Kathi. »Die Geige, die wir gefunden haben, ist ein superbilliges Instrument aus China. Der Grill war nahe dran zu erbrechen. Schriller Klang, nicht einmal eine Option für Geigenschüler. Das sind Geigen aus billigen Hölzern, teilweise sogar laminiert, er sprach vom viel zu hohen Steg, dem minderwertigen Kolophonium, was immer das ist, und der lieblosen Acrylhochglanzlackierung.«

»So was hätte eine Johanna Holzer also nie gespielt?«, hakte Irmi nach.

»Nö!«, sagte Kathi. »Auf gar keinen Fall.«

»Dazu fällt mir im Moment auch nichts ein«, meinte Irmi nach einer kurzen Pause. »Sag mal, Andrea, hast du was über den Kurs rausgefunden?«

»Die ehemaligen Mitglieder sind alle ... ähm ... ziemlich weit versprengt. Einer der Jungs von damals, Martin Gschwendner, ist Marketingchef einer Hotelkette mit Sitz in Wien. Er ist seit drei Wochen in einigen Hotels in Südamerika unterwegs, sagte eine Mitarbeiterin. Sie hat meine Mail an ihn weitergeleitet. Er hat nur knapp geantwortet, dass das eine Zeit sei, die ihm nichts bedeute. Er wisse ... ähm ... weder etwas von einem Treffen noch von einer Facebook-Gruppe. Und zu einem Abitreffen sei er auch noch nie gegangen. Ich hatte den Eindruck, der war froh, dass die Schulzeit rum ist. Freunde aus dieser Zeit scheint er nicht zu haben.«

»Okay? Und der zweite Junge im Kurs?«

»Der hat Grafikdesign studiert, lebt jetzt in Seattle und hat eine erfolgreiche Agentur für Grafikdesign mit zwanzig Angestellten … ähm … sieht nobel aus. Da hab ich aber noch nichts unternommen.«

»Na, dann hat dem der Kunstleistungskurs offenbar geholfen«, warf Irmi ein. »Die beiden Männer fallen vermutlich aus. Der eine in Südamerika, der andere in Seattle. Und weiter?«

»Eine der Teilnehmerinnen ist inzwischen Lehrerin in Unterfranken. Ich habe sie in der Pause erwischt, und sie hat mir gesagt, sie hätte kaum Kontakt zu den Leuten von früher und wolle das auch gar nicht. Ich habe nur aus ihr herausbekommen, dass von den ursprünglich neun Schülern schon eine verstorben sei. Die Lehrerin war … ähm … richtig pampig am Telefon. Sie hatte wohl auch keine Zeit, sie musste weg oder so. Nach der Facebook-Gruppe hab ich sie auch noch gefragt, aber da hat sie gleich aufgelegt.«

»Kann ich alles verstehen. Ich gehe auch nie auf irgendwelche Jahrgangstreffen. Kein Bock auf die Deppen von damals. Ich weiß gar nicht, was es an der Schulzeit zu idealisieren gibt«, meinte Kathi.

»Je älter ma werd, desto lustiger werd des«, warf Sailer ein. »De Männer alle mit Glatze, die Weiber entweder faltige Hexn oder fette Pflunzn. Wenn du di einigermaßen gehalten host, dann kannst echt froh sein.«

Dann war sie wohl eher bei der Pflunzngruppe dabei, dachte Irmi und musste grinsen.

»Also, wenn ich richtig zähle, haben wir zwei Jungs und eine Frau, die nichts mehr mit ihrer Schulvergangenheit am Hut haben. Es gibt eine Verstorbene, es gibt Hedwig Biersack und die Geigerin. Fehlen noch vier Kursmitglieder, oder, Andrea?«

»Ja, stimmt, ich hab noch eine Frau in München aufgetan. Undine Ganser. Die war nicht da, aber ihr Mann war zu sprechen. Ja … ähm … der ist Vermögensberater. War furchtbar hektisch und kurz angebunden. Seine Frau sei in die Berge gefahren. Wohin … ähm … wisse er nicht.« Andrea stockte. »Mir kam der so vor, als wisse der wenig über seine Frau. Weiter bin ich noch nicht gekommen«, meinte Andrea.

»Das ist eh schon super, danke! Fehlen also nur noch drei. Und wenn der erwähnte Mann sagt, sie wollte in die Berge, dann deutet das doch darauf hin, dass die sich wirklich alle irgendwo treffen wollten. In der Bergen. Irgendwo in den Ammergauer Alpen. Was meint ihr?«

»Ja, des klingt logisch. Es muass ja ned der ganze Kurs am Weg gewesen sei. Kann ja nur ein Teil si verabredet ham«, meinte Sailer.

Auch das war nicht von der Hand zu weisen.

»Wir brauchen definitiv Zugang zu dieser Facebook-Gruppe! Die müssen sich doch ausgetauscht haben? Oder sie hatten per SMS oder WhatsApp Kontakt zueinander?«

»Weder die Holzer noch der Wolf hatten ein Handy dabei«, gab Kathi zu bedenken.

»Das kann natürlich sein bei künstlerischen Menschen. Einfach mal abschalten, und zwar ohne Handy«, sagte Irmi. »So abwegig find ich das nicht.«

»Du, ja, du kämest ohne Handy aus, oder!«

»Du im Prinzip auch, liebe Kathi. Du gehst nämlich nie ran.«

Andrea gluckste.

»Okay, ich muss zurück. Und wir brauchen unbedingt diese Biersack. Andrea, bleib dran an weiteren Mitgliedern dieses Kurses und an der Facebook-Gruppe. Da wird doch noch was gehen!«

»Irmi, du sagst immer wir.« Kathi grinste.

»Ja, geb ich zu. Aber es ist ja schließlich meine Alm, um die es geht.«

»Klar«, kam es von Kathi und Sailer unisono.

Um drei war Irmi wieder auf der Alm. Es war deutlich kühler als im stickigen Tal. Ein leichter Wind säuselte. Sie hatte einen Teil ihrer Einkäufe im Auto gelassen, um sie später mit den Mulis zu holen. Irmi freute sich über die wiedergewonnene Stille. Luise hatte netterweise angeboten, ihr beim Holen der Einkäufe zu helfen. Fränzi und Gritli waren schlafwandlerisch sicher unterwegs, Irmis Sattel knarzte etwas, und es roch nach Leder. Sie ritten talwärts, waren kurz vor dem Wegabzweig Lösertaljoch. Sie sprachen nicht, bis Fränzi plötzlich abrupt anhielt und Irmi nach vorne geworfen wurde. Das Horn des Sattels bohrte sich in den Bauchspeck.

»Was ist los?«

Fränzi hat die Nüstern weit gestellt, sie blies Luft aus, ihre Ohren ruckelten. Gritli fing plötzlich an zu steppen. Luise sprang ab und nahm die Zügel. Sie sah sich um und blickte dann in die Richtung, in die die Tütenohren der beiden Damen zeigten. Wie Teleskope schienen sie Wellen aufzunehmen. Auch Irmi war abgestiegen, Luise drückte ihr die Zügel in die Hand. Und während Irmi dastand, zwischen den beiden Tieren, ging Luise ein paar Meter in den Wald hinein.

Irmi hörte sie aufschreien.

»Was ist?«, rief Irmi.

Luise kam langsam zurück. »Da, da, da …«, flüsterte sie. Dann begannen die Tränen zu fließen.

Irmi reichte Luise die Zügel. Im Normalfall hätte sie nun eine Waffe gezogen, aber sie war jetzt Irmi Mangold, die Sennerin.

Sie war auf einen Tierkadaver vorbereitet gewesen, einen Wolfsriss. Vielleicht auch auf einen verstümmelten Wolf. Doch auf das, was sie nun sah – darauf war sie nicht vorbereitet gewesen. Vor und über ihr hing eine Frau an einem Strick. Ein Holzklotz lag seitlich daneben. Dass diese Frau tot war, da gab es keine Zweifel. Das Gesicht war blaurot und aufgedunsen. Sie dürfte schon einige Stunden tot sein. Irmi würde schon wieder Kathi alarmieren müssen. Langsam kehrte sie zu Luise zurück.

»Hast du ein Handy dabei?«

Luise nickte. Sie hatte Netz, zwar nur schwach, aber immerhin.

»Kathi, wir haben hier noch eine Tote. Erhängt an einem Baum, hinter der Wegkreuzung. Noch bevor ihr aus dem Wald kommt, geht es links weg. Beim Wegweiser zum Lösertaljoch.«

Sosehr Kathi sonst eine Meisterin des Blöd-Daherredens war, in solchen Fällen verzichtete sie auf unnötige Worte.

Sie versprach, umgehend zu kommen. Irmi suchte Luises Blick. »Kannst du die Tiere zurückbringen? Schaffst du das?«

»Ja. Aber Irmi, das ist doch Wahnsinn!«

»Etwas in der Art.«

Als Luise weg war, nahm Irmi die Frau genauer in Augenschein. Die Schuhe wirkten riesig. Es fehlte ein Rucksack, vielleicht hatte sie ein Handy in einer Tasche ihrer fliederfarbenen Wanderjacke. Wieso erhängte man sich in Flieder? In so einer luftig leichten Farbe?

In ihrem bäuerlichen Umfeld hatte das Erhängen zu den beliebtesten Selbstmordmethoden gehört. In so vielen Familien wurde einer oder eine in der Tenne oder am Dachboden gefunden. Gerade so, als würden die Balkenkonstruktionen verführerisch flüstern: Häng dich an mir auf.

Irmi hatte viel gelesen und mit Rechtsmedizinern zu tun gehabt. Daher wusste sie, dass solche Selbstmörder meist sofort bewusstlos waren, weil das Strangulationswerkzeug auf die großen Blutgefäße des Halses drückte und den Blutkreislauf im Gehirn unterdrückte. Irmi, Bernhard, Lissi und deren Bruder Pius hatten einmal als Kinder im Heu gespielt und Lissis Tante Marie gefunden, die hoch über ihnen am Balken gebaumelt hatte. Irmi erinnerte sich, dass sie den Blick nicht von der Toten hatte lösen können, weil es sie irgendwie fasziniert hatte.

Wer bist du, Fliederfrau?

Kathi kam mit voller Entourage. Es war sechs Uhr abends. Sailer, Sepp, der Notarzt, das Hasenteam und der Hase, der Irmi unmerklich zulächelte.

Sailer und der Arzt hängten die Frau ab, die schmal und zart war. Die wenigsten Leichen sahen gut aus, Wasserleichen am wenigsten, und auch diese Frau mit dem aufgedunsenen Gesicht hatte bessere Tage gesehen. Der Strick war in diesem Fall ein Bergseil, das Kathi wegpackte, um es später analysieren zu lassen. Am Hals der Frau sah man die Strangulationsmarken, bräunlich verfärbt, ihre Zunge klemmte zwischen den Zähnen.

Wieder mussten die Bergwachtler die Leiche abtransportieren. Einer sagte leise: »Des nimmt überhand bei eich. Do liegt a Fluch auf dera Alm.«

Allmählich kam es Irmi auch so vor, wiewohl sie wusste, dass es keine Flüche gab. Höchstens verfluchte Menschen, die so was anrichteten. Aber würde jemand wirklich so weit gehen? Wer würde schon Menschen ermorden, nur um zu beweisen, dass die Idee mit der Projektalm falsch gewesen war? Und wie konnte man das mit den Wolfshassern zusammenbringen?

Als es dunkel wurde und im Westen zu grummeln begann, hoffte Irmi, dass ein weiteres Gewitter ausbliebe. Tatsächlich kam nur der Wind, es regnete fünf Minuten, dann zog das Grollen weiter. Scheinwerfer für die Spurensicherer wurden aufgestellt. Es war fast Mitternacht, als sie alle aufbrachen.

»Was denkst du?«, flüsterte Kathi Irmi zu. »Mord oder Selbstmord?«

»Wenn man das bei Erhängten immer wüsste. Warten wir die Gerichtsmedizin ab. Der Fall hat ja wohl oberste Priorität. Mach denen Dampf, Kathi. Wir brauchen die Identität der Frau!«

»Irmi, die eine Frau aus diesem Kunstkurs wollte doch in die Berge. Was, wenn die das ist?«

»Der Alpenbogen erstreckt sich von den Seealpen bis in die Karpaten!«

»Ja, toll, Irmi. Und es gibt weltweit Berge. Ich weiß das alles. Trotzdem: Du denkst doch auch, das ist diese Undine Ganser, oder?«

»Ich denke gar nichts.«

»Quatsch. Du denkst immer etwas!«

»Kathi, ich muss zurück auf die Alm. Es kann ja nicht angehen, dass die meine Arbeit machen.«

Als Irmi auf der Alm eintraf, war Luise noch immer leichenblass. Tobi kochte Tee, auch Annika war da, und sie alle warteten auf Irmis Bericht. Aber sie konnte wenig sagen.

»Über eurer Alm steht kein guter Stern«, sagte Annika. »Das hier ist kein guter Platz.«

»Unsinn!«, rief Tobi unangemessen laut.

Die Nerven lagen blank, was auch kein Wunder war.

Es war nach eins, als sie in Bett gingen. Schon nach viereinhalb Stunden Schlaf war Irmi wieder wach. Es wurde hier oben so schnell hell, so unpassend hell.

Das mechanische Arbeiten, das Totschweigen half nicht. Irmi war froh, als Kathi am Mittwoch gegen halb zehn anrief.

»So, Irmi. Was ich dir nun erzähle, wird dir nicht gefallen. Die Frau war schon tot, bevor sie aufgehängt wurde. Ziemlich krude Geschichte!«

»Inwiefern?«

»Warte, ich geb dir den Hasen!«

»Fridtjof, hallo.«

»Irmi, pass auf. Vulgo würde man sagen: Sie hat sich das Genick gebrochen. Wir nennen das atlantookzipitale Dislokation.«

»Was?«

»Bei der atlantookzipitalen Dislokation wird die Schädelbasis von der Halswirbelsäule getrennt. Die beiden Teile sind gegeneinander verschoben, also disloziert. Diese Form eines Genickbruchs ist selten und in der Regel tödlich.«

»Aber …«

»Falls du fragen willst, ob das nicht auch beim Erhängen hätte passieren können: Theoretisch ja, aber die Rechtsmedizin ist sich aufgrund einer Kopfverletzung und anderer Abschürfungen sicher, dass die Frau vorher gestürzt sein muss, und zwar sehr unglücklich. Normal passiert so etwas bei Fahrrad- oder Motorradunfällen, Reitunfälle sind prädestiniert dafür, auch Unfälle im American Football oder Kopfsprünge ins seichte Wasser. Aber das können wir hier wohl ausschließen.«

Irmi musste das erst mal verdauen.

»Zwei Faktoren können diese Dislokation zusätzlich bedingt haben«, fuhr der Hase Fridtjof fort. »Die Frau hatte beginnende Osteoporose, und sie hatte Fentanyl im Blut.«

»Was ist das?«

»Fentanyl ist ein synthetisches Opioid, wirkt schmerzlindernd und sedierend. Es ist extrem potent und wirkt bei einer intravenösen Gabe nach zwei bis fünf Minuten. Man verwendet es als Narkosemittel bei Operationen. Eine Menge an Fentanyl, die drei Zuckerkörnern entspricht, ist bereits tödlich. Und es ist längst in der Drogenszene angekommen. Quasi als Superheroin. Die Leute reden von Crystal, dabei ist Fentanyl viel gefährlicher.«

»Und wie kommt man da ran?«

»Du kannst es sogar aus Schmerzpflastern auskochen, Abhängige suchen im Müll von Krankenhäusern und Altenheimen nach benutzten Pflastern. Fentanyl hat sich gerade in Bayern als Alternativdroge etabliert, weil es eben so schwer ist, an Heroin zu kommen. Fieses Zeug, ganz fieses Zeug.«

»Und nicht so selten, wenn ich dich richtig verstehe?«

»Korrekt. Man müsste eigentlich die Todesfälle in Hospizen oder Altersheimen mal genauer untersuchen. Viele alte Menschen sterben dort eines natürlichen Todes, der gar nicht so natürlich war. Gezielt eingesetzt, führt Fentanyl zu einem nächtlichen Atemstillstand. Der Täter muss aufgrund der verzögerten Wirkung nicht einmal in der Nähe sein.«

»Und die Frau hatte das im Blut?«

»Ja.«

»Daran ist sie aber nicht gestorben?«

»Nein, aber sie war in jedem Fall auf Drogen.«

Irmi grauste es. Sie versuchte, ihre Gedanken zu ordnen.

»Also haben wir eine drogenabhängige Frau, die unglücklich gestürzt ist«, sagte sie. »Dann wird sie sich wohl kaum selber erhängt haben, oder?«

»Nein. Und es gab nur ganz unbedeutende Verletzungen der Kehlkopfknorpel.«

»Und der Sturz? Kann da jemand nachgeholfen haben?«

»Sicher. Vermutlich ist sie irgendwo hier oben gestürzt oder vielleicht eher gestürzt worden. Wir haben Fußspuren gefunden, leider aber ziemlich viele. Der Wanderweg ist stark frequentiert. Wem soll ich die zuordnen?«

Irmi schwieg.

»Und was noch merkwürdiger ist: Die Rechtsmedizin hat in ihrem BH drei Hostien gefunden.«

»Wie bitte?«

»Drei Hostien. Im BH.«

»Fridtjof, das ist jetzt kein Witz?«

»Ich scherze gerne subtiler.«

»Ja, das stimmt. Ich bin nur grad etwas überfordert. Gibst du mir noch mal die Kathi? Danke schon mal, Fridtjof.«

»Gern. Alles Gute.«

Bald darauf war Kathi wieder dran. »Sag mal, Irmi, seit wann bist du mit dem Hasen per Du? Und seit wann heißt der Fridtjof?«

»Das sicher von Geburt an.«

»Irmi, echt!«

»Sein Vater war ein Nansen-Fan, ganz einfach.«

»Was die Irmi mal wieder alles weiß!« Kathi klang ganz aufgekratzt.

»Ich wüsste lieber, was es mit diesen Hostien auf sich hat.«

»Ich auch. Andrea hatte da so eine Idee. Magst du nicht noch mal runterkommen? Das wird mir hier alles etwas, et-was …« Kathi stockte. »Das hatten wir schon zweimal, als du nicht da warst. Das eine Mal warst du auf dieser Schroth-kur, das andere Mal warst du in Norwegen. Das sollte dir doch zu denken geben, dass immer was passiert, wenn du nicht da bist!«

»Überall auf der Welt passiert etwas, wo ich gerade nicht da bin!«

»Dummes Totschlagargument. Aber wenn hier was passiert, brauchen wir dich. Brauch ich dich.«

Das tat gut und verströmte Wärme.

»Und wer ist die Frau?«, fragte Irmi. »Habt ihr die Vermisstenmeldungen durch? Hat die Rechtsmedizin sonst noch was gesagt?«

»Die haben Drogen und Alkohol gefunden. Von allem etwas, meinte der Rechtsmediziner. Die Leber muss sich ja lange mühen. Aber sie war kein direkter Junkie. Allerdings sicher eine, die ziemlich viel ausprobiert hat.«

»Zahnschema?«

»Sie sind dran. Aber ich glaube wirklich, dass es sich bei der Toten um Undine Ganser handelt. Spricht ja auch einiges dafür. Der Herr Ganser hat doch behauptet, seine Frau wollte in die Berge. Sie geht nicht an ihr Handy – und noch was: Ihr Auto steht im Tal. Am Sägertalparkplatz.«

»Das erzählst du jetzt erst, Kathi! Undine Gansers Auto steht da unten?«

»Ja, ich weiß, das hätte ich zuerst erzählen müssen. Sorry.«

»Du hast echt Nerven!«

»Ja mei. Der Mann ist jedenfalls bereit, in die Rechtsmedizin zu kommen.«

»Wann?«

»Heute Nachmittag. Kommst du mit?«

Irmi musste nicht lange überlegen. »Ja, ich komme.«

Luise und Tobi waren völlig in die Auswertung irgendwelcher Tabellen vertieft. Es war offensichtlich, dass sie

Normalität spielten. Dass sie das Grauen weghalten wollten.

»Leute, es tut mir leid, aber ich muss noch mal mit Kathi reden. Ich würde euch schon wieder alleine lassen.«

»Irmi, jeder hat sein Karma. Der Tobi und ich schmeißen den Laden heute Abend. Und ich für meinen Teil bleib sowieso an der Hütte. Draußen liegen mir zu viele Tote rum.« Luise wollte das witzig klingen lassen, aber es war ihr anzumerken, dass sie das alles tief verstörte. »Im Ernst, Irmi, alles, was hilft, dass das hier aufhört, wäre gut.«

Irmi lächelte ihr aufmunternd zu. Drückte kurz Tobis Schulter. Und ging. Den Weg konnte sie fast schon im Schlaf gehen. Sie kannte jede Wurzel schon fast persönlich, jeden Felsbrocken. Um zwölf kam sie im Tal an und stieg in Kathis Wagen. Sie redeten wenig, und wenn Irmi ehrlich war: Auch sie glaubte längst, dass die Frau Undine Ganser war.

Kathi parkte auf dem Gehweg vor der Rechtsmedizin in München.

»Wenn die uns abschleppen!«

»Wir sind in der Hauptstadt fehlender Parkplätze, der Vorzeigemetropole falscher Verkehrspolitik. Die Kollegen müssten halb München abschleppen. Hier stehen wir noch gut, oder.«

9

Sie betraten das Gebäude, das Irmi so oft besucht hatte und das sie jedes Mal beklemmend fand. Ein Mann kam auf sie zu, der sich als Ralph Ganser vorstellte. Er war eine gepflegte Erscheinung, attraktiv, aber unnahbar. Selbst als das Laken hochgeschlagen wurde, bewahrte er die Contenance. Er nickte unmerklich und folgte ihnen dann nach draußen.

»Sehen Sie sich in der Lage, uns ein paar Fragen zu beantworten?«, fragte Irmi.

Er nickte. Sie gingen durch lange Gänge, setzten sich schließlich auf eine Bank. Kathi hatte aus einem Automaten Kaffee gezogen und reichte Herrn Ganser einen Becher. Er nickte erneut.

»Ihre Frau wollte in die Berge. Hat sie spezifiziert, wohin?«

»Nein.«

»Und das hat Sie gar nicht interessiert?«

Er lächelte müde. »Nein, ich habe es mir über die Jahre abgewöhnt nachzufragen. Meine Frau hatte eine Ayurvedaphase, sie hatte einen Schamanen, sie ließ sich zur Tierheilpraktikerin ausbilden, sie nahm Gesangsunterricht. Sie nahm gern auch mal Tabletten ein, weil die ihr Bewusstsein erweiterten, hat sie gesagt. Wahrscheinlich hatte sie am Ende eine Alpen- und Wanderphase und wollte zum Waldbaden gehen.«

»Herr Ganser, das klingt aber ...«

»Wie?«, unterbrach er sie. »Desillusioniert? Sehen Sie, ich habe meine Frau sicher vernachlässigt. Sie hat ihr Studium abgebrochen, war Hausfrau. Als unsere Kinder zum Studium nach Wien gegangen sind, begannen ihre Phasen. Ich hatte ihr angeboten, bei mir zu arbeiten, das hat sie abgelehnt.«

»Sie hätten sich doch ...«

»Uns trennen können?«

»Zum Beispiel, oder?« Kathi starrte ihn an.

»Wahrscheinlich hatte ich selbst dazu keine Zeit und sie keinen Grund.«

»Herr Ganser, meinen Sie, Ihre Frau war suizidgefährdet?«, fragte Irmi.

»Nein, warum?«

Irmi wären durchaus Gründe eingefallen: emotionale Kälte, Wechseljahre, Depressionen. Hatte er seine Frau überhaupt gekannt? So viele Menschen trugen eine tiefe Traurigkeit mit sich herum, die lange in dämmrigen Räumen schlummerte. Ab und zu öffneten sich Türen, und sie konnte herauswabern, wie Nebel, der aufstieg und sich immer weiter verdichtete. Manchmal zog sich der Trauernebel zurück, manchmal blieb er, bis die Sonne Löcher ins Grau bohrte. Aber was, wenn die Sonne zu lange auf sich warten ließ?

»Wir nehmen an, sie wollte sich mit alten Mitschülern aus ihrem Kunst-LK treffen. Wissen Sie davon etwas?«

»Nein.«

»Als Sie sich kennengelernt haben, haben Sie da nie über Ihre Schulzeit geredet?« Kathi klang leicht aggressiv.

»Verehrte Damen, das ist doch ewig her. Sie hat mal erzählt, glaube ich mich zu erinnern, dass der Lehrer sehr polarisiert hat. Dass einige ihrer Schulkolleginnen ziemlich überreagiert haben. Meine Frau hatte immer schon ein gewisses Phlegma. Sie hat vieles begonnen, nie etwas beendet. Alles wurde ihr schnell zu anstrengend. Nur Golf spielte sie brillant. Viel besser als ich. Ich glaube, wegen des Phlegmas. Sie hat sich da nicht so reingesteigert wie die meisten anderen. Golf ist Kopfsache. Deshalb war sie auch keine Suizidkandidatin.«

Erfolgreiche Golfer begehen keinen Selbstmord? Eine gewagte Theorie, fand Irmi. Sie selbst spielte kein Golf und war auch der Meinung, dass das wirklich nicht ihre Sportart war. Außerdem machten Karohosen fett. Jens hingegen spielte Golf und hatte ihr schon von leeren Plätzen in Irland vorgeschwärmt, vom Mitternachtssonnengolf in Island und von endlosen Dünenplätzen an Australiens Gestaden. Wahrscheinlich hatte Jens auch die Psyche, die man als Golfer brauchte: relaxed und doch fokussiert. Ob sie ihn mal anrufen sollte?

Selbst Kathi schien für den Moment nichts weiter einzufallen. Herr Ganser stand auf. »Ich würde gerne gehen. Ich muss die Kinder anrufen. Wenn Sie noch etwas wissen wollen – ich stehe zur Verfügung.«

Wie konnte man so beherrscht sein? Aber wusste man, was er tat, wenn er allein in seiner sicher schicken Villa saß?

»Puh«, machte Kathi, als sie wieder im Auto saßen. »Ganz schön traurig! Da bleib ich lieber mein restliches Leben allein. Geld hin oder her.«

»Kathi, du bist nicht allein. Du hast das Soferl, du hast

Elli, du hast deinen Man-weiß-nicht-was-er-für-eine-Rolle-spielt-Tiroler.«

Kathi grinste. »Du bist auch nicht allein. Du hast Bernhard und Jens.« Sie stockte kurz. »Hast du Probleme damit, dass der alte Bernie geheiratet hat? Zsofia ist doch voll cool. Bist du deshalb auf die Alm? Gar nicht wegen uns?«

»Kathi, wegen euch war das sowieso nicht. Man braucht ab und zu eine Zäsur.«

»Ach, mir würd schon mehr Schlaf reichen!«, erwiderte Kathi lachend.

Das war Kathi. Klar und pragmatisch.

»Sag mal, und Andrea? Meinst du wirklich, die heiratet?«, lenkte Irmi von sich ab.

»Ja, ich denke schon. Ist doch klasse. Dieser Lars passt zu ihr. Ich hoffe, wir werden eingeladen.«

Sooft Kathi Andrea auch anging, sie war niemals nachtragend oder gar missgünstig.

»Inzwischen haben wir also drei Vorfälle mit Menschen, die Anfang der Achtzigerjahre in einem Kunst-LK waren«, fasste Irmi zusammen. »Und wie ich dich kenne, wirst du das kaum für einen Zufall halten.«

»Nein, du etwa?«

»Na ja, die Vorfälle könnten auch Unfälle sein.«

»Komm! Das glaubst du doch selber nicht!«

Irmi war sich gar nicht mehr sicher, was sie glauben sollte, und war froh, dass Kathi die meiste Zeit damit beschäftigt war, über den Verkehr in und aus München heraus zu fluchen.

Es war halb fünf, als sie Andrea und Sailer bei einem Kaffee im Büro antrafen.

»Und was habt ihr noch so zu bieten?«, fragte Kathi, nachdem sie den Kollegen einen kurzen Abriss des Gesprächs mit Ganser gegeben hatten.

»Ähm, ja, ich hab mal ein bisschen gesucht und gegoogelt und bin auf Wolfsmythen gestoßen. Die gibt es wohl überall in der Welt. Die Wölfe gehören zu den Tieren, die … ähm … Angst und Schrecken verbreiten sollten. Drachen und so. Und wie so oft ist die christliche Kirche schuld. Die kam im 13. Jahrhundert nicht so schnell voran, wie sie wollte, und um den ›heidnischen Glauben‹ zu eliminieren, brauchte man wieder so was wie … ähm … Buhmänner: nämlich Hexen und deren Tiere. Stellt euch mal vor, während der Hexenverfolgung hat man nicht nur Ketzern, Räubern und Hexen den Prozess gemacht. Nein, es gab auch öffentliche Hinrichtungen von Katzen, Eulen und Fledermäusen. Sie wurden erhängt, mit Pech übergossen, in Kloaken ertränkt und mit kochendem Wasser übergossen. Tiere der Nacht galten als … ähm … besonders suspekt. Man hat gedacht, die lautlose Eule mit ihrem unheimlichen Ruf würde mit dem Teufel im Bunde stehen. Auch die Fledermaus galt als Hexentier, wegen ihrer Nachtaktivität und ihres unheimlichen Aussehens. Um ihr Eindringen oder das Eindringen einer Hexe in Fledermausgestalt abzuwehren, wurden tote Fledermäuse an Haus- und Stallwände genagelt – und ihr wisst ja, gerade hier am Land … ähm … machen Fledermäuse vielen Leuten bis heute Angst. Voll der Aberglaube …«

Andrea wurde immer selbstbewusster, und ihre »Ähms« wurden immer weniger. Lars schien ihr wirklich gutzutun. Neuerdings hatte sie auch eine andere Haarfarbe, stellte

Irmi fest, einen hübschen Bronzeton. Ja, Andrea mauserte sich.

»Das Christentum hat den Tieren wirklich keinen Gefallen getan«, sagte Irmi und war sich nicht ganz darüber im Klaren, worauf Andrea hinauswollte.

»Außerdem gibt es den ganzen Themenkreis des Werwolfs«, fuhr Andrea fort. »Zur Angstmacherei gehörte auch, dass man an Werwölfe glaubte. In Frankreich wurden im 16. Jahrhundert rund dreißigtausend Menschen als Werwölfe verurteilt! Diese Prozesse waren ähnlich wie die Hexenprozesse: Unter Folter gestanden die vermeintlichen Werwölfe am Ende alles.«

Irmi wartete noch immer auf die Pointe, doch da ergriff Kathi das Wort.

»Ich hab heute früh auch schon etwas herumgegoogelt. Weil man früher solche Angst vor Wölfen hatte, dachte man sich alles Mögliche aus, um sie zu fangen. Am Walchensee hat man einen sogenannten Wolfsgarten angelegt. Ein Förster band darin ein lebendes Schaf an und brachte drum herum vier Schlageisen für Meister Isegrim an. Der Wolf ging aber nicht in die Falle. Dann legte der Förster die Falle in einen Bach, doch der war so schlau, dass er wieder nicht hineintappte. Aber dafür ein Wanderer. Merkt ihr jetzt was?«

»Des is ja wie bei dem Udo Wolf!«, rief Sailer überrascht.

»Ja, das seh ich auch so!«

Andrea schaute in die Runde. »Es gibt auch eine Wandersage, in der ein besoffener Geiger … ähm … auf dem Heimweg vom Wirtshaus in eine Falle gestürzt ist, in der schon ein Wolf lag. Um den Wolf zu … ähm … zu betören, hat er um sein Leben gegeigt. Alle Saiten rissen, aber im letzten Moment ist der Förster gekommen und hat ihn gerettet.«

»Und wir hatten eine Frau mit Geige«, überlegte Irmi. »Wo man geigt, da lass dich ruhig nieder, böse Wölfe mögen gerne Lieder?«

Kathi verzog das Gesicht. »So ähnlich, oder!«

»Ich glaub, wir haben noch mehr Symbole«, meinte Andrea. »Zum Werwolf konnte man werden, wenn man aus der Haut eines Gehängten einen Gürtel macht. Du brauchst eine siebenzüngige Schnalle, oder du trägst ... ähm ... die Hand eines Gehängten mit dir. Und sieben Wolfszähne. Das ist die Kunst des Wolfens. So wirst du zum ... ähm ... Wolfsgänger.«

»Na, merci!«, rief Sailer. »Wo hast du denn all die Sachen her?«

»Internet, Sailer, Andrea ist eine Meisterin der Internetrecherche!«, rief Kathi, bevor Andrea noch etwas sagen konnte. »Dieser Wolfsgarten, das ist doch eine Inszenierung! Das kann doch kein Zufall sein. Sieben Schlageisen. Sieben Zähne. Das war der Kotz!«

»Dem trau ich die Falle zu, aber würde der einen Menschen so präparieren?«, fragte Irmi.

»Vielleicht wollte er von sich ablenken. Überlegt mal: Da tappt einer in diese Falle, die eigentlich für den Wolf gedacht war, der ja seiner Meinung nach hier umgeht. Leider tappt stattdessen ein Mensch rein. Es musste dem Kotz klar sein, dass wir an ihn denken. Also holt er ein paar Requisiten aus seinem Depot und verschleiert sein Tun.«

»Dazu müssten wir wissen, ob das Lederband dem Toten gehört hat oder ob man ihm das erst … ähm … später umgehängt hat. Und er hatte keinen Gürtel um. Nur einen merkwürdigen Beutel dabei. Aus komischem Material«, sagte Andrea. Die anderen sahen sie überrascht an.

»Dann hoff i bloß, dass die Authentizität irgendwo endet. I mechat ned erfahren, dass die Haut von dem Beutel von einem Gehängten stammt«, bemerkte Sailer mit grimmigem Blick.

»Sailer!«

»Ja mei!«

»Ich sag euch, das ist definitiv eine Inszenierung. Da kommen auch die Hostien ins Spiel. Wer einen Pakt mit dem Teufel eingeht, der trägt geschändete Hostien bei sich. Auch damit kann man sich in einen Werwolf verwandeln und mit unstillbarem Wolfshunger alles reißen. In Hexenprozessen wurde oft unterstellt, dass die Hexen geweihte Hostien zerschnitten oder geschändet hätten. Die Tote hatte drei Hostien links im BH. Am Herzen. Das ist doch alles hochgradig allegorisch.« Kathi war völlig aus dem Häuschen.

»Hamm S' aa die Hostien im BH, so als Hex?«, fragte Sailer lächelnd.

»Passen Sie auf, Sailer«, entgegnete Kathi. »Man kann nie wissen, wann ich zum Werwolf werde. Huuu!«

»Kathi, echt, das ist nicht witzig!«

Irmi versuchte, ihre Gedanken zu sortieren. Sie war immer schwach in Mengenlehre gewesen und hatte die Sache mit den Schnittmengen nie ganz kapiert. Was war denn bei den drei Fällen der gemeinsame Nenner? Alle hatten etwas mit einem Kunst-LK in den fernen Achtzigerjahren zu tun. Ein Lehrer, zwei seiner Schülerinnen.

»Also«, Irmi atmete tief durch, »wir haben Johanna Holzer, doch im Prinzip war das ein tragischer Unfall mit Kühen. Mehr nicht.«

»Aber sie hatte eine Geige dabei«, wandte Kathi ein. »Wenn wir der Sage folgen, dann wurde der Geiger verschont, und die Frau lebt ja noch, oder?«

»Dann Udo Wolf«, fuhr Irmi fort. »Er lag in einer Wolfsgrube, in die er reingetreten ist. Gestorben ist er an einem Herzinfarkt. Ein alter Mann in Panik. Noch ein Unfall.«

»Er hatte aber Schafwolle im Maul. Und diese Zähne, das waren Wolfszähne! Wer hat denn bitte schön Wolfszähne um? Die Zähne und der Beutel deuten auf die Werwolfsage hin. Und die Frau mit den Hostien konnte zum Werwolf werden.«

»Sie ist gestürzt und hat sich den Hals gebrochen!«, rief Irmi.

»Oder sie wurde gestürzt, und der Mörder hat sie dann aufgehängt. Vielleicht wollte er das Ganze wie einen Selbstmord aussehen lassen. Beim Erhängen kann man sich ja auch das Genick brechen. Das ist möglich.«

»Das hat die Rechtsmedizin aber ausgeschlossen«, gab Irmi zu bedenken.

»Das weiß der Mörder aber nicht. Der kennt sich einfach nicht gut genug aus«, befand Kathi.

»Und der Mörder hat ihr … ähm … die Hostien in den BH gestopft?«, fragte Andrea. »Das wird sie kaum selber … ähm …«

»Was für ein Wirrwarr! Leute, wir sollten aber sehen,

dass alle drei Fälle auch Unfälle sein könnten«, beharrte Irmi auf ihrer Theorie. Alles andere machte ihr Angst.

»Schmarrn!«

»So ein Schmarrn ist das nicht. Es könnten sehr wohl Unfälle sein.«

Die anderen schwiegen.

»Die Bergwachtler haben gesagt, es läge ein Fluch auf der Alm«, sagte Irmi. »Das ist natürlich Unsinn, aber vielleicht ist da jemand, der uns still beobachtet. Es sollte hier ja wohl eine Art Kurstreffen geben. Jedenfalls sind Udo Wolf und seine beiden Schülerinnen hier herumgetappt – die einen etwas früher, die anderen später. Und sie sind jemandem begegnet, der unsere Alm torpedieren will, jemandem, der beweisen will, dass der Wolf der Feind Nummer eins ist. Dieser Jemand erschreckt die Frau, er baut diesen Wolfsgarten auf ...«

»Stopp, Irmi, bis hierher könnte das ein Werk von Kotz sein, aber wie passt die Hostienfrau dazu? Mit der kann Kotz nichts zu tun haben. Da war er doch schon in U-Haft! Wo er zudem nicht mehr lange bleiben wird, weil ich ihm nichts nachweisen kann. Er wird heute gehen dürfen! Scheiße!«

Ja, das war leider so, dachte Irmi. *In dubio pro reo.*

»Wenn ich deiner Annahme folge«, meinte Kathi, »dann hatten die alle drei Pech, waren zur falschen Zeit am falschen Ort, oder was?«

»Zum Thema Aufhängen habe ich auch noch was gelesen«, warf Andrea ein. »Erboste Bauern hängen in Italien immer wieder Wölfe an Straßenschildern auf ... ähm ... auch mal in einer Bushaltestelle.«

»Gruselig!«, rief Kathi. »Da willst du mit dem Bus zum Wochenmarkt, und da schaut dich ein erhängter Wolf an?«

Ja, es war gruselig und frustrierend zugleich. Seit der Wolf in Irmis Leben getreten war, und mit ihm all diese Menschen, die ihn schützen wollten, die ihn hassten oder die um einen Kompromiss rangen, spürte sie mit jedem Tag mehr, wie wenig es genau diesen Kompromiss geben konnte. Die heimischen Quadratschädel würden den Wolf niederballern – auch wenn er den höchsten Schutzstatus hatte und das Abschießen illegal war. Zu groß waren Angst und Schrecken, Egoismus und Unbeweglichkeit. Und Irmi fragte sich, was sie selbst tun würde, wenn so ein Wolf ihre Kater, Raffi oder Kicsi fräße.

Sie bemühte sich, diese Bilder aus ihrem Kopf zu verbannen. »Ich frage mich, an welchem Punkt dieser Egon Mittermaier ins Spiel kommt. Der kann das Depot von Oskar Kotz doch auch kennen. Und ich habe immer noch diesen Mann von den Staatsforsten im Blick, irgendwas stimmt mit dem nicht. Bist du da weitergekommen, Andrea?«

»Ja, ich hab ihn mal genauer angesehen. Also, dieser Dr. Ulf Promberger ist in Metten aufs Gymnasium gegangen. Das ist so ein Benediktinerinternat, eine ähnliche Kaderschmiede wie Ettal. Dann hat er in Regensburg Jura studiert und promoviert, war einige Jahre Justiziar bei einem großen internationalen Holzunternehmen. Ja … ähm … er hat 2005 mit der Gründung der Staatsforsten dorthin gewechselt, und dann endet sein Lebenslauf erst mal.«

»Wie endet?«

»Er ist 2008 ausgeschieden und erst seit 2016 wieder bei den Forsten, und zwar auf seiner jetzigen Stelle in der Öffentlichkeitsarbeit.«

»Das sind acht Jahre! Wo war er?«, fragte Kathi.

»Ich hab auf Umwegen rausgefunden, dass er in Botswana und Südafrika war. Da hat er Großwildjagden organisiert, alles all inclusive, also Kosten für den Abschuss, Begleitung durch einen Führer, Unterbringung auf der Jagd, Waffen, Flug, Lodge und Transport der Trophäen in das Heimatland.«

»Geht das überhaupt?«, fragte Irmi überrascht. »Was ist mit dem Artenschutz?«

»Viele Grauzonen, viele Schmiergelder. Ob die Jäger ihre Trophäen exportieren dürfen, das regelt das Washingtoner Artenschutzübereinkommen CITES. Die Quote ist undurchsichtig, je nach Land unterschiedlich. Ja … ähm … und je seltener das Tier, desto schärfer sind die Jäger darauf, so eine Trophäe zu haben.«

»Spinn i?«, warf Sailer empört ein.

»Ja mei, also da wird argumentiert, Jagdtourismus sei ein wichtiger Wirtschaftsfaktor, sogar der WWF duldet die sogenannte kontrollierte Jagd, wenn keine gefährdeten Arten gejagt werden. Aber das fußt dann wieder auf getürkten Statistiken … ähm … das kennen wir ja …«

Aus ihrem Arbeitsalltag kannten sie in der Tat verschiedenste Spielarten, wie Menschen Taten verschleierten oder Feuerwerke scheinbarer Fakten zündeten.

»Gab's da ned amoi die G'schicht von Cecil, dem armen Löwen?«, fragte Sailer.

»Ja, genau, den hat vor einigen Jahren ein Jäger aus Minnesota aus dem Reservat gelockt und erschossen. Anschließend hat er sich blöd grinsend mit dem toten Tier gezeigt. Also … ähm … das Problem ist, dass man in Nationalparks nicht schießen darf, draußen aber schon.«

»Das wissen doch die Tiere nicht!«, rief Kathi.

»Richtig, und der Promberger hat sogar einen Haufen toller Argumente zusammengeschrieben. Zum Beispiel dass der Hwange-Nationalpark, aus dem der Löwe Cecil ursprünglich stammte, maßgeblich durch die Trophäenjagd im Rest des Landes finanziert wird. Falls es keine Trophäenjagd mehr gibt, muss man die Angestellten des Nationalparks entlassen, und die wenden sich dann erst recht der Wilderei zu.«

»Also Artenschutz durch Abknallen von Tieren?«, fragte Irmi verblüfft.

»Ja, so in etwa formuliert das der Promberger.«

»A echte Sau!«, sagte Sailer.

Andrea grinste. »Bei so einer Jagd, na ja, da hat ihn eine Löwin erwischt und … ähm … ziemlich übel zugerichtet. Er ist dann zurück nach Deutschland. Ich denk, der war lange krank.«

»Wow! Schade, dass die Löwin ihn nicht an ihre Jungen verfüttert hat, dann hätt so einer wenigstens einen Wert gehabt!«, rief Kathi.

Es blieb eine Weile still.

»Jetzt wissen wir immerhin, woher die auffällige Narbe in seinem Gesicht stammt. So einer schreckt jedenfalls nicht vor Gewalt zurück«, sagte Irmi leise. »Er ist clever, unbeugsam und abgebrüht und hat eine große Institution hinter sich, die – das höre ich immer wieder – ungern Tiere im Wald hat, die verbeißen und den Gewinn durch den Holzeinschlag senken könnten.«

»Aber wenn der Promberger der Täter gewesen sein sollte, müsste er mehrmals vor Ort gewesen sein«, meinte Kathi.

»Auf der Kenzen war er in jedem Fall. Das ist ja mehr oder minder vor Ort.« Irmi atmete tief durch, straffte die Schultern. »Und wie gehen wir oder besser gesagt, wie geht ihr jetzt weiter vor?«

Kathi lächelte. »Du wirst ja sicher wieder durch Kuhfladen hüpfen wollen. Wir versuchen weiter, diese Hedwig Biersack zu finden. Andrea ruft noch einmal die Schülerin aus dem damaligen Kunstkurs an, die inzwischen Lehrerin ist. Und ich versuche, dem Brüllaffen Kotz etwas mehr zu entlocken.«

»Dann hör ich mich um, ob dieser Promberger schon länger hier in der Gegend ist«, erklärte Irmi.

»Waidmannsheil«, kommentierte Sailer trocken.

Raffi stürmte ihr freudig entgegen, als Irmi zur Alm zurückkam. Doch Luise, Tobi und Annika saßen vor der Tür und sahen verstört aus. Immer wenn Menschen so dreinsahen, dann jagte ein Schattenschütze einen Pfeil in Irmis Herz. Ein Kater war überfahren worden. Eine Kuh war abgestürzt. Ein Muli hatte eine Kolik nicht überlebt. Wenn man keine Kinder hatte, kreisten diese Hiobsgedanken wohl um Tiere. Oder hatte es etwa noch einen Toten gegeben?

»Was ist los?«

»Wir waren beim Almputzen, der Tobi und ich …« Luise schüttelte fassungslos den Kopf.

»Ja, und?«

»Wir waren schon am Rückweg, da ist uns Annika entgegengekommen …«

»Ich hab grad noch jemand wegrennen sehen«, erklärte Annika. »Ich hab nicht sofort geschaltet, sonst …«

»Jemand hat unseren Käsekeller zerstört«, sagte Tobi tonlos.

»Wie zerstört?«

»Der Käse ist hin«, flüsterte Luise.

Irmi sah vom einen zum anderen, dann eilte sie in den Lagerraum, der ihr schon so lieb geworden war. Sie war für den Käse zuständig, nur sie hatte einen Käsekurs belegt. Luise half ihr beim Wenden und Pflegen, aber er war vor allem Irmi so wertvoll geworden, gerade weil sie nur kleine Mengen erzeugen konnten. Sie hatten rund fünfhundert Liter Milch am Tag zur Verfügung, tausend Liter ergaben etwa einen Achtzigkilolaib Almkäse. In den vergangenen zwei Wochen hatte Irmi sieben Laibe zustande gebracht, dazu ein wenig Frischkäse und Molke. Sieben Laibe, die ihr ganzer Stolz waren. Fünf davon lagen nun am Boden. Jemand hatte auf sie eingehackt, es war das reinste Massaker. Bruchstücke lagen da, unbrauchbar, besudelt …

Die Tränen kamen jäh. Es waren Tränen der Wut. Irmi ließ sich auf einen Schemel sinken und versuchte, ihre Gedanken zu kanalisieren, versuchte, die Wut wegzudrücken und die Ratio hereinzulassen. Wer ging so weit? Wer schlug solche Wege ein? Nach einigen Minuten ging sie zurück zu den anderen.

»Schade um den Käse. Aber wir stehen ganz am Anfang des Almsommers. Wir machen neuen Käse. Natürlich werden wir Fritz die zerstörten Laibe ersetzen müssen.«

Luise starrte Irmi an. »Das ist alles, was du zu sagen hast? Da hat jemand, da hat einer …«

»Da hat sich einer in eurer Abwesenheit hier auf der Alm herumgetrieben, Luise. Dabei sollte man meinen, dass Bergfreunde keine Einbrecher sind«, sagte Irmi. »Hier ist jemand in unsere Intimität eingedrungen, hier hat jemand wüsten Vandalismus betrieben. Ich bin fassungslos, aber wir tun uns keinen Gefallen, wenn wir jetzt überreagieren.«

»Überreagieren? Ich reagiere also über?« Luise sprang auf und stapfte wütend davon.

»Ich wollte nur, ich …« Irmi wäre ihr beinahe hinterhergegangen, aber irgendetwas lähmte sie.

»Ich weiß«, sagte Tobi leise. »Aber es passiert ein bisschen viel auf einmal.«

Sie schwiegen, bis Annika sagte: »Ich glaube, da will jemand eurer Alm wirklich Übles. Jemand torpediert mit allen Mitteln eure Arbeit. Und zwar auf allen Ebenen. Für mich tönt das so, als wollte euch jemand vertreiben und zum Aufgeben zwingen. Meint ihr, es ist doch der Kotz?«

»Der Kotz wird morgen wohl aus der U-Haft entlassen«, erwiderte Irmi. »Er kann es also nicht gewesen sein. Hast du jemanden erkannt, Annika?«

»Nein, nur eine längere dunkelblaue Jacke. Mit Kapuze. Und auch nur von hinten.«

»Mann oder Frau?«

»Schwer zu sagen. Ich habe die Silhouette nur noch so erahnen können. Ich dachte erst, es ist jemand von euch. Es tut mir leid, dass ich zu langsam war!«

»Wer ahnt denn schon, dass hier jemand den Käsekeller verwüstet?«, meinte Irmi.

Tobi nickte. Wenig später zog er sich mit Annika in die Hütte zurück.

Nach einer Weile kam Luise zurück. Auf einmal klang sie kämpferisch: »Wir werden Schlösser anbringen und besser aufpassen. Ich lass mich nicht fertigmachen! Nicht von Kotz oder Mittermaier oder irgendwelchen anderen Landwirtschaftsreaktionären.«

Irmi lächelte. »Darauf einen Willi?«

»Unbedingt!«

Sie versuchten, Optimismus zu versprühen, doch keiner von ihnen ließ sich in die Karten schauen. Sie waren sich nahe, aber nicht bis zum bedingungslosen Vertrauen. Und wenn Irmi ehrlich war: Es gab niemanden, dem sie bedingungslos vertraut hätte. Jens? Nein, auch ihm nicht.

Wieder zuckte es in ihren Fingern. Sollte sie ihn anrufen? Doch auch diesmal unterließ sie es. Er hätte doch auch anrufen können! Irmi beschloss, Kathi erst morgen von der Käsekiller-Attacke zu berichten. Sie fühlte sich auf einmal bleiern müde. Ihr Rücken schmerzte, das Knie auch. Sie wollte gerade zu Bett gehen, als ein Mann auf einem Bike auftauchte – Fridtjof, der Hase.

»Ich gedachte, eine Abendtour zu unternehmen. Komme ich ungelegen?«

»Nein«, sagte Luise. »Ich gehe aber trotzdem ins Bett. Nimm es mir bitte nicht übel.«

Irmi holte dem Hasen Wein und erzählte leise vom Käsemassaker. »Und dann trifft es ausgerechnet Fritz«, sagte sie. »Wir bräuchten mehr Landwirte wie ihn, die mit

Achtung vor der Schöpfung wirtschaften. Es gibt sie ja, die Heumilchbauern und die Ochsenhalter, die ihre Tiere drei Jahre bis zur Schlachtreife über Wiesen ziehen lassen. Es gibt sogar Milchbauern, die die Kälber bei der Mutter lassen. Das alles geht, wenn man Respekt im Herzen trägt. Aber die Kotzbrocken dieser Welt haben kein Herz, zumindest keines, das für Tiere oder andere schlägt. Siehst du hier noch Kuckuckslichtnelken? Wo sind die Spatzen hingekommen? Wir verlieren die Arten, wir verlieren jeden Respekt. Die Herzen schlagen nur im Takt des Wortes Profit. Profit. Profit.«

»Irmi, du sprichst wütende Worte.«

»Ja, ich bin auch wütend. Über einen wie Kotz. Das ist einer von denen, der ihren eigenen Zaun aufschneiden, damit die Viecher das Gras von der Wiese des Nachbarn fressen. Erst wenn sich der Nachbar beschwert, dann mandelt sich so einer auf und behauptet, jemand hätte ihn sabotiert. Womöglich wirft er sogar dem Nachbarn vor, der sei das gewesen. Verstehst du? Solche gibt es zuhauf im schönen Bayernland. Das sind die Bauern, die am lautesten brüllen, das sind die, vor denen die Politik rückwärts katzbuckelnd Zugeständnisse macht. Wahlvolk, Dummvolk!«

Der Hase sah sie lange an. »Ja, die Verzerrung von Wahrheit. Alternative Fakten. Nenn es, wie du willst.«

»Ich will es gar nicht benennen.«

Fridtjof nippte am Wein. Er war einer, der in kleinen Schlucken trank. Alles, was er tat, tat er sorgfältig. »Es ist wie bei Radioaktivität, nicht wahr? Es reichert sich über die Jahre an. Die Grenzwerte schwanken, je nachdem, wer sie festlegt, aber irgendwann sind sie definitiv überschritten.«

Irmi lächelte ihn dankbar an. »Genau, und deshalb weiß ich nicht, ob ich zurückkommen soll. Ob mein Grenzwert nicht überschritten ist.«

Der Hase lächelte. »Aber was machst du dann die nächsten vierzig Jahre?«

»Ha, dann wäre ich hundert!«

»Warum nicht? Und wenn es nur fünfundzwanzig oder dreißig sind. Du bist zu jung zum Resignieren.«

»Ich resigniere nicht!«

»Nein, aber was willst du dann tun? Meines Wissens spielst du kein Golf, nähst keine Patchworkdecken …«

»Woher willst du das wissen?«, entgegnete Irmi lachend.

»Stimmt, ich weiß wenig. Außer, dass die Frau Mangold eine attraktive Frau in den besten Jahren ist, die meist besonnen agiert, ein kluges Köpfchen hat und wenig Aufhebens von sich macht.«

Irmis Herz hüpfte ein wenig. Er fand sie attraktiv? Sie war ein wenig verwirrt. Wenn ein Mann mit waidwundem Blick Komplimente machte, wie intelligent man doch sei, wie anregend die Konversation, dann tat man das normalerweise mit einem spöttischen Lächeln ab. Sie wusste ja selbst, dass sie klug war. Aber wenn er Komplimente übers Aussehen machte, dann brachen die Dämme.

»Danke.« Sie ärgerte sich, dass ihr nichts Besseres eingefallen war. Schließlich sagte sie: »Ich weiß auch wenig. Außer, dass der Herr Hase ein attraktiver Mann in den besten Jahren ist und bisher wenig gesprochen hat. Über sich und über sein Leben.«

»Ich habe lange Zeit als wortkarger Miesepeter gegolten, als Mimose, ich weiß. Vor allem Frau Reindl hat das in ihrer überdeutlichen Art oft genug vermittelt.«

»Na ja, du warst …«

»Wirklich ein Miesepeter. Es gab viele Stunden in meinem Leben, in denen ich Masken tragen musste. Stunden einer tiefen Trauer. Ich hätte mich nach Tränen gesehnt, die mich schütteln und beuteln, aber meine Tränen traten nur langsam aus den Augenwinkeln und machten sich auf einen langen Weg, bis sie schließlich versiegten. Ich war sogar zu müde, um anständig zu weinen«, sagte er.

»Ich, ich …« Das war so viel Privatheit auf einmal, so ehrlich, so echt, dass sich alle Worte tot stellten.

»Ich habe es nie vor mir hergetragen: Unser Sohn kam ums Leben, als er zwölf war. Ertrunken in einem Weiher. Ein Schlittschuhunfall. So sinnlos. Und vermeidbar. Meine Frau ist in tiefste Depression verfallen. Sie hat sich die Treppe hinuntergestürzt, war lange Jahre in einem Pflegeheim. Vor knapp zwei Jahren ist sie verstorben. Ich beginne wieder zu atmen. Zu lächeln und zu sehen.«

Irmi verbot sich eine Plattitüde wie: Es tut mir leid. Stattdessen sagte sie leise: »Wir haben uns nie gefragt, warum der Herr Hase so … so reduziert ist.«

»Nein, das habe ich auch nicht erwartet. Ich hatte zugemacht. Jeder reagiert anders. Es gibt Menschen, die pilgern in Selbsthilfegruppen, andere schreiben einen Onko-Blog und lassen sich über ihren Lungenkrebs aus. Ich musste in mir selber eine Wahrheit finden. Ganz still.«

Irmi sah ihn überrascht an. Es war, als hätte er ihr Innenleben beschrieben. »Das geht mir auch so.«

»Was ich dir anbieten kann«, fuhr Fridtjof Hase fort.

»Wenn deine Kühe wohlbehalten zu Tale sind, könntest du mit mir an den Lago Maggiore fahren. Ich habe dort ein Haus. In Cavaglio. Es liegt über dem Alltag, dort, wo man einen weiten Horizont hat. Das ist kein unmoralisches Angebot, Irmi, nur ein Angebot.«

»Ein schönes Angebot. Ich denke drüber nach. Ich war ewig nicht mehr am Lago Maggiore.«

Ob sie ihn küsste oder er sie, war schwer zu sagen. Er roch gut, nach einem Eau die Toilette, das federleicht war und doch männlich. Sein Atem schmeckte nach Pfefferminz, und Irmis Herz flatterte taktlos.

»Ich fahr dann mal«, sagte er schließlich und verschwand mit seinem Bike im Dunklen. Man hörte noch eine Bremse quietschen, dann nichts mehr.

Was war das gewesen? Irmi lächelte in sich hinein. Das Leben war oft unfair, bisweilen komisch, und manchmal tat es etwas völlig Unvorhergesehenes.

10

Am nächsten Morgen pfiff ein scharfer Wind um die Hütte. Irmi zog Fleecepulli und Jacke an und hockte sich mit ihrer Kaffeetasse zu Tobi vors Haus.

»Wo ist Luise?«

»Mit den beiden Mulis unterwegs. Sie sah schlecht aus.«

»Und du, Tobi, du steckst das besser weg?«

»Weißt du, ich habe schon so lange mit Idioten zu tun. Kreuzritter, Inquisitoren, Demagogen. Wenn du im Naturschutz tätig bist, brauchst du ein dickes Fell.«

»Das du aber auch nicht immer hast, oder?«

»Das ich auch nicht immer habe«, bestätigte Tobi.

»Weil etwas anderes Emotionales hinzukommt?«, fuhr Irmi fort.

»Das kann immer passieren, Irmi. Das Gesetz der Serie. Wenn ein Elektrogerät verendet, brechen weitere zusammen. Wenn einer in der Familie krank wird, kommen andere Krankheitsfälle. Wenn du eine Prüfung versaust, schluderst du bei der nächsten.«

Irmi ergänzte insgeheim: Und wenn eine Frau dir Probleme macht, wird die nächste auch schwierig sein? Kühl wie eine Eisprinzessin? Tobi hatte ihr deutlich gemacht, dass er keine weiteren Nachfragen wünschte. Und es ging sie auch nichts an. Sie beschloss, das Thema zu wechseln.

»Sag mal, Tobi, auf dem Symposium war doch auch der Mann von den Staatsforsten?«

»Ja, Ulf Promberger.«

»Kennst du den?«

»Kennen ist zu viel gesagt. Ich hatte ein oder zwei Mal mit ihm zu tun. Warum?«

»Er wirkte sehr informiert, und außerdem hatte er ein ziemlich bewegtes Leben.« Sie gab einen kurzen Abriss seiner Tätigkeit in Afrika.

Tobi hatte die Stirn gerunzelt. »Du und deine Kollegen, ihr traut ihm zu, dass er etwas mit den Vorfällen zu tun hat? Soll der unseren Käse vernichtet haben?«

Irmi zuckte mit den Schultern.

»Weißt du, ob er nur zum Symposium gekommen ist?«, fragte sie.

»Sicher nicht nur zum Symposium. Annika hat erwähnt, dass er momentan in Oberammergau wohnt und mit dem dortigen Forstbetrieb einiges zu besprechen hat. Er ist ja im Marketing, da geht es um Außenwirkung und insbesondere um die Gams und den Schutzwald – denn auch da klaffen die Positionen über Abschuss und Verbiss sehr weit auseinander.«

»Tobi, nicht schon wieder! Was ist das für eine Welt! Jedes Wildtier wird zum Problem, und was ist mit dem Schutzwald?«

»Der ist wie eine Lichtgestalt. Jeder Laie, der dieses schöne Wort hört, denkt, dass der Schutzwald schützt: Häuser, Straßen, den Kindergarten im Tal … Aber wie ein Zitronenfalter keine Zitronen faltet, schützt der bayerische Schutzwald eher selten irgendwelche Objekte. Er ist per Definition erst mal ein Wald in schwierigen Lagen, und es geht in einer Mehrzahl der Fälle einfach nur um Bodenschutz. Unten im

Tal ist nichts, was von einer potenziellen Mure oder Lawine zu Schaden käme. Hier in Bayern gibt es Flächen, die gar nichts zu schützen haben, wo aber die Schonzeit auf die Gams aufgehoben ist, wo ganzjährig geschossen werden darf, weil die ›Schadgams‹ bestimmt den Schutzwald frisst. Annika hat mir erzählt, dass in der Schweiz pro Jahr an genau siebzehn Tagen gejagt werden darf. Dann ist Entspannung für die Tiere, Ruhe im stillen Tann.«

Tobi hielt inne und sah sinnierend in die Ferne.

»Die Gams ist hoch spezialisiert und braucht je nach Jahreszeit bestimmte Zimmer«, fuhr er fort. »Wenn wir ihr diese Zimmer im Winter aber zusperren, dann hat sie keine Überlebenschance. Natürlich geht sie im Winter in die Südhänge, wo es aper wird. Eine Schutzzone im Nordhang, wo vier Meter hoch Schnee liegt, nutzt ihr nichts. Sie wird im Überwinterungsraum systematisch getötet, und das teilweise sogar in Naturschutzgebieten! Der Verhungernde geht dahin, wo er den Hunger stillen kann, und dort töten wir ihn.«

»Ich habe den Eindruck, wir sind von einer ideologiefreien Diskussion weiter weg denn je«, meinte Irmi.

»Ja, das kann man so formulieren.«

Es war diese Ratlosigkeit, die immer weiter wucherte. Wie Brombeerranken, die den Waldboden zäh und undurchdringlich überzogen. Sie hatten schmerzhafte Stacheln, ihnen war kaum beizukommen. Manche Menschen waren bereit, für ihre Interessen weit zu gehen, ohne Rücksicht auf Verluste. Eben weil sie keinen Respekt mehr hatten. Vor niemandem und nichts. Schon gar nicht mehr vor dem Leben.

Irmi nickte Tobi zu und ging hinein, um Kathi anzurufen und sie auf den neuesten Stand zu bringen. Doch auch ihre Kollegin hatte Neuigkeiten.

»Wir haben den Biersack-Bruder aufgetrieben«, erzählte Kathi. »Hedwig Biersack hat im Prinzip schon die Wahrheit gesagt. Ihr Bruder Wolfgang hat ein Haus in Oberammergau, es ist aber nur ein Ferienhaus, das am Weg zur Laberbergbahn liegt. Er selbst wohnt mit seiner Familie in Freising. Seine Frau ist Schwedin, heißt Larsson, und er hat ihren Namen übernommen. Sie haben nämlich ein Reisebüro für Skandinavienreisen, da klingt Larsson besser, sagt er.«

»Und seine Schwester? Wo ist Hedi?«

»Nach Ansicht ihres Bruders ist Hedi ein ziemlich schwieriger Fall. Er sagt, sie sei labil und habe sich immer nur mit Gelegenheitsjobs über Wasser gehalten. Sie war ein paar Tage in Freising, nachdem sie gelandet war, sie ist aber – laut Wolfgang Larsson – ein extrem unsteter Charakter. Bei ihren Europatrips quartiert sie sich offenbar bei Verwandten und Bekannten ein, kommt wie das Gewitter, geht wie das Gewitter.«

»Und das Haus in Oberammergau? Weiß er, ob sie da ist?«

»Das weiß er nicht. Sie hat einen Schlüssel und kann das Haus nutzen, wann und wie sie will. Er hat sie angerufen, sie hat ein deutsches Handy, aber sie geht nicht ran. Auch das sei nicht ungewöhnlich bei ihr, meint der Bruder. Ihr Rückflug ist in jedem Fall in vier Wochen, da wird sie vorher vorbeikommen, hat er gesagt.«

»Na, so lange können wir aber nicht warten! Hast du ihn wegen des LKs gefragt?«

»Ja, und anders als Herr Ganser war er ganz gesprächig. Er ist drei Jahre älter als Hedi, war aber in Murnau auf dem Gymnasium. Wohl weil er Fußball gespielt hat und sein Verein und seine Kumpel in Murnau waren. Er hat damals seine Schwester Hedi als sehr labil empfunden. Vielleicht hätte man sogar von einer Persönlichkeitsstörung reden müssen. Aber der Vater war wohl komplett desinteressiert an seinen Kindern. Ein klassischer Patriarch – der Vater verdiente das Geld, der Rest hatte zu kuschen. Die Kinder waren eben da, hatten zu funktionieren, und wer nicht funktionierte, wurde eben gedemütigt. Der Bruder meinte, seine Schwester sei eher depressiv als aggressiv gewesen, eher ängstlich als herausfordernd. Ihm war das nicht so ganz nachvollziehbar, warum diese Mädchen damals wegen des Lehrers so litten. Ich zitiere ihn: Ich hab immer gesagt: Schwester, lass dir das am Arsch vorbeigehen, es sind zwei Jahre, davon zwölf Wochen Ferien. Oder wechsele die Schule, geh wie ich nach Murnau.«

»Guter Tipp. Hätte von dir sein können. Oder von mir, ich hab meine Schulzeit auch nicht als so gewichtig empfunden. Wusste er denn etwas vom Bergausflug seiner Schwester? Vom toten Udo Wolf?«

»Nein, aber er wusste von dieser Facebook-Gruppe. Hedis Nichte ist wohl mit ihr auf Facebook befreundet und ist beim Rumstöbern auf ihrem Profil über ein altes Foto gestolpert. Sie hat sich halb kaputtgelacht darüber, weil die Leute so komische Sachen und seltsame Frisuren hatten. Da hat Hedi wohl von dieser Facebook-Gruppe erzählt.«

Irmi überlegte. »Und kannte dieser Wolfgang andere aus dem Kurs?«

»Flüchtig, nur sehr flüchtig, die Weiber waren ihm alle zu hysterisch damals. Und nicht seine Kragenweite, sagt er. Aber jetzt merke auf, Irmgard!«

»Kathi, ich mag deine Dramaturgie nicht! Red einfach!«

»Du sollst doch der Pointe entgegenfiebern!«

»Ich will aber nicht fiebern!«

»Dann hör gut zu. Andrea hat doch über diese Lehrerin in Unterfranken herausgefunden, dass eine Teilnehmerin aus dem Kunst-LK bereits verstorben ist. Von Wolfgang Larsson weiß ich Genaueres dazu. Er erinnert sich nämlich, dass ein Mädchen aus dem Kunst-LK ums Leben kam, und zwar schon damals, zur Schulzeit. Die Lehrerin aus Unterfranken, eine gewisse Michaela Rosenberger, hat sich letztlich breitschlagen lassen, mit uns zu reden. Sie kommt heute Abend sowieso nach Garmisch, um ihre Mutter im Altenheim zu besuchen. Frau Rosenberger hat wohl zwei Mietshäuser zu betreuen, die ist nämlich eine geborene Buchwieser, und zwar eine geldige«, sagte Kathi. »Sie hat zugesagt, morgen um elf hier auf der Matte zu stehen.«

Halb Garmisch hieß Buchwieser oder Grasegger, und Grund und Boden hatte man auch gerne.

»Und du erwartest, dass ich auch auf der Matte stehe, Kathi?«

»Bitte, Irmi!«

»Gut, ich komme. Ich muss sowieso ins Tal zu Fritz wegen des Käsedesasters.«

An diesem Abend ging Irmi früh zu Bett, belagert von den Katern.

Am Freitagmorgen stieg Irmi zum Auto ab und fuhr zu Fritz. Ihr war unwohl, während sie ihm von den Ereignissen erzählte, Fritz aber war voller Mitgefühl, aber auch Wut.

»Was sind das nur für Menschen, die mutwillig Lebensmittel zerstören? Mehr noch: ein Lebensmittel, für das uns die Tiere den Rohstoff schenken und in das Menschen viel Arbeit investiert haben. Niemand scheint mehr Respekt davor zu haben!«

»Ach, die Menschen sind doch so weit entfernt von der Lebensmittelerzeugung. Sie kaufen ihre Nahrung in Plastik eingeschweißt und haben keine Ahnung, wie sie produziert wurde.«

»Aber wir stehen am Abgrund unserer sogenannten Zivilisation«, sagte Fritz sehr ernst.

Darauf wollte und konnte Irmi nichts mehr sagen. Mit schwerem Herzen fuhr sie zu ihren Kollegen nach Garmisch.

Sie traf fast gleichzeitig mit Michaela Rosenberger ein. Die Lehrerin aus Unterfranken war eine geborene Buchwieser, alter Werdenfelser Adel. Sie hatte schulterlange, lockige Haare mit einem Rotstich, über den sich allmählich Grau legte. Über einem Kleid, dessen Stoff wie dünner Filz wirkte, trug sie eine Patchworkjacke. Strumpfhose und Schal in Rostbraun komplettierten den individuellen Style mit Ökotouch.

Andrea, Kathi, Irmi und Michaela Rosenberger nahmen am Besprechungstisch Platz. Andrea schenkte ihnen Kaffee ein. Eine Weile schwiegen sie, dann blickte die Lehrerin von ihrem Kaffee hoch.

»Sie wollen etwas über unseren alten Leistungskurs wissen?«

Klar, Lehrer begannen mit Fragen.

»Das wäre in der Tat sehr hilfreich«, erwiderte Irmi.

»Ihre Kollegin hat mir erzählt, dass Udo Wolf tot ist.« Michaela Rosenberger sah fragend in die Runde, und Andrea nickte kurz.

»Sie haben mich da kürzlich etwas auf dem falschen Fuß erwischt«, fuhr die Lehrerin an Andrea gewandt fort. »Ich hatte zuvor ein ungutes Gespräch über Budgetierungen. Ich bin nämlich auch Schulleiterin.«

»Ach? Und da unterrichten Sie selber noch? Als Direktorin?«

»Sicher, wir sind eine kleine Grundschule. In unserer Größe hat der Schulleiter gerade mal sieben Anrechnungsstunden. Ich hab eine dritte Klasse, die lass ich angrenzend an mein Büro still arbeiten und die Tür dabei offen stehen. Dann mache ich meinen Bürokram. Diese Kinder sind ein Segen, aber das ist ja wahrlich nicht die Norm.« Sie lächelte. »Und ich bin Rektorin, Direktoren sind nur die ganz G'scheiten an den Realschulen und Gymnasien.«

»Sie sind Lehrerin geworden? Trotz Ihrer eigenen Schulzeit?«, fragte Kathi.

»So schlecht war die meine gar nicht.«

»Genau da wollten wir ansetzen, Frau Rosenberger. Wir haben ein sehr schwammiges Bild von damals. Udo Wolf ist im Übrigen recht unschön ums Leben gekommen. In einer Schlagfalle nämlich. Außerdem hatte Ihre ehemalige Kurskollegin Johanna Holzer einen schweren Unfall. Und Undine Ganser ist auch tot.«

Michaela Rosenberger runzelte die Stirn, schwieg aber beharrlich, was Irmi wunderte. Lehrer erklärten einem doch sonst immer und überall und ungefragt die Welt.

»Möchten Sie noch einen Kaffee?«, fragte Andrea.

»Gerne. Wenig Milch. Kein Zucker.«

»Wir sind übrigens auch Hedwig Biersack begegnet«, fuhr Kathi fort. »Ihre Meinung zu Herrn Wolf war ziemlich drastisch.«

Michaela Rosenberger schien das alles erst mal verarbeiten zu müssen. Dann seufzte sie. »Die Hedi! Sie war genauso psycho wie der Wolf.«

»Was verstehen Sie unter psycho?«

»Ich bin Grundschulrektorin, kein Psychiater. Aber Udo Wolf hatte offenbar eine Art Persönlichkeitsstörung. Er war unfähig, sich in andere hineinzuversetzen, und hatte eine sehr geringe Frustrationstoleranz. Hedi war nach heutigen Maßstäben sicher depressiv, aber das wollte und konnte man Ende der Siebziger wohl nicht wahrnehmen.«

Eine Gesprächspause entstand.

»Und Undine ist also auch tot?«, fragte Michaela Rosenberger nach einer Weile.

»Ja, und was uns stutzig gemacht hat: Alle vier waren in den letzten Wochen im Ammergebirge unterwegs – grob gesagt zwischen Kenzenhütte, Bäckenalmsattel und Sägertal. Frau Biersack hat uns etwas von einer gemeinsamen Wanderung von ehemaligen Kursteilnehmern erzählt, das klang aber eher vage. Deshalb hat meine Kollegin überhaupt bei Ihnen angefragt. Offenbar haben die ehemaligen Schüler dieses Leistungskurses auch eine eigene Facebook-Gruppe.«

»Es gibt eine Facebook-Gruppe, das ist richtig. Allerdings habe ich da vor Jahren zum letzten Mal reingesehen. Ich habe nur noch Kontakt zu Johanna. Mir hat das erste Abitreffen nach zehn Jahren gereicht. Alle waren um die dreißig, die Geschichten rankten sich um Männer, erste Scheidungen, um Hausbau und Kinder. Alle waren genauso stutenbissig wie früher, dabei hatten die einstigen Schönheiten schon etwas Federn lassen müssen. Es wurden vor allem Falten verglichen und Ärsche. Wer passte noch in Größe sechsunddreißig? Außer Johanna habe ich mich noch mit ein, zwei anderen nett unterhalten, aber die konnte ich auch so treffen. Seitdem bin ich nie wieder bei solchen Veranstaltungen zur Nabelschau der Lästerschwestern gewesen. Bei einem dieser Abitreffen wurde dann wohl auch beschlossen, eine Facebook-Gruppe für den früheren Kunstleistungskurs zu eröffnen.«

»Bleiben wir mal bei diesem Kurs«, sagte Irmi. »Wir haben uns auf die Schnelle etwas schwergetan, alle Teilnehmer von damals aufzutreiben.«

Michaela Rosenberger zog ein paar wellige Bilder mit Rotstich heraus. Entwickelt von Photo Porst. Irmi musste lächeln. Photo Porst war auch so ein Gespenst aus der analogen Zeit.

»Ich habe mir nach Ihrem Anruf ein paar Gedanken gemacht«, fuhr Michaela Rosenberger fort. »Sie haben mich da in eine Art Flashback gezwungen. Nun ja, ich habe tatsächlich ein paar Fotos gefunden.« Sie reichte Irmi die Bilder.

Neun Schüler, in der Mitte Udo Wolf. Zwei junge Männer mit Pickeln, der eine hatte die Haare zum Zopf gebunden. Sieben junge Frauen, lange Haare mit Mittelscheitel, drei, vier hatten Dauerwellen im Kim-Wilde-Schnitt.

»Wer ist wer?«, fragte Kathi.

»Bei zweien musste ich länger überlegen«, meinte die Lehrerin. »Aber jetzt weiß ich sie alle. Also von links: Martin Gschwendner. Hannes Baudrexl. Monika Schreiber. Undine Ganser. Udo Wolf. Nicole Maurer. Anna Schmidinger. Hedwig Biersack. Johanna Holzer. Und ich.«

»Gschwendner ist in Wien und Baudrexl in Seattle«, sagte Andrea.

»Keine Ahnung, ich hab da jeden Kontakt verloren, aber Seattle passt zu Hannes. Er hat sich im Englisch-LK zu Tode gelangweilt, weil seine Mutter Britin war. Er konnte weit besser Englisch als der Lehrer mit seinem Werdenfelser Dialekt. Hannes war insgesamt so ein Überflieger. Kein Streber, ihm fiel alles in den Schoß.«

»Baudrexl hat in Seattle eine große Agentur für Grafikdesign«, sagte Andrea.

»Ja, das kann gut sein. In ihm vereinigten sich Kreativität und klares Denken.«

»Und Martin?«, fragte Irmi.

»Der war eher das Modell blasser, durchgeistigter Einzelgänger. Auch klug und freundlich, ein bisschen unmännlich vielleicht.«

»Schwul?«, fragte Kathi.

»Nein, er hatte durchaus Interesse an Frauen. Ich glaube, Moni hat ihm sehr gefallen, rein optisch auch Nicole, aber die war nicht sein Kaliber. Oder war er gar mal mit Hedwig zusammen? Ich war zwar im Kunst-LK, aber meine Bezugspersonen damals waren bis auf Johanna alle in anderen LKs.«

»Apropos Nicole. Wir kennen drei der neun Kursteilnehmer noch nicht. Anna Schmidinger, Nicole Maurer und Monika Schreiber«, sagte Irmi.

»Anna ist zu diesem ersten Abitreffen gekommen. Soweit ich mich erinnere, war sie da schon verheiratet. Damals hat sie noch in der Region gewohnt, glaub ich. Nicole war damals die Revoluzzerin, sie ist Journalistin geworden. Was aus ihr geworden ist? Keine Ahnung.«

»Und Monika?«

»Tot.«

»Hedwig Biersacks Bruder hat erzählt, dass ein Mädchen schon zur Schulzeit verstorben ist. Das war also Monika Schreiber?«

»Ja, genau. Deshalb war ich gestern ehrlich verstört, als diese Menschen alle wiederauferstanden sind. Das menschliche Gehirn ist gut darin, zu verdrängen und Ungewolltes zur Seite zu packen.« Michaela Rosenberger wirkte auf einmal fahrig.

»Können Sie uns mehr über Monika Schreiber erzählen?«, fragte Irmi sanft.

»Moni war klein und zart, Elfenbeinhaut, dunkler Pagenschnitt.« Sie deutete auf das Foto. »Eine Mimose, wie wir damals fanden. Immer fragil. Der Gegenentwurf zu Nicole. Die war in einen ungleichen Kampf mit dem Kursleiter getreten. Moni hingegen wollte ihm gefallen. Ich glaube, diese beiden und auch Hedwig litten am meisten unter Wolf, sie hatten nur unterschiedliche Missionen. Nicole kämpfte, legte sich an, schoss weit über alle Ziele hinaus und verlor natürlich, aber musste sich nie vorwerfen, Opportunistin zu sein. Monika hingegen wollte seine Bestätigung, und Hedwig versteckte sich wie eine Schildkröte im Panzer.«

So ähnlich hatte das Hedwig Biersack auch auf der Hütte formuliert. Kämpfer, Anbiederer und Wegducker.

»Und Udo Wolf?«

»Pädagoge von Beruf, aber psychisch irgendwie gestört. Er war wohl frustriert wegen seiner gescheiterten Künstlerlaufbahn. Damals war er schon längst an seiner überdurchschnittlichen Durchschnittlichkeit gescheitert. Wir Schüler mussten es ausbaden. Er hat unser Verhalten, unser Aussehen, alles irgendwie gedeutet. Heute würde ich das als Psychoterror bezeichnen. Gedankenfolter.« Sie lächelte wehmütig. »Vielen hat er jeden Spaß an der Kunst verdorben. Bei mir hat es dazu geführt, dass ich Lehrerin werden und es besser machen wollte als er.«

»Wir sind von Moni abgekommen«, warf Kathi etwas rüde ein.

»Richtig. Moni wurde mit fünfzehn, glaub ich, schwanger. Wir waren fassungslos, denn wir dachten wohl, dass so ein ätherisches Wesen keinen Sex hat. Ja nun, Monis Mutter und ihre große Schwester kümmerten sich vor allem um das Kind. Moni war aus Mittenwald, sie hatte einen langen Schulweg, sie musste lernen, und dann war sie eben so wenig belastbar …«

Sie warteten. Irmi betrachtete das Foto. In den Rehaugen dieser Moni Schreiber lag etwas, was Irmi eher abstieß als anzog.

»Und der Vater des Kindes?«

»Das wurde nie publik. Es gab quasi keinen«, entgegnete Michaela Rosenberger. »Ein Jahr vor dem Abi kam die große Jahrgangsfahrt. Die jeweiligen Leistungskurse sollten dorthin fahren, wo ihre Gedankenwelt angeregt würde. Also die Lateiner nach Florenz, die Engländer nach London, es gab auch noch Hamburg zur Auswahl. Und dann verkündete Herr Wolf, dass der Kunst-LK gesammelt auf eine Hütte zum Malen fahren würde! Verstehen Sie? Da gab es das verlockende Hamburg, das coole London oder gar Florenz in all seiner Pracht, und wir sollten auf eine Hütte im Ammergebirge!«

Die Hütte, die Hedi erwähnt hatte. In deren Nähe Undine Ganser gestorben war. Irmis Herz pochte.

»Hätte man sich denn nicht widersetzen können?«, rief Kathi.

»Udo Wolf hat mit Erpressung und Gruppendruck gearbeitet, mit Rufen nach Künstlersolidarität. Er spann sich etwas zurecht, was er die Blaue Feder nannte. Wohl in Anlehnung an den Blauen Reiter. Hannes fuhr dennoch nach London und Nicole nach Florenz, sie hatte Latein als zweiten Leistungskurs und fand, Florenz stünde ihr zu. Sie wollte nicht zu den Anhängern der Blauen Feder werden. Der Rest fuhr mit Wolf auf die Hütte.«

»Und die lag oberhalb des Sägertals?«, fragte Irmi.

»Ja, ich glaube. Wir sind in einem Kleinbus hingefahren und haben am Schloss Linderhof geparkt. Es war ein langer Hatsch an einem Bach entlang. Ich hatte es nie so mit Sport und bin danach nie mehr hingefahren.«

Das war eindeutig die Hütte, von der auch Hedwig Biersack gesprochen hatte. Die Hütte, von der man, wenn man wusste, wo man suchen musste, noch einige alte Bretter fand. Seit 1988 war da vieles drübergewachsen. Unweit dieser Hütte hatte auch Undine Ganser den Tod gefunden. Das alles war mehr als gespenstisch. Irmi nickte der Lehrerin aufmunternd zu.

»Es war der schlechteste Sommer aller Zeiten«, fuhr Michaela Rosenberger fort. »Es hat nur geregnet, und wir saßen auf einer Hütte fest. Zum Zeichnen. Zum Malen. Zum Seeleentblößen. Vierundzwanzig Stunden waren endlos, fünf Tage ein Leben. Anna hat Gitarre gespielt, wir sangen Lieder. Anna zum Beispiel hat den Lehrer geliebt, vergöttert. Ich hab versucht, mich an Details zu erinnern, und da sind Bilder gekommen, wie wir gekocht haben. Ich glaube, es gab dauernd Spaghetti. Aber sonst ist mir das meiste entfallen.« Sie machte eine Pause und holte tief Luft. »Dann kam der vorletzte Tag. Moni war weinend aus der Hütte gelaufen, warum, weiß ich nicht mehr. Der Wolf hat es immer geschafft, jemanden komplett zu verstören. Er ist ihr nachgelaufen, und wir waren heilfroh, einfach mal ein Loch in die Decke zu starren. Es hat lange gedauert. Irgendwann haben wir uns gewundert, und ich glaube, Hedwig ist dann auch mal raus und Martin ebenfalls.« Sie lächelte. »Ja, der arme Martin, allein unter Weibern. Irgendwann kam der Wolf angelaufen und hat geschrien und gestikuliert. So hatten wir ihn noch nie erlebt. Sonst war er immer nur zynisch oder sarkastisch, aber nie richtig laut. Ich glaube, Martin war auch dabei, wir haben erst mal gar nicht verstanden, was los war. Udo Wolf wollte ins Tal, und Martin hat ihn begleitet, es gab ja keine Handys damals. Moni war abgestützt, von einem Felsvorsprung. In den Tod.« Sie ließ den Blick über die drei anderen Frauen gleiten. »Verzeihen Sie mir, aber ich kann die Reihenfolge nicht mehr rekonstruieren. Meine Erinnerung ist ganz verschwommen. Ich weiß nur, dass es mitten in der Nacht war, als Martin klatschnass im Raum stand und immer wieder sagte: ›Die Moni ist tot. Tot. Sie ist tot.‹ Er war völlig fertig.«

Es war ihr anzumerken, wie sehr sie kämpfen musste, um die Fassung zu bewahren. Wenn Gespenster plötzlich auferstanden, brauchte es viel Licht, um sie in ihre Verliese zurückzutreiben.

»Und gab es eine Untersuchung? Wurden Sie damals befragt?«, wollte Kathi wissen.

»Ja, es waren Polizeibeamte da. Wir wussten ja nichts. Wir waren in der Hütte geblieben. Hedwig ist völlig ausgetickt. Sie stammelte immer nur, dass Wolf die Moni in den Tod getrieben hätte.«

»Hat sie denn etwas gesehen? Hat der Wolf das Mädchen in den Abgrund gestoßen? Könnte das so gewesen sein?«

»Ich glaube, Hedwig ist dem Wolf erst begegnet, als er auf dem Rückweg zur Hütte war. Aber sie war völlig aufgelöst. Wenn ich mir das heute überlege: Ich denke nicht, dass Wolf handgreiflich geworden ist. Nein, das kann ich mir nicht vorstellen, seine Waffe waren ätzende Worte.« Sie atmete durch. »Der Unfall war an einem Donnerstag, und wir wurden am Freitag befragt. Dann sind wir abgestiegen. Es war das Wochenende dazwischen, am Montag war ganz normal Schule. Der Direx hat die gesamte Kollegstufe in die Aula gerufen und salbungsvoll irgendwas vom Unfall geseibert. Am Dienstag gab es eine Trauerfeier, einige sollten Fürbitten vortragen, es war alles furchtbar aufgesetzt. Die Beerdigung war am Freitag, wir waren alle dort. Es war schrecklich. Und dann ging man wieder zur Tagesordnung über.«

Irmi stellte sich die Hütte im Nebel vor. Eine Truppe von jungen Menschen in einem sehr fragilen Gemütszustand, die festsaßen. Natürlich hätte jedes der Mädchen auch 1981 einfach ins Tal gehen, irgendwo anklopfen und nach einem Telefon verlangen können, um die Eltern anzurufen. Aber das war ihnen damals sicher unmöglich vorgekommen. Weil Wolf unsichtbare Fesseln angelegt hatte. Weil die Tür versperrt gewesen war, obgleich der Schlüssel gesteckt hatte. Irmi hatte im Lauf des Lebens so oft Menschen erlebt, die rational betrachtet ihre Ketten leichterdings hätten abschütteln können. Die ins Licht hätten laufen können, wo wieder Luft zum Atmen gewesen wäre. Doch sie hatten es nicht getan.

Außerdem hatten die Eltern damals nicht die Autorität von Lehrern und Schule angezweifelt, sondern den Obrigkeiten gehorcht. Sie hatten in ihrer Jugend die Zeit der Willenlosigkeit erlebt. Fünfunddreißig Jahre nach Ende des Zweiten Weltkriegs waren die Menschen noch lange keine lupenreinen Demokraten geworden, die mutig aufstanden für die Rechte der Schwachen.

»Und dieser Martin, der war doch auch draußen?«, fragte Kathi in Irmis Gedanken hinein.

»Martin hat, soweit ich mich entsinne, auch nur noch den Wolf gesehen, der nach seinen Aussagen gebrüllt hat und völlig aufgelöst gewesen sein soll.«

»Wolf könnte diese Moni ja trotzdem geschubst und

dann seine Tat verschleiert haben.« Kathi sah Irmi an. »Es muss ja alte Unterlagen geben. Warst du damals schon dabei?«

»Ich habe 1980 zu studieren begonnen, meine Hospitationen waren nicht in Garmisch. Aber wer da ermittelt hat, das lässt sich ja herausfinden.«

»Udo Wolf und die drei ehemaligen Schülerinnen sind also an den Ort zurückgekehrt, wo sich damals eine solche Tragödie ereignet hat.« Kathi sprach ungewöhnlich leise. »Warum nur? Warum jetzt?«

Michaela Rosenberger schüttelte den Kopf. »Ich weiß es nicht.«

»Haben Sie denn noch Zugang zu dieser Facebook-Gruppe?«

»Ich hab mich zwar seit ewigen Zeiten nicht mehr eingeloggt, aber ich könnte wahrscheinlich reingehen.« Sie zückte ihr Handy und tippte darauf herum. Nach einer Weile reichte sie es Irmi.

Etwa eine Woche vor seinem Tod hatte Udo Wolf in der Facebook-Gruppe geschrieben:

Ich werde am Dienstag in zwei Wochen auf unsere Hütte gehen. Oder zumindest an die Stelle, wo die Hütte gestanden hat. Ich habe eine Art Einladung bekommen. Kommt doch auch, wir haben uns lange nicht mehr getroffen. Und wir alle werden sehen, dass uns dieses Treffen endgültig befreit.

Als Erste hatte Undine geantwortet:

> Udi, das ist schön. Lasst uns ein paar Tage in den Bergen verbringen. Wenn du Genaueres weißt, gib Bescheid. Ich freue mich!

Dann Johanna:

> Ja, eine gute Idee. Ich habe zwei Wochen Urlaub und sowieso noch keinen Plan, was ich machen soll. Aber glaubt ihr, dass ausgerechnet dieser Ort …?

Wolf:

> Doch, gerade dieser Ort und gerade jetzt …

Hedi Biersack hatte geschrieben:

> Ich bin zu der Zeit in Europa, aber ich weiß noch nicht so recht …

Auch Anna Schmidinger hatte sich zu Wort gemeldet:

> Ich hätte euch so gerne wiedergesehen. Udo, du hast mir so viel gegeben. Ich sehe die Welt anders, ich sehe Kunst, und ich sehe, wo kein Können ist. So schade, aber ich bin in der Woche schon beruflich verplant.

Wolf:

Es wird großartig werden … Wir besprechen noch die
Details. Lasst uns weiter in Kontakt bleiben.

Undine antwortete:

Wir könnten uns per WhatsApp weiterschreiben?
Ich hab ja noch das andere Handy, da habt ihr die
Nummer.

Johanna:

Alles klar, ich freu mich, auch wenn das jetzt
überraschend kommt.

Michaela Rosenberger schwieg eine Weile. »Udi«, sagte sie
dann. »Das sieht Undine ähnlich. Nur sie käme auf die Idee,
aus Udo einen Udi zu machen.« Sie überlegte kurz. »Ich
komme mir etwas ungut vor, wenn ich alten Tratsch aus-
packe, aber wissen Sie, es ging damals das Gerücht, Undine
hätte was mit dem Wolf. Sie hat das nie zugegeben, auch
später nicht. Doch sie hat es auch nie richtig dementiert.
Das ging wohl etwa ein halbes Jahr.«

»Da kann man schon mal Udi sagen«, ätzte Kathi.

Irmi warf ihr einen warnenden Blick zu.

»Das heißt also, Undine Ganser, Johanna Holzer, Hedi
Biersack und der Wolf wollten sich am Ort der ehemaligen Hütte treffen«, fasste Kathi zusammen. »Bitte ent-
schuldigen Sie uns kurz, Frau Rosenberger?« Sie stand auf

und signalisierte Irmi, sie möge mit ihr den Raum verlassen.

»Kathi, was ist los?«, fragte Irmi, als sie in der Küche standen.

»Ich kenn ja deine Ansicht, dass jemand eure Alm torpedieren will. Aber ich bin davon überzeugt, dass es um die Leute aus diesem Kunst-LK geht! Irgendwo bei denen muss der Schlüssel liegen.«

»Aber Kathi, das passt doch alles nicht zusammen. Der Wolf schreibt in seiner Nachricht etwas von Dienstag in zwei Wochen, dabei ist er eine Woche später schon tot. Die Zeitpunkte dieser Vorfälle, Unfälle oder Morde sind zeitlich gar nicht nachvollziehbar. Welcher Dienstag war denn nun gemeint? Zum eigentlichen Treffpunkt wurde Undine Ganser tot aufgefunden, da war der Wolf schon tot. Und die Holzer hat sich noch früher da oben herumgetrieben.«

»Es kann doch sein, dass Johanna Holzer und Udo Wolf schon im Vorfeld die Lage ausloten wollten«, schlug Kathi vor. »Vielleicht wollte der ehemalige Kursleiter nach einer geeigneten Wandertour Ausschau halten. Ich kenne auch Leute, die am Vortag schon mal die Strecke zu einer Firma ausprobieren, wo sie anderntags ein Vorstellungsgespräch haben.«

Kathi täte das sicher nicht, dachte Irmi. Außerdem war es hier nicht um ein Vorstellungsgespräch gegangen, sondern um eine Begegnung mit der Vergangenheit.

»Also, ich glaube, der Mörder hat den Opfern bewusst unterschiedliche Requisiten mitgegeben, oder? Da wurde nichts dem Zufall überlassen. Diese ganze Inszenierung ist sehr bewusst gewählt«, spann Kathi ihren Gedanken weiter. »Der Tod von Udo Wolf war der fieseste, oder?«

Irmi kapitulierte und beschloss, am Gedankenpuzzle der Kollegin mitzupuzzeln.

»Also gut, er scheint die zentrale Figur zu sein und damit diejenige, die am meisten Gewalt verdient hat«, sagte sie.

»Womit wir bei dieser Hedi Biersack wären! Sie hat den Lehrer gehasst, weil er ihr Leben aus der Bahn geworfen hat.«

»Ich bin mir da nicht sicher! Sie hatte die Info über das Treffen aus dieser Facebook-Gruppe. Und dann schmiedet sie auf die Schnelle so einen Plan?«, gab Irmi zu bedenken. »Und was ist mit den anderen beiden? Redest du von einem Serientäter, der einen ganzen Kunst-LK eliminieren will?«

»Vielleicht ja nur diejenigen, die sich damals auf die Seite des Lehrers geschlagen haben.«

Irmi starrte Kathi an. »Du meinst, die Frau mit der Geige und die Frau mit den Hostien waren damals unter den Fans des Lehrers? Und jetzt rächt sich Biersack an Wolf und gleich noch an seinem Gefolge?«

»Ja, klar. Diese Undine hatte sogar was mit ihm. Das macht sie doch besonders hassenswert. Hedi Biersack hat im Unterricht gelitten, und eine Mitschülerin hat sich mit dem Typen sogar im Bett gewälzt. Irmi, das ist doch pure Provokation!«

»Aber das wäre total irre!«

»Irmi, die Frau war doch irre! Das hast du selber gesagt.«

»Also, Luise fand sie nicht irre. Sie fand ihre Wortwahl eher berührend.«

»Na ja, du und ich, Irmi, wir sind vielleicht nicht gerade Romantiker, oder?«

Stimmte das? Irmi hatte heute früh an Fridtjof, den Hasen, gedacht und nicht an Jens. Die Alm als Ablenkung hatte gefruchtet, sie war abgelenkt – von Bernhard, von Zsofia, ja, sogar von Jens. Wobei das weniger an ihrer Alm-arbeit lag als an dem Wolf – dem echten und dem unechten auf Rollen. Und noch ein Wolf nahm ihre Gedanken ge-fangen, ein gewisser Udo Wolf.

»Du glaubst also, Hedwig Biersack eliminiert ihren ehe-maligen Kunst-LK? Dann müssten wir aber dringend Anna Schmidinger warnen. Sie scheint den Lehrer ja verehrt zu haben. Ist sie dann die Nächste?«

»Das hab ich mir auch überlegt, das kann Andrea ma-chen. Aber diese Anna hat ja abgesagt für das Treffen. Wahrscheinlich ist sie dadurch raus. Dann war es das jetzt mit den Toten aus dem Kunst-LK.«

Kathi war einfach unverbesserlich.

»Na hoffentlich! Luise ist jetzt schon am Limit! Und die Bergwachtler werden bald die verfluchte Alm nicht mehr betreten. Trotzdem: Warum schmiedet die Biersack jetzt erst diesen Plan? Wenn es denn so wäre.«

»Ach, einfach, weil es gerade gepasst hat, Irmi! Endlich gab es eine Gelegenheit, alle auf einem Haufen zu haben, die ihr damals das Leben so schwer gemacht haben.«

Was sollte Irmi dazu sagen? Das hatte eine gewisse Lo-gik und war gespenstisch dazu.

»Los, lass uns wieder reingehen. Wir brauchen noch mehr Infos zu den Toten!«, rief Kathi.

Als Irmi und Kathi zurückkamen, war Michaela Rosenberger bereits aufgestanden. Sie sah erschöpft und rastlos zugleich aus. »Halten Sie mich nicht für dumm. Sie glauben doch, ich bin auch in Gefahr«, sagte sie.

»Nein, eigentlich nicht«, entgegnete Irmi. »Sie haben auf die Einladung zu dem Treffen schließlich gar nicht reagiert. Wir denken auch nicht an Anna Schmidinger. Die hat ihre Teilnahme ja abgesagt. Wissen Sie etwas über sie?«

»Nein. Ich nehme aber fast an, sie ist immer noch mit demselben Mann verheiratet. Sie war straight. Bodenständig. Heimatverbunden.«

Irmi wandte sich an Andrea. »Kannst du sie kontaktieren? Und versuch auch gleich, etwas über Nicole Maurer herauszufinden.«

»Klar, ich kümmere mich sofort darum«, erklärte Andrea und ging hinaus. Irmi hoffte nur, dass sie nicht gleich mit der Meldung von einem weiteren Ehemann zurückkäme, der auch nur wisse, dass seine Frau in die Berge gewollt habe …

»Frau Rosenberger, lassen Sie uns noch mal auf den Kurs zurückkommen. Offenbar haben mehrere Teilnehmer sehr unter dem Kursleiter Udo Wolf gelitten.«

»Die Jungs ließen das eher an sich abprallen. Hannes war absolut souverän, und Wolf ließ ihn in Ruhe. Martin hatte immer sehr gute, ungewöhnliche Ideen. Er war begabt, ohne dabei für Lehrer anstrengend zu werden. Martin mochte den Wolf und der ihn auch. Anna war, soweit ich mich erinnere, immer ganz unauffällig. Sie hatte gute Noten und gehörte zu keinem der coolen Zirkel. Ich glaube, sie stammte von einem Bauernhof. Sie scheint Udo Wolf sehr dankbar gewesen zu sein, dass er ihr die Möglichkeit gegeben hat, Neues zu sehen. Wissen Sie, der Wolf war auch ein engagierter Lehrer, kunsttheoretisch hat er uns wirklich viel mitgegeben. Aber er hat es manchen im Kurs schon schwer gemacht.«

»Und Undine Ganser? Wie war die?«, fragte Kathi.

Michaela Rosenberger überlegte. »Undine lässt sich schwer beschreiben. Sie war sehr hübsch, eher laut und verwegen, aber sie hatte dabei so eine phlegmatische Mentalität. Verstehen Sie? Ich glaube nicht, dass sie irgendwas wirklich angefochten hat. Sie hat weder unter Wolf noch unter der Schule allgemein gelitten. Ihr Abi war, glaube ich mich zu erinnern, grottenschlecht, das hat sie aber auch nicht weiter gestört.«

Das deckte sich mit den Aussagen von Herrn Ganser. Ein Phlegma konnte einen vor großen Verletzungen bewahren, dachte Irmi. Aber auch vor großen Taten.

»Welche Rolle hatte Johanna Holzer im Gefüge des Kurses?«, fragte Irmi.

»Johanna, hm, ich weiß nicht so recht. Sie hatte neben der Schule viel zu tun, weil sie Geigen- und Klavierstunden nahm. Sie hätte gern einen Musikleistungskurs belegt, aber der kam nicht zustande. Drum hat sie Kunst gewählt. Für Musik hätte sie das Gymnasium wechseln müssen, und das wollte sie nicht. Sie war sehr fokussiert, sehr fleißig. Und sie war ziemlich eng mit Undine befreundet. Eigentlich komisch, denn sie waren so unterschiedlich.«

»Ach, das gibt es oft. Eine Lichtgestalt hält sich einen Zwerg an der Seite. Das macht das Licht heller, man muss nie Angst haben, von der Freundin überflügelt zu werden«, sagte Kathi ganz lapidar. So was konnte sie: komplexe Fakten völlig emotionslos zusammenfassen.

Irmi sah in die Runde. »Frau Rosenberger, ganz herzlichen Dank. Sie haben etwas Licht ins Dunkel gebracht. Wir haben Ihre Nummer, Sie sind übers Wochenende ja noch in Garmisch, oder?«

»Ja.«

»Wenn Sie zufällig Kontakt zu Hedwig Biersack oder jemand anderem aus Ihrem ehemaligen Kurs bekommen, lassen Sie uns das bitte wissen.«

»Ja, natürlich. Aber warum sollte ich?« Sie stutzte. »Glauben Sie, glauben Sie, dass Hedi …?«

»Wir versuchen, so wenig wie möglich zu glauben«, sagte Kathi. »Hedwig Biersack ist momentan nicht greifbar, und es wäre mehr als hilfreich, mit ihr zu sprechen.«

Michaela Rosenberger nickte und verabschiedete sich. Kaum war sie draußen, begann Kathi im Zimmer herumzutigern. »Wir müssen Hedwig Biersack finden! Es deutet doch alles darauf hin, dass sie es war, oder?«

»Ich frage mich eher: Warum jetzt? Es muss doch einen Auslöser gegeben haben. Angenommen, Hedi Biersack hat wirklich eine schwere Persönlichkeitsstörung. Aber ist sie eine Mörderin? Anhand dessen, was wir über sie gehört haben und wie ich sie erlebt habe, schätze ich sie nicht so ein, dass sie in der Lage wäre, so etwas dermaßen perfide zu planen und durchzuziehen. Ich kann mir als Täterin keine depressive Mittfünfzigerin vorstellen, die ihr Leben in den roten australischen Sand gesetzt hat.«

»Du weißt doch, wie sehr man sich in Menschen irren kann!«, rief Kathi.

»Ja, drum wollen wir sie ja auch finden. Wir schreiben sie zur Fahndung aus, lassen ihren Leihwagen suchen, das volle

Programm. Ich bitte nur darum, nicht vorschnell einen allzu engen Pfad einzuschlagen. Nicht, dass wir eine Kreuzung verpassen.«

»Alles klar! Navigieren wir hinein in diese kreuzungsreiche Welt und sehen uns erst mal den Unfall von 1981 an. Da muss ja noch etwas zu finden sein«, schlug Kathi vor.

»Dann melde dich, wenn du was hast. Ich muss jetzt zurück auf die Alm, heute Abend will Tobi die Ergebnisse seiner ersten Testreihen präsentieren.«

Kathi nickte. »Ich meld mich.«

Als Irmi sich der Alm näherte, kam ihr Raffi wie immer entgegengerannt und sprang ihr wild küssend ins Gesicht. Raffi küsste stets mit Zunge … Schon von Weitem sah sie vor der Almhütte Luise, Annika, Tobi und seine beiden Kollegen sitzen, Tom und Pit, die öfter hier waren. Pit führte die Untersuchungen an Milchallergikern durch und hatte mehrmals Milchproben auf der Alm abgeholt. Die drei jungen Männer wirkten so fokussiert und sprachen so erwachsen, fand Irmi. Vor allem Tobi wusste, dass man nur auf dem tragenden Eis guter Argumente in kleinen Schritten vorwärtskam. Offenbar waren sie alle gerade wieder in ein Gespräch über den Wolf vertieft.

»Schön, dass du wieder da bist, Irmi«, sagte Luise lächelnd. Auch die anderen begrüßten sie freundlich.

»Wir sind doch alle hier, weil wir eine Vision von den Alpen in fünfzig Jahren haben«, sagte Tobi. »Andere reden alle Bemühungen schlecht. Je nachdem, welchem ideologischen Zirkel sie anhängen, haben sie Argumente, warum etwas nicht geht.«

Annika nickte. »Nehmt den Wolf. Ihr habt es am Symposium doch gehört. Viele sagen jetzt schon: Wenn der Wolf kommt, ist Almwirtschaft unmöglich. Für mich tönt das nach Ausrede. Da schiebt man den Schwarzen Peter dem Wolf zu. Obwohl es um weit mehr geht. Das hat zwei Vorteile. Man darf ihn eventuell sogar abschießen, und man muss sich auch sonst nicht bewegen und kann alles beim Alten belassen. Du hast recht, Tom, der Mensch verharrt lieber im Althergebrachten.«

»Und die Jäger lehnen die Übernahme des Wolfs ins Bundesjagdgesetz strikt ab«, ergänzte Tom. »Die verweisen aufs Biber- und Kormoranmanagement, wo man im Einzelfall abschießen darf, ohne dass diese Tiere im Jagdrecht sind.«

»Das hat Söder ja nun auch festgeklopft. Problemwölfe dürfen ›entnommen‹ werden«, meinte Luise. »Wieder so ein Euphemismus. Entnahme statt Abschuss. Klingt gleich viel harmloser.«

»Aber woran sehe ich, ob ein Wolf angeblich problematisch ist? Hat er das etwa auf der Nase eintätowiert? Hier kommt Wolfi, der Problemwolf?«, bemerkte Tobi bissig.

»Alles Auslegungssache. Bei euch hier im bayerischen Almgebiet wird jeder Wolf zum Problem deklariert werden. Das ist doch Augenwischerei, wenn Söder sagt, es gäbe Plätze, da sei der Wolf vorstellbar. Wo soll das sein?«, rief Annika. »Die Jäger wollen die Verantwortung nicht. Die fürchten um ihren Pachtwert und sagen, sie könnten dann die Abschusspläne nicht mehr erfüllen.«

»Aber der Wolf würde doch auch Tiere erlegen«, sagte Luise. »Der würde quasi ihren Job übernehmen.«

»Diese Erfahrung hat man in der Schweiz gemacht«, bestätigte Annika. »Da texten sogar die Zeitungen: Der Wolf ist der bessere Jäger.«

»Mal was ganz anderes«, mischte sich Irmi ein. »Was sagen eigentlich eure Testreihen?«

»Falls du Argumente für deinen Bruder brauchst: Wir haben auf jeden Fall schon mal das Ergebnis, dass bei allen Kühen hier auf der Alm der Gehalt an Omega-3-Fettsäuren und an konjugierten Linolsäuren im Milchfett ansteigt. Die Werte liegen bei den Hornträgerinnen interessanterweise höher als bei den Kühen ohne Horn. Das heißt, dass die Kombination von Horn plus der speziellen Diät auf der Alm die Milch in jedem Fall positiv beeinflusst.«

»Schön«, sagte Irmi, »mein Bruder würde mir aber antworten, dass das zwar nett sei, aber die Milchleistung sinken wird.«

»Nein, gar nicht. Die Milchleistung ist sogar besser. Durch die Fütterung mit Gras und Heu wird die Wiederkäutätigkeit angeregt. Mit jedem zusätzlich gefressenen Kilogramm Heu kann etwa 0,75 Kilo Kraftfutter eingespart werden«, sagte Tobi. »Gesunde Kühe sparen den Tierarzt, und man braucht weniger teures Kraftfutter – unterm Strich rentiert sich das auch.«

Irmi lächelte. »Ich fürchte, meinen Bruder überzeugt das nicht. Und was meint ihr zu den Allergikern?«

»Ich mache gerade eine Reihenuntersuchung mit fünfzig Probanden, die eure Milch zu trinken bekommen«, erzählte Pit. »Wir wollen die These untermauern, dass die Milch von horntragenden Kühen bekömmlicher ist. Wenn Menschen mit Milchunverträglichkeit die Milch von Hornträgerinnen wirklich bestens vertragen würden, dann wäre das ein spektakuläres Ergebnis.«

»Eigentlich wäre das doch logisch«, meinte Luise. »Die Natur macht nichts vergeblich, das hat doch schon Aristoteles gesagt. Und wir glauben, wir können da rumpfuschen. Und leider sind wir umgeben von Leuten wie Mittermaier oder Kotz. Zum Kotzen!«

»Und dieser Kotz, der ist nun wieder auf freiem Fuß?«, wollte Annika wissen.

»Ja, weil ihm nichts nachzuweisen ist«, antwortete Irmi. »Natürlich wird es eine Anklage geben, wegen Verstoßes gegen das Tierschutzgesetz, auch wegen groben Unfugs. Aber er will nicht zugeben, am Unglückstag von Johanna Holzer hier herumgespukt zu haben oder gar die Schlageisen für den Wolfsgarten ausgelegt zu haben. Und selbst wenn es so wäre, stünde noch gar nicht fest, inwieweit sein Handeln strafrechtlich relevant ist. Fahrlässige Körperverletzung im Fall von Johanna Holzer? Fahrlässige Tötung bei Udo Wolf? Je länger ich Polizistin bin, desto willkürlicher erscheint mir die Justiz. Kennt ihr den sogenannten *dolus eventualis*?«

»Nö!«, sagte Luise, und auch die anderen schüttelten den Kopf.

»Der sogenannte Eventualvorsatz ist eine ganz kritische Geschichte«, erklärte Irmi. »Bei der bewussten Fahrlässigkeit kennt der Täter zwar die Gefahr, er vertraut aber darauf, dass nichts passieren wird. Beim Eventualvorsatz nimmt der Täter die Verwirklichung der Gefahr in Kauf. Anders gesagt: Bei bewusster Fahrlässigkeit sagt sich der Täter: ›Es wird schon nichts passieren.‹ Beim Eventualvorsatz sagt er sich dagegen: ›Ich hoffe zwar, dass nichts passiert, falls aber doch etwas passiert, dann ist es eben so.‹ Ihr könnt euch vorstellen, wie schwierig da die Abgrenzung ist.«

Pit grinste. »Eigentlich ist der Mann ja kein Fall für den Strafrichter, sondern für die Psychiatrie. Ganz im Ernst: Das Verhalten lässt ernsthaft an seiner Schuldfähigkeit zweifeln. Mir kommt das vor wie aus einem Ludwig-Thoma-Stück.«

»Leider mit ziemlich unschönem Ausgang«, erwiderte Irmi.

»Immer diese juristischen Winkelzüge! Und am Ende kommen solche wie Kotz natürlich durch! Irgendein Amigo und Spezl wird's schon richten«, maulte Luise. »Auch ein Grund, weswegen ich mich aus der Politik zurückgezogen habe: die immer gleichen Mechanismen in Bayern, die Oberen und noch Öberen, die immer mehr zu Witzfiguren verkommen. Es ist doch mehr als fragwürdig, dass uns der alte Franz Josef heute Bewunderung abringt. Mit jedem seiner Nachfolger wurde Bayerns Führungsriege unterirdischer. Das ermüdet.«

Irmi lächelte. »Gab es nicht mal von Antenne Bayern einen Aufkleber: ›Wo is'n da des Hirn?‹ Gute Frage, aktueller denn je.«

Die jungen Leute lachten.

»Seid ihr denn bei euren Ermittlungen weitergekommen?«, wollte Tobi wissen. »Oder darfst du nichts sagen?«

»Wir versuchen, diese Frau aufzutreiben, die auf der Alm war und die du, Annika, auch gesehen hast. Wir versprechen uns von ihr wertvolle Hinweise.«

»Ist sie denn verschwunden?«, fragte Annika.

»Sie ist auf einem Europatrip und sieht womöglich keine Notwendigkeit, sich irgendwo zu melden.«

»Du hattest doch nach Dr. Ulf Promberger gefragt, Irmi«, fiel Tobi ein. »Tom kennt ihn besser.«

»Ach?«

Tom, auch so ein schmaler Bartträger mit klugen Augen, sagte: »Na ja, besser würde ich nicht sagen. Unsere Familie ist relativ weitverzweigt. Einmal im Jahr gibt es ein ziemlich chaotisches Familientreffen, zu dem fast alle kommen. Eine entfernte Tante von mir, oder besser gesagt eine Großcousine meiner Mutter oder so, war eine Weile mit ihm liiert. Aber nicht besonders lange, die haben auch gar nicht gut zusammengepasst. Tante Hanni ist eher ein ätherisches Wesen, Musikerin, immer ziemlich verpeilt. Ulf Promberger dagegen ist so ein markiger Typ, der immer das Gespräch an sich reißt. Ich bin kein Fan von ihm und er von mir auch nicht, weil er meine Ansichten über den Umbau der Wälder nicht leiden kann.«

»Dr. Ulf Promberger war mit deiner Tante zusammen?«

»Ja. Er hat sie wohl bei irgendeinem Konzert von ihr kennengelernt. Tante Hanni ist noch immer eine gut aussehende Frau, aber sie hatte immer ein schlechtes Händchen, was Männer betrifft. Sie sucht sich immer so übergriffige Machos aus«, erzählte Tom. »Dabei hätte sie in der Philharmonie genug Kollegen, die genauso verpeilt sind wie sie.« Er lachte.

In Irmis Brust klingelten die Alarmglocken. »Ist diese Hanni Geigerin in München an der Philharmonie? Mitte fünfzig?«

»Ja, wieso, kennst du sie?«

»Wie heißt deine Tante Hanni denn mit vollem Namen?«

»Johanna Holzer, warum?«

»Dann ist das die Frau, die bei uns auf der Alm niederge-trampelt worden ist!«, rief Luise dazwischen.

»Wie?« Tom sprang auf.

»Es gab doch diesen Zwischenfall vor ...« Irmi überlegte kurz. »Vor fast zwei Wochen.« Es war ungeheuerlich, wie die Zeit verging.

»Ich hatte dir doch davon erzählt«, sagte Tobi. »Aber na-türlich hatte ich keine Ahnung, dass du mit ihr verwandt bist. Shit!«

»Sie liegt im UKM. Immer noch im künstlichen Koma«, fügte Irmi hinzu.

Tom schüttelte den Kopf. »Ich werde gleich mal bei Jo-seph anrufen, das ist Hannis Bruder. Der wird mehr wissen. Ich komm gleich wieder.« Er ging eilig ins Haus, um vom Satellitentelefon aus anzurufen.

Man hörte Raffi auf einem Knochen kauen und ein wei-teres fernes Gewitter grollen. Die anderen blickten ihm hinterher.

»Aber was ja dann komisch ist ...«, sagte Tobi sinnierend,

»... dass Johanna Holzer auf der Bäckenalm schwer ver-letzt wird und ihr Ex fast zur gleichen Zeit auf der Kenzen ist«, ergänzte Irmi und wandte sich an Annika: »Du mein-test doch, er sei länger in den Region?«

»Ich glaube, ja. Er hat etwas erwähnt, dass Oberammer-gau wohl den Abschuss von Gämsen sehr kontrovers dis-kutieren würde. Und beim Tiere-Abknallen ist der ganz vorneweg.«

»Du kennst seine Vita?«

»Nicht im Detail, aber ich weiß von seinem Großwild-jäger-Reisebüro. Auch so einer, der nur seine Macht miss-braucht!« Annikas Eisaugen funkelten schwarz. Sie wirkte aufgewühlter als sonst. Eine Weile schwieg sie, dann sagte sie: »Es laufen in jedem Fall viele seltsame Leute auf eurer Alm herum. Irgendjemand hasst dieses Projekt und die Alm. Diesen verfluchten Ort.«

Irmi sah Annika genauer an als sonst. Sie konnte ihre Eiiiiiiköniginnenfassade eben auch nicht ewig aufrechter-halten.

»Natürlich gibt es keine Flüche«, schickte sie hinterher und sah Tobi an, der auch etwas überrascht wirkte. »Aber manchmal will man verzweifeln an den Leuten. Sogar ich, die ich mir immer sage, dass man sich nur mit guten Ar-gumenten gegen die Uneinsichtigen stemmen kann.«

Tobi war aufgestanden. »Wir würden heute noch abstei-gen ins Tal, wir haben morgen früh einen Termin in Mün-chen. Passt das?«

»Klar«, sagte Irmi. »Ich hab euch eh schon viel zu viel aufgebürdet mit meinen Abwesenheiten.«

Tom kam zurück, und die vier jungen Leute verabschie-deten sich.

Luise sah ihnen hinterher. »Die Liebe ist ein seltsames Spiel. Ich bin froh, dass ich da raus bin.«

»Du hast recht, Annika tut Tobi nicht gut. Sie tun sich gegenseitig nicht gut.«

»Es ist ein langer Weg, den Menschen zu finden, der einem guttut. Und das ist oft nicht der Mensch, der exor-bitant klug ist, nicht der schöne, muskulöse Held, nicht der Star aus der Eishockeymannschaft, nicht der mit dem ruhmreichen Job und der Villa am Gardasee«, meinte Luise nachdenklich. »Es kann der sein, der freundlich zu dir ist. Zu dir – und auch zu den Deinen! Und der lachen kann. Über dich, mit dir und über sich selbst.«

»Du bist ja eine Beziehungsphilosophin!«

»In der Theorie sind wir auf dem Feld doch alle gut. Bei den meisten hapert es in der Praxis.« Sie lächelte. »Aber die Anziehung zwischen der Eisprinzessin und dem Wissenschaftsritter hat keine gute Basis. Sie vertrauen sich nicht.«

»Du nennst sie insgeheim auch Eisprinzessin?«, fragte Irmi überrascht.

»Ja, sie ist so sphärisch und tough zugleich, diese Annika.« Luise sah sich um. »Mensch – und sie hat ihre Jacke liegen lassen. Die wird sie brauchen, diese dürren Mädels frieren ja leicht.«

Irmi lächelte. Sie fror auch immer, ohne dürr zu sein. »Ich kann sie ihr morgen auf die Kenzenhütte bringen. Ich hab mir eh vorgenommen, in der Nähe des Sattels die aktuelle Kreuzkrautlage zu inspizieren«, sagte sie.

Luise nickte. »Das ist doch seltsam, dass dieser Promberger hier war und seine Ex auch und dass …«

»Ich werde morgen mit Kathi darüber reden, Luise. Aber jetzt bin ich todmüde«, erklärte Irmi.

Doch als sie im Bett lag, konnte sie trotz ihrer Müdigkeit nicht einschlafen. Zu viele Gedanken kreisten in ihrem Kopf. Was, wenn dieser Promberger tatsächlich Johanna Holzer getötet hatte? Aber steckte er auch hinter Udo Wolfs Tod? Und was war mit Undine Ganser? Sie und Johanna waren Schulfreundinnen gewesen. Vielleicht hatten sie auch heute noch Kontakt gehabt? Sie hatten beide in

München gelebt … Womöglich hatte Promberger nach Johanna auch Undine beglückt? Oder beide gleichzeitig? Es gab plötzlich viel zu viele Kreuzungen!

11

In der Nacht war ein weiteres Gewitter durchgezogen, doch es hatte keine echte Abkühlung gebracht, und die Luft war schon wieder gewitterschwanger. Luise schien mit den Maultieren unterwegs zu sein. Das war ihr Lebenselixier, ihre Prävention gegen Stress oder gar Burn-out. Wer sich viel mit Tieren draußen bewegte, war weniger gefährdet. In der Natur gab es eine tiefe Wahrheit. Wer den Tieren, dem Wind und dem Regen zuhörte, erfuhr alles, was wichtig war.

Irmi wählte Kathis Nummer, doch nur die Mailbox meldete sich.

»Hallo, Kathi, ich hab eine interessante Neuigkeit. Dieser Ulf Promberger von den Staatsforsten war mal mit Johanna Holzer liiert. Ich kann da zwar momentan keine Zusammenhänge herstellen, aber das ist doch merkwürdig. Meld dich bitte.«

Sie legte Luise einen Zettel auf den Tisch, dass sie gegen Mittag zurück sein würde. Dann packte sie Annikas Jacke, Handschuhe und einen Plastiksack ein und machte sich auf den Weg. Der Himmel schien müde zu sein, er lastete schwer und grau auf den Bergen. Irmi arbeitete sich zwei Stunden durch das Kreuzkraut, legte ihren Sack dann ab und ging den restlichen Weg zum Sattel und hinunter zur Kenzenhütte.

Es war halb zehn, als sie dort ankam. Auf der Hütte war einiges los, eine größere Gruppe von Übernachtungsgästen lärmte in den Morgen. Irmi bestellte sich einen Cappuccino und nickte dann der einen von den Linderschwestern zu, die die Hütte bewirtschafteten.

»Ich hab eine Jacke von Annika Wildhaber dabei. Kann ich die irgendwo deponieren?«

»Leg sie ihr doch ins Zimmer. Ist bestimmt nicht abgesperrt. Nicht, dass sie noch wegkommt. Du siehst ja, was hier los ist. Nummer zwei.«

Irmi stieg über das Tau, das den Schlafbereich absperrte, und öffnete die Tür von Annikas Zimmer. Rechts an der Wand gab es zwei Haken, an den einen hängte Irmi die Jacke. Vor ihr stand ein Schubladenschränkchen, links gab es ein Stockbett und an der Wand zum Gang noch ein kleines Regal.

Annika schien das obere Bett zu benutzen, und Irmi setzte sich für einen Moment auf das untere. Sie sah sich um. Über dem Stuhl hingen eine Jeans und eine Wanderbluse, eine kleine karierte Reisetasche stand am Boden, ein schmales Necessaire stand im Regal. Annika schien wenig Beautyprodukte zu benötigen. Auf dem Schränkchen lag Lektüre zum Thema Wolf. Irmi entdeckte unter anderem ein altes Buch. Der Titel kam ihr bekannt vor: *Rominten* von diesem Walter Frevert, der auf dem Symposium zur Sprache gekommen war.

Irmi las ein wenig quer und staunte über die Sprache des Autors: »Ich bin ein großer Freund der Sauen, dieser trutzigen, ritterlichen Kerle, die im Revier herumvagabundieren und einem ständig Überraschungen bereiten.« Sie erfuhr, dass die Rominter Heide völlig umgattert gewesen war, wodurch fünfundzwanzigtausend Hektar Wildnis erhalten geblieben waren. Verblüffend fand sie Freverts Erkenntnis, dass die intensive Forstwirtschaft schon damals den Birk- und Auerhühnern den Garaus gemacht hatte.

Die Wölfe schienen den Zaun stets überwunden zu haben. Nach den Kriegen, von denen Ostpreußen reichlich hatte, habe das Raubwild extrem zugenommen, schrieb Frevert. Die Zahlen lasen sich gespenstisch. Allein im Jahr 1696 seien im Amtsbezirk Insterburg zweihundertsieben- undfünfzig Pferde, neunundvierzig Fohlen, siebenund- zwanzig Ochsen, zweiundvierzig Kühe, achtunddreißig Kälber, zweihundertsechzig Schafe, einhundertfünfzig Schweine, einundneunzig Ziegen und siebenhundertzwei- unddreißig Gänse von Wölfen gerissen worden. Für man- chen Bauern war das sicherlich existenzbedrohend gewesen. Im Jahr 1716, nach der großen Pest, waren in ganz Ostpreu- ßen siebenhundert Wölfe erlegt worden. Siebenhundert! Annika hatte einen Satz im Text angestrichen:

Aber in einem gepflegten Jagdrevier wie Rominten kann man keinen Wolfsbestand halten. Wir mußten die Wölfe totschießen, sobald sie auftraten. Trotzdem glaube ich, daß auch der Wolf in Rominten Gutes tat: Sicher trug sein Auftreten mit dazu bei, daß das Wild äußerst scheu und vorsichtig blieb und keine halbzah- men Gattereigenschaften annahm.

Annika erschien ihr auf einmal noch rätselhafter. Wie wollte sie denn jemals im Wolfsschutz reüssieren – mit all dem Wissen? Irmi wollte gerade wieder gehen, als sie hinter dem Schränkchen etwas erspähte. Eine feste Papprolle klemmte zwischen dem Möbelstück und der Wand. Irmi zog sie langsam heraus. Eigentlich spionierte sie nicht in den Privatsachen anderer Menschen herum, aber in ihr schrillten irgendwelche Alarmglocken. Sie nahm die Plastikkappe von der Papprolle und zog etwas heraus, das sich als eine Leinwand entpuppte, etwa einen mal einen Meter groß. Sie rollte sich augenblicklich wieder zusammen, gerade so, als wollte sie sich vor Irmis neugierigen Blicken verbergen. Irmi legte das Ganze auf den Boden und beschwerte die Ecken mit je einem Buch.

Die Leinwand war bemalt und in vier Segmente unterteilt. Sie schienen im Uhrzeigersinn eine Geschichte zu erzählen. Links oben grasten Lämmer friedlich auf einer Bergwiese. Rechts oben rannten Lämmer und Schafe einen steilen Hang hinunter, auf eine Klippe zu. Es sah so aus, als würden sie sich dabei wie im Reißverschlussverfahren in zwei Herden aufteilen. Die eine Gruppe rannte nach links, die andere nach rechts. Im Segment unten rechts sah man den Strom der Tiere vor dem Abgrund abbiegen, nur ein Lamm stand allein auf der hohen Klippe. Diesen Bildteil überspannte eine dramatische Gewitterlandschaft. Das letzte Segment zeigte dasselbe Lamm, doch nun hatte sich hinter ihm ein Wolf aufgebaut. Es war ein Wolf mit Krallenhänden und Menschenbeinen. Dem Lamm waren alle Fluchtmöglichkeiten verstellt.

Irmi attestierte sich selbst wenig Kunstverstand. Ihre Kenntnisse reichten so weit, dass es sich weder um ein Aquarell noch um ein Ölbild handelte, sondern vermutlich um Acrylfarben. Der Maler hatte zum Teil mit Spachteltechnik gearbeitet, manche Konturen waren erhaben. Das Bild berührte sie tief. Sie hätte es bestimmt nicht bei sich zu Hause aufgehängt, aber es strahlte eine irritierende, düstere Kraft aus. Die Schafe auf den Wiesen begannen ein unschuldiges Leben, sie grasten in pastelligem Grün. Doch mit jedem Segment im Uhrzeigersinn wurde es dunkler um sie. Am Ende war das Lamm einem Werwolf hilflos ausgeliefert. Irmi machte drei Handyfotos. Rechts unten war das Bild mit sehr kleinen, aber lesbaren Lettern signiert: MOZI, eine seltsame Signatur. Was war das für ein Bild? Annika beschäftigte sich seit Jahren mit Wölfen, das war klar, aber warum hatte sie so eine sperrige Rolle auf den Berg mitgenommen?

Es war gut, dass Irmis Kondition in den letzten Wochen deutlich besser geworden war. Leichtfüßig lief sie den Sattel hinauf, wo sie am Scheitelpunkt ein Grollen erwartete, das rasch näher kam. Wütende Wolken zogen aus dem Tal heraus, ein Blitz überspannte den gesamten Kessel der Alm, der Wind nahm zu. Statt Schutz zu suchen, packte Irmi den Sack mit dem Kreuzkraut und rannte weiter. Schafe unter einer Gewitterlandschaft. MOZI. Das Bild taumelte vor Irmis innerem Auge. Kurz vor dem Regen erreichte Irmi die Hütte, wo sich Raffi verschanzt hatte und nun bellend an ihr hochsprang. Er konnte sich freuen wie kein anderer und mit seinen Knopfaugen grinsen wie ein Kobold.

Auch Luise kam herein. »Ich hasse diese Gewitter. Wie das Jüngste Gericht.« Sie blickte auf den Sack. »Das Kreuzkraut verbrennen wir, oder?«

»Klar, das mach ich gleich nachher. Ich hab den Sack nur aus Versehen mit hereingezerrt. Ich war in Gedanken. Und bei dir alles klar?«

»Sicher. Du kommst genau richtig. Ich hab schon alles vorbereitet und muss nur noch die Nudeln aufsetzen.«

Luise war ein Phänomen. Sie schaffte es stets, trotz völlig unberechenbarer Esser immer die richtigen Garzeiten zu erahnen. Bisweilen hatte Irmi ein bisschen schlechtes Gewissen, dass Luise die Küchenmamsell war, aber diese Tätigkeit schien ihr ja auch Freude zu bereiten. Irmi überlegte, ob sie vom Bild erzählen sollte, aber es kam ihr unrecht vor, in Annikas Privatsphäre gewühlt zu haben.

Wenig später saßen sie beim Essen.

»Es schmeckt wieder vorzüglich, Luise«, sagte Irmi, nachdem sie Nudeln mit selbst gemachtem Almkräuterpesto genossen hatte. »Falls du noch mal nach einer Wendung in deinem Leben suchen solltest, könntest du in jedem Fall ein Restaurant eröffnen. Chez Luise oder Mamma Luisa.«

Luise lächelte. »Mama Luisa? So 'ne dicke Mama?«

»Nein, eine Starköchin. Regional, aber doch mit sexy Geschmacksnuancen.«

Luise grinste. »Werde du doch Werbetexterin. Sexy Nuancen? Du, und ganz ehrlich, ein gutes Restaurant ist Stress pur. Ich glaube, ich hatte schon genug Aufregung in den letzten Jahren.«

Um vier war Tobi zurück. Das Gewitter war abgezogen, und Tobi wirkte entspannter als noch gestern.

»Gut gelaufen?«

»Ja, die Daten sind überall auf großes Interesse gestoßen. Mein Professor war doch überrascht, wie klar die Ergebnisse sind. Und es ist auch dein Verdienst, dass wir nun so gut argumentieren können. Silomilch muss zur Käseherstellung immer pasteurisiert werden. Außerdem ist Käse aus Silomilch nicht sonderlich lange haltbar, und du kannst die Rinde nicht essen. Das geht bei Heumilchkäse jedoch problemlos. Wenn wir es nur endlich schaffen würden, die Landwirte zu subventionieren, die naturgerecht arbeiten.«

»Tobi, auch unsere Arbeit ist ein kleiner Beitrag zum Umdenken!«

»Ja, ich weiß. Die großen Naturschutzverbände, der Landesbund für Vogelschutz, der Bayerische Jagdverband und der Landesfischereiverband Bayern fordern auch in Brüssel neue Akzente in der Agrarpolitik. Aber es ist mühsam.«

»Stimmt.« Irmi sah ihn genauer an. »Freu dich erst mal über diese Etappe. Du hast doch auch so hart gearbeitet. Sag mal, Tobi, wo ist Annika?«

»Wieder auf der Kenzen? Warum?«

»Sie hatte ihre Jacke hier vergessen. Ich hab sie ihr rübergebracht, und da ist mir was aufgefallen. Ich wollte sie was fragen. Würdest du sie bitte anrufen?«

Er sah sie etwas erstaunt an. »Klar«, sagte er dann und ging hinter die Hütte, um zu telefonieren.

Wenige Minuten später war er zurück. Sein Gesichtsausdruck war nicht mehr gelöst. »Die auf der Kenzen sagen, sie wäre abgereist. Sie ist um drei angekommen, hat zusammengepackt und ist gefahren. Sie hatte ja ein Bike auf der Hütte.«

»Sie hat die Zelte also richtig abgebrochen? Wusstest du, dass sie abreisen wollte?«, fragte Irmi. Ihr Herz hatte einen gewaltigen Satz gemacht.

»Sie meinte gestern, sie müsse in die Schweiz zurück, das ja. Aber so überfallartig? Ich …«

»Vielleicht eine Familienangelegenheit, Tobi? Ein Trauerfall? Da eilt es oft, da ist man auch nicht so ganz rational«, unterbrach Luise.

»Aber sie geht nicht an ihr Handy?«, vergewisserte sich Irmi.

»Nur die Mailbox.«

»Kein Netz«, mutmaßte Luise.

Tobi schwieg.

»Ihr hattet was miteinander, Tobi, das ist klar«, sagte Luise schließlich. »Das war nicht zu übersehen. Bist du traurig, dass sie sich nicht einmal von dir verabschiedet hat? Ist es das?«

»Nein. Ja. Keine Ahnung. Ich will nicht wie die beleidigte Leberwurst reagieren.«

»Wie Luise sagt, der schnelle Abgang kann ja handfeste Gründe haben«, warf Irmi ein.

»Kann, klar.« Tobi versuchte, locker zu wirken. »Es war nichts Ernstes, Annika wollte keine Beziehung. Und außerdem bin ich ja auch jünger als sie ...«

Es war sicher nicht um den Altersunterschied gegangen. Einer investierte immer mehr. In dem Fall hatte Tobi wohl mehr Gefühle für die Eisprinzessin gehabt. Und selbst wenn es nur gekränkte männliche Eitelkeit war, dass sie nicht mal leise servus gesagt hatte – es hatte Tobi eiskalt erwischt.

»Ich muss dich was fragen, Tobi. Hast du bei Annika eine Papprolle gesehen?«

Er fixierte Irmi mit gerunzelter Stirn. »Papprolle?«

»Ja, so ein Ding, in dem man Poster aufbewahrt.«

»Ja, das hab ich, und?«

»Weißt du, was drin ist?«

»Warum willst du das wissen?«

»Weißt du es?«

»Ein Poster für eine Präsentation.«

»Hast du es gesehen?«

»Sag mal, Irmi, ich bin hier weder bei der Inquisition noch bei einem Polizeiverhör! Was ist los?«

Irmi wog ab, was zu tun war. Dann zückte sie ihr Handy und zeigte den beiden das Bild.

»Das ist ja gruselig«, meinte Luise. »Würd ich mir nicht aufhängen.«

»Das hab ich auch gedacht«, sagte Irmi.

»Dieses Bild war also in Annikas Rolle? Und du hast sie einfach geöffnet? Warum?« Tobi klang böse.

»Ich finde das auch etwas übergriffig, ehrlich gesagt«, stimmte Luise zu und sah Irmi vorwurfsvoll an.

»Es war ein Impuls.«

»Ach so, die Frau Hauptkommissar hat einen Impuls, und schon durchwühlt sie die Zimmer von anderen Leuten? Da muss ich ja froh sein, dass du meine Sachen in Ruhe lässt. Oder hast du längst bei mir spioniert?« Tobi warf Irmi einen angewiderten Blick zu und stürmte davon.

Dabei wäre er fast mit Kathi und dem Soferl zusammengestoßen.

Die beiden starrten Tobi hinterher.

»Zackiger Abgang«, kommentierte Kathi grinsend. »Kommen wir ungelegen?«

»Nein, gar nicht«, sagte Irmi schnell. »Was macht ihr denn hier? Ach, Sophia, wie groß willst du eigentlich noch werden?«

Das Soferl war fast einen Meter achtzig groß, sportlich schlank, ein Mädchen von einer natürlichen Schönheit, das immer noch nicht mit seinem Aussehen kokettierte, weil es davon ausging, es sei ganz normal, so auszusehen. Dabei hatte es der liebe Himmelpapa sehr gut mit ihr gemeint, denn er hatte nicht nur die richtigen Proportionen für den Körper, sondern auch viel Herz und Hirn geschaffen.

»Och, ich glaub, das war's jetzt. Meine Füße wachsen auch nicht mehr. Zweiundvierzig ist eh schon groß. Ich hab Mama so lange bearbeitet, dass ich euch besuchen will, die Mulis anschauen und hier übernachten. Heute ist Samstag und morgen keine Schule, juchhu! Das geht doch, oder?«

Wer würde ihr etwas abschlagen wollen?

Luise stand auf. »Komm, wir gehen zu den Mulis«, meinte sie und warf Irmi im Hinausgehen einen Blick zu, der besagte: So leicht kommst du aus der Nummer nicht raus.

»Was war denn mit diesem Tobi los? Zoff, oder was?«, fragte Kathi, als die anderen beiden draußen waren.

»Ja und nein. Ich hab in Annikas Zimmer herumspioniert.« Irmi begann zu erzählen, zückte das Handy und zeigte ihre Fotos.

Kathi betrachtete das Bild genau, wiegte den Kopf hin und her. »Na ja, ein bisserl morbid ist es schon. Hat Annika das gemalt?«

Auf die Idee war Irmi noch gar nicht gekommen. Das konnte natürlich sein.

»Aber warum signiert sie dann nicht mit Annika Wildhaber, sondern mit MOZI?«

»Künstlername? Kann ja irgendwas bedeuten. Man müsste sie fragen. Wie wäre das, Irmi?«

»Geht nicht, sie ist abgereist. Ziemlich plötzlich.«

»Ach? Deshalb war der Tobi so durch den Wind? Waren seine Fähigkeiten als Lover nicht ausreichend, um die Frau zu halten?«

»Kathi!«

»Komm, das Leben ist recht einfach. Essen, Schlafen, Arbeit, Sex. Und das Leben von Männern ist noch einfacher: Essen und Sex.« Kathi grinste.

»Sag mal, hast du meine Mitteilung schon abgehört? Wegen Promberger?«

»Ja, das ist wirklich komisch. Ich werde ihn am Montag vorladen. Ganz offiziell. Inzwischen habe ich auch die alte Akte eingesehen von Monika Schreibers Unfall damals. Es gab jede Menge Befragungen. Die jungen Leute waren aber alle in der Hütte. Bis auf Hedi und diesen Martin. Beide waren aber weit weg von der Absturzstelle. Diese Moni muss einen Knall gehabt haben, die ist quasi senkrechte Wände hochgekraxelt.«

»Wo denn?«, fragte Irmi.

»In den Akten steht, unterm Feigenkopf. Wo immer das ist.«

»Kann ich dir zeigen«, meinte Irmi und deutete eine steile, grasige Wand hinauf. In zwei Rinnen stürzte Wasser zu Tale, es war wirklich fast senkrecht. »Hier in etwa.«

Kathi schüttelte den Kopf. »Ich sag ja: Vollschlag! Wie bescheuert muss ich sein, wenn ich da hochsteig? Wenn sie von einem der Felsen da oben abgestürzt ist, dann war das ja todsicher.«

Das war der Blickwinkel der Moderne, der Blickwinkel der Couch-Potatoes, dachte Irmi.

»Da oben haben weiland sogar Tiere gegrast, Kathi. Die Senner haben von der Bäckenalm aus, also oben vom Sattel her, Kühe auf die Zauschetalm gebracht. Das ist eine Geländestufe oberhalb von dem, was wir hier sehen. Es gab auch dort eine Hütte auf fünfzehnhundersechzehn Metern.«

»Klar, so bergfexige Hirten im 19. Jahrhundert. Von mir aus! Aber ein Mädchen 1981, das war doch kein Kletteraffe.«

»Monika Schreiber ist also abgestürzt. Wie ging es weiter?«

»Hedi und Martin, die unabhängig voneinander draußen gewesen waren, sind Udo Wolf offenbar erst kurz vor der Hütte begegnet. Beide haben ausgesagt, dass der Lehrer aufgelöst gewirkt habe und Hilfe holen wollte. Und auch der Wolf hat gesagt, dass er Martin und Hedwig erst unweit der Hütte getroffen habe, weit weg von der Absturzstelle. Die Kollegen damals und auch der Staatsanwalt sahen keinen Hinweis darauf, dass das Mädchen hinuntergestoßen worden wäre. Das Ganze galt als Unfall.«

»Damals hatte man natürlich auch keine DNA-Analyse. Es gab keine Obduktion, oder?«

»Nein, die Leiche der jungen Frau sah wohl ziemlich übel aus. Man hätte schwerlich feststellen können, ob sie gestoßen worden ist oder womöglich ein Kampf vorangegangen war. Fall abgeschlossen. Aus. Äpfel. Amen. Die Kollegen von damals sind auch nicht mehr greifbar, und der Staatsanwalt a. D. lebt am Ammersee im Augustinum. Aber den zu befragen wird wohl wenig bringen. Und mal ehrlich, selbst wenn sie gestoßen worden wäre – alle Beteiligten sind tot.«

Das war nicht von der Hand zu weisen.

»Außerdem kann ich dir berichten, dass wir Anna Schmidinger und Nicole Maurer aufgetan haben. Wie Michaela

Rosenberger schon vermutet hatte, ist Schmidinger noch in der Region. Sie heißt jetzt Seelos und hat mit ihrem Mann und ihrem Sohn eine Bergsportschule in der Leutasch. Und sie hat den Wolf gemocht. Nein, falsch: Sie hat ihn geradezu angebetet. Ich hab dir ihre Aussage mal mitgebracht.« Kathi fummelte an ihrem Handy herum, dann erklang der Mitschnitt der Befragung.

Schmidinger schien ihren bayerischen Akzent zu unterdrücken, sie sprach sehr langsam.

»Ich habe ihn geliebt. Mein Kunstwissen, meine Betrachtung der Welt, die Genauigkeit im Sehen, das Transferdenken, das alles habe ich von ihm. Ich kannte das von zu Hause nicht. Er hat mir eine Tür geöffnet.«

Kathis Stimme: »Wir haben gehört, dass er sehr quälerisch und zynisch gewesen sein soll?«

»Ich mochte seinen Sarkasmus. Und er war sehr engagiert. Er hat uns Schüler nach Hause eingeladen. Er konnte so schön Klavier spielen. Er hat mit uns gekocht. Er hat uns seine Bücher ausgeliehen. Ich glaube, er war eher genervt von den Bedingungen des Unterrichtens. Er wollte mehr. Er verlangte viel, das stimmt schon, und seine Kritik war nicht immer diplomatisch. Aber er ließ einen dann eben auch über sich hinauswachsen. Er hat uns zum Abitur Blümchen auf den Tisch gestellt. Und eine blaue Feder. Er war sicher tief drinnen sehr sensibel.«

Kathi drückte auf die Stopptaste und sah Irmi an. »Er war ihr Guru. Kann ein Mann so unterschiedliche Reaktionen hervorrufen? Diese Teilnehmerinnen haben ja auf völlig unterschiedlichen Planeten gelebt, oder?«

»Offenbar hat er extrem polarisiert. Nach heutigen Gesichtspunkten ist diese Privatheit ja auch grenzwertig. Das ginge heute schon rein rechtlich gar nicht. Und genau diese Privatheit wird der Knackpunkt sein. Es ist immer die Frage, auf welchen Boden eine Saat fällt.«

»Na, da war ja von Granit über Lehm bis Löss alles dabei«, bemerkte Kathi lachend.

Ja, Irmis junge Kollegin konnte sich in die verzwirbelten Seelenwelten der Mädchen von 1981 nur schwerlich hineindenken. Aber damals war man einsamer gewesen. Manche hatten eine gute Freundin gehabt, andere nur *Bravo* oder *Mädchen*, aber keine Dauerkommunikation im Netz. Man hatte sich über lange, zähe Zeiten selber aushalten müssen. Und dann auch noch Eltern, die nachkriegsstreng waren, und Lehrer, die sich selber nicht ausgehalten hatten.

»Anna Schmidinger wusste von dem geplanten Treffen«, sagte Irmi zögerlich.

»Sie hat gemeint, sie hätte gleich zu Beginn abgesagt. Das deckt sich ja mit dem, was wir durch die Rosenberger beziehungsweise durch diese Facebook-Gruppe wissen. Die hatten zu dem Zeitpunkt mit ihrer Bergsportschule eine Mehrtageswanderung im Programm, wo sie den Gepäcknachschub und das Catering gemacht hat. Sie meint, die anderen hätten Details dann wohl übers Handy, über SMS oder WhatsApp besprochen. In der WhatsApp-Gruppe ist sie aber nicht drin, um deine Frage vorwegzunehmen.«

Irmi überlegte. »Okay, wie wir vermutet haben. Es wurde über Handy kommuniziert, wir haben aber keine Handys gefunden.«

»Weil der Mörder die eingesackt hat!«, meinte Kathi.

»Und ich habe trotz Promberger immer noch Hedwig Biersack auf dem Schirm, die irgendwo verschollen ist.«

»Und diese Maurer? Die fehlt ja auch noch. Habt ihr die gefunden?«, fragte Irmi.

»Ja, die habe ich inzwischen erwischt. Sie lebt in Berlin, ist in der Tat Fernsehjournalistin und macht Beiträge für politische Formate. Wenn man etwas herumgoogelt, stellt man fest, dass sie ein ziemlicher Hochkaräter ist und mit einigen Preisen dekoriert. Sie ist auf der Durchreise nach Italien und würde uns morgen auf einen Kaffee treffen. Was sagst du dazu?«

»Na ja, sie wird uns noch eine Meinung zu Wolf liefern. Wahrscheinlich war sie diejenige, bei der die Saat auf Granit gefallen ist.«

»Schau mer mal, dann sehn mer scho«, meinte Kathi. »Sag mal, du haderst damit, dass Annika weg ist, oder? Mir ist sie ja immer sehr egomanisch vorgekommen. Das ist eine Schwarze Witwe, die hat auch diesen Tobi ausgesaugt. So eine verschwindet ohne rührselige Verabschiedung.«

Irmi lächelte. Kathi war und blieb die Meisterin der Zusammenfassung.

Draußen kamen Luise und das Soferl vorbei. Das Mädchen saß strahlend auf dem Muli, und Raffi umtanzte das Trio. Die drei hätten Werbung für Urlaub auf der Alm machen können. Ein Fotograf hätte sicher wunderbare Bilder bekommen.

»Das Soferl ist sehr fotogen«, bemerkte Irmi. »Sie wäre vermutlich ein tolles Model.«

»Bewahre! Sie findet Heidi Klum Gott sei Dank saublöd, sie will nicht auf Ellis Kuchen verzichten, und sie reist ungern per Flugzeug. Und da hat das kluge Kind ganz klar erkannt, dass das kein Job für sie ist«, erwiderte Kathi lachend.

»Manche Kinder werden trotz ihrer Mütter was!«

Kathi versetzte Irmi einen Knuff in den Oberarm.

Später half sie ihr sogar beim Melken und Käsepflegen. Sie plauderten in den Sonnenuntergang hinein, und das Soferl gab Geschichten aus der Schule zum Besten. Es war ein Mädelsabend dreier Generationen. Tobi war und blieb verschwunden.

Am nächsten Morgen stiegen Kathi und Irmi nach einem herzhaften Almfrühstück ab und setzten das Soferl bei einer Freundin in Farchant ab. Dann fuhren sie ins sonntäglich verschlafene Garmisch.

Sie hatten sich im Centro verabredet. Es war zehn Uhr, und sie waren die ersten Gäste hier zwischen Holzdecke, Kaffeehaus und Retrostyle. Eine Frau trat ein, sah sich nur kurz um und steuerte dann mit einem offenen Lächeln auf Irmi und Kathi zu. Das also war Nicole Maurer. Sie trug eine cognacfarbene Lederjacke, die sehr teuer aussah, dazu eine Jeans, deren Saum heruntergetreten war, und bunte Stiefel mit schiefem Absatz. Diese Frau wirkte auf den ersten Blick so, als könnte sie problemlos zwischen allen Welten wandeln. Sie sah ein bisschen verlebt aus, zu wenig Schlaf, zu unstet das Leben, zu viel Alkohol vielleicht und zu viel Sonne ohne Lichtschutzfaktor. Und sie sah echt aus.

Man stellte sich kurz vor, Kathi orderte Caffè Doppio, Nicole Maurer auch und Irmi Cappuccino.

»Da haben Sie mich ja zurückgebeamt in eine ferne Zeit.

Schön ist es nach wie vor hier in den Bergen, auch wenn mir das alles ewig her vorkommt.«

»Stammen Sie aus Garmisch?«

»Nein, aber mein Vater hat eine Zeit lang an der NATO School Oberammergau gearbeitet. Das war damals, als der NATO-Doppelbeschluss hohe Wellen in der politischen Öffentlichkeit der Bundesrepublik schlug. Die Pläne der Nachrüstungsbefürworter und die Ziele der Friedensbewegung trafen ungebremst aufeinander. Wir waren vorher in Hamburg gewesen, und ich musste dann für die neunte bis dreizehnte Klasse nach Garmisch. War am Anfang ziemlich hart, aber man überlebt ja so einiges.«

»Auch den Kunst-LK?«

»Ja, den auch. In der Rückschau sieht man klarer. Wenn man drinsteckt, toben andere Emotionen. Wie kann ich Ihnen denn nun helfen?« Sie sah Kathi an. »Wir haben telefoniert, oder? Sie haben mir gesagt, dass Undine Ganser und Udo Wolf tot sind? Und Johanna Holzer schwer verletzt?«

Kathi nickte.

»Ich musste mich erst mal wieder erinnern. Undine hatte ich sofort vor Augen. Und Hedwig Biersack auch. Die hab ich mal in Australien getroffen. Ich hab über Saphirabbau und Raubbau gedreht.«

»Und wie war sie so?«

»Das ist bestimmt acht Jahre her. Sie kam mir ein wenig, nun ja, verplant vor. Ich glaube, es mangelt etwas an Konsequenz in ihrem Leben.«

Irmi warf Kathi einen schnellen Blick zu. Sie konnte sich einfach nicht vorstellen, dass jemand wie Hedwig Biersack so planvoll mordete. Wenn es denn überhaupt Mord gewesen war.

»Wir sind vom Leistungskurs abgekommen. Warum haben Sie sich für Kunst entschieden?«

»Es kamen einige Kurse nicht zustande. Musik nicht, Deutsch auch nicht, die beiden hätte ich gerne belegt. Also habe ich Latein und Kunst genommen. Wir waren mittendrin in der Neugestaltung der Oberstufe und pfiffig genug. Es gab diese sechsstündigen Leistungskurse und dazu die Grundkurse. Und das System gab vor, dass der Belegpflicht Genüge getan war, wenn man nicht null Punkte einbrachte. Die Wirkung war klar: Wir hockten völlig uninteressiert in den Kursen herum oder gingen gar nicht mehr hin. Mit achtzehn konnte man sich ja die Entschuldigungen selber schreiben. Dann kam diese Absenzregelung, und das große Rechnen begann, wo man wie viel fehlen durfte. Eine gewaltige Schwänzerlogistik haben wir gelernt!«

Irmi lachte. Sie hatte etwas früher Abitur gemacht und wenig gefehlt. Sie war wohl wirklich zu brav gewesen.

»Wissen Sie, uns war das damals nicht bewusst, aber wir wurden von zwei Lehrergenerationen unterrichtet. Die einen waren noch Kriegsteilnehmer gewesen und hatten einen Erlebnishintergrund, den wir nicht mal erahnen konnten. Im Nachhinein denke ich, dass sie gar nicht so schlecht waren. Sie haben ihre Rolle weder verharmlost noch überhöht, aber sie haben vermutlich große Bedenken gehabt, was uns betraf. In ihren Augen waren wir eine Generation von Hedonisten, die Demokratie, gute Luft und genug Wasser für selbstverständlich hinnahmen und sich nichts hart erarbeiten mussten. Die nächste Generation unserer

Lehrer finde ich aus heutiger Sicht problematischer. Sie waren in den Sechzigern noch jung gewesen und hatten alles mitgemacht – Kampf für Freiheit und Emanzipation, Erfahrungen mit Drogen und experimentellem Sex, hochfliegende Ideale und Vorstellungen, aber auch die Erfahrung, dass die Realität dem allen nicht standhielt. Sie waren frustriert und zynisch.«

»Zu der Generation gehörte Udo Wolf?«

»Ja – er und ein paar andere. Ein Französischlehrer, der frustriert war, weil es nicht zum Lehrauftrag an der Sorbonne gereicht hatte. Ein Englischlehrer, dessen Witz nicht mal ansatzweise an Wilde herangereicht hatte. Der Wolf, von dem nie ein Bild im Guggenheim hing. Sie alle sind im Zynismus verharrt. Wissen Sie, in der Neunten mochte ich den Wolf. Aber da waren wir noch brave Kinder. In der Oberstufe begannen wir zu denken und zu fühlen. Manche von uns – ich auch – fingen an, Werte zu entwickeln. Meiner war Gerechtigkeit.« Sie lächelte. »Das Unternehmen Wolf gipfelte in einer sogenannten Selbstdarstellung. In der Zwölften sollten wir uns verkleiden und Fotos von uns schießen – damit er sich ein Bild machen konnte. Wir sollten erläutern, inwiefern unsere Verkleidung unsere Psyche widerspiegelte. Ich gebe zu, anfangs habe auch ich mich einlullen lassen, brav mein Innerstes nach außen gekehrt, kommentiert von seinen ätzenden Worten. Ich spüre die entsetzte Enttäuschung noch heute, dass ein erwachsener Mann zu so niederen Mitteln griff. Er war uns doch so weit überlegen, er hätte doch souverän und lächelnd unsere verwirrten Teenagerseelen streicheln müssen und uns nicht auch noch bloßstellen. Wir jungen Menschen stellten uns sowieso dauernd bloß, dafür brauchten wir keinen neurotischen, grausamen Kunstlehrer!«

»Sie können das heute gut ironisieren«, bemerkte Irmi.

»Ja, Ironie hilft. Aber es war, als wir mittendrin steckten, nicht witzig. Ich glaube auch, dass er sich der Tragweite gar nicht so bewusst gewesen war. Er wollte seine Schüler hervorholen, bewegen, in Unruhe versetzen. Womöglich war das gut gemeint, aber ich glaube dennoch, da sind welche dabei, die haben bis heute einen Knacks weg. Ich denke da an Hedwig. Im Nachhinein frage ich mich: Warum haben wir alle diesem Mann so viel Raum gegeben?«

Irmi und Kathi schwiegen. Nicole Maurer brauchte keine Impulse. Sie konnte frei sprechen, ihr Bericht war mitreißend.

»Dann wollte er, dass wir die Bilder und andere Materialien oder auch etwas ganz Neues zu einer Halbjahresarbeit ausbauen – mit einem entsprechenden Aufsatz zum Thema ›So bin ich‹. Ich gab eine grauenhaft schlechte Arbeit ab. Ein Bestandteil war ein kleines, abschließbares Kästchen, bei dem der Schlüssel steckte. Im Aufsatz stand, das sei mein tiefstes Inneres und nicht zur Öffnung bestimmt. Udo Wolf hat es natürlich geöffnet. Am nächsten Tag wusste es die ganze Schule: Die Maurer hat ein Aktbild von sich in ein Kästchen gesperrt. Die Note ruinierte meinen Schnitt und unser Verhältnis endgültig. Fortan hörte ich auf zu malen, die Noten wurden natürlich noch schlechter. Dabei habe ich festgestellt, dass ich weder geschickt taktieren noch die Ruhe bewahren konnte, wenn ich das Gefühl hatte, ungerecht behandelt zu werden. Ich reagierte wütend, jäh und impulsiv. Selbst wenn die Folgen katastrophal waren.

Aber immerhin, opportunistisch war ich nie.« Sie lächelte verschmitzt.

Irmi reichte Maurer das Handy: »Ist dieses Bild eines von den Selbstdarstellungen?«

Sie betrachtete es lange, ihre Augen umwölkten sich. »MOZI. Moni Schreiber. Ja, das Bild war von Monika. Sie war brillant. Eine Kunstbegabung mit einer zerbrechlichen Seele.«

»Monika Schreiber, Moni, das Mädchen, das beim Hüttenaufenthalt ums Leben gekommen ist?«

»Ja, sie hat immer mit MOZI signiert. Ich glaube, weil ihre Oma Zilli hieß. Moni und Zilli, irgend so was in der Art.« Nicole Maurer schüttelte den Kopf. »Ich war damals nicht dabei auf der Hütte, wir Lateiner waren in Florenz und haben mit kleinen Italienern auf der Ponte Vecchio gekifft. Und unser Hotel nicht wiedergefunden. Als wir am Montag in die Schule kamen, waren wir alle völlig verstört. Am Dienstag gab es eine Trauerfeier. Martin und Undine haben Fürbitten gelesen, es war grauenvoll. Der Tod war hereingetreten, mitten unter uns, und wir kannten ihn fast alle noch nicht. Wir hatten ihn nicht eingeladen.«

»Haben die anderen denn von der Hüttenwoche erzählt?«, fragte Kathi.

»Ja, schon, die ganze Fahrt über hab ich überlegt, was sie erzählt haben. Ich glaube, es war wenig. Wetter schlecht, gefangen in einer Hütte. Anna hat wohl viel Gitarre gespielt, sie haben gekocht, Sie wissen schon: Hüttenromantik. Aber eben sehr beengend. Warum und wann Monika hinausgegangen ist, das wusste niemand so genau.«

»Jetzt kommt eine böse Frage«, sagte Irmi. »Haben Sie je

gedacht, der Wolf könnte die Moni hinuntergestoßen haben?«

»Damals ja, heute nein. Er hat sie vielleicht sogar von etwas abhalten wollen. Oder einfach nicht verstanden, dass ihre Individualdistanz nicht so gering war. Ich glaube eher, es war ein Unfall, oder sie hat Suizid begangen.«

»Ein totes Mädchen, das ein Baby zurückließ ...«, sagte Irmi leise.

»Ja, Monika Schreiber hatte mit gerade fünfzehn ein Kind bekommen. Das muss bei ihrem Tod so etwa einein- halb oder zwei Jahre alt gewesen sein. Ich weiß, sie hat es einmal in der Schule dabeigehabt, alle umscharten sie und quiekten: ›Süüüß!‹ Aber soweit ich mich erinnere, haben sich ihre Eltern und die deutlich ältere Schwester um das Kind gekümmert. Ihre Schwester kam uns damals uralt vor. Für Achtzehnjährige sind Menschen um die dreißig natür- lich Methusaleme.«

»Wir haben gehört, dass der Vater des Kindes nie Thema war.«

»Ja, das stimmt.«

»Könnte der Wolf ... könnte er womöglich ...«, deutete Irmi an.

Nicole Maurer runzelte die Stirn. »Auf die Idee sind wir damals nicht gekommen. Das erscheint mir auch heute noch abwegig, die fragile Moni und der Wolf. Anderer- seits, er war ja selber jung. Anfang dreißig, denke ich. Ich habe auch einen alten Jahresbericht von 1980/81 gefunden. Da gab es ein Bild des gesamten Lehrkörpers.« Sie lächelte. »Der Wolf sah darauf so jung aus. Drum ist er mit den Schülern kameradschaftlich und beinahe privat umgegangen. Genau das war sein Fehler. Er war der Lehrer. Er hätte souverän sein müssen. Und milde. Ja!«

Diese Analyse kam Irmi durchaus zutreffend vor. Sie wartete.

Nicole Maurer schüttelte den Kopf. »Und wenn ich an dieses Bild denke. Das Lamm auf der Opferbank. Wenn er doch der Vater war? Das wäre ja ein Ding!« Sie sah auf die Uhr. »Darf ich unhöflich sein? Ich müsste heute noch bis Mailand, mein Team wartet.«

»Ja, natürlich. Danke für Ihre Zeit. Sie haben quasi Farbe in eine Schwarz-Weiß-Skizze gebracht.«

»Ich fand es auch interessant. Übrigens habe ich im Keller meine Selbstdarstellung gefunden. Wirklich grauenhaft. Aber ich hatte eine sehr gute Figur damals.« Sie lachte. »Wenn mir noch etwas Essenzielles einfallen sollte, würde ich mich melden.« Sie stand auf und hob die Hand zu einem nachlässigen Gruß. Irmi und Kathi sahen ihr nach.

»Coole Frau«, meinte Kathi.

Ja, cool und unangepasst bis heute – so, wie Irmi nie gewesen war.

Kathi leerte ihren zweiten doppelten Espresso in einem Zug. »Diese Moni hat sich wirklich als Lamm gemalt, als Opfer. Und hinter ihr steht der Wolf. Der sie über die Klippe treibt. Und genau das ist dann auch passiert. Das ist doch Irrsinn!«

Irmi sagte nichts. Vor ihrem inneren Auge wütete ein Bildersturm. Was, wenn er damals wirklich die Schülerin geschwängert hatte?

»Und wieso hatte Annika überhaupt dieses Bild? Das Bild, das Monika Schreiber gemalt hat? Diesen Seelenstrip? Inzwischen glaube ich auch nicht mehr, dass die einfach so verschwunden ist. Wir müssen sie finden! Ich will Antworten!«, rief Kathi so laut, dass die anderen Gäste, die inzwischen hereingetröpfelt waren, aufschreckten.

»Kathi, leise!«

»Bei so was kann man ja wohl aus der Haut fahren! Da brüll ich doch lieber mit einem wie Kotz rum. Ich will ja nichts gegen unsere Geschlechtsgenossinnen sagen, aber mit Frauen wird alles so kompliziert. Wo steckt zum Beispiel diese Biersack? Welche Rolle spielt sie? Lauter Psychoweiber!«

»Kathi, schaust du dir bitte trotzdem diesen Promberger an?«

»Ja, mach ich«, versicherte Kathi. »Du denkst, der Lehrer war der Vater des Kindes. Und Moni wollte nicht nur Alimente von ihm, sondern auch, dass er sich zu ihr und dem Kind bekannte. Doch das wollte er nicht und hat sie deshalb über die Klippe befördert. Das erscheint mir logisch. Aber wo steckt Annika? Und warum hat sie dieses Bild? Du denkst doch dasselbe wie ich, Irmi!«

Natürlich machte sich auch Irmi ihre Gedanken, doch sie wehrte sich innerlich dagegen. Denn was hieß das für die Mordfälle? Irmi war mehr als dankbar, dass sie jetzt wieder auf die Alm zurückmusste.

Als sie ihren üblichen Weg von der Diensthütte bergwärts nahm, bog sie kurz Richtung Lösertaljoch ab. Sie wusste, wo die Hütte gestanden hatte, in der die Schüler jene unglückselige Woche verbracht hatten. An der Stelle waren nur noch einige Balken zu sehen, sonst waren keinerlei Überreste erhalten. Es war düster im Tann. Irmi stellte sich vor, wie es für die jungen Mädchen gewesen sein mochte, tagelang bei Dauerregen in einer Hütte eingepfercht zu sein, mit einem Mann, den man hasste oder liebte oder beides zugleich – das konnte einen schon weit vorantreiben.

Schließlich kehrte sie zum Weg zurück und brachte die letzten Meter bis zur Almlichte hinter sich. Sie sah die steilen Wände hinauf. Wenn man dort hochstieg, war man sicher freier.

Auf der Alm befanden sich gerade ein paar Wanderer, denen Tobi und Luise die Arbeit auf der Alm und das Forschungsprojekt erklärten. Sie begrüßten Irmi eher verhalten, gaben sich geschäftig. Irmis Eindringen in Annikas Zimmer auf der Kenzenhütte wurde nicht mehr thematisiert. Auch nicht beim Abendessen, zu dem die Wanderer mit eingeladen waren. Es ging weiter um das Horn der Kuh und um den Einfluss auf die Verdauung.

»Eine Kuh hat vier Mägen mit einem Fassungsvolumen von insgesamt bis zu zweihundertdreißig Litern. Der wichtigste davon ist der Pansenmagen. Die Kuh frisst Gras und stellt dieses den Pansenmikroben zur Verfügung, die es aufspalten, verarbeiten und so wiederum der Kuh zur Verfügung stellen«, erklärte Tobi gerade.

Seine drei Zuhörer, eine Familie aus Bremen, staunten nicht schlecht.

»Dann weißt du sicher auch, wie viel Kühe es weltweit gibt?«, fragte der Junge.

»Ich schau nach und sag es dir gleich.« Tobi holte sein Tablet, suchte ein bisschen und las dann vor: »Weltweit gibt es etwa eine Milliarde Rinder, davon allein zweihundertsechsundzwanzig Millionen in Indien und zweihundertvierundzwanzig Millionen in Afrika. Zum Vergleich: In Deutschland werden rund zwölf Millionen gehalten, davon rund vier Millionen Milchkühe. Die Schwarzbunte ist die weltweit häufigste Rinderrasse: In Deutschland macht sie etwa fünfundfünfzig Prozent aller Rinder aus. Ungefähr die Hälfte der Rindviecher Deutschlands lebt in Bayern und Niedersachsen.«

»Na, das stimmt!«, bemerkte der Vater lachend. »Was da an Rindviechern rumläuft, geht auf keine Kuhhaut.«

»Wisst ihr eigentlich«, fiel Luise ein, »woher diese Redensart stammt? Es liegt ihr die mittelalterliche Vorstellung zugrunde, der Teufel würde die Missetaten und Verfehlungen der Menschen aufschreiben, um nach deren Tod über Beweismaterial beim Kampf um die Seelen zu verfügen. Damals schrieb man auf Pergament, und das wiederum wurde aus Tierhäuten hergestellt. Das mussten also ganz schön viele Sünden sein, wenn sie nicht auf eine Kuhhaut passten!«

Luise warf Irmi einen vielsagenden Blick zu. Irmi fühlte sich schlecht und ging an diesem Abend früh zu Bett.

12

Am nächsten Morgen übernahm Irmi das Melken allein. Luise und Tobi waren auf die Nachbaralm gegangen, um sich auszutauschen. Irmi wurde nicht einmal gefragt, ob sie Interesse hätte, und fühlte sich ausgeschlossen. Als die beiden weg waren und eine grimmige Stille sich senkte, rief Irmi schließlich Kathi an.

»Also, Irmi, dieser Promberger ist seit Tagen in Regensburg. Er war wirklich nur auf diesem Symposium, ist dann nach Augsburg weitergereist und zurück nach Regensburg«, berichtete Kathi.

»Sagt wer?«

»Er selbst!«

»Der kann ja viel sagen. Kann er die Tage vorher und nachher mit einem Alibi belegen?«

»Das habe ich ihn auch gefragt, und er hat mir Namen gegeben von Leuten, mit denen er in dieser Zeit Meetings hatte. Das ist überprüfbar.«

»Aber Annika meinte, er wäre länger in der Gegend. Tobi meinte das auch.«

»Ach, lass die mal meinen.«

»Und was ist mit Johanna Holzer?«

»Promberger hat auf mich den Eindruck gemacht, als wäre er ernsthaft betroffen, als ich ihm vom Unfall seiner Ex erzählt habe. Er wusste gar nichts davon und hat sie seit zwei Jahren nicht mehr gesehen.«

»Und Undine?«

»Die hat Promberger mal über Johanna kennengelernt und fand sie arrogant und unterbelichtet.«

»Sagt ausgerechnet dieser aufgeblasene Typ!«

»Irmi! Jetzt lass den Promberger mal aus deinen Krallen und hör mir endlich mal zu! Andrea und ich haben die halbe Nacht gearbeitet.«

»Ihr beide? Ohne Krieg?«

»Ja, stell dir vor. Seit Andrea nicht mehr so untervögelt ist, kann man sie wirklich gut haben.«

»Ach, Kathi!«

»Jetzt hör mir endlich zu! Am Ende ist alles ganz einfach. Moni Schreiber, unsere MOZI, hatte eine zehn Jahre ältere Schwester, Caroline Schreiber. Sie hat sich, wie wir wissen, schon vor Monis Tod viel um deren Kind gekümmert. Im Jahr 1981 war sie mit einem gewissen Beat Wildhaber aus der Schweiz liiert …«

»Stopp! Wildhaber?«

»Ja. Caroline hat ihn auf einer Studifete in Kempten kennengelernt, wo er gerade einen Kumpel besucht hat. Sie hatte es wohl auch nicht so mit der Verhütung, jedenfalls bekam sie ein Jahr vor der Schwester einen Bub. Aber sie scheint ein besseres Händchen bei der Männerwahl gehabt zu haben: Sie hat 1983 diesen Wildhaber geheiratet, und die beiden haben die kleine Nichte adoptiert, wahrscheinlich weil die Eltern von Caroline und Moni vergleichsweise alt waren und so der kleine Marco, also Carolins Sohn, gleich eine Schwester hatte.«

»Aber Kathi …«

»Nix aber! Caroline und Beat Wildhaber zogen mit ihren

beiden kleinen Kindern Marco und Annika in die Schweiz. Der Beat hatte sein Medizinstudium inzwischen abgeschlossen und war erst Assistenzarzt am Herzzentrum in Luzern. Dann gingen sie nach Chur, wo er ein hohes Tier am Kantonsspital wurde und wo sie bis heute leben. Und wenn sie nicht gestorben sind ...« Kathi lachte triumphal.

»Annika Wildhaber ist die Tochter von Monika Schreiber!«

»Genau! Erzähl mir bloß nicht, du wärst nicht längst selbst darauf gekommen! Wenn der Wolf ihr Vater ist ...« Kathi brach ab.

»Und sie hat das Bild ihrer Mutter dabeigehabt«, sagte Irmi leise.

»Ich wette, sie wollte ihre Mutter rächen!«

»Kathi, jetzt mal langsam. Da kommen viele Fragen auf: Wusste sie überhaupt, dass sie adoptiert ist? Wusste sie, wer ihr Vater ist? Kannte sie die Geschichte ihrer Mutter? Was bedeutet das Bild für sie?«

»Genau das will ich ja rausfinden! Wir lassen jetzt mal Promberger außen vor und suchen unter Volldampf diese Annika. Sie ist in Chur gemeldet. Und weil ich weiß, dass du zu Alleingängen neigst: Ich komme mit nach Chur. Ich habe bereits mit den Graubündner Kollegen gesprochen.«

»Kathi, ich bin nicht im Dienst! Ich will nicht nach Chur!«

»Natürlich willst du! Und es weiß ja keiner, dass du grad nur Käse drehst. Der Chef ist im Urlaub, der muss es auch nicht erfahren.«

»Kathi, ich werde auf der Alm gebraucht!«

»Die kommen einen Tag ohne dich aus!«

»Die sind schon viel zu oft ohne mich ausgekommen.«

»Irmi, du wirst mich doch nicht allein fahren lassen! Du kennst mich: Ich bin vorlaut und unhöflich. Gerade die Schweizer mögen das nicht. Erinnerst du dich an Caviezel?«

Ja, auch in ihrem letzten Fall hatten sie es mit einem Schweizer zu tun bekommen, der in der Tat mit Kathis vorpreschendem Wesen wenig anfangen konnte.

»Hast du nicht erzählt, du hättest Verwandte in … wie hieß das noch … Saigon, Kathi?«

»Sagogn!«

»Eben, das ist doch auch da irgendwo.«

»Ja, bei Ilanz. Aber die mögen mich auch nicht, die sind so langsam wie eine Schnecke, die noch zusätzlich den kleinsten Gang eingelegt hat. Was soll ich da?«

Schließlich ließ sich Irmi breitschlagen.

Als Irmi mittags mit Luise über den geplanten Schweiztrip sprach, meinte diese: »Fahr nur, Irmi, ich schaff schon noch einen Tag ohne dich. Ich wäre einfach froh, wenn es keine weiteren Toten auf der Alm geben würde.« Sie zögerte. »Es hat also wirklich mit Annika zu tun?«

»Wir müssen sie sprechen«, sagte Irmi nur und fühlte sich schlecht, weil sie ihrer Almkollegin die Details verschwieg.

»Na dann. Vielleicht kannst du uns was erzählen, wenn alles vorbei ist.« Luise pfiff nach Raffi und verschwand um die Hausecke.

Auch Tobi war einsilbig und gab vor, dringend arbeiten zu müssen. Es war offensichtlich, dass es in ihm rumorte.

Irmi fühlte, wie ihr von Luise und von Tobi Ablehnung entgegenschlug. Als sie gerade eindöste, kamen die beiden Kater. Sie platzierten sich links und rechts von Irmi und begannen zu schnurren.

»Ihr seid die Besten«, murmelte sie.

Katzen waren einfach hochtelepathische Wesen, die spürten, wann und wo es schmerzte.

Irmi half am nächsten Tag noch beim Melken. Bevor sie aufbrach, duschte sie mithilfe der Solardusche. Der Tag schickte sich an, wieder sonnig zu werden, doch noch lagen Nebelschwaden in den Tälern. Vom Garmisch aus in die Schweiz zu gelangen hatte immer etwas von einer Expedition. Sie hätten natürlich über den Zirler Berg oder den Fernpass fahren können und dann über die Autobahn nach Feldkirch, aber Irmi zog es vor, dem Ammertal nordwärts zu folgen, dann westwärts über Lechbruck und weiter nach Immenstadt. Das Städtle war ziemlich eingekesselt von der Nagelfluhkette und kam ihr wie ein einziges großes Outlet vor. Alle Menschen schienen dringend Outdoorkleidung, Socken oder Unterwäsche zu brauchen. Sie fuhren am Alpsee vorbei, wo sich schon die ersten Autos ans Seeufer quetschten, wo Surfbretter lagen und angesichts der totalen Windstille das Brett maximal als Luftmatratze dienen würde. Eine Sommerrodelbahn, die natürlich längst »Coaster« hieß, und noch eine am Hündle, wo sich ebenfalls der Parkplatz füllte.

Sie kamen durch Oberstaufen, wo Irmi einst ihren toten Exmann im Schrothkurwickel gefunden hatte. Heute kam ihr das Ganze völlig surreal vor, und sosehr sie sich auch bemühte: Sie konnte sich nicht entsinnen, warum sie ihn vor langen Zeiten geheiratet hatte. Lissi hatte irgendwann gesagt: »Aber es gab doch auch gute Zeiten.« Hatte es die gegeben? Es stellte sich keine Erinnerung ein, die auf jubelnde Tage, schwüle Nächte, exotische Reisen und heimische Herdromantik verwies. Da war ein schwammiges Nichts. Konnte sie so gut verdrängen? Oder war sie wirklich fertig mit diesem Kapitel ihres Lebens?

Lissi hatte sie gefragt, ob er nicht ihre große Liebe gewesen sei. Sie hatte mit einem Nein geantwortet, sich aber insgeheim gefragt, ob sie überhaupt je eine große Liebe erlebt hatte. Eine große Liebe war immer auch verletzend, dramatisch, laut und aufgeregt. Sie nahm so viel Raum ein. Es gab auch eine stillere Liebe, die in ihrer Raumforderung bescheidener war. Irmi empfand das gar nicht als faulen Kompromiss. Sie war nicht die Frau für die ganz große Dramatik. Und was war mit Jens? Was für eine Liebe war der? Was sollte nun werden? Einer von ihnen beiden musste den nächsten Schritt tun, und Irmi befürchtete, dass nicht sie diejenige sein würde.

Als könne Kathi Gedanken lesen, bemerkte sie: »Du erzählst in letzter Zeit wenig von Jens.«

»Ist in Australien.«

»Es ist aber nicht bloß die Zeitverschiebung, oder?«

Irmi lächelte wehmütig. »Es hat schon etwas mit Zeit zu tun.«

»Zeit, die er nicht hat? Ich dachte immer, du bist froh über so einen Part-Time-Lover, den man immer wieder elegant loswird. Willst du ihn abschießen?«

»Ich finde, gerade wir sollten uns vor solchen Worten hüten. Wir sollten uns jetzt vor allem gegen Annikas Eisaugen wappnen.« Irmi zögerte. »Wenn wir sie überhaupt finden.«

Ausnahmsweise schwieg Kathi. Irmi warf einen kurzen Blick zum Hochgrat hinüber und fuhr dann in weiten Kurven nordwestwärts. Es war eine andere Landschaft als das Werdenfels mit seinen Felskathedralen. Sanft wogte der Bregenzerwald dahin. Auch Weiler-Simmerberg hockte bescheiden im Tal. Viele der Städtchen hier im Allgäu duckten sich weg. Dabei standen dort viele dieser schönen Häuser, deren geschindelte Fassaden in Würde alterten.

Irmi stoppte in Bremenried vor der Käserei.

»Ich hol mal was zu essen. Die haben einen sagenhaften Bergkäse hier.«

Kathi war ausgestiegen und rauchte, während Irmi vier dick belegte Käsesemmeln erstand. Seit sie selber käste, kannte sie die Kunstfertigkeit der Käseerzeugung. Sie wusste um die Mühe und die Angst vor dem Scheitern. Es war ein kostbares Produkt, das so einen langen Weg genommen hatte. Man musste es schätzen.

»Wo sind wir eigentlich gerade?«, fragte Kathi nach einer Weile.

»Wir sind am Wirtatobel, dem Hintereingang nach Bregenz. Der sanfte Weg ins Rheintal.«

Bald wurde es voll auf der Autobahn. Irmi fuhr tunlichst hundertzwanzig, Schweizer Strafzettel waren richtig teuer. Sie näherten sich Chur, als Irmi aus dem Fenster zeigte:

»Schau, das ist diese neue Wildbrücke, über die jetzt die Tiere wandeln. Auch der Wolf. Vielleicht.«

Irmi hatte Annikas Adresse in ihr Navi eingegeben. Aspermontstraße. Sie landeten in einem Quartier von mehrgeschossigen Wohnhäusern, die recht luftig um Parkanlagen gruppiert waren. Sie parkten und fanden schon bald das richtige Haus. Annika wohnte im Erdgeschoss. Wenn man das Haus umrundete, gelangte man auf ihre Terrasse. Irmi hoffte, dass sie nicht zu sehr auffielen, aber da sprach sie schon ein Mann mit Hund an, der wohl eine Mischung aus Bernhardiner und Dogge war und in einer schwungvollen Kopfbewegung den Sabber fliegen ließ.

»Studieren Sie die Architektur?«

»Nein, warum?«

»Nun, weil öfter Leute von außerhalb die Architektur von Thomas Domenig betrachten. Er hat die Skyline von Chur geschaffen, erste Quartierpläne realisiert, Wohnen mit Grünanlagen und mit Teichen.«

»Na ja, so schön finde ich die Skyline von Chur nicht«, meinte Kathi. »Hässliche Hochhäuser.«

»Sie müssen das aus der Zeit sehen, Ende der Sechzigerjahre war das revolutionär. Außerdem hat uns Domenig den Eishockeyclub gerettet und das Bähnli auf den Brambrüesch!«, sagte er mit Nachdruck.

»Aha«, sagte Irmi, »sehr interessant. Wir suchen allerdings Annika Wildhaber. Die wohnt doch hier, oder?«

»Ist das in Bayern so üblich, dass man einfach auf die Terrasse geht?«

»Sie hören, dass wir aus Bayern sind?«

»Das auch, aber auf Ihrem Auto steht GAP«, erklärte der Hundebesitzer streng.

Ein richtiger kleiner Blockwart, dachte Irmi.

»Wissen Sie denn, ob Annika da ist?«, fragte sie.

»Sie war da. Wahrscheinlich ist sie am Brambrüesch.

Oder bei ihrem Bruder.« Er machte eine Bewegung, als wolle er ein lästiges Insekt vertreiben. Der Hund ließ noch mal den Sabber fliegen, der diesmal auf Irmis Schuh landete. Dann gingen die beiden davon.

Kathi sah ihm kopfschüttelnd nach. »Merci! Was für ein Typ. Und was hatte der denn dauernd mit dem Brambrüesch?«

»Churs Hausberg. Schön da oben«, sagte Irmi nur, die einmal mit Jens dort gewesen war.

Wieder einmal geisterte Jens durch Irmis Gedanken. In all den Jahren hatten sie ihren straffen Zeitplänen immer wieder gemeinsame Kurztrips abgerungen. Es gab ein Wir, aber ob das auf die Dauer reichte?

»Und was machen wir jetzt?«

»Zu Annikas Familie fahren?«

»Ja, das wäre eine Option.«

Der Weg führte sie den Hang hinauf Richtung Spital. Es war offensichtlich, dass hier die guten Adressen lagen. Alte Häuser im Schweizer Stil flirteten mit moderner Architektur aus Beton und Glas. Teils sahen die Häuser so teuer aus, dass man sie wohl besser erbte als käuflich erwarb. Die Grundstücke wirkten eher klein. Bestimmt waren die Bodenpreise horrend, und der Wert der Häuser lag vermutlich irgendwo zwischen einer und zwei Millionen.

Schließlich stoppte Irmi den Wagen in der Böschenstraße vor einer Reihe von Sichtbetonhäusern, die über die Stadt blickten. Die beiden Kommissarinnen läuteten, warteten, läuteten nochmals. Keine Reaktion. Etwas unschlüssig standen sie herum, als eine Nachbarin herüberlugte.

Diese wurde nicht von einem sabbernden Hund flankiert, sondern von einem fetten roten Kater.

»Suchen Sie wen?«

»Ja, die Wildhabers.«

»Der Herr Professor ist sicher am Golfplatz in der Lenzerheide. Und die Caro führt.«

»Wie führt?«

»Stadtführung. Sie startet am Bahnhofsplatz.« Die Nachbarin sah auf die Uhr. »Geht in zwanzig Minuten los. Vielleicht erwischen Sie die Caro ja noch.«

»Danke schön«, sagte Irmi. »Prachtvoller Kater.«

»Das ist Major Tom. Ist schon fünfzehn. Hoffentlich bleibt er uns noch ein paar Jahre. Salü.«

»Die Caro führt«, wiederholte Kathi auf dem Rückweg zum Auto. »Die haben doch sicher Geld wie Heu. Und da macht die Stadtführungen?«

»Freude? Spaß? Kathi, es gibt Menschen, die freut es, wenn's andere freut.«

Kathi verzog das Gesicht.

Sie fuhren in die Stadt zurück, wo an allen Ecken und Enden gebaut wurde. Sie fanden ein Parkhaus und hechelten auf den Bahnhofsplatz. Etwa ein Dutzend Leute standen um Caroline Wildhaber herum. Sie hatte einen grau durchsträhnten Pagenkopf, war klein und zart und strahlte doch eine große Würde aus. Sie musste nun annähernd siebzig sein, sah aber weit jünger aus. Irmi schob sich an ein paar Leuten vorbei und versuchte, möglichst leise zu reden.

»Frau Wildhaber, wir suchen Annika. Haben Sie Ihre Tochter in den letzten Tagen gesehen?«

»Nein, sie war bis vor Kurzem in Deutschland, soweit ich weiß. Wer sind Sie?«

»Wir kommen aus Deutschland. Frau Wildhaber, könnten wir Sie nach Ihrer Führung kurz sprechen?«

Sie stellte keine weiteren Fragen, sondern nickte nur. »Sicher, kommen Sie doch mit. Dauert ungefähr eineinhalb Stunden.«

Kathi verzog das Gesicht, ihr schien der Sinn nicht nach einer Kulturführung zu stehen. Aber sie folgten Caroline Wildhaber in die Altstadt.

»Die Reichsgasse war die Hauptdurchgangsstraße der mittelalterlichen Stadt und lag auf der Route von Deutschland nach Italien«, sagte die Stadtführerin. »Wir stehen hier vor dem Geburtshaus der Künstlerin Angelika Kauffmann, die zunächst in Chur lebte, bis sie 1752 nach Como zog und 1757 nach Schwarzenberg in Vorarlberg, wo sie sechzehnjährig die dortige Pfarrkirche mit eindrucksvollen Apostelbildern ausmalte.«

Es klang sympathisch, wenn sie sprach, denn sie hatte immer noch einen leichten Werdenfelser Akzent, gemischt mit Schweizer Einsprengseln. Selbst Kathi lauschte gebannt, denn Caroline Wildhaber erzählte sehr anschaulich und gar nicht betulich.

Irmi bewunderte die hübsche Puppenstubenstadt. Was für ein Kontrast zu den Hochhaustürmen, mit denen dieser Domenig die Stadt ja regelrecht umzingelt hatte.

Schließlich zwängten sie sich durch das Bärenloch, stiegen die Kirchgasse hinauf zur Kathedrale, sicher eine der schönsten romanischen Kirchen des Alpenraums. Aufsehenerregend war der Hochaltar – auch seine Rückseite!

Diese war nämlich ebenfalls geschnitzt, und zwar mit einem sehr filigranen Golgotha-Motiv.

Caroline Wildhaber entließ ihre Gruppe in die Chorherren-Trinkstube mit dem Ausruf: »Viva la Grischa, es lebe Graubünden!«

»Sie mögen Ihre Wahlheimat«, stellte Irmi fest.

»O ja, Chur ist mein Seelenort«, sagte sie und schickte sich an, mit Irmi und Kathi zurück in die Altstadt zu gehen. Sie endeten im Hotel Freieck, das in einem fast fünfhundert Jahre alten Gebäude untergebracht war.

»Vor Kurzem hat das Freieck auch ein Goldenes Dachl bekommen«, erklärte Caroline Wildhaber lächelnd und deutete auf das Dach eines Erkers. »Echtes Blattgold«, fügte sie hinzu.

Wie aufs Stichwort kam der Hotelier auf sie zu, ein Mann mit wachen Augen.

»Salü, Martyn, die beiden Damen sind aus Bayern. Würdest du uns deinen Innenhof leihen?«, fragte sie.

»Ach, Caroline, für dich tue ich alles«, erwiderte er und wandte sich an die Kommissarinnen. »Das Teuerste am Dach war das Gerüst.«

Wie geglückt man moderne Stilelemente in ein altes Haus einbauen konnte, zeigte der überglaste Innenhof. Dort war es still und kühl. Es wurden Kaffee und Gipfeli serviert. Caroline Wildhaber sah ein wenig besorgt aus.

»Das Restaurant ist nur für Hausgäste zugänglich, aber ich dachte, es wäre ein ruhiger Platz … Also, was ist mit Annika?«

Die beiden waren übereingekommen, nicht allzu forsch vorzugehen, und Irmi hoffte, dass Kathi sich daran halten würde. Zunächst umriss Irmi kurz, wer sie waren und woher sie Annika kannten. Sie deutete vage an, dass es zu Todesfällen gekommen wäre und dass sie Annika wegen einer Zeugenaussage suchten, dass diese aber sehr unvermittelt abgereist sei.

»Ich habe sie länger nicht gesprochen. Sie ist sehr beschäftigt mit ihren Wölfen.« Caroline Wildhaber lächelte etwas wehmütig. »Annika liebte schon als kleines Kind Wölfe. Sie hatte einen von Steiff, und es gab sogar einen Wolf als Handpuppe. Sie war ganz verrückt danach.«

Nach kurzem Erwägen beschloss Irmi, nicht um den heißen Brei herumzuschleichen.

»Frau Wildhaber, Annika ist nicht ihr leibliches Kind, oder?«

Caroline Wildhaber zuckte kurz zusammen, griff fahrig nach ihrer Tasse und verschüttete etwas von dem Kaffee. Irmi reichte ihr eine Serviette.

»Frau Wildhaber?«

»Spielt das eine Rolle?«

Vielleicht spielte es sogar die Hauptrolle. Irmi schwieg und wartete.

»Annika ist das Kind meiner verstorbenen Schwester. Mein Mann und ich haben sie adoptiert«, sagte Caroline Wildhaber schließlich. »Was ist daran so spannend?«

»Weiß Annika, dass sie adoptiert ist?«

Caroline Wildhaber blinzelte hektisch. »Nein, es hat sich einfach nicht ergeben, es ihr zu sagen. Ja, es gab nie den richtigen Zeitpunkt. Und was hätte es auch genützt? Sie ist unser Kind, sie hat einen Bruder. Sie hat eine Familie. Eine, die sich kümmert.«

Wieder zögerte Irmi kurz. Dann reichte sie der Frau ihr Handy. »Kennen Sie das?«

Caroline Wildhaber blinzelte und schwieg.

»Natürlich kennen Sie das«, mischte sich Kathi ein. »Das ist ein Werk Ihrer Schwester. Signiert mit MOZI. Ergebnis ihres Kunstleistungskurses.«

Caroline Wildhaber sah minütlich älter aus. Die Wege der Vergangenheit, die sie gegangen war, all die steilen Pfade wurden zu Furchen in ihrem Gesicht.

»Woher haben Sie das?«

»Annika hatte das Original dabei. Eine Leinwand, einen auf einen Meter. In einer Papprolle«, sagte Irmi leise.

»Aber wieso? Woher hat sie das?« Frau Wildhaber wirkte verstört.

»Das würden wir gerne von Ihnen wissen!«

»Keine Ahnung. Ich wusste gar nicht, dass das Bild noch existiert.«

»Es existiert sehr wohl. Wie Sie sehen!«, rief Kathi. »Bitte erinnern Sie sich, Frau Wildhaber, es ist wirklich wichtig!«

»Es kann höchstens sein, dass das Bild bei unseren Eltern im Speicher gelegen hat. Wir haben das Haus im Winter erst ausgeräumt. Eine Cousine hatte es bewohnt, aber wir hatten unseren ganzen Krempel noch dort. Bettina, also die Cousine, war immer nur das Sommerhalbjahr da, im Winter war sie auf Fuerteventura. Sie hat es nie gestört, dass wir das Haus noch als eine Art Lager benutzt hatten. Nun ist sie ganz nach Fuerteventura gezogen, und wir …«

»Frau Wildhaber, war Annika beim Ausräumen dabei?«

»Ja, sie und Marco. Wir haben viel gelacht über die Dinge, die aus der Vergangenheit herübergewinkt haben. Marco hat Legosteine gefunden und einen Kaufladen. Annika ein paar Mützen, die nach heutigem Gesichtspunkt sehr schräg waren. Und Nickipullover. Und Omas Kaffeegeschirr, an das wir uns alle so gut erinnern konnten …«

Ihre Worte verhallten. Sie alle kannten diese Speicherromantik, wo man Deckel von Kartons anhob und plötzlich Lebensgeschichte herausnebelte.

»Wenn Annika damals diese Rolle gefunden hat, wie konnte sie daraus ablesen, was das eigentlich war?«, fragte Kathi nach einer Weile. »Hat Annika Sie nicht gefragt?«

Die Frage war gut und allzu berechtigt.

Frau Wildhaber blinzelte. »Nein, hat sie nicht. Ich wusste wirklich nicht, dass diese Arbeit noch existiert. Ich dachte, wir hätten …«

»Sie weggeworfen?«, fragte Irmi. »Weil die Erinnerung zu tragisch war?«

»Es war alles so komprimiert damals, verstehen Sie? Da kam die Nachricht vom Unfall. Es gab so viel zu tun. Da war die kleine Annika, da war meine Mutter, die zusammengebrochen ist. Mein Vater hat völlig zugemacht, ich hatte ja auch ein kleines Kind …«

Alle um sie herum taumelten, strauchelten und zogen die Zugbrücken hoch – und Caroline, die damals noch junge Frau, stand alleine im Strudel. Irmi verstand sie nur zu gut.

»Und später? Nach der Beerdigung, als alles vorbei war, haben Sie da nie an der Unfalltheorie gezweifelt? Haben Sie sich nie gefragt, weswegen Ihre Schwester sich als Lamm gemalt hat und ihr Leben so endete wie auf dem Bild?«, fragte Kathi so pietätlos wie immer.

»Ich habe mich das durchaus gefragt«, kam es von hinten.

Sie blickten auf. Dort stand ein Mann, der eine Erscheinung war. Groß, schlank, grauhaarig, mit markanten Gesichtszügen. Er trug Shorts und ein Poloshirt. Lässig, nicht protzig. Nur ein paar Krampfadern verunzierten seine Schienbeine, ansonsten wäre er das perfekte Best-Ager-Model gewesen. Der Mann kam auf Caroline zu und gab ihr einen sanften Kuss auf die Stirn.

»Martyn hat mich angerufen. Ich war auf dem Rückweg vom Golfplatz. Exgüsi, die Damen, Beat Wildhaber mein Name. Ich glaube, meine Anwesenheit ist von Vorteil.«

Dieser Professor Dr. Wildhaber toppte jedes Klischee aus Arztfilmen und Klinikromanen. Das war der Mann, dem man gerne das Herz oder Hirn für eine OP in die Hände gelegt hätte.

Irmi stellte sich und Kathi vor und umriss kurz ihr Ansinnen. Auch ihm zeigte sie Monikas Bild.

Der Herr Professor hatte sich gesetzt. »Ich war vergleichsweise neu in der Familie. Ich hatte eine bezaubernde Frau kennengelernt, die mir einen bezaubernden Sohn geboren hatte. Das war so schnell nicht gerade geplant gewesen, aber das Leben hat seine eigenen Regeln. Ich habe Moni erlebt, sie war labil und zerbrechlich, aber – und das hörte meine Frau nie gerne und hört es bis heute ungern – sie war auch berechnend. Sie spielte die Elfe, sie spielte mit ihrem sphärischen Aussehen, und es kam ihr zupass, dass sie das Kind abgeben konnte: an die Schwester, an die Mutter.«

»Beat, das …«

»Caro, cara Caro, du siehst immer nur das Gute in allen Menschen.« Er wandte sich an Irmi. »Caro hat Sozialpädagogik studiert, und als wir uns kennenlernten, hatte sie gerade eine Stelle angetreten, bei der sie sich mit Junkies rumschlagen musste. Aber zurück zu Moni: Sie war labil, ich wiederhole mich gerne, aber sie konnte manipulieren.« Er wandte sich an Irmi. »Ihre Frage war, ob je daran gezweifelt wurde, dass es ein Unfall war. Meine Schwiegereltern haben nie gezweifelt. Caro auch nicht. Ich schon.«

»Sie haben gedacht, Moni wäre hinuntergestoßen worden?«

»Ich habe es in Erwägung gezogen, ja, das habe ich!«

»Sie glauben, der Kunstlehrer hätte sie gestoßen? Quasi das vollendet, was Monika wie eine Kassandra vorhergesehen hatte?«

Der Professor schwieg.

»Beat?«, hakte seine Frau nach.

»Nein, genau das habe ich nicht geglaubt. Kurzzeitig vielleicht einmal, dann bald nicht mehr.«

Die drei Frauen sahen ihn an. Irritiert. In Irmis Kopf wirbelten Bilder und Gesichter herum. Der Ort, wo die Hütte einst gestanden hatte. Fränzis panische Augen. Hedi Biersack. Der tote Wolf. Das Gruselkabinett von Kotz. Die Klippe. Die Gewitterfront. Seine Worte klangen kryptisch. Was hatte der Professor gemeint?

Er nahm die Hand seiner Frau. »Cara Caro, das wollte ich vermeiden. Immer. Aber nun stehen wir alle an dieser Klippe. Und ich möchte nicht, dass wir springen müssen.«

Irmis Magen verkrampfte sich. Was war das für eine Einleitung? Hatte womöglich er …?

»Ich glaube Ihnen die Sache mit der Zeugenaussage nicht«, sagte der Professor und sah Irmi aufmerksam an.

»Annika ist in Schwierigkeiten, nicht wahr?« Er wartete keine Antwort ab, sondern fuhr fort: »Sie haben sich im Zuge Ihrer Recherchen doch sicher einmal gefragt, wer der Vater von Monis Tochter ist?«

»Ja, das haben wir natürlich.« Irmi hoffte inständig, er würde nun nicht zugeben, dass er selbst es sei. Und sie sah in Caro Wildhabers Augen dieselbe Angst. »Wir hatten die Idee, dass es der Lehrer gewesen sein könnte. Wir haben eine Aussage, dass er wohl mit einer anderen Schülerin ein Verhältnis hatte. Er schien da experimentierfreudig gewesen zu sein.« Irmi blickte von Caro Wildhaber zum Professor und zurück: »Frau Wildhaber, war Udo Wolf der Vater von Annika?«

Caro Wildhaber zwinkerte wieder hektisch. »Sie hat es nie gesagt! Mir nicht, meinen Eltern nicht! Das müssen Sie mir glauben! Sie müssen das glauben! Ich weiß es nicht!«

Irmis Beunruhigung nahm zu. Der alerte Professor würde doch nicht wirklich …? Kathi war ebenfalls wie eine Bogensehne gespannt, doch sie schwieg.

»Sie haben diese Arbeit von Moni gefunden, sagen Sie? Bei Annika?«, fragte der Professor. Er schien auf Verzögerung zu setzen.

»Ja, sie hatte das Bild bei sich. Auf einer Hütte in Bayern, auf die sie als Expertin für ein Wolfssymposium eingeladen war.«

Der Professor atmete durch. Einmal. Zweimal. »Ich glaube, wir sollten miteinander zu Marco gehen.« Er sah auf die Uhr. »Ich denke, er wird zu Hause sein.«

»Beat, was …?«

»Meine Liebe, gedulde dich ein wenig.«

13

Sie verließen das Freieck, das für sie wie eine stille Höhle gewesen war, abgeschirmt vom städtischen Trubel, und gingen zum Arcas. Der Professor klingelte an der Tür eines Hauses gegenüber vom Café. Menschen saßen in der Sonne, Geplauder hallte auf dem Platz wider. Über dem Arcas lag eine Mischung aus mediterraner Grandezza und Schweizer Bodenständigkeit. Die Stadthäuser, die ihn säumten, waren eher schlicht gehalten. Einige von ihnen hatten graue Fenstereinfassungen aus dem heimischen Scalärastein.

»Marco hat sich einen schönen Platz zum Leben gesucht«, sagte Caroline Wildhaber. »Man kann sich kaum vorstellen, dass der Platz bis Ende der Sechzigerjahre von hässlichen Magazinbauten umgeben war.«

Marco öffnete ihnen, beäugte die seltsame Gruppe und bat sie schließlich herein. Er war eine jüngere Ausgabe seines Vaters, dasselbe markante Gesicht, allerdings hinter einem Bart verborgen, die braunen Augen voller Tiefe. Seine Altstadtwohnung war spärlich möbliert, an der Wand hingen wunderschöne Bergbilder. Auf einem stand ein Mann ganz allein im Gegenlicht auf einem imposanten Gipfel. Marco war Kathis Blick gefolgt.

»Dr Noppa, Norbert Joos, miar händ die Seven Summits gmacht. Dr Noppa, a Groaßer in dr Bergschtiiger-Szene. S'Föteli isch vum Andrea Badrutt. Beidi guate Früünd vu miar. Dr Andrea isch dr beschti Fotograf, wo'n i kenn.«

Marco trug ebenfalls Shorts, und auf seinem T-Shirt prangte der Name einer Bergsportschule. Aber auch ohne die Bilder und den Aufdruck hätte man ihn sofort als Bergfex erkannt. Er war schlank, sehnig, mit Muskeln, die man für Ausdauersport brauchte, nicht für die pure Kraft. Marco bot ihnen Wasser an und holte aus dem Nebenraum noch zwei Stühle. Dann nahm die seltsame Abordnung Platz. Der Professor erklärte, weswegen die Damen aus Deutschland gekommen waren, und bat Irmi, Marco das Bild zu zeigen.

Marcos schöne braune Augen wurden finsterer. »Ja, miar händ daas ufm Eschtrich gfunda. Und no andere Büacher, es Tagebuach.«

Irmi musste sich ziemlich konzentrieren, um ihn zu verstehen. Marco schien aber keinen Anlass zu sehen, sich um Hochdeutsch zu bemühen, anders als sein Vater, dessen Akzent minimal war. Irmi erinnerte sich dunkel, dass Estrich auf Schweizerdeutsch Dachboden bedeutete. Dort hatte Annika das Bild also gefunden.

»Aber ich verstehe immer noch nicht, wie Annika allein durch das Bild darauf kommen konnte, dass Moni ihre Mutter war?«

»Annika hät im Tagebuach gläsa. An Uufsatz zu dem Bild. Ich han ihr aaglütet, und sie hat mir öppis vorgläsa. Und do stoht au, dass sie sich vum Vatter von Khind verfolgt – hüütztag würd ma ›gestalkt‹ säga – gfühlt hätt. Kei schöne Erfaarig. Es isch logisch, dass d'Annika es Khind vum Moni muass sii. Und es Mami eigentlich di Tante isch.«

»O Gott!«, entfuhr es Caroline Wildhaber. »Marco, ich …«

»Dann isch d'Annika äba miini Adoptivschwöschter. Als Boppi adoptiert. Und i würd miar wünscha, d'Annika hätt sell akzeptiert. Es bringt nüüd, jetzt no äs Büro uufz'macha. Aber das isch dr Annika natürli gliich.« Er blickte seinen Vater an. »Aber ihr wänd ja öppis vo mir, oder, Papi?«

Und der Professor erzählte in leisen, eindringlichen Worten, dass Marcos Schwester in der Tat adoptiert sei, weil deren Mutter bei einem Unfall ums Leben gekommen sei. Dass die Familienlegende, die Mami sei ganz schnell wieder schwanger geworden, eben nur eine Legende gewesen sei. Deshalb seien die Kinder auch nur vierzehn Monate auseinander.

»I han dr Annika wirkli gsäit, sie soll warta, bis ihr öppis säga tuand. Mami? Papi?«

Es war irgendwie anrührend, wie der große Kerl seine Eltern mit »Mami« und »Papi« ansprach. Alles in allem schien ihn die Neuigkeit, dass aus seiner Schwester eine Adoptivschwester geworden war, auch nicht aus der Bahn zu werfen. Vielleicht wurde man so, wenn man die Achttausender der Welt bezwungen hatte. Da wusste man, dass man sich am Ende nur auf sich selber verlassen konnte.

»Wir reden! Wir müssen reden«, sagte der Professor. »Aber die Damen aus Düütschland haben ein eiliges Anliegen, oder?« Nur ganz selten blitzte ein wenig Schweizer Dialekt durch.

»Annika ist mit dieser Rolle nach Deutschland aufgebrochen, und wir nehmen an, sie wollte die Wahrheit herausfinden. Es kam ihr wohl ganz recht, dass sie für das Symposium ausgerechnet auf der Kenzenhütte gelandet war«, sagte Irmi.

»Moment!«, meinte Marco. »Annika hät das wölla voraa-triiba. Sie hat ihr'n Chef aaglüet, eigentlech isch an Ort am Tegernsee planet gsi. Annika hät ins Ammergebirg wölla. Die Zuawanderigsrouta vom Wolf führt ins Berchtesgad-ner Land od'r in d Oschta vu Bayern.«

»Annika hat darauf verwiesen, dass Schweizer Calanda-Wölfe nach Bayern ziehen«, sagte Irmi. »Aber wenn Sie sagen, Annika hätte die Wahl der Kenzenhütte vorange-trieben, dann wollte sie wohl unauffällig dorthin, wo ihre Mutter abgestürzt war?«

»Das tönt so. Das isch au dr Stil vu dr Annika.«

»Was ist Annikas Stil?«, fragte Kathi ziemlich aggres-siv.

»Alles mit sich allei uusmacha.«

»Hat sie Ihnen denn erzählt, was sie vorhatte?«, hakte Irmi nach.

»Nei, da isch nüüd ihra Stil gsii! Miini Schwöschter hät gschwiga über Sacha, wo sie truurig gmacht hend.«

»Wissen Sie, wo Annika das alles aufbewahrt? Auf der Hütte in Bayern jedenfalls hatte sie nur das Bild dabei.«

»In ihra Wohnig. I han en Schlüssel.«

Noch immer stand die Frage im Raum, wer nun eigent-lich der Vater von Annika war. Außerdem war Irmi sehr wohl bewusst, dass sie sich rechtlich in einer tiefgrauen Zone bewegten, wenn sie in einem Nicht-EU-Land in die Wohnung einer Zeugin eindrangen. Aber sie hatten ja An-nikas Familie dabei, versuchte sie, sich zu beruhigen.

»Ach, Spatzl«, brach es aus Caroline Wildhaber hervor. »Wir hätten euch das sagen müssen. Spätestens, als ihr voll-jährig wart. Ach, Marco, es tut mir so unendlich leid!«

»Mami, miar klärend das. Aber z'erscht müand mir in d' Wohnig. I fahra üüs.«

Sie verließen die Wohnung und stiegen in einen Bus der Bergsportschule, der auf dem kleinen Parkplatz direkt am Flüsschen Plessur stand. Kurz darauf waren sie wieder in der Aspermontstraße und konnten diesmal mit einem Schlüssel die Wohnung betreten. Sie bestand aus einer kleinen Küche, einem kleinen Schlafzimmer und einem großen Raum, der Annika vor allem als Büro gedient hatte. Bücherregale wuchsen eine Wand hinauf, ein riesiger Schreibtisch war übersät mit Unterlagen. In einem Rattankorb lagen Mengen von Landkarten.

Marco schob das Porträt eines Wolfs zu Seite, eine eindrückliche Kohlezeichnung. Das Tier blickte sie mit Augen an, die Schlimmes gesehen zu haben schienen. Dahinter kam ein Safe zum Vorschein. Ohne zu zögern, tippte Marco ein paar Zahlen ein, der Sesam öffnete sich, und neben einem Kästchen, das wohl Schmuck enthielt, kamen ein dünner Plastikordner und ein Tagebuch mit einem dicken Pappdeckel zum Vorschein, das ziemlich ramponiert aussah.

»Voilà«, sagte Marco.

Irmi war unbehaglich zumute. »Wir dringen hier in die Privatsphäre von Annika ein. Wir …«

»Sie wollen die Wahrheit. Hier ist sie«, sagte der Professor.

Irmi starrte ihn an.

»Sie wissen, was in dem Tagebuch steht?«

»Nein, aber ich erinnere mich noch gut, wie Moni die Note für diese Selbstdarstellung bekam. Neun Punkte. Sie

hatte sich weit mehr erhofft. Und sie konnte wirklich großartig malen. Der Lehrer hatte bemängelt, dass der Begleit-
text zu kurz gewesen sei. Ich habe Moni verstanden. Kunst
ist ein originärer Prozess, der ohne ein ausführliches Rezept
auskommen sollte. Es schien diesem Lehrer wirklich darum zu gehen, seine Schüler bloßzustellen. Moni haderte,
sie war verzweifelt. Zweimal hat sie einfach gar nichts ab-
gegeben und damit null Punkte riskiert. Sie wollte seine
Kritik nicht hören. Und sie hat sich mehrfach krankschrei-
ben lassen, um seinem Unterricht fernbleiben zu können.
Das war alles kurz vor dieser Hüttenwoche.«

Das alles wies doch darauf hin, dass der Wolf der Kinds-
vater war, dachte Irmi. Einer, den sie meiden wollte, aber
wie machte man das beim eigenen Lehrer – zumal in der
Abiturzeit?

Caroline Wildhaber sah ihren Mann überrascht an. »Das
stimmt! Dass du dich erinnerst! Nach all der Zeit. Ich hatte
das vergessen. Oder verdrängt. Aber ja, Moni war völlig
entsetzt. Sie fühlte sich verraten. Sie hatte nächtelang gemalt. Der Lehrer war ihr wichtig. Und ihre Arbeit wurde
nicht honoriert.«

»Wir haben schon viel über den Lehrer gehört. Kontro-
verses. Er hat polarisiert. Wie hat Moni ihn gesehen?«

»Ich glaube, eine Weile hat sie ihn eher überhöht. Und
unter seinen ätzenden Worten ist sie zusammengebrochen.
Wie unter einem Joch. Es hat sie umso mehr geschmerzt,
als sie ihn ja eigentlich verehrt hatte. Meine Schwester
war«, Caroline Wildhaber kämpfte mit den Tränen, »ein
schwieriger Mensch. Wirklich sehr fragil, mal zänkisch,
dann ganz klein. Aber vielleicht war das auch ihrer Jugend

geschuldet. Wir durften ja nicht erleben, was als erwachsene Frau aus ihr geworden wäre ...«

»Ach, Mami!«, sagte Marco und nahm sie in den Arm.

»Wir werden das auf die Schnelle kaum alles lesen können«, sagte Irmi zum Professor. Es war ihr mehr als unangenehm, in solch eine Intimität eingedrungen zu sein. Die Familie hätte in diesem Moment sicher Ruhe gebraucht.

»Lassen Sie sich Zeit. Wir setzen uns solange auf die Terrasse«, sagte der Professor. Marco begleitete seine Mutter nach draußen. Irmi und Kathi hörten die Stimmen draußen leise dahinplätschern.

»Wahnsinn, die werden Redebedarf haben!«, rief Kathi.

»Schrei nicht so.«

»Ja, ich flüstere nur noch. Also, ich lese dir jetzt ganz leise vor, was sie zu ihrer Arbeit geschrieben hat.«

Und Kathi begann, den Text aus dem Plastikordner vorzulesen:

Hundert Jahre Einsamkeit. So fühle ich mich. Ich bin ein
Lamm. Wir alle sind einst Lämmer gewesen. Unschuldig.
Tiere sind unbestechlich, frei von Taktik. Tiere sind echt,
frei von Berechnung. Kinder sind das auch, aber nur sehr
kurz. Bevor sie in diese korrupte, grausame und falsche
Welt eintauchen! Die Lämmer laufen mit den anderen,
die die Richtung vorgeben. Das Lamm sucht Freunde, und
wenn es Glück hat, findet es welche. Ich bin ein Lamm.
Das Lamm sucht Liebe, und es findet sie. Aber das
erwählte Lamm trabt nun davon – die Welt ist sein
Freund, während das andere Lamm zurückbleibt. Ich bin
ein Lamm. Das Lamm hofft und betet, daß es nicht

vergessen wird. Es ist ja auch nicht attraktiv, weil es
zweifelt und hadert und gar nicht stark ist. Ich bin ein
Lamm, und jeder Schritt wird zur Qual.
So vieles wird zu Eis. Es ist kalt da draußen. Was denkt
der Mond? Sind Regenbogen Zufall, und was kostet das
Glück? Ist Liebe stärker als der Tod? Wo ist der Sinn?
Ist im Lammsein ein Sinn? Wann wird ein Lamm erwach-
sen? Und ist das überhaupt ein Ziel? Ich glaube, ich will
lieber ein Lamm bleiben.
Manchmal stehe ich auf einer Klippe und überlege, ob ich
springen soll. Dann ließe das Lamm das noch kleinere
Lämmlein allein. Aber das Lämmlein ist doch gar nicht
allein. Es hat Caro und Mami. Die sind besser als ich.
Also sollte ich springen, für uns alle. Ich war ein Lamm.

»Sie zitiert Marquez. Sie springt zwischen dem Lamm und der Ich-Form. Sie entblößt sich komplett. Sie droht mit Selbstmord. Das geht doch zu weit! Das hätte der Wolf melden müssen. Sie war seine Schülerin. Das ist doch fahrlässig!« Irmi war erschüttert.

»Aber wenn er sie tatsächlich geschwängert hatte, und wenn das herausgekommen wäre, dann wäre er sofort suspendiert worden. Seine Karriere wäre am Ende gewesen. Das wollte der nicht riskieren. Und er hat vielleicht auch nur gedacht, das sei eine billige Drohung, oder?«, rief Kathi.

»Ja, das hört sich alles so an. Lass uns mal zumindest auszugsweise auch das Tagebuch überfliegen.«

Sie griff nach dem Buch und blätterte, bis sie zum April 1981 gekommen war.

5. April

Ich merke heute, wo der Himmel ein wenig trauert, wo Wolken jagen über einen Himmel, der immer noch winterlich ist, daß es noch schwerer war, als ich dachte. Ihr brecht alle auf zu neuen Taten, ich merke erst, wie sehr mir das alles zugesetzt hat. Caro will heiraten, es wird perfekt werden. Vater redet kaum mit mir, er schaut Annika kaum an. Dabei ist sie wirklich süß mit ihren riesigen blauen Augen. Aber mir geht nicht das Herz auf, wie das bei einer Mutter sein müßte. Und es ist doch weitaus anstrengender, für zwei zu denken als für einen. Ich bin keine Mutter, ich bin eine Versagerin am eigenen Kind. Es tut weh. Ich bin schuld, und nun läuft es in der Schule auch noch schlecht. Zumindest dort habe ich bisher eigentlich wenig verbockt. War vorbildlich, leise, schnell und immer gut! Komisch – ich staune wie ein Kind, daß man mich so behandelt. Ich sehe ausnahmsweise keinen Fehler bei mir. Ich staune wirklich: Sind Menschen so schlecht, und bin ich wirklich so naiv? Warum diese schlechte Note? Weil ich nun mal ich bin. Die, die immer versagt. So einfach ist die Antwort. Wer bin ich, daß ich keinen Selbstschutz besitze? Warum? Warum nur! Warum bin ich nicht so wie Caro geworden?

20. April

Man kann ein Telefon auch niederstarren – es läutet aber trotzdem nicht. Man kann den Fernseher an- und ausschalten, bis die Finger erlahmen – Linderung bringt das aber trotzdem keine. Man kann die Tür des Kühlschranks tausendmal öffnen, schließen, doch nichts trinken – die Zeit vergeht trotzdem nicht. Ich habe nun zwei Stunden

das Telefon niedergestarrt und dann gehandelt. Angefangen
zu malen, das hilft mir. Das hilft immer. Half immer. Aber
der Wolf sagt, ich bin nicht gut genug. Ich habe keine Ideen
mehr. Meine Hand ist wie gelähmt.

7. Mai
Ich heule bei kitschigen Serien. Ich heule beim Anblick von
Hundebabys, ich heule, weil Pferde diese langen Wimpern
haben. Ich heule voller Wut über Vater und meine eigene
Unfähigkeit, nicht einmal an einem kleinen Zipfel dieses
traurigen Universums etwas beizutragen, das nur einem
einzigen Wesen geholfen hätte. Ich habe gar keine Kon-
trolle mehr, kann zwischen Liebe, Freundschaft, Zärtlich-
keit und Kitsch nicht mehr unterscheiden. Ich heule, wenn
es zu regnen beginnt. Mama sagt, das seien die Nach-
wirkungen der Schwangerschaft. Papa sagt gar nichts mehr
zu mir. Ungewollt schwanger, ein Kind ohne Vater. Mit so
einer muß man nicht reden. Er weiß nicht, daß Kinder
stumm leiden. Dieses Leid wird Annika erspart bleiben, da
sie ihren Vater nicht kennt. Und wenn sich die Mutter auch
raushält, noch besser! Mama, Caro – sie alle glauben an
mein Versagen.

15. Mai
Er sitzt vor dem Wassernapf, den Kopf gebeugt, und will
trinken, doch es ist eine unendliche Anstrengung. Er sitzt
vor dem Futternapf und will essen, doch es ist eine unend-
liche Anstrengung. Knochen staken aus dem struppigen
Fell, er ist nicht viel mehr als ein bepelztes Skelett. Es ist
Zeit, Abschied zu nehmen, wir haben ein halbes Jahr

*gewonnen, wo er sich noch mühsam auf den Rücken drehen
konnte, um sich den Bauch kraulen zu lassen, ein Bauch,
der nicht mehr war als ein bepelzter Hohlraum.*

*Er wird gehen müssen, dabei war er der Hund, der immer
neben mir lag, der meine Stehlampe als Wärmelampe
genutzt hatte. Am Ende waren seine Beine nur noch
Mikadostäbchen. Er war viel mehr anwesend in meinem
Leben als jeder andere. Ich habe ihn gesehen in seinen
ersten Lebenssekunden, dieses nasse Hundchen. Da war
ich zwölf, aber ich weiß es noch wie gestern. Er starb auf
meinem Bauch, die letzte halbe Stunde saßen wir da. Er
in eine Wolldecke gepackt, die Augen riesig, die Füße und
die Ohren trotz Decke kalt wie Eis. Er hatte gute
Freunde, auch eine Tierärztin, die im Graupelschauer
mitten im Mai ins Haus kam. Er schlief leise ein, das
verzweifelte Herz, das rasende Herz, das taktlose Herz
durfte endlich aufgeben. Mit so einem Loch in der Herz-
klappe hat man keine Chance, auch nicht als Kämpfer,
der so gerne leben wollte. Leben wollen heißt, nicht leben
können.*

*Er hätte mehr als die sechs Jahre haben sollen, diese treue
Seele. Er war ein unergründliches Tier mit gelben Augen
inmitten der anderen Kulleraugenhunde. Aber mit so
einem Herzen kann man nicht leben, kein System läuft
ohne Motor.*

*Er liegt jetzt bei Omis Katzen im Gräberfeld unterm
Pflaumenbaum, die anderen wurden überfahren, herausgerissen aus dem kunterbunten, spannenden Katzenleben.
Er ging langsam, er verfiel, das Leben ist nie fair. Mein
einziger Freund ist tot. Wieder wird eine Karteikarte bei*

der Tierärztin weggeworfen, Leben sind so leicht zu löschen. Herr Wolfson, für seine Freunde Wolfi, kommt nicht mehr zurück. Ich bin mitgestorben. Wo soll ich hin mit diesem Schmerz, mit diesem grenzenlosen Schmerz? Wohin soll ich gehen, wo keine Geister sind, wo keine Schattengestalten aufstehen in den Türrahmen und die Räume dahinter verdunkeln?

3. Juni

Ich weiß, ich weiß. Ich kenne deine Argumente: Du kannst nicht anders, aber das stimmt nicht. Du willst nicht anders, du läßt dich immer und überall völlig aufsaugen, bei euch zu Hause, immer auf Abruf. Bei mir aber nie. Ich habe auch eine gestörte Familie, ich stehe auch unter Schul- und Termindruck. Ich habe das Kind, nicht du. Ich würde dir nicht mal Egoismus vorwerfen, es ist mehr eine Mischung aus Unachtsamkeit und panischer Angst vor Kritik. Doch irgendwann wird der Preis zu hoch, denn wenn du mich komplett opferst, wirst du einen verdammten Rückschritt machen. Wenn ich jetzt wirklich resigniere und den Traum aufgebe, jemals eine echte und wahre Beziehung haben zu können, dann kann ich auch gleich abtreten.

7. Juni

Was soll ich jetzt sagen? Daß es mir leid tut, dich in Verwirrung gestürzt zu haben? Eigentlich tut mir nur die Wahl des ungünstigen Zeitpunkts leid und daß womöglich Hedi in irgendeiner Weise darunter leiden mußte. Die Tatsache bleibt bestehen, und bitte verzeih mir meine Offenheit: Es war in den Jahren, die wir uns kennen,

immer so, daß ich dich sehr mochte und ein seltsames
Gefühl der Zärtlichkeit für dich hatte. Ich mochte Hedi
auch immer sehr, aber von euch beiden warst du derjenige,
bei dem ich einfach mehr das Gefühl von einer gemeinsamen Wellenlänge hatte. Es gab mehrmals Momente, da
hätte ich dich wahnsinnig gern umarmt und – ja, ich hätte
auch gerne mit dir geschlafen. Ich habe die »Idee« erst gar
nicht so weit zugelassen, dich vielleicht tatsächlich einmal
»anzumachen« – inklusive der Angst, einen Korb zu
kriegen, was ja nie schmeichelhaft ist! Und als wir es dann
doch getan haben, war es schön. Und du hast gesagt, daß
du keine Ahnung hast, wo du momentan stehst – in deiner
Beziehung, in deinem Leben. Du hast Hedi verlassen und
mich, und jetzt willst du mich plötzlich zurück? Es ist zu
spät, sieh das doch ein! Wie sollte ich dir denn noch
vertrauen? Hör doch auf, immer anzurufen. Und tauch
nicht plötzlich irgendwo auf, wie ein Gespenst aus dem
Nichts. Damit machst du mir Angst. Glaubst du, daß du
mich so zurückgewinnen kannst?

12. Juni

Undine sagt Udi, wenn sie von ihm redet. Man stelle sich
vor, sie hat wirklich ein Verhältnis mit ihm. Mir graust es.
Und dann immer Johanna, diese Mitläuferin. Es fehlt
noch, daß sie Undines Stiefel küßt. Und beim Wolf biedert
sie sich auch an. Sie sind alle schlimm. Und Hedwig, diese
ewig Verwirrte, die Sachen sagt, die kein Mensch versteht.
Das macht sie, um sich zu umwölken und interessant zu
wirken. Nicole haßt den Wolf, aber sie ist so laut, so
schnell, ihre Worte so beißend, mir macht sie eher Angst.

Heike, Michaela und Anna, die sind harmlos, aber was
nutzen die Harmlosen der Welt? Hannes steht über allem
und versteht uns nicht, versteht unseren Kummer nicht. Er
und Nicole fahren jetzt nach London und Florenz, sie
hatten den Mut. Ich nicht! Wie gerne wäre ich nach
Florenz gefahren und hätte Botticellis Venus gesehen. Aber
wir fahren auf die Hütte. Hilfe! Warum hilft mir keiner!
Mama hat mir keine Entschuldigung geschrieben, daß ich
wegen Annika daheimbleiben müsse. Sie sagt, sie wolle
sich kümmern. Immer kümmert sie sich. Und Caro. Caro,
die Unfehlbare. Caro, die Liebevolle. Caro, die jeden
versteht. Caro, die sich natürlich einen perfekten Schwiegersohn an Land gezogen hat. Ich hingegen, ich habe
keinen passenden Schwiegersohn an der Hand. Also muß
ich auf diese Hütte mit. Neben ihm sind mir Undine und
Johanna wirklich am meisten zuwider. Mit denen muß ich
fünf Tage aushalten, fünf Minuten sind schon zu viel, fünf
Stunden eine Ewigkeit. Undine, Johanna und er. Igitt.

23. Juni
Es regnet schon wieder. Wie kann es eigentlich so viel
regnen? Und warum wird es dann immer gleich so kalt?
Meine Omi sagte immer: Hier ist es sieben Monate Winter
und fünf Monate schlecht. Ach, Omi, warum bist du so
früh gestorben? Du hast mich alleingelassen. Mama redet
mir in alles rein. Sie sagt, ich käme nach dir. Mit dir war es
viel schöner. Sie reißt alles an sich. Weil ich es nicht kann.
Weil ich zu jung bin. Und zu instabil, sagt sie. Omilein,
du hättest verstanden, daß ich nicht hierher wollte.
Ich glaube, bei schönem Wetter wäre es erträglicher. Wir

könnten Blumen pflücken, ein Picknick machen. Mit
Sonne ist alles leichter. Aber es regnet die ganze Zeit.
Bindfäden, junge Katzen und Hunde. Warum regnet
es Katzen und Hunde? Ich gehe trotzdem immer raus,
weil ich allein sein muß. Die anderen werden mir
immer unangenehmer, ich halte ihr falsches Lachen nicht
mehr aus.
Und er geht mir auf die Nerven. Ständig. Daß er es
einfach nicht verstehen kann. Ich muß an die Luft, auch
wenn ich nun keine trockenen Schuhe mehr habe. Aber das
ist ja auch schon egal. Noch zwei Tage, die nicht vergehen.
Draußen kleben die Wolken an den Berghängen. Zäh wie
Buna, hätte Oma gesagt. Was ist eigentlich Buna? Ich
habe sie nie gefragt. Ich frage eh ungern. Man macht sich
so schnell lächerlich. Dann lieber raus in den Regen.
Gestern bin ich weit gegangen, zweimal gestürzt, es ist
alles so glitschig hier. Oberhalb unseres Gefängnisses gibt es
einen steilen Hang. Wenn man ganz oben steht, ist es wie
bei Caspar David Friedrich. Der Wanderer über dem
Nebelmeer. Über dem Schlund, aus dem die Kälte herauf-
steigt. Eine andere Kälte. Klarer irgendwie. Und als ich
gerade gehen will, steht er da. Einfach so. Und wie er mich
ansieht. Diese Augen. Dieser Blick. Er ist es.

»Puh! Was für Sätze«, meinte Kathi. »Diese ständigen
Androhungen, sich umzubringen. Ich möchte nicht mal
ansatzweise die Psyche dieser Moni haben! Auch wenn du
mich oft harsch findest – so getrieben zu sein von allem und
jedem ist ja unerträglich.«

Irmi schwieg. Sie stand noch unter dem Eindruck von

Monis Schilderung, wie ihr Hund gestorben war. Bei der Lektüre hatte Irmi mit den Tränen gekämpft.

»Offenbar hatte sie eine Art postnatale Depression«, fuhr Kathi fort. »Liebte das eigene Kind nicht richtig. Man hätte ihr helfen müssen.«

Irmi schwieg weiter.

»Und es war die Rede von Hedi Biersack. Hat der Wolf auch mit der was gehabt? Ich dachte, mit Undine! Das wäre ja unglaublich dreist, oder!«

»Ja, der Mann schien sich wohl wirklich für gottesgleich zu halten. Wie bei einer Sekte. Er nimmt sich, was Gottes ist.«

»Dieses Tagebuch bestätigt doch nur, was ich immer schon gesagt habe«, sagte Kathi. »Undine, Johanna und der Wolf waren die Meistgehassten. Und genau die hat es erwischt, Annika hat ihre Mutter gerächt.«

»Ja, aber uns fehlen die Zusammenhänge, wir …«

»Irmi! Da steht doch alles!« Kathi griff nach dem Tagebuch und las die Textstelle noch einmal vor. »*Eine andere Kälte. Klarer irgendwie. Und als ich gerade gehen will, steht er da. Einfach so. Und wie er mich ansieht. Diese Augen. Dieser Blick. Er ist es!*«

»Sie meint den Wolf. Eine unglückliche Liebe. Er hatte eine andere, irgendwann wollte er sich offenbar bekennen, doch da scheint es zu spät zu sein«, sagte Irmi schließlich.

»Aber sie wird das kaum geschrieben haben, als sie auf der Klippe stand. Kurz danach ist sie abgestürzt.«

»Sie wird öfter dort gewesen sein. Diese Klippe schien sie magisch anzuziehen. Sie hat vielleicht probiert, wie es wäre zu springen. Oder sie hat gehofft, jemand verstünde diesen Hilferuf.«

»Und an diesem einen Donnerstag steigt einer aus diesem gefährlichen Spiel aus. Am 25. Juni 1981. Da beendet es einer. Stößt sie in die Tiefe. Hat die Stärke, die Kälte in sich, das Ganze als Unfall zu deklarieren. Weiß, dass nun die Vaterschaft nicht mehr zu beweisen ist. Es war der Wolf!«

»Aber Kathi, konnte er denn sicher sein? Was, wenn Moni doch irgendwem den Namen des Vaters verraten hat?«

»Nicht einmal ihre eigene Schwester hat es gewusst. Das glaube ich Caroline Wildhaber.«

»Eine Schwester, zumal eine deutlich ältere, ist in der Situation nicht unbedingt eine Vertrauensperson. Ich lese aus dem Tagebuch heraus, dass niemand Moni etwas zugetraut hat. Sie stand im Schatten der scheinbar perfekten Schwester. Der wird sie sich kaum anvertraut haben. Ich denke eher an eine Freundin.«

»Glaubst du, diese verstrahlte Hedi hat es gewusst? Oder Undine? Die haben doch offenbar alle mit ihrem Lehrer gepoppt.«

»Kathi!«

»Gut, dann ändere das Wort. Vielleicht war er eine Art Guru, ein Erleuchteter. Aber das Ende bleibt tragisch«, fasste Kathi zusammen. »Sollen wir die Wildhabers hereinrufen?«

»Ja, aber ich rede«, sagte Irmi mit Nachdruck.

Kathi verzog das Gesicht und holte die Familie von der Terrasse. Caro wirkte älter als zuvor, der Professor war blass unter der Golfplatzbräune, und Marco hatte die Augen zusammengekniffen.

»Wir haben einige Passagen überflogen. Es ging um unerwiderte Liebe, aber auch darum, dass Moni sich unverstanden gefühlt hat. Und überrollt von all denen, die es wohl nur gut mit ihr gemeint haben«, begann Irmi. »Sie kündigt durch die Blume immer wieder Suizid an, und die Hauptschuld trägt wohl der Kunstlehrer, der sie geschwängert und verleugnet hat.«

Caroline entfuhr ein merkwürdig dumpfer Laut. Irmi machte sich ernsthaft Sorgen um sie.

»Aber so ist das nicht zu lesen«, widersprach Professor Wildhaber.

»Was soll das heißen?«, entgegnete Irmi erstaunt.

»Nicht der Wolf ist der Vater! Martin, ihr Schulkollege, hat Monika geschwängert.«

»Martin? Martin Gschwendner?«, fragte Caroline Wildhaber ungläubig. »Der mit ihr im Kunst-LK war?«

»Ja.«

Martin Gschwendner, der inzwischen Marketingprofi einer Hotelkette war und sich momentan irgendwo in Südamerika aufhielt.

»Und woher wollen ausgerechnet Sie das wissen?«, fragte Kathi. »Nicht mal Ihre Frau weiß es!«

»Weil Martin sich mir anvertraut hat. Nach dem Unfall.«

»Wie bitte? Was soll das heißen?«

Der Professor hob die Hand. »Bitte lassen Sie mich etwas weiter ausholen. Als Caros Freund stand ich ein bisschen außen vor, und ich wollte ihr helfen. Es war aber alles unglaublich emotional überladen. Keiner konnte mehr richtig denken. In Caros Familie herrschten Entsetzen und

Trauer über das Unfassbare. Immer wieder flackerte eine Glut auf, die jemandem die Schuld zuweisen wollte. Aber es war eben am Ende immer nur ein Unfall gewesen. Und dann war da auch das Faktische, das es zu bewältigen galt. Da war auch ein Kleinkind, das versorgt werden musste. Zwei Kleinkinder.«

»Alle ehemaligen Kursteilnehmer haben uns gegenüber gesagt, dass ihre Erinnerungen eher verschwommen seien. Dass man schnell zur Tagesordnung übergegangen sei. Wir haben auch alte Befragungsprotokolle eingesehen. Wolf hat ausgesagt, er sei zu spät an die Klippe gekommen. Martin Gschwendner auch, Hedwig Biersack ebenfalls. Die Staatsanwaltschaft ging von einem Unfall aus. Alle Verfahren wurden eingestellt. Die Akten geschlossen.«

»Vielleicht war es auch ein Unfall. Nur mit anderer Besetzung.«

»Hä? Herr Professor Wildhaber, mir ist nicht nach Ratespielen!«, rief Kathi.

»Exgüsi, ich bitte um etwas Geduld! Meine Erinnerung ist weniger verschwommen. Caro war am Limit. Sie hatte zwei Kinder zu versorgen. Meine Schwiegermutter war in desolatem Zustand. Depressiv oder hysterisch. Heute hätte man sie behandelt, heute hätte man ein Kriseninterventionsteam zur Familie geschickt, 1981 war man allein. Und dann war da die Beerdigung. Die halbe Schule war da. Alle Lehrer, natürlich auch der Wolf, der beherrscht wirkte und sicher ahnte, dass so mancher und manche ihn für einen Mörder hielten.«

»Der Mörder, der er doch nach wie vor sein kann!«, rief Kathi. »Was macht Sie alle denn so sicher, dass er es nicht doch getan hat? Auch wenn er nun angeblich nicht der Vater des Kindes ist!«

»Warten Sie, bitte! Es gab Kondolenzen am offenen Grab. Es gab einen Leichenschmaus. Das Furchtbare an der katholischen Kirche ist, dass man den Schmerz noch bohrender macht. Dass man das Leid hinauszögert. Es für die Angehörigen fast unerträglich gestaltet. Ich war auch beim Leichenschmaus. Angewidert von so manchen Gesprächen, ging ich hinaus in den Garten des Wirtshauses. Es war sehr kühl, eigentlich kein Wetter zum Verweilen. Aber da sah ich Martin Gschwendner. Und Udo Wolf. Der Wolf redete leise, aber eindringlich und für mich hörbar auf den Jungen ein. Ich hörte sie, doch sie sahen mich nicht. Zuerst jedenfalls nicht.«

»Ja, und weiter?«, rief Kathi.

»Ich trat auf einen Pappbecher, da entdeckten sie mich. Und ihnen war klar, dass ich zugehört hatte. Dass ich nun auch wusste, dass Martin Gschwendner der Vater des Kindes war. Er hatte mit Moni geschlafen, mehrfach. Er war aber mit einer anderen zusammen, oder zumindest so etwas Ähnliches. Wirre Herzen waren das damals. Dieser Martin war durch den Wind, nicht Herr seiner Gefühle. Wir gingen in ein Salettl im Biergarten und rauchten. Dort erzählte Martin von sich. Er stammte aus einer Familie mit einem Gasthof, er musste viel helfen. Der Vater war ein gewalttätiger Choleriker. Martin zeigte mir eine Brandwunde am Arm, wo ihm der Vater aus Wut heißes Wasser über die Haut gekippt hatte. Dabei hatte Martin nur irgendwas im Service falsch gemacht. Dieser Junge war ein Sklave seiner Familie – hätte der erzählen sollen, dass er eine Schulkollegin geschwängert hatte? Er war überfordert und hat sich deshalb wohl dem Wolf anvertraut. Der wiederum hat ihm geraten, sich klar zu werden, was er wollte, und seine Gedanken zu sortieren. Martin überlegte und wollte dann wohl Annika ein Vater sein und Moni ein Mann. Er wollte sich gegen seine Familie auflehnen, aber Exgüsi: Wir reden hier von einem Achtzehnjährigen in einer Ausnahmesituation! Martin wollte sich zu Moni bekennen, aber dann wollte sie nicht mehr, erzählte er unter Tränen. Er hatte sie mit Telefonaten bedrängt, ihr aufgelauert, er wollte alles wiedergutmachen.«

»Es ging also nicht um Udo Wolf, sondern um Martin«, fasste Kathi zusammen.

»Richtig. Und dann kam dieses Hüttenwochenende in den Bergen. Martin und sie auf engstem Raum zusammengepfercht. Sie hat das nicht ausgehalten. Und er hat es nicht ausgehalten. Er ist ihr mehrfach hinaus in den Regen gefolgt. Er wollte mit ihr sprechen. Und an jenem Donnerstag hat er wieder auf sie eingeredet. Sie haben gestritten, er hat sie am Arm gepackt, und auf einmal ist sie abgestürzt. Dann kam der Wolf dazu, allerdings zu spät.«

Sie alle starrten den Professor an.

»Das heißt, der Wolf hat all die Jahre diesen Martin geschützt?«, fragte Kathi schließlich.

»Ja, und er hat sogar einkalkuliert, dass man ihn, den Lehrer, verdächtigt, er habe sich einer Liebschaft entledigt. Es war eine große Geste von Wolf. Sehr mutig. Uneigennützig dazu! Wir haben lange geredet und am Ende einen Pakt geschlossen. Die offizielle Version sollte bestehen bleiben. Es war ein Unfall gewesen. Wozu hätte Martin auch gestehen sollen? Und was? Ob er sie nur etwas ungeschickt berührt und dadurch versehentlich ins Straucheln gebracht hat oder ob er sie wirklich aktiv geschubst hat – das weiß er allein! Damit muss er leben. Wolf war bereit zu schweigen. Ich auch. Und ich habe gelobt, mich um Annika zu kümmern. Martin versprach, alle Ansprüche auf das Kind endgültig aufzugeben. Ich habe ihm über all die Jahre Bilder geschickt und von Annika erzählt.«

Ein Pakt! Drei Männer. Unterschiedlich alt. Aus ganz verschiedenen Welten. Und doch hatten sie fast vierzig Jahre geschwiegen. Sie hatten einfach beschlossen, ein wenig an den Stellschrauben der Geschichte zu drehen.

»Aber Beat!«, rief Caroline Wildhaber. »Du hättest doch mir ... Beat!« Es war ein Hilfeschrei.

»Du hast recht. Aber damals erschien es mir richtig. Auch um dich zu schützen.«

»Aha, mal wieder so ein Männerding, oder!«, entfuhr es Kathi.

Wie oft taten und sagten Menschen das Falsche aus den richtigen Motiven heraus? Irmi beneidete die Wildhabers nicht darum, jetzt ihre Familienlegende aufarbeiten zu müssen. Schon gar nicht, weil nun noch Annikas Rolle in dem Drama hinzukam. Was würde der letzte Akt noch bringen? Sie mussten Annika endlich finden!

»Als Annika die Zusammenhänge begriffen hat, als sie das Bild sah und den Aufsatz las und das Tagebuch, da hat sie das gefolgert, was wir alle gefolgert haben: Sie hat geglaubt, der Wolf habe Moni auf den Gewissen«, sagte Irmi schließlich. »Und dann hat sie den Falschen verfolgt.«

»Warum verfolgt? Sie haben uns bisher immer noch nicht

gesagt, weswegen Sie Annika wirklich suchen«, sagte der Professor.

»Wir glauben, dass sie in den Tod von mindestens zwei Menschen verwickelt ist. Einer davon ist Wolf.«

»Udo Wolf ist tot?«

»Ja, und seine Todesumstände sind mehr als merkwürdig.«

»Annika ist doch keine Mörderin. Das denken Sie doch nicht etwa?«, flüsterte Caroline Wildhaber. »Wir sind schuld. Wir haben sie da hineingetrieben. Du bist schuld, Beat. Dieses Schweigen, es ...« Sie begann zu weinen.

»Annika hät allei entscheida. Sie hät dir und en Papi eifach könna fraaga, was dozmal gsii isch. Hät sie aber nüt. Sie isch ihre Touren ganga«, sagte Marco und umfasste seine Mutter.

»Das wird sich alles klären. Wie müssen einfach mit ihr sprechen«, versuchte Irmi abzuwiegeln.

»Wo könnte Annika sein? Sie war in Chur, hat ihr Nachbar gesagt. Wir müssen sie finden. Sie sehen ja, was passiert, wenn man zu lange schweigt«, sagte Kathi.

»Dr Nachbar? Dr Cadisch? Das isch en Löli«, kommentierte Marco. »Der spioniert allbott, aber i glaub, dass d'Annika im Chalet isch.«

»Welches Chalet?«

»Die Familie hat ein Chalet oben am Brambrüesch. Annika liebt es. Unterm Dreibündenstein kann man viele Tiere beobachten, Steinböcke und Murmeltiere«, sagte der Professor.

»Ich kann dem Gübi aalütta«, bot Marco an, zückte sein Handy und ging hinaus.

»Wer ist das schon wieder?«, fragte Kathi.

»Gübi ist ein Künstler, mit vollem Namen Gubert Luck. Er schafft aus Holz Skulpturen, unter anderem aus Olivenholz, das er aus der Po-Ebene geholt hat. Er hat zehntausend Quadratmeter Grund, also genug Platz für Holzskulpturen«, erklärte Caroline Wildhaber. »Gübi ist nicht nur Künstler, sondern auch Bergführer und einer von rund fünfzig echten, ganzjährigen Bewohnern. Die Häuschen da oben sind fast alles nur Ferienhäuser, sie gehören zur Gemeinde Malix. Im Winter ist es mühsam da oben.« Es schien ihr gutzutun, anderen etwas zu erklären. Das brachte Normalität in ihr Denken.

Marco war zurück. »Gübi hat Annika gsee. Geschtern. Mit dem Velo.«

»Sie beschreiben uns den Weg zum Haus. Keiner von Ihnen kommt mit! Keiner von Ihnen mischt sich ein! Ist das klar?«, rief Kathi.

»Und bitte rufen Sie sie nicht an«, fügte Irmi hinzu. »Sie machen es nicht besser.«

»Ich ha ihr aaglütet«, berichtete Marco. »Vielmals scho. Am Natel. Allbott die Mailbox.«

»Ich kann Sie nur bitten, das zu unterlassen. Wir müssen zuerst mit ihr sprechen. Bitte!«

Marco nickte und beschrieb ihnen einen Weg, der sich kompliziert anhörte.

»Wir melden uns«, sagte Irmi und ließ sich Marcos Handynummer geben.

Sie ließen eine verstörte Familie zurück, eilten durchs Zentrum, stiegen in der Tiefgarage ins Auto und kurvten wenig später die Malixer Straße hinauf, bis es einen Abzweig nach rechts gab. An einer Baustelle schien die Ampel gar nicht umschalten zu wollen. Ein Schild stand am Wegesrand: »Altbrot für Tiere«, daneben eine Tonne. Die Straße wurde schmaler und holpriger durch die vielen Schlaglöcher.

»Was machst du, wenn dir hier einer entgegenkommt?«, schimpfte Kathi.

»Bis zu den Ausweichstellen zurückrollen.«

Und genau das mussten sie, als ihnen ein Holzfahrzeug und ein kleiner Reform-Ladewagen entgegenkamen. Das Heuen am Steilhang musste mehr als mühsam sein. Irmi fuhr konzentriert, ihr Herz pochte.

»Das ist alles ganz schön heftig«, meinte Kathi. »Da hat der Prof so lange die Klappe gehalten!«

»Es hätte funktionieren können, wenn Annika nicht dieses Bild gefunden hätte.«

»Hätte, hätte, Fahrradkette. Ich hasse diese heroischen, markigen Männerdinger! Was denken die sich eigentlich? Dass sie Gottvater mal drei sind und ihre eigene Realität schaffen können?«

»Ich glaube dem Wildhaber sogar, dass es ihm so am besten erschien. Moni war tot, das ließ sich nicht mehr ändern. Die Familie sollte zur Ruhe kommen.«

»Sehr trügerisch, die Ruhe!«

Kathi versuchte auf dem Handy, die Wegbeschreibung nachzuvollziehen, die Annikas Familie ihr gegeben hatte. Die Adresse lautete Setznisweg, ein allein stehendes Haus auf dem Weg zur Malixer Alpe. Sie schraubten sich immer höher. Der ganze Berghang schien übersprenkelt zu sein mit Hütten. An vielen waren Schweizer Fahnen gehisst, an anderen der Graubündner Steinbock. Vor einigen Häusern, die direkt an dem rumpeligen Weg lagen, standen Autos noblerer Formate. Schließlich landeten sie an einem Parkplatz und sahen sich um. Es gab einen Verleih für Trottinetts und eine Bergbaiz, rechts von ihnen schien die Bergstation der Brambrüesch-Bahn zu liegen. Eine Familie grillte Würstl – ein Bergsommeridyll.

»Das ist falsch! Fahr mal da lang«, meinte Kati.

Irmi bog nach links ab.

»Das jahrzehntelange Schweigen hat dazu geführt, dass Annika zwei Menschen ermordet hat, die Dritte liegt im Koma«, fuhr Kathi fort. »Gute Idee vom Herrn Adoptivpapa!«

»Das wissen wir doch noch gar nicht. Johanna Holzer lebt und erholt sich vielleicht!«

»Toll! Vielleicht wacht sie als Brokkoli wieder auf!«

»Kathi!«

»In dieser Facebook-Gruppe hat der Wolf ganz zu Beginn geschrieben, er habe eine Einladung erhalten. Die Einladung stammte mit Sicherheit von Annika. Sie hat ihn da hingelockt. Und jetzt will ich dem Weib in die Augen sehen!«

Irmi fuhr langsam weiter.

»Scheiße!«, rief Kathi. »Wir fahren ja wieder abwärts.«

Doch gerade als sie umkehren wollten, entdeckten sie einen Schotterweg, der tatsächlich Setznisweg hieß und nach rechts führte. Bunte Tafeln wiesen einen Familienerlebnisweg aus. Irmi und Kathi schepperten weiter. Nach einer Kurve sahen sie ein Haus, das zurückgesetzt auf einer Wiese lag. Das Haus der Wildhabers. Still, behäbig, braunschwarz von der Sonne verbrannt. Ein älterer Subaru Forester stand davor. Sie waren am Ziel. Irmis Herz schlug schneller. Sie warf ihrer Kollegin einen Blick zu. Kathi lächelte ihr ganz kurz zu.

Sie gingen eine Steintreppe hinauf und pochten an die Tür. Keine Reaktion. Irmi drückte die Klinke hinunter, die Tür war offen. Sie traten ein.

»Annika?«

Keine Antwort. Sie betraten eine kleine Diele und gingen geradewegs in eine Stube. Wiewohl das Haus von außen völlig unauffällig aussah, war es im Inneren ein Juwel. Die komplett mit Arvenholz getäfelte Stube strahlte eine ganz eigene Schönheit und Ruhe aus. Hier konnte man nicht anders: Man musste durchatmen und fühlte dabei, wie man sank, bis an einen Mittelpunkt, den man sonst so oft verlor.

»Annika?«

Rechts von der Stube befand sich die Küche, die ebenfalls aus Arvenholz gearbeitet war. Die Gardinen mit ihren filigranen Rosenranken und die floral gemusterten Kissen sorgten dafür, dass sich trotz des vielen Holzes kein Eindruck von billigem Alpenbarock einstellte. Das Bad mit den Terrakottafliesen verfügte über eine Badewanne, die auf geschwungenen Füßen frei im Raum stand.

Das Chalet der Wildhabers war ein Rückzugsort für die Seele.

14

Eine Treppe führte nach oben, wo es drei kleine Schlafzimmer gab. Eines davon wurde augenscheinlich gerade benutzt. Auf dem Bett lag eine wohlbekannte Papprolle. Irmi schluckte. Sie gingen wieder hinunter und hörten ein Geräusch. Die Terrassentür klappte, ein »Hallo« schallte herauf. Im Gang standen sie Annika gegenüber. Im Trägertop sah man, wie schmal sie war. Eine Eiselfe.

»Irmi!«

»Bitte entschuldige unser Eindringen, Annika, aber du bist etwas zu schnell abgereist. Wir hätten da noch ein paar Fragen.«

»So, so.«

»Nix so, so!«, rief Kathi. »Seit Tagen versuchen alle möglichen Leute, dich anzurufen. Geht's noch, nie zu antworten?«

»Ist es neuerdings verboten, sein Natel auszuschalten?«

»Nein, aber man könnte ahnen, dass permanente Anrufe wichtig sein könnten«, sagte Irmi.

»Von Tobi und meinem Bruder? Das werde ich wohl immer noch selbst entscheiden dürfen, ob ich da rangehe! Also, was verschafft mir die Ehre eures Eindringens?«

»Weißt du das nicht?«

»Nein.«

»Du hast oben eine Papprolle liegen«, sagte Irmi.

»Ach, schnüffelst du schon wieder in meinem Schlafzimmer? So wie auf der Kenzenhütte?«

»Du hast recht, das war falsch von mir. Aber richtig ist, dass du ein Bild deiner leiblichen Mutter mit dir herumträgst. Warum?«

Annika schwieg.

»Und richtig ist auch, dass du dafür gesorgt hast, dass das Wolfssymposium ausgerechnet auf der Kenzenhütte stattfand. Du wolltest dem Platz nahe sein, wo deine Mutter zu Tode kam.«

»Wollte ich das?«

»Annika, ich kann dich auch vorladen!«

»Du bist meines Wissens beurlaubt. Und ihr habt in der Schweiz gar nichts zu ermitteln.«

»Ein Anruf, und die Herren Juven und Sandri von der Graubündner Polizei stehen hier auf der Matte. Wir haben uns angemeldet!«, rief Kathi. »Besser wäre Kooperation von deiner Seite.«

»Bitte, Annika, ich würde einfach gerne verstehen, was passiert ist«, sagte Irmi und bemühte sich um einen ruhigen Ton. »Du hast, wohl mehr durch Zufall, bei der Räumung eines Speichers alte Dinge gefunden. Das Bild, den Aufsatz dazu, Tagebücher. Du hast gelesen, nachgeforscht, nachgefühlt und entdeckt, dass deine leibliche Mutter Monika Schreiber war.«

»Tatsächlich?« Annikas Ton blieb spöttisch.

»Ja, und die weiblichen Unfallopfer in der Umgebung der Bäckenalm waren alte Schulfreundinnen deiner Mutter.«

»Freundinnen wohl kaum!«

»Stimmt, es waren eher diejenigen, die den Lehrer mochten. Mussten sie deshalb sterben?« Irmi sprach leise, aber mit Nachdruck.

»Wir sterben alle mal. Früher oder später.«

»Das reicht als Grund, um Menschenleben zu opfern?«, fragte Irmi.

»Sagst du jetzt gleich: Annika Wildhaber, ich verhafte Sie wegen Mordverdacht? Muss ich einen Anwalt anrufen?«

Solche Kälte! Solcher Hass.

»Warum bist du so unendlich wütend?«

»Wütend, Irmi, wütend, zornig, grimmig. Eine wütende Wölfin bin ich.« Sie lachte.

»Annika! Lass das! Theatralik steht dir nicht. Auf wen bist du so wütend? War es so schlimm, bei deiner Tante aufzuwachsen? Sie war dir eine Mutter, und ich habe sie als eine sehr liebevolle Frau kennengelernt. Ihr mögt euch doch? Sie liebt dich«, sagte Irmi eindringlich.

»Ja, das tut sie. Caro liebt alle und versteht alle. Caro ist eine barmherzige Mutter Teresa. Sie weiß immer, was gut für ihre Umgebung ist. Meine Großeltern haben zusammen mit ihr und Beat entschieden, was das Beste ist. Für mich. Meine Mutter war nicht das Beste. Aber eine bünzlige Schweizer Familie, die war gut für mich.«

»Du kannst doch nicht wissen, was ohne den Unfall passiert wäre!«

»Erstens, Irmi: Die hätten dennoch alles an sich gerissen. Sie haben meiner Mutter nichts, gar nichts zugetraut. Und zweitens, Kathi: Der Unfall! Welcher Unfall? Es gab keinen Unfall. Meine Mutter wurde ermordet.«

Irmi wartete, und auch Kathi schwieg.

»Ich habe Jahrzehnte mit der Lüge leben müssen. Immer wieder habe ich gedacht, ich sei vielleicht adoptiert. Ist das nicht ein netter Witz? Ich bin wirklich adoptiert! Mein Bruder war das Herzenskind meines angeblichen Vaters. Sie sind sich ähnlich. Immer beherrscht. Mein Bruder war vor Jahren in einer Lawine und hat knapp überlebt. Seither ist er noch beherrschter. Es kann einen zum Wahnsinn treiben, wenn man die Wahl hat zwischen der Gutmenschin und den fabelhaften Erfolgsboys.«

»Du hast doch auch Erfolg! Du bist eine hervorragende Biologin, Annika!« Irmis Herz klopfte immer stärker.

»Aber ich hatte nie deren innere Größe. Ich war falsch in meiner Familie. Wer bin ich? Jeder hat ein Recht zu wissen, wer er ist und wo er herkommt, um zu entscheiden, wohin er will. Es ist ein banales geografisches Problem. Man kann eine Reiseroute nur bestimmen, wenn man den Ausgangspunkt kennt. Selbst wenn das Ziel noch ungewiss ist, muss man doch wissen, von wo man aufbricht. Proviant aufladen, sich verabschieden, Vorkehrungen treffen. Die Katzen versorgt wissen. Den Wellensittich irgendwo unterbringen. Jemanden für die Blumen finden. Die Wohnung vielleicht untervermieten. Man muss einen Ausgangspunkt haben. Doch der fehlt mir. Da ist nur ein schwarzes Loch. Ein Kreisel, der immer schneller rotiert und mich hinabzuziehen droht. Es wäre reizvoll, kopfüber in den Trichter zu springen. Durchgewirbelt werden, immer schneller auf der Spirale des Vergessens. Wer keiner ist, wer keine Identität hat, für den ist das doch schon wie ein Versprechen. Eine Todesspirale, die zumindest eine Richtung vorgibt! Aber vor dem Sprung will ich wissen, warum!«

»Du hast also den Wolf kontaktiert?«, fragte Irmi.

»Auch so eine Ironie, findet ihr nicht? Der Mann heißt ausgerechnet Wolf! Meine Mutter liebte ihren Wolfsspitz, der viel zu jung sterben musste. Sie liebte den Hund mehr als mich. Aber das nehme ich ihr nicht übel. Ich liebe die Wölfe auch weit mehr als die Menschen. Ich liebte schon als Kind Wölfe. Keine Puppen. Ich wollte immer nur Plüschtiere von Wölfen haben. Und dann sehe ich das Bild. Es hat mich im Mark getroffen. Ein Bild, das mir absolut bekannt vorkam. Es war gespenstisch und magisch zugleich. Ich war in dem Bild.«

»Annika, ich frage dich noch mal: Nachdem du das Bild entdeckt und den Aufsatz dazu gelesen hattest, da hast du Udo Wolf kontaktiert?«

»Ja. Er war so was von selbstgefällig. Ich gab vor, ihn treffen zu wollen, um mit der Vergangenheit abzuschließen. Ich gab auch vor, ihn an der ehemaligen Hütte treffen zu wollen, weil ich ein wenig Abbitte leisten wollte für den Ärger, den Moni damals verursacht hatte. Es war ganz einfach. Wir haben einen Treffpunkt verabredet. Er fand das gut, denn er war so eitel, dieser alte Mann.«

»Und du hast mit seiner Eitelkeit gespielt?«

»Ja, das war leicht.«

»Aber du wolltest ihn allein treffen, oder?«

»Ja, an sich schon.«

»An sich schon? Was heißt das? Wie passen Johanna Holzer und Undine Ganser in die Geschichte?«

»Genau wie ihr vermutlich auch habe ich versucht herauszufinden, wer alles in diesem Kurs war. Es gab in den Unterlagen meiner Mutter einen Jahresbericht. Schön säuberlich mit Bildern aller Klassen und Leistungskurse. Ich hatte Namen. Und es gab ihr Tagebuch, aus dem hervorging, wer zu den Anbetern von Wolf gehörte. Diese Undine und diese Johanna waren ihm hörig. Die eine hat sogar mit ihm rumgevögelt.«

»Ja, vielleicht. Aber warum waren dann alle drei auf dem Gelände der Alm?«

»Wolf war ganz aufgekratzt am Telefon. Er hat mich einige Tage nach dem Erstkontakt angerufen und mir erzählt, dass es doch mehr Tiefe hätte, wenn ich auch ein paar alte Weggefährtinnen meiner Mutter kennenlernte. Ich hätte es ahnen müssen. Der eitle Wolf wollte sich quasi noch ein Denkmal setzen. Ja, er hat Zeuginnen angerufen. Er wollte bestimmt eine Absolution für den Mord an meiner Mutter. Er erzählte von seiner Facebook-Gruppe, von der alten Verbundenheit mit den ehemaligen Schülerinnen. Es war unerträglich.«

»Und dann?«

»Er hat erzählt, dass mit Sicherheit Undine und Johanna dazukämen und die gute Hedi vielleicht auch. Wir verabredeten uns am Dienstag letzter Woche am Sägertalparkplatz.«

»An dem Tag starb Undine. Johanna lag bereits im Koma, und Udo Wolf war längst tot. Was ist passiert zwischen dem Sonntag, an dem Johanna Holzer von den Kühen überrannt wurde, jener Nacht, in der Wolf ums Leben kam, und dem Dienstag, an dem das Treffen ja wohl anberaumt war?«

»Ich habe mich über Johanna und Undine informiert«, erzählte Annika. »Eine Geigerin und eine Berufsgattin. Von der Geigerin gab es Bilder auf der Homepage des Orchesters. Von der Schickibraut habe ich Bilder eines Golfturniers gefunden, das sie gewonnen hatte. Bei der Geigerin fiel mir diese alte Wolfslegende ein, ja, mir fiel so einiges ein, was die Menschheit einst den Wölfen angetan hat. Dabei ist der Wolf unschuldig. Das Lamm ist auch unschuldig. Sie alle handeln so, wie die Natur es vorgesehen hat. Nur der Mensch ist weder natürlich noch unschuldig. Er hat jede Unschuld verloren.«

»Und da hast du einfach mal drei Ritualmorde geplant?«

»Nein, natürlich nicht. Ich wollte das erst mal auf mich zukommen lassen. Ich wollte den Wolf erst mal sehen. Ihn und seine Damen. Seine Claqueure.«

Irmi und Kathi waren kurzzeitig sprachlos. Auf sich zukommen lassen? Was hieß das? Und was war daraus geworden?

»Aber ...«

»Aber?« Annikas Stimme überschlug sich. »Aber was? Ich war am Sonntag vor gut zwei Wochen oberhalb von eurer Alm unterwegs. Diese komischen Wolfsspuren, von denen mir Tobi erzählt hat, haben mich nicht losgelassen. Und da hörte ich Wolfsgeheul. Völlig unüblich am helllichten Tag. Es hörte sich falsch an. Und schauerlich. Dann erklang ein Bellen, und wenig später sah ich den Hund rennen, in die Kühe hinein. Die Kühe wurden panisch. Die Frau versuchte, den Hund dort rauszuholen, und wurde niedergetrampelt. Hund und Kühe donnerten davon. Die Frau blieb liegen. Ich habe sie sofort erkannt. Johanna Holzer. Warum hatte sie sich nicht an unseren Treffpunkt gehalten? Was tappte sie da schon zehn Tage vorher herum?«

»Annika, sie lebte noch! Das ist unterlassene Hilfeleistung!«

»Von irgendwoher kam dieser Mann angerannt, der dann in Richtung der Alm gestürzt ist, um Hilfe zu holen. Was hätte ich da noch zusätzlich tun können? Es war schon alles getan. Ich zog mich zurück. Und was glaubt ihr? Die Alm ist voller Phantome. Dieser Kotz kam des Weges und hieb seinen Wolfsfuß in den Boden. Unter dem Arm trug er einen Kassettenrekorder. Ich brauchte ein paar Schreckminuten, bis ich begriff, dass er den Hund mit dem Wolfsgeheul erschreckt hatte. Wenn ihr jemanden wegen unterlassener Hilfeleistung festnehmen solltet, dann diesen Kotz. Was steht auf das Abspielen von Wolfsmusik, Irmi?«

Kotz, der immer geleugnet hatte, war es also doch gewesen. Irmi hatte diesmal keinen Zweifel an Annikas Aussage.

»Und dann?«

»Ihr wart alle da, seid um die Frau herumgewuselt. Ich habe zugesehen und dann beschlossen, Kotz im Auge zu behalten.«

»Du hättest sofort aussagen müssen!«

»Nein, ich wollte den Wolf treffen. Das war meine Mission. Nur das! Und was meint ihr? Ich bin eine ähnliche Versagerin wie meine Mutter. Ich kam wieder zu spät. Kotz war mir auch jetzt zuvorgekommen. Ohne jede Konfrontation, ohne sich mir zu erklären, ohne den Mord an meiner Mutter zuzugeben, liegt der böse Wolf in der Grube und ist einfach nur tot. Merde!«

»Und du stellst dich seelenruhig dazu und referierst noch über Wolfsgruben?«

»Was weißt du über meine Seele?«

»Schwarz wird sie sein!«, brüllte Kathi sie an.

Sekundenlang lastete eine schwere Stille über dem Raum, bis Irmi sagte:

»Johanna Holzer hatte eine Geige dabei und der Wolf Schafwolle im Mund. Was hast du dir dabei gedacht, Annika?«

»Na ja, ich war mit beiden eine Weile allein. Dabei habe ich wenigstens noch eine Grabbeigabe hinterlassen.«

»Bitte? Du hattest ganz zufällig eine Geige dabei?«, fragte Kathi ungläubig.

»Ja, das war meine. Eine ganz billige. Ich spiele manchmal draußen in der Natur. Am Calanda habe ich damit schon ein paarmal neugierige Jungwölfe angelockt. Das funktioniert besser als das Imitieren von Wolfsgeheul. Und die Geige erschien mir symbolhaft. Ich hab da so ein Buch mit Wolfsmythen. Darin steht auch diese Geschichte vom Geiger in der Wolfsgrube.« Sie lächelte in einer Weise, die Irmis Blut in den Adern gefrieren ließ.

»Und die Schafwolle?«, hakte Irmi nach.

»Die lag zufällig da. Sie gehörte wohl dem Lamm, das Kotz geopfert hatte. Auch ein Symbol. Eine Allegorie. Und bevor ihr weiterfragt: Einen Tag, bevor ich den alten Mann fand, hatte ich das Depot entdeckt. Kotz war komischerweise auf der Kenzen, auf der Allgäuer Seite des Sattels. Und was macht der? Tut so, als steige er in den Kenzenbus ein, dabei ist er in Wirklichkeit Richtung Sattel gegangen, wo er dieses Tarnnetz installiert hatte. Ich bin ihm gefolgt, hab mich versteckt und gewartet, bis er wieder ging. Dann hab ich seinen kleinen Horrorladen gefunden. Er hatte dort jede Menge Requisiten wie Wolfszähne, Ledergürtel, Felle, sogar diese Hostien. Die haben mich zunächst irritiert, aber Kotz hatte dasselbe Buch wie ich, eines über den Menschen und den Wolf. Über all den Aberglauben und seine wüsten Ausprägungen. Ein Buch, das den Wolf diabolisch macht, dabei sind die Dämonen in den Menschen.«

»Und anstatt den Fund zu melden, hast du es so aussehen lassen, als hättet ihr, Tobi und du, das Depot gefunden. Dabei wusstest du ganz genau, wo es war?«

»Männer freuen sich, wenn man ihnen den Vortritt lässt. Wenn man sie die Heldentaten vollbringen lässt.«

Die Vergletscherung in Irmis Innerem nahm zu. »Das heißt, du hast dir ein paar der Requisiten genommen?«

»Eines muss man Kotz lassen: Er ist sehr planvoll vorgegangen. Er wollte sicher hie und da Symbolhaftes tun, um euch alle von der Gefährlichkeit des Wolfs zu überzeugen. Mir gefiel dieser Gedanke. Also hab ich ein paar Sachen mitgenommen.«

»Was für eine Scheiße!«, brüllte Kathi. »Du krankes Hirn!«

Irmi versuchte, sich zu beherrschen. »Du hast uns also alle ganz perfide manipuliert?«

Annika zuckte die knochigen Schultern. »Ja, die Menschen hören das, was sie hören wollen. Und ich habe den beiden sicherheitshalber die Natels weggenommen. Keine Spuren mehr.«

»Du hast also nur behauptet, du hättest Hedwig gesehen? Das war schlicht gelogen, oder? Und du hast auch Promberger nicht gesehen?«, fragte Irmi mit tonloser Stimme.

»Es war einfach, euch auf falsche Fährten zu locken.«

Kathi sah aus, als wäre sie Annika am liebsten an die Gurgel gegangen.

»Und dann war da noch Undine Ganser?«, fragte Irmi.

»Undine, die Society-Krähe!«, rief Annika. »Ja, die kam ganz fröhlich zum echten vereinbarten Treffpunkt. Sie war nur zwanzig Minuten zu spät und ein wenig überrascht, weder den Wolf noch Johanna vorzufinden. Ich hab mich vorgestellt und behauptet, dass wir uns oben treffen würden. Dass Wolf nicht mehr so gut zu Fuß und deshalb langsam vorgegangen sei. Mit Johanna.«

»Das heißt, sie wusste gar nicht, dass Johanna im UKM lag und der Wolf tot war?«

»Nein, das wusste sie nicht. Sie erwähnte nur, dass sie die beiden telefonisch nicht mehr erreicht hätte. Aber nun sei sie ja da. Eine furchtbare Frau, diese Undine. Unreflektiert, laut, effekthaschend. An nichts anderem als an sich selber interessiert. Sie sagte mir gleich mal, dass meine Mutter ja wirklich ein Problemfall gewesen sei. Dass die dem armen Udi so viel Kummer bereitet habe. Sie war gleich zu Beginn extrem übergriffig. Außerdem erschien sie mir auf irgendeiner Droge zu sein.«

»Und dann? Weiter!«

»Wir gingen los. Der Weg zieht sich ja dahin. Als es steiler wurde, zeigte sich, dass sie keine sonderlich gute Kondition hatte. Typisch für diese Yogaziegen. Können sich verbiegen, aber für Ausdauersport fehlt der Atem.« Annikas Blick wurde noch düsterer. »Immerhin hatte sie genug Luft, um Lobeshymnen über Wolf zu singen. Er hat ihr ja so viel gegeben. Der Wolf hat sie groß gemacht. Er hat ihr beigebracht, frei zu denken. Er hat an den Festen ihres Ichs gerüttelt. Ich dachte, ich muss mich übergeben. Als ich sagte, ich hätte den Eindruck gehabt, nicht alle wären so richtig glücklich mit Wolf gewesen, sagte sie wörtlich: ›Der Kurs hat schwache Kreaturen angezogen, die im Bodensatz der Mittelmäßigkeit schwammen.‹«

»Weiter!«, rief Kathi.

»Wir erreichten die Diensthütte, und sie wunderte sich kurz, dass wir Udi noch nicht eingeholt hatten. Nachdem wir zur ehemaligen Hütte abgezweigt waren, blickte sie irgendwann nach rechts, zu deiner Alm hoch, Irmi. ›Wenn man aus dem Wald rauskommt‹, sagte sie, ›sind da elend steile Wände. Dort ist deine Mutter täglich herumgestiegen. Sie dachte wohl, sie sei eine Gams.‹ Dann lachte sie dümmlich. Wir sind die wenigen Meter den Weg hinauf, wo die ehemalige Hütte gestanden hatte. Sie quäkte plötzlich los: ›Udi, Udi, Hanna! Wo seid ihr denn?‹ Sie bekam natürlich keine Antwort. ›Die werden irgendwo sein‹, sagte ich. Sie stiefelte dann am Platz der Hütte herum und konnte es gar nicht fassen, dass bis auf zwei, drei Balken keine Überreste zu sehen waren.«

»Und dann?«

»Sie hat noch einmal wie irre nach ihrem Udi gebrüllt. Dann holte sie eine Sektflasche aus dem Rucksack und meinte, wir könnten ja schon mal anstoßen. Anstoßen, versteht ihr? Worauf denn? Darauf, dass meine Mutter hier gestorben war? Als ich ablehnte, meinte sie: ›Die Moni hat auch nie mitgetrunken. Die war etwas Besseres, die Moni. Ein zartes Blümchen rühr mich nicht an. Allerdings mit unehelichem Kindelein. Aber du bist ja hübsch geworden, hübscher als deine Mutter.‹ Dieser Blick, dieses Lachen, dann wieder ein Udi-Ruf. ›Vielleicht sind sie zur Absturz-stelle meiner Mutter gegangen‹, sagte ich. ›Euer Wolf wollte sie mir zeigen.‹ Dann hat sie gemeint: ›Es war dumm von Moni, jeden Tag im Regen herumzuklettern, das musste eines Tages schiefgehen. Alles schlüpfrig, alles felsig, senk-rechte Wände. Moni war sehr strange. Und stell dir vor, ei-nige dachten dann, der Udi hätte sie geschubst.‹ Sie hat blöde gelacht. Ich habe sie gefragt, ob das denn so abwegig sei. Und sie hat gesagt: ›Der Udi war ein Mann der Kunst. Der Bild-sprache. Er hatte die Aufsicht, und das dumme Gör turnt da draußen rum. Man hätte Moni einsperren oder gleich die mit den Zwangsjacken holen sollen. Deine Mutter gehörte in eine Anstalt, wenn du mich fragst.‹ In dem Moment hab ich ihr einen Stoß versetzt. Sie sackte merkwürdig weg, ihre Flugbahn war irgendwie dramatisch. Wie ein Crashtest-Dummy. Keinerlei Körperspannung. Sie schlug mit dem Kopf auf einem Felsen auf. Dann lag sie da. Es ist schnell gegangen. Dabei hätte ich so viele Fragen gehabt.«

»Du hast sie also geschubst, und sie ist unglücklich ge-fallen«, stellte Irmi fest. »War das so?«

»Ja, und schon wieder hab ich versagt. Das Leben ist un-fair zu mir. Sie haben sich alle dem Jüngsten Gericht ent-zogen. Ich konnte sie nur noch höher hängen. So, wie es ihr gebührte.«

Selbst Kathi hatte es eine Weile die Sprache verschlagen. Es dauerte lange, bis sie schließlich fragte: »Und die Hos-tien?«

»Die hatte ich aus Kotz' Depot. Bei Undine passten sie perfekt.«

»Und du hast dann in der Folge unseren Käsekeller zerstört und dich auch noch als Zeugin ausgegeben?« Irmi flüsterte nur noch.

»Das war doch ein guter Schachzug. Ihr wart immer kurz vor matt. Und ich dachte, ich bringe mal Promberger ins Spiel.«

Es waren Feuerpfeile mit Widerhaken, die sich in Irmis Herz und Magen bohrten. Sie hatte Annika bewirtet, sie war quasi eine Freundin des Hauses gewesen, sie hatten zusammengesessen, hatten über den Wolf und die Zukunft der Almen philosophiert. Auch in schweren Stunden und in emotionalen Ausnahmesituationen war sie da gewesen. Dabei war Annika meist die Auslöserin des ganzen Leids gewesen. Und hatte einfach danebengesessen! Hatte den Marionetten zugesehen, wie sie an den dünnen Schnüren hampelten. Schnüre, die Annika geführt hatte. Irmi empfand eine Mischung aus Enttäuschung und Wut. Sie hätte so vieles hinausschreien wollen und war zugleich wie gelähmt.

»Annika, du hast soeben einen Mord gestanden«, sagte sie schließlich.

»Hab ich das?«

»Du hast Undine Ganser getötet.«

»Es war ein Unfall. Leider. Aber sie habe ich wenigstens in ihrer Selbstgefälligkeit erleben dürfen. Die anderen sind mir komplett entkommen. Ich wollte den Wolf. Ich wollte seine Worte. Sein Geständnis. Was ich bekommen habe, ist wertlos für mich, denn ich habe wieder keine Antworten. Aber so ist das Leben, nicht wahr, Irmi? Ich hätte mich damit abgefunden, wenn du nicht in meinem Zimmer herumgeschnüffelt hättest. Irmi, es ist deine Schuld. Du hast die

Gerechtigkeit aus den Fugen gehoben. Sonst hätte ich mich zufriedengegeben mit dem, was gekommen ist. Keine Antworten für mich, aber immerhin ein Strafgericht für drei Verdammte.«

Kathi klatschte in die Hände. »Applaus, große Bühne für Annika Wildhaber. Welche Regie! Du bist doch komplett irre, du gehörst in eine Anstalt. Ich bin nur froh, dass Tobi mit einem blauen Auge davongekommen ist. Er wird eine andere finden, während du im Knast sitzt. Chapeau!«

Ein Schatten zog über Annikas Gesicht. Tobi war ihre Achillesferse und Kathi eine Meisterin der gezielten Tritte.

»Vergiss Tobi. Den kannst du haben! Wäre der nichts für dich?« Annika lachte. »Was wollt ihr? Der Mord an meiner Mutter ist gesühnt. Zwar anders, als ich gedacht hatte, aber es gibt ein Schicksal. Warum ist das alles passiert? Weil es eine höhere Macht gibt.«

»Was für eine Macht? Dumme Zufälle waren das! Die Holzer gerät unter eine Kuhherde. Der Wolf hat einen Herzinfarkt. Die Ganser fällt blöde! Wenn einer verantwortlich ist, dann am ehesten noch Kotz! Du hast gar nichts geleistet. Außer uns zum Narren zu halten. Auch das wird Konsequenzen haben!«, rief Kathi.

»Was willst du machen? Du glaubst doch selber, dass ich irre bin. Welches Gericht will mich verurteilen? Ich bin irre wie meine Mutter und böse wie mein Vater, der böse Wolf. Der wütende Wolf!«

Irmi horchte auf. »Nicht Wolf ist dein Vater, sondern Martin Gschwendner aus dem Kunstleistungskurs deiner Mutter.«

»Was redest du da?«

»Du hast – genauso wie wir inzwischen – das Tagebuch falsch gelesen. Es ging nicht um Udo Wolf. Deine Mutter hat stets Martin Gschwendner gemeint!«

»Das ist nicht wahr!«

»Doch! Frag deinen Adoptivvater. Er kann dir erzählen, was wirklich passiert ist.«

»Du lügst!«

»Nein! Wir fahren jetzt nach Chur hinunter, Annika. Dort liegt die Wahrheit. Martin Gschwendner ist dein Vater!«

»Das glaube ich nicht!«, rief Annika, warf sich blitzschnell herum und rannte aus dem Haus.

»Scheiße!«, brüllte Kathi.

Annika eilte auf dem Schotterweg bergauf. Irmi und Kathi folgten ihr keuchend. Der Weg stieg beständig an. Sie hatten Annika noch im Blick.

»Scheiße! Die holen wir doch nie ein!«, stöhnte Kathi.

»Weiter!«

An der Edelweißhütte, wo ein paar Leute auf der Terrasse saßen, entdeckten sie Annika, die weiter bergwärts lief. Da sie nur Flipflops trug, strauchelte sie plötzlich. Sie stürzte, hielt sich das Bein.

»Annika! Warte!« Irmi fühlte Blutgeschmack im Rachen.

Aber Annika eilte weiter. Nicht mehr ganz so schnell. An der Malixer Alm hatten sie sie fast eingeholt.

»Annika!«

Der Weg war schotterig und führte an einen winzigen See. Annika hatte einen Pfad nach rechts eingeschlagen, Irmi und Kathi hechelten hinterher. Sie querten eine Almwiese, dann wurde Annika von einem Waldstück verschluckt. Aber sie war nur wenige Meter vor ihnen. Da tat sich eine Freifläche auf. Sie befanden sich hoch oben an einem Zaun. Der Blick ging hinüber zum Calanda-Massiv, ganz weit unten lag das Rheintal. Vor ihnen stand Annika. Ihre Eisaugen starrten Irmi an. Hinter ihr stürzte die Welt ins Bodenlose.

»Annika, jetzt hör mir zu!«, schrie Irmi. »Du willst doch nicht, dass sich die Geschichte wiederholt! Deine Mutter hatte Streit mit Martin Gschwendner. Dabei ist sie abgestürzt. Als Udo Wolf dazukam, war es bereits zu spät. Er hat sich entschieden, Martin Gschwendner zu decken, weil er keinen Sinn darin sah, dass sich der Junge sein Leben verbaute. Wolf hat sogar einkalkuliert, dass man ihn verdächtigt. Wer immer er war, sosehr er auch manche der jungen Leute erschüttert hat, er hat damals eine Wahl getroffen. Er ist nicht dein Vater, verdammt. Glaub mir doch!«

»Du lügst. Ihr lügt alle. Immerfort. Nur Tiere lügen nicht.«

Annika kletterte über den Zaun und stand nun direkt vor dem Abgrund.

»Ich lüge nicht, Annika. Dein Adoptivvater kennt die ganze Geschichte. Hör ihn an! Bitte! Dein leiblicher Vater lebt. Du kannst ihn kennenlernen! Annika!«

In dem Moment wandte Annika sich ab und sprang. Man hörte das Geräusch von berstenden Ästen und hinabstürzendem Geröll. Dann nichts mehr. Am Himmel zog ein Flugzeug lautlos eine schnurgerade Bahn. Es flog südwärts, es sah verheißungsvoll aus. In die Stille hinein krächzte von irgendwoher eine Bergdohle. Irmi war wie gelähmt.

»Scheiße!«, schrie Kathi und überkletterte ebenfalls den Zaun. Sie legte sich auf den Bauch, robbte an die Kante. Irmi kam hinterher. Es ging senkrecht nach unten. Ein Höllenschlund. Der Blutgeschmack im Rachen blieb haften. Irmi hustete. Kämpfte Tränen nieder. Ihrer beider Blicke trafen sich, vereint im Wissen, dass sie versagt hatten.

Kathi zog ihr Handy heraus, rief bei den Schweizer Kollegen an und stellte den Lautsprecher an. Sie berichtete kurz, was geschehen war, und der Kollege versicherte ihr, sofort die Bergwacht zu informieren.

»Wo sind Sie genau?«

Kathi beschrieb den Weg, den sie gekommen waren, und die Stelle, an der sie standen.

»Spundisköpf«, meinte der Kollege. »Säb isch nöd guat! Bliibet Sie bitte dert!«, sagte er.

Irmi und Kathi ließen sich auf den Boden sinken. Auf einmal kamen die Erschöpfung und der Durst. Wasser hatten sie natürlich keins mitgenommen. Irmis Kopf pochte, die Geräusche nach Annikas Sprung rauschten in ihren Ohren.

»Wir hätten das verhindern müssen«, flüsterte Irmi nach einer Weile.

»Damit rechnest du doch nicht. Zumal sie keinen dieser Menschen ermordet hat, wenn ihre Aussagen stimmen. Leichenfledderei, unterlassene Hilfeleistung, was auch immer die Juristen darin sehen wollen, aber nicht Mord. Sie hätte Hilfe gebraucht, Psychiater, Psychologen, was weiß ich. Aber was, wenn sie sich all dem einfach entziehen wollte?«

»Das hat sie ja wohl nun getan. Und zwar endgültig.«

15

Sie schwiegen lange, und die Sonne wanderte weiter am Himmel entlang, bis vier Schweizer Beamte mitsamt der Bergwacht eine knappe Stunde später vor Ort waren. Kathi berichtete, während die Männer an ihren Handys und Walkie-Talkies Betriebsamkeit ausstrahlten. Wenig später flog ein Hubschrauber heran. Den Blicken der Einheimischen war zu entnehmen, dass niemand von ihnen große Hoffnung hatte, Annika lebend zu finden. Das sprach aber keiner aus. Einer der Kollegen reichte den deutschen Polizistinnen Wasser. Er bat Irmi und Kathi, zum Chalet der Wildhabers zurückzugehen.

Schweigend traten sie den Rückweg an. Sie gingen durch eine berührend schöne Bergnatur, vorbei am Seelein, wo eine Familie picknickte. Oberhalb übersprenkelten Kühe den Hang, lagen da, käuten wieder.

Auf halber Strecke kam Marco ihnen entgegengerannt.

»Was, was, Sie …?« Seine Stimme bebte, und seine Augen waren schwarz vor Kummer. Er rannte weiter.

Irmi und Kathi waren dreißig Minuten später wieder am Haus der Wildhabers. Dort standen nun drei Autos, ein großer Jaguar F-Pace war dazugekommen. Der Professor trat aus der Tür.

»Was haben Sie getan?«, fragte er. »Kommen Sie!«

Auf dem Küchentisch stand eine Karaffe Wasser. Er schenkte ihnen ein und sah Irmi forschend an.

Langsam begann sie zu erzählen, was oben an den Spun-disköpf geschehen war. »Sie wollte es einfach nicht glauben, dass alles, was sie sich zusammengereimt hatte, nicht stimmte. Wir haben sie keineswegs bedrängt, wir haben sie nur gebeten, mit uns nach Chur zu kommen, damit Sie ihr die genauen Hintergründe erklären können.«

Er trank sein Wasser in kleinen Schlucken. Dann sagte er leise: »Man kann Annika nicht aufhalten, ich schon gar nicht. Ich war nie ein Ansprechpartner für sie. Ich habe das alles verschuldet. Ich hätte reden müssen. Viel früher hätte ich reden müssen. Jetzt muss ich zu meiner Frau. Wenn Sie hierbleiben wollen? Gerne auch über Nacht. Zwei Zimmer sind fertig.«

Schon im nächsten Moment eilte er hinaus. Irmi folgte ihm, aber der Edel-SUV hatte sich schon in Bewegung gesetzt. Irmi war für den Moment völlig überfordert. Was sollten sie tun? Kathi hatte wohl eher einen Plan, denn sie war erneut mit den Schweizer Kollegen im Gespräch.

»Die kommen gleich her«, sagte Kathi und ging auf die Veranda, um zu rauchen.

Vielleicht sollte sie anfangen zu rauchen, dachte Irmi. Das war eine wunderbare Übersprungshandlung. Man konnte einfach so gehen. Aber die bohrenden Gedanken würden wohl auch beim Rauchen bleiben.

Wenig später kamen die Schweizer Kollegen und nahmen ihre Aussagen auf. Sie wirkten seltsam unaufgeregt. Es kamen keinerlei Schuldzuweisungen, aber das wühlte Irmis Inneres noch mehr auf. Inzwischen war es neun Uhr abends geworden.

»Händ Sie es Hotel in Chur?«, fragte einer der Kollegen.

»Nein, wir wollten nicht, wir wussten nicht …« Sie waren frühmorgens nach Chur gefahren, um Annika zu sprechen. Sie hatten nicht gewusst, was sie erwartete. Nicht einmal geahnt. Was an diesem einen Tag passiert war, hätte leichterdings für Jahre gereicht. Irmi hatte das Gefühl, als müsse ihr Kopf gleich zerspringen.

»Könnet Sie bliibe? Oder müsset Sie retour?«, fragte der Kollege. »Bliibet Sie bis morga?«

»Ja«, sagte Kathi. »Das können wir. Haben Sie irgendeine Neuigkeit von Annika Wildhaber?«

»Nei, dr Aabig khunnt scho. Ich denk, die werdet uufhöra. Morga wiitermacha.«

»Kann sie den Sturz überlebt haben?«, fragte Irmi.

»Nei, fascht nöd möglich. Und wenn, würd sie irgendwo schwär verletzt liega. Wüascht, wüascht, das alles. Miar meldet üüs.«

Und wieder waren sie allein. Letztlich war es die pragmatische Kathi, die beschloss, im Chalet zu bleiben. Irmi zögerte zunächst, doch sie war so bleiern müde, dass ihr die Fahrt ins Tal und die Suche nach einem Hotelzimmer unüberwindlich vorkamen. Kathi holte Käse und Salsiz aus dem Kühlschrank und Brot aus einem Brotkasten und schraubte eine Flasche Malanser auf. Irmi aß mechanisch, während Kathi in Garmisch anrief, um Andrea zu informieren, dass sie erst morgen kämen.

Obwohl es schon zehn Uhr abends war, ging Andrea sofort ans Handy. Kathi schaltete erneut auf Lautsprecher und erzählte bemerkenswert straff und stringent, was sie von Annika wussten und dass Kotz sehr wohl das Schwungrad allen Grauens gewesen war. Sie bat Andrea, die Staatsanwaltschaft zu informieren. Kotz musste erneut verhaftet werden.

Auch Andrea hatte Neuigkeiten.

»Johanna Holzer ist aufgewacht.«

»Echt?«

»Ja.«

»Das ist schön, Gott sei Dank!«

»Es geht ihr ganz gut. Das wird schon wieder. Sie wird zwar … ähm … ohne Milz leben müssen, aber im Großen und Ganzen, mei … Sie hatte Glück. Und ich konnte mit ihr reden. Sie ist wirklich zehn Tage vor der eigentlichen Verabredung aufgestiegen. Diese Einladung von Wolf habe in ihr so viele Erinnerungen ausgelöst, hat sie gesagt. Deshalb sei sie schon mal vorab zur ehemaligen Hütte rauf und habe sich da umgesehen. Dann sei sie noch weiter raufgegangen, weil es so ein schöner Tag gewesen sei. Sie hatte vorgehabt, auf der Kenzen zu übernachten … ähm … und dann habe sie das Wolfsgeheul gehört, und der Hund … ähm … sei völlig durchgedreht und unter die Kühe geraten.« Andrea atmete tief durch, bevor sie fortfuhr. »Sie hat halt das Falscheste getan, was man tun kann. Sie hat versucht, den Hund da rauszuholen.«

Irmi beugte sich vor, um auch am Gespräch teilzunehmen. »Das hat uns Annika genau so erzählt. Hast du ihr … hast du …?«, fragte sie.

»Du meinst, ob ich ihr gesagt hab, dass Wolf und die Ganser tot sind?«, ergänzte Andrea.

»Ja.«

»Ähm, nein, ich dachte … Ach, ich hab mich nicht getraut«, stieß Andrea aus.

»Das passt schon, Andrea. Das hat noch Zeit. Die Frau hat genug durchzustehen.«

»Und noch was«, sagte Andrea. »Diese Hedi hab ich auch endlich erreicht.«

»Hedwig Biersack?«

»Ja, die war ganz überrascht, dass wir sie suchen. Sie war bei einer Freundin irgendwo im Hinterland des Gardasees. Die Freundin hat da eine Ökofarm, mit Handyverbot und so.«

»Aha«, sagte Irmi.

»Ja, und bei ihr war es ganz ähnlich wie bei der Holzer. Sie wollte vorher … ähm … vorher abchecken, wie das Gebiet auf sie wirkt. Die Nachricht von Udo Wolfs Tod hat ihr wohl doch ziemlich zugesetzt. Ja … ähm … drum ist sie dann auch an den Gardasee.«

»Und wo ist sie jetzt?«

»In Oberammergau, im Ferienhaus. Sie hat versprochen, ihr Handy anzulassen. Aber ist sie denn überhaupt noch verdächtig?«

»Nein, Andrea. Es kann aber sein, dass sie uns noch einige Fragen beantworten muss.«

Deren Beantwortung genau genommen egal war. Denn wem nützte es heute noch, zu erfahren, ob Hedi einst mit Martin zusammen gewesen war? Oder er sie wegen Moni verlassen hatte? Das alles war so lange her.

Annika war tot. Wieder war ein Lamm von der Klippe gestürzt.

Irmi fühlte sich grauenhaft, insbesondere als sie Luise anrief, um ihr zu sagen, dass sie noch in der Schweiz bleiben mussten.

»Was ist denn nun mit Annika?«, wollte Luise wissen.

»Sie ist, sie ist …«

»Irmi?«

»Sie ist abgestürzt. Luise, ich bitte dich, warte, bis ich zurück bin. Ich möchte mit Tobi reden. Mir dir. Mit euch. Ach, Luise!«

»Mach dir keine Gedanken, Irmi. Es tut mir leid, ich war eine Zicke.«

»Nein, es liegt nur daran, dass ich noch immer nicht gelernt habe, nicht auf allen Hochzeiten zu tanzen.«

Mit einer Hochzeit hatte letztlich alles begonnen. Mit ihrer eigenen Pein. Mit der Suche nach dem, was man immer nur in sich selber finden konnte.

»Irmi, wir reden, wenn du zurück bist. Und fahr vorsichtig!«

Luise, diese Gute!

Irmi ging zu Kathi in die Küche und nahm sich ein Glas Wein. Sie konnte es kaum anheben, so schwer kam es ihr vor. Kathi war blass, es war ihr anzusehen, dass es in ihr arbeitete. Sie hatten auf gut Deutsch Mist gebaut. Sie waren Fehleinschätzungen aufgesessen und hatten sich in Übersprungshandlungen verrannt. Ihr Timing war mehr als falsch gewesen.

»Hinterland Gardasee, das klingt gut«, bemerkte Kathi schließlich. »Ich glaub, ich mach da auch mal handylos Urlaub.«

»Das hältst du doch gar nicht aus«, konterte Irmi, doch die Worte kamen ihr nur zäh über die Lippen. Ihr war gerade nicht nach Small Talk zumute.

»Doch!«

»Ich meine nicht die Handylosigkeit. Ich meine die Ein-öde.«

Kathi lächelte. »Mit dem richtigen Kerl? Warum nicht?«

Irmi nahm den Ball auf. »Tja, dann sollte ich das mit dem Hinterland vielleicht doch in Erwägung ziehen?«

»Hä?«

»Frithjof hat mich eingeladen, nach dem Almsommer in sein Haus im Hinterland des Lago Maggiore zu kommen. Auch Hinterland. Nur ein anderer See.«

»Der Hase?«

»Ja.«

»Läuft da was? Also echt, Irmi! Los, rede!«

»Da läuft nichts. Es ist nur ein Angebot.«

»Bestimmt ein unmoralisches!«

Hatte Fridtjof, der Hase, das nicht ganz ähnlich formu-liert? »Nur ein neutrales Angebot, und vielleicht nehme ich es an. Wir sind Kollegen, da kann man doch nicht …«

»Was kann man nicht? Du und der Hase?« Kathi über-legte. »Warum eigentlich nicht? Jens hat eh nie Zeit, und ich finde, der ist in letzter Zeit auch etwas moppelig gewor-den. Zu viele Business Meetings, zu viele Flüge. Da lassen die Männer Federn.«

»Ach, Kathi!«

»Ach, Irmi. Alkohol, Sex und Religion sind in der rich-tigen Dosierung doch immer gut. Es kann dir doch egal sein, was die Leute denken. Der Hase ist mindestens so schlau wie der Jens, nur anwesender. Du wirst ja auch nicht jünger.«

Das war Kathi. Immer auf den Punkt und dort hinein-bohrend, wo das Fleisch blank lag.

»Ich muss ein bisschen schlafen«, meinte Irmi ziemlich abrupt.

»Klar.«

Es war morgendämmerig, als Irmi erwachte. 4:55 Uhr. Die Stunde der Wölfe war fast vorbei. Leise stand sie auf, nahm ihre Jacke und ging hinaus. An der Wiese hinter dem Haus stieg sie ein kleines Stück bergwärts. Sie atmete eine Luft, die man nicht nur riechen, sondern auch schmecken konnte. Am Waldrand ließ Irmi sich auf die Wiese sinken. Das Gras war morgenfeucht, noch war alles still. Nur ein Vogel hob an, dem Tag entgegenzuzwitschern. Irmi schloss kurz die Augen, und als sie sie wieder aufschlug, stand Kathi vor ihr.

»So früh wach?«

»Ja, ich werde wohl alt. Senile Bettflucht. Ich hab gehört, wie du gegangen bist.«

Sie schwiegen. Es war nichts besser geworden nach den wenigen Stunden Schlaf. Ihnen war eine Situation komplett entgleist.

Mehr aus dem Augenwinkel heraus registrierte Irmi plötzlich eine Bewegung. Etwas schnürte auf die Wiese. Höchstens hundertfünfzig Meter entfernt. Es waren zwei junge Wölfe. Irmi hielt den Atem an. Sie erinnerte sich an Annikas Eisaugen und die Worte: »Jungwölfe sind neugieriger als ihre erwachsenen, erfahrenen Artgenossen.«

Die beiden Wölfe blieben kurz stehen und sahen zu Irmi und Kathi herüber. Der Weltenlauf stoppte, alle Geräusche waren verstummt. Die Augen der Tiere waren tief und hypnotisch. Wolfsaugen, Wolfsblicke.

Im nächsten Moment waren die beiden verschwunden.

Kathi entwich ein Laut, der sehr leise war für die sonst so laute Kathi.

Über Irmis Wangen liefen Tränen. Wahrscheinlich würden sie so etwas nie wieder erleben. Aber sie hatten in eine andere Welt geblickt. In eine Welt der Unschuld, für einige Wimpernschläge.

EPILOG

Es war einiges los an diesem Septembertag am Flughafen Zürich-Kloten. Ein typischer Montag, Business People und Urlauber. Menschen, die umherliefen, die versuchten, ihre Koffer nicht ineinander zu verhaken. Menschen, die sich wie Atome anzogen und wieder abstießen. Ein scheinbar zufälliges Muster.

Einige standen mit zusammengekniffenen Augen vor der großen Anzeigetafel, andere blickten in ihre Smartphones oder wischten hektisch über das Display. Eine Reisegruppe von Asiaten wuselte dahin, die sich darauf konzentrierten, ihre Reiseleitung nicht zu verlieren. In einem Café rissen zwei kleine Jungs gerade einen Tisch um, Scherben sprangen über den Boden. Ein Hund bellte aus einem Transportkäfig heraus. Ein junger Mann trug einen riesigen Sack zum Sperrgepäckschalter. Ein paar Stewardessen der Etihad stöckelten plaudernd vorbei. So viel Leben.

Am Schalter der KLM war eine Frau angekommen, die an Krücken ging. Zwei Männer begleiteten sie. Der ältere von ihnen, ein großer Mann in einem teuren Mantel, zog ihren Koffer hinter sich her und hob ihn aufs Band. Die Dame vom Bodenpersonal befestigte den Gepäckabschnitt und lächelte der Frau zu.

»Brauchen Sie einen Rollstuhl am Gate?«

»Nein, nein, das geht schon.«

Die Mitarbeiterin warf noch einen Blick auf den Ausweis. »Sie steigen ja in Amsterdam um. Hier ist die Bordkarte. Chile ist ein schönes Land.«

»Tipptopp«, sagte die Frau und lächelte das Gegenüber aus eisblauen Augen an.

Langsam ging sie an ihren Krücken Richtung Sicherheitskontrolle. Der ältere Mann umarmte sie kurz vor der Tür und küsste sie sehr vorsichtig und unendlich zärtlich auf die Stirn. Der andere, ein schlanker, sehniger Mittfünfziger, drückte sie kurz.

»Es wird alles gut gehen!«

»Ich muss durch die Passkontrolle. Hier und in Amsterdam.«

Der Ältere lächelte. »Ach, das wird schon alles klappen. Es hat Vorteile, wenn man auch mal bei bösen Burschen neue Herzen implantiert hat. Diese Papiere sind unanfechtbar.«

»Wir sehen uns in ein paar Tagen in Viña del Mar. Du wirst das Strandhaus lieben«, sagte der jüngere der beiden Männer leise.

Langsam krückte sie davon. Legte ihren Rucksack aufs Band. Ging durch die Sicherheitskontrolle. Gab die Krücken ab. Zeigte Röntgenbilder, die bestätigten, dass das Piepsen vom Material in Schienbein, Wadenbein und Oberschenkel kam.

Der eine Mann winkte ihr noch einmal durch die Glasscheibe. Ihre Blicke trafen sich. Im Kunstlicht waren ihrer beider Augen noch blauer als sonst.

Die Männer drehten sich um, gingen dicht nebeneinanderher, ohne sich zu berühren.

Draußen umarmten sie sich ganz kurz.

»Ruf mich an, wenn du in Chile bist«, sagte der Ältere.

»Natürlich. Und ich danke dir, dass du mich geholt hast.«

»Es war an der Zeit.«

 **NACHWORT**

Es war, als läge ein Fluch über der Alm. Als ich das erste Mal mit dem Bike (einem E-Bike mit voller Überzeugung!) über den schottrigen Karrenweg kam, tat sich dort eine völlig verkrautete Fläche auf. Irgendwo hier musste sie gewesen sein, diese Alm. Donner kam auf, urplötzlich, gewaltig, und bald darauf der Regen. Ich gab auf.

Eine Woche später fuhren wir auf die Kenzenhütte und gingen zu Fuß weiter auf den Sattel. Schwere Wolken zogen aus dem Sägertal herauf. Es schüttete, als würde einer jäh eine Dusche aufdrehen. Wir stiegen ab, gingen das Ganze von oben an. Keine Alm.

Wieder ein Versuch, diesmal zu dritt von Graswang aus, mit Martin Heigl, dem Mann, der ein großartiges Buch über die Almen im Ammergau geschrieben hat. Es war strahlend blau am Sägertalparkplatz, doch wir waren keine fünfhundert Meter geradelt, da formierten sich genau über uns Wolken. Als wir oben am extrem schlüpfrigen Karrenweg entlangschlingerten, waren wir auf gut Boarisch soachnass. Aber Martin entdeckte die Alm, von der nur noch ein paar überwucherte Balken geblieben sind. Das Gewitter blieb über uns stehen, und es kam mir vor wie ein Fluch!

Die Alm wird 1405 in einem Leibgedingebrief zum ersten Mal erwähnt. Im Jahr 1480 wird sie in den Klosterliteralien von Ettal als »Pecken Albn« im Graswang bezeichnet, mit den Beilegern Kesseltal, Hasental und Lösertal.

Damals schon hätten Kloster Ettal und Schwangau »jährlich Irrungen« miteinander gehabt, heißt es. Dabei ging es ums Gras, die Schwangauer trieben immer wieder Vieh über den Bäckenalmsattel und ließen es unerlaubterweise auf der Ettaler Seite weiden. 1515 kam es sogar zu einer Viehpfändung, vier illegal grasende Rinder der Schwangauer wurden einbehalten. 1756 musste sich Kurfürst Maximilian einmischen und schlug eine neue Grenzlinie vor. Damit verlor Ettal dreihundert Meter unterhalb des Sattels das Kesseltal und die Hirschwang an die Herrschaft Hohenschwangau. Der alte Grenzstein sollte eigentlich zerschlagen werden − steht aber bis heute noch dort! In den Säkularisationsakten von 1803 war die Rede davon, dass die Alm jährlich vierzehn Zentner Schmalz und achtzehn Zentner Käse ergebe, eine geschützte Lage habe und das Vieh nie von Milzbrand und anderen üblen Krankheiten befallen sei.

Mit der Säkularisation ging die Alm ans Forstamt, es folgte eine Phase von Verpachtungen. 1838 wurde sie vom Markt Murnau auf fünf Jahre für einen jährlichen Betrag von zweihundertsechsundsechzig Gulden verpachtet (1 Gulden = 1,71 Mark ab 1876). Kein guter Deal, würde man heute sagen, denn die Almausgaben überstiegen die Einnahmen. Murnau verzichtete auf eine Verlängerung des Pachtvertrags. 1844 fand sich zunächst kein Nachfolger, und so verhandelte der gewiefte Johann Conrad Schech einen günstigen Pachtbetrag von nur einhundertsiebzig Gulden. Es gab nun neue Regeln: Hirten durfte nur Inländer, keine Tiroler (!) sein, ein Alpenbesuch war nur nach Genehmigung des Revierförsters gestattet, es durften nur achtzig Stück Hornvieh aufgetrieben werden, und Wege und Stege waren zu pflegen.

Ab 1849 kam es zu jeder Menge Gezänke und Geziehe zwischen Scherenau, das nun auf die Bäckenalm auftrieb, und Kohlgrub, das die Brunnenkopfalm benutzte. 1876 erfolgte die Umstellung auf Mark, die Pacht wurde nach Weidetag berechnet, ein zweijähriges Hornvieh kostete acht Pfenning am Tag. 1919 trieben die Weidegenossenschaften Scherenau und Kohlgrub gemeinsam auf und nutzten nacheinander Brunnenkopfalm, Bäckenalm und Scheinbergalm. Während des Zweiten Weltkriegs erreichte die Viehzahl ihren Höhepunkt – doch schon 1960 fand der letzte Auftrieb auf die Bäckenalm mit nur noch wenigen Stück Vieh statt.

Was war passiert? Wirtschaftswunder, Mechanisierung in der Landwirtschaft, das allmähliche Aussterben von Knechten und Mägden, die für Kost und Logis arbeiteten. Arbeiter wollten Sozialleistungen. Die Welt begann sich schneller zu drehen.

Die Natur aber behielt ihren Rhythmus bei und holte sich die Almböden zurück. Sauerampfer, Huflattich, die Alm begann zu verkrauten. Vorbei war es mit den artenreichen Gräsern, vorbei mit den Orchideen – einzig die Beweidung erbringt solche Vielfalt. 1980 beschloss man, die Alm mit Pferden von Gut Achselschwang am Ammersee zu bestoßen. Dazu wurde sogar durchs Sägertal ein Fahrweg gebaut und Baumaterial angekarrt. Doch dann stellte man fest, dass man zur Vernichtung des Ampfers (»Pfletschn«) zur harten Chemiekeule hätte greifen müssen. Und das ging wegen der Naturschutzrichtlinien nicht.

Und so durften Ampfer, Huflattich und Geißblatt, aber auch Dost, Hahnenfuß und Allermannsharnisch weiterwachsen.

Wer heute vom anmutigen Sägertal heraufwandert, landet schließlich am Ende des ruppigen Fahrwegs in einem Kessel. Rechts steigen mächtig die Hänge unterm Feigenkopf hinauf, links stehen die Seitenwände des Kessels. Es ist ein ganz eigener Ort, der eindrucksvoll zeigt, was passiert, wenn nicht mehr beweidet wird. Durch einen Wald von Bergahorn schlängelt sich der Pfad bergauf. Diese Bäume sind sehr raschwüchsig. Nach zehn Jahren sind sie bereits rund vier Meter hoch.

Auch am Sattel wuchern jene Pflanzen, denen weiland der Almputzer zu Leibe rückte. Links stehen zwei mächtige Solitärbäume. Bergahorn kann bis zu fünfhundert Jahre alt werden, diese Bäume dürften einen Großteil der Geschichte dieser Alm miterlebt haben. Von dort aus, wo einst die Weidekriege tobten, blickt man hinüber zum Geiselstein, dem »Matterhorn der Ammergauer Alpen«. Durch eine weitere Krautwiese geht es hinunter zur wunderbaren Kenzenhütte, wo die Schwestern Pamela und Corinna Linder exzellent kochen und gute Laune verbreiten. Früher gab es dort eine Branntweinhütte, wo das Kloster Ettal aus dem Gelben Enzian Hochprozentiges brannte. Genutzt wurde er weniger als Schnaps denn als Alkohol für Medizinzwecke. Es war sinnvoller, vor Ort zu brennen, als die Wurzeln bis ins Tal zu transportieren.

Dass man vergleichsweise viel über diese Bäckenalm weiß, liegt daran, dass es so oft Querelen gab, über die in alten Quellen berichtet wird. Dabei ging es stets um die so kostbaren Weideböden. Der Verfall der Bäckenalm steht symbolisch für das Sterben so vieler Almen. Die wenigsten Wanderer registrieren, dass sie vom Sägertal aus einen Weg durch die Landwirtschaftsgeschichte nehmen. Wenn man dabei quasi durch die »Pfletschn« watet, ist das eine Vorahnung dessen, was noch kommen wird, wenn wir nicht bald gegensteuern!

Bevor das wilde Rätselraten ausbricht: Eine Hütte am Weg zum Lösertaljoch gab es nie. Die Bäckenalm wird seit ihrer Auflassung 1960 nicht mehr bewirtschaftet. Die nahe gelegene Brunnenkopfalm jedoch wurde 2018 im Rahmen eines Forschungsprojekts tatsächlich wiederbelebt. Einen Kunstlehrer wie Udo Wolf gab es am Werdenfels-Gymnasium nicht. Ich kenne ein paar Absolventen von dieser Schule, mehr aber kann ich zu den Achtzigerjahren dort nicht sagen. Diese Geschichte ist Fiktion!

Und doch gab es diese Lehrer andernorts in Bayern, die zynisch waren und frustriert und deren pädagogisches Geschick man durchaus anzweifeln darf. Doch Ende der Siebzigerjahre, Anfang der Achtziger stellte man die Kompetenz von Lehrern nicht infrage. Eltern saßen am Elternsprechtag gottergeben in den Schulbänken und lauschten den Worten der Lichtgestalten. Viele dieser Eltern hatten den Krieg zumindest noch in den Endzügen miterlebt und waren noch keine lupenreinen Demokraten. Was sie aber waren: grenzenlos konsumorientiert. Alte Häuser und alte Möbel? Weg damit! Lieber Eternitplatten und Pressspan. Die Umkehr kam erst viel später.

Wir Kids der wilden Achtziger hatten es leicht wie keine

Generation davor und vielleicht auch danach. Wir waren schon sexuell befreit, Frauen waren einigermaßen emanzipiert, und Aids war gerade noch kein Thema. Es gab vieles zu erproben, doch die Folgen blieben überschaubar. Natürlich gab es schon Markenkleidung: Man trug Jeans von Outsider und Edwin, man musste University-Pullover haben – dennoch waren Fantasie und Kreativität im Kleidungsstil immer möglich. Man konnte studieren, was man wollte, und lange Sommer im Englischen Garten verbummeln, mit billigem Le Filou Rouge im Gepäck. Wir hatten kein Geld, nuckelten stundenlang an einem Wasser und einem Kakao und lebten prächtig.

Vielleicht war es typisch für diese Zeit, dass wir uns stattdessen auf die großen Gefühle stürzten. Liebesdramatik gehörte zu den frühen Achtzigern, Emotion, Depression, Aggression … Ein Lehrer wie Udo Wolf spielte ein gefährliches Spiel, indem er diese labilen Seelen noch weiter erschütterte. Er forderte und förderte, er bewegte etwas, und seine Motive waren vielleicht sogar lauter – nur hat er womöglich zu viel erwartet. Ich rätsle bis heute über meinen eigenen Kunstleistungskurs, denn auch meine Wegbegleiterinnen von damals haben völlig unterschiedliche Wahrnehmungen. Im Übrigen habe ich mich von meinen damaligen Mitschülerinnen zwar inspirieren lassen, die Figuren bleiben aber Fiktion. Menschen, die extrem polarisieren und große Emotionen wecken, wird es wohl immer geben.

Was unseren Umgang mit dem echten Wolf betrifft, kann auch ich keine Rezepte anbieten. Nur in einem bin ich mir absolut sicher: Wir dürfen nicht in ein Fahrwasser kommen, in dem wir den Sinn gewisser Tierarten anzweifeln. Es gibt heute genug Stimmen, die sagen: Jetzt waren wir den Wolf hundertfünfzig Jahre los, wozu brauchen wir den wieder? In Zeiten von arbeitsamen Bibern, die bauen und stauen und Landschaft umgestalten, werden ähnliche Rufe laut: Der hat uns bisher auch nicht gefehlt!

Es geht nicht um Sinn oder Unsinn – es geht um die Schöpfung. Die Biologen sind heute davon überzeugt, dass jede Art einen Knoten in einem Sicherheitsnetz darstellt. Da wir viele Wechselbeziehungen im Netzwerk des Lebens nicht kennen, sollten wir umso achtsamer mit unserer Umwelt umgehen. Es gibt sowohl ethisch-philosophische als auch biologisch-praktische Gründe, lästigen Arten nicht einfach das Lebensrecht abzusprechen. Es gab Zeiten, in denen alles wie Rädchen ineinandergriff – bis der Mensch kam.

Der moderne Mensch ist gut darin, die Natur quasi abzuspalten. Hier sein Leben, seine Stadt, seine Arbeitswelt, dort die wochenendliche Natur, die er nur noch zur Freizeit nutzt. In der Bronzezeit lag eine Frau nach neun Monaten in den Wehen, und im Jahr 2018 dauert es immer noch neun Monate, bis ein Kind zur Welt kommt – die Natur ist langsam. Insbesondere in den letzten zweihundert Jahren hat der Mensch das Leben auf der Erde unumkehrbar verändert. Dabei sollten wir nie vergessen, dass Natur und Wald sehr wohl ohne den Menschen überleben können, der Mensch aber nicht ohne sie! Vielleicht entscheidet irgendwann jemand: Die Art Mensch ist eigentlich auch überflüssig.

Wir alle haben nur diese eine Erde. Wildtiere haben dasselbe Lebensrecht wie wir, auch wenn sie uns an der einen oder anderen Stelle unangenehm werden. Wir werden Einzelfallentscheidungen treffen müssen, aber wir müssen dabei in jedem Fall ethisch bleiben.

DANKSAGUNG

Ein großes Lob und ein besonderer Dank geht an Martin Heigl, den »Poschtler« aus Ettal, dessen Buch *Die Almen im Ammergau und ihre Geschichte* eine echte Titanenarbeit ist. Die Beschreibung all dieser Almen, von denen viele längst aufgelassen sind, erhält der Nachwelt etwas, was sonst unwiederbringlich verloren wäre. Ihm und Lutz danke ich für die Begleitung bei vielen Touren rund um den Bäckenalmsattel!

Ich danke auch Tessy Lödermann, Dr. Christel Miller, der Schweizer Gruppe Wolf und Bettina Burkhardt von der Bayerischen Akademie für Naturschutz und Landschaftspflege (ANL), und ganz herzlich Michael Dannenmann.

Bedanken möchte ich mich bei meinen ehemaligen Schulkolleginnen Jonny, Hummel, Heike, Uli, Anette und Manu, die ein wenig mit in der Zeit zurückgereist sind. Ich danke Rita Ammann für ihre einfühlsamen Worte zu unserem ehemaligen Lehrer und Birgit Weingand für die Einblicke in eine Heumilch-Landwirtschaft. Danke an Max Prugger für die Juraberatung. Herzlichen Dank an Gisela Schinzel-Penth, die so großartige Bücher über Sagen und Legenden im Voralpenland geschrieben hat, und an Dr. Volker Zahn für die Anregung, sich mit dem Thema Rominten zu befassen. Und natürlich danke ich meiner Lektorin Annika Krummacher, die auch Irmis zehnten Fall mit Sorgfalt bedacht hat.

Mein größter Dank geht an Michael Christ vom Chur Tourismus, der mich mehrfach in Chur und am Brambrüesch begleitet hat. Ich danke meinem lieben Freund Arno Bindl, der als Arzt in der Schweiz lebt, für seine Schwyzerdütsch-Kenntnisse und ganz besonders herzlich Andrea Jochner-Weiß für Einblicke ins Leben einer Landrätin!